Das Buch

Es ist Mai, die Zeit des berühmten Filmfestivals in Cannes, die ganze Stadt vibriert, überall wimmelt es von Fotografen, Journalisten, Filmstars und solchen, die es werden wollen. Und mittendrin wird plötzlich während einer Pressevorführung für seinen neuen Dokumentarfilm der berühmte Regisseur Serge Thibaut ermordet. Kommissar Léon Duval, frisch aus Paris an die Côte d'Azur gezogen, muss seine unausgepackten Umzugskisten stehen lassen und sofort mit den Ermittlungen beginnen. Schließlich kann das Festival keine Negativschlagzeilen gebrauchen. Ein schneller Erfolg muss her. Wer hatte ein Interesse am Tod des Filmemachers, der sich so unermüdlich für die Erhaltung des Regenwaldes einsetzte? Und war dieser Serge Thibaut wirklich so ein uneigennütziger Gutmensch? Seine Nachforschungen führen Duval bald in ein scheinbar unentwirrbares Dickicht aus Eitelkeiten, Intrigen und Korruption. Ein spannendes Krimidebüt vor mediterraner Kulisse, das auf mehr hoffen lässt.

Die Autorin

Christine Cazon, geboren 1962, lebt mit ihrem Mann und zwei Katzen in Cannes.

»Mörderische Côte d'Azur« ist ihr erster Roman.

KiWi

1376

Christine Cazon

Mörderische Côte d'Azur

Der erste Fall für
Kommissar Duval

Kiepenheuer
& Witsch

Die Handlung und alle Handelnden
Personen sind frei erfunden.
Jegliche Ähnlichkeit mit lebenden oder
realen Personen wäre rein zufällig.

MIX
Papier aus verantwortungsvollen Quellen
FSC® C083411
FSC www.fsc.org

Verlag Kiepenheuer & Witsch, FSC® N001512

10. Auflage 2016

Umschlaggestaltung: Barbara Thoben, Köln
Umschlagmotiv: © Riccardo Spila / Grand Tour / Corbis
Foto der Autorin: © Marc ALFIERI – Cannes
Karte: Birgit Schroeter, Köln
Gesetzt aus der Scala Pro und der Copperplate Gothic
Satz: Wilhelm Vornehm, München
Druck und Bindung: CPI books GmbH, Leck
ISBN 978-3-462-04642-7

À mon Polarophile tranquille

Un beau jour, ou peut-être une nuit,
Près d'un lac je m'étais endormie,
Quand soudain, semblant crever le ciel,
Et venant de nulle part,
Surgit un aigle noir

Barbara: L'AIGLE NOIR

1

»Monsieur Duval? Commissaire Léon Duval?«

»Ja?!«

»Gut, hier ist Tilly, Staatsanwalt Tilly aus Grasse. Tut mir leid, dass ich Sie schon behelligen muss, ich weiß, Sie sollten erst in einer Woche anfangen ... aber wir haben ein großes Problem: Bei einer Filmvorführung heute Morgen im Palais wurde jemand erschossen.«

»*Bonjour*, Monsieur le Procureur. Ein Mord im Palais, sagen Sie?«

»Ja, im Palais de Festival. Sie wissen doch, wir haben das alljährliche Filmfestival?! Ich weiß nicht, ob Sie sich vorstellen können, was das bedeutet. Sehr heikel, das alles. Ich muss Sie daher bitten, sofort zu kommen. Ich habe den Direktor des Palais verständigt, Mercier, er ist auch stellvertretender Bürgermeister, er wird Sie im Palais erwarten und Sie am Eingang abholen. Außerdem habe ich gerade meinen Stellvertreter nach Cannes beordert, Delavoix, Sie kennen sich ja, der wird Sie mit allen bekannt machen. Bitte, Sie können sich denken, äußerste Eile ist geboten und absolute Diskretion. Das Filmfestival muss ungestört weitergehen können. Die Presse lechzt natürlich nach Informationen. Sie werden vermutlich Tag und Nacht belagert sein, es sind mehrere Tausend Journalisten in Cannes. Noch kennt Sie keiner, das ist in diesem Fall von Vorteil. Wenn es nicht anders geht, erzählen Sie denen irgendwas, aber nichts von Belang. Wir machen täglich eine Pressekonferenz, zu Beginn wird mein Stellvertreter das übernehmen. Später sollten Sie dann schon auch dabei sein. Wie gesagt, Eile und Diskretion, wir können keine weitere Katastrophe gebrauchen.«

»Natürlich, Monsieur le Procureur. Bin schon auf dem Weg.«

»Sie kommen sofort? Danke, Monsieur le Commissaire. Wie gesagt, Delavoix wird in Kürze vor Ort sein. Von ihm erfahren Sie alles Weitere.«

Eine Woge von Nervosität durchflutete Léon Duval. Er legte die Bohrmaschine zur Seite, mit der er eben noch zwei Löcher in die Wand gebohrt hatte, um im Badezimmer eine Handtuchstange anzubringen. Er war gerade erst eingezogen und versuchte sich auf die Schnelle einzurichten. Noch lebte er überwiegend aus Kartons. Aber er hatte die Einrichtung seines Vaters weitgehend übernommen, der wiederum eine der Kommoden und zwei Schränke von seinen Eltern übernommen hatte. Die dunklen, großen Möbel waren zwar altmodisch, gleichzeitig hatte die Wohnung so bereits etwas Vertrautes für ihn. So, als sei er schon ein bisschen daheim. Er selbst schätzte eher einen minimalistischen Stil, kühl und modern. Die Pariser Stadtwohnung, in der er zuletzt gelebt hatte, war zudem alles andere als geräumig gewesen. In der alten Villa, die er von seinem Vater geerbt hatte, waren die Räume jedoch groß und die Decken hoch. Selbst das Badezimmer, in dem er gerade werkelte, war ein Saal.

Duval war schlagartig angespannt. Seinen Start in Cannes hatte er sich etwas geruhsamer vorgestellt. Nicht gleich mit einem Mord während des Filmfestivals. Er sah in den Spiegel: Sein Gesicht war verschwitzt und voller Mörtelstaub. Er war nicht rasiert. Er fuhr sich durch die Haare, schnupperte unter seinen Achseln. Ok, für den ersten Tag ging es so wohl nicht. Kurz entschlossen sprang er unter die Dusche, rasierte sich in Windeseile und suchte dann im Kleiderstapel auf dem Sessel neben seinem Bett nach einem sauberen und nicht verknitterten Hemd. Im Wohnzimmer sang Georges Brassens gerade vom mottenzerfressenen Unterrock der schönen Hélène, die andere deswegen hässlich gefunden hätten ... *les trois capitaines l'auraient appelée vilaine* ... Duval sang gegen seine aufsteigende Nervosität an, inbrünstig, aber falsch. Er konnte keine Melodie halten. Er liebte das Lied immer noch, und natürlich dachte er immer noch an Hélène. Hélène aber hatte das Lied irgendwann nicht mehr hören wollen. Sie wollte gar nichts mehr von Brassens hören. Sie hatte die Nase voll. Von Brassens, aber vor allem von ihm. Er konnte Brassens immer hören. War er gestresst, begann er seine Tage am liebsten schon mit Brassens. Bei den Gitarrenklängen konnte er wegtauchen. Sich isolieren und dennoch nachdenken. Unbehelligt von allem, was ihn umgab. Er hörte dann weder Lilly schreien noch Matteo rufen, und er sah Hélène nur wie hinter einer Milchglasscheibe agieren. Bis Hélène eines Tages eine Platte von Brassens, die er gerade hörte, vom Plattenspieler nahm und zerbrach. Ich kann nicht mehr, sagte sie. Geh!

Das Einzige, was er bisher angeschlossen hatte, waren seine Stereoanlage und der Fernseher. Der Plattenspieler für die Vinylplatten stand auch schon und seine LPs nahmen mehrere Meter Raum ein. Endlich hatte er Platz dafür. Trotz oder vielleicht auch wegen seiner Unmusikalität brauchte er Musik. Er genoss es, dass er in diesem Haus die Anlage aufdrehen konnte, ohne dass Nachbarn an die Decke klopften. Musik muss man laut hören, war seine Ansicht.

Er hatte kein passendes Hemd gefunden und wühlte nun in einem Kleiderkarton. Er zog ein Polohemd heraus. Die meisten seiner Sachen waren noch nicht ausgepackt. Er seufzte. Einmal wieder im Dienst, würde dieser Zustand bis in alle Ewigkeit fortdauern. Er kannte sich und den Job. Jemanden, der seine Hemden bügelte, würde er auch bald brauchen. Er wusste nicht, ob die Wäscherei neben dem benachbarten Gymnasium noch existierte. Er wählte eine saubere Jeans, griff nach der Lederjacke, zögerte jedoch. Erster Tag immerhin. Ein Mord im Palais. Erneut betrachtete er sich im Spiegel. Er wusste, dass die rötlichen Locken ihm etwas Wildes und Jungenhaftes gaben. Frauen hatten stets Lust, ihm durch die lockigen Haare zu fahren, ganz egal, wie kurz er sie auch trug. Heute wollte er allerdings gern etwas seriöser wirken. Er nahm das Sakko aus dem Garderobenschrank. Und los, sagt er zu seinem Spiegelbild. Neue Stadt, neuer Job, neues Glück.

Er würgte Brassens mitten im Wort ab, zog die Tür hinter sich zu und überlegte, während er die Treppen hinablief, wo er das Auto geparkt hatte. Als er die Haustür öffnete, strahlte ihm die Sonne warm entgegen und kurz entschlossen entschied er, zum Palais zu laufen. So konnte er vielleicht schon ein bisschen Festivalatmosphäre schnuppern, außerdem lief er ganz gern. Auf seinem Weg die stark befahrene Avenue de Grasse hinab kam er am kleinen Parc Méro vorbei, der anscheinend neu gestaltet worden war, seitdem er das letzte Mal hier gewesen war. Der Eingang lag jetzt zurückgesetzt und die ehemals staubigen Wege waren durch weinroten Teer ersetzt worden. Eine ältere Dame fütterte auf einer Bank gleich hinter dem Eingang mehrere Katzen, die laut miauend um sie herumstrichen. Duval versuchte die Straße zu überqueren und wunderte sich über die nicht nachlassende

Menge an Motorrädern, Pkws und sogar Lieferwagen, die sich die kurvige Straße hinaufbewegten. So viele waren es doch früher nicht gewesen, dachte er. Er fand es unerträglich laut. Er kam an der Polsterei vorbei, die es dort schon seit Jahrzehnten gab, im Schaufenster stand noch immer der gleiche Sessel, der in der Mitte aufgeschnitten war und so das Innenleben eines Polstersessels zeigte. Duval registrierte die wenigen Geschäftsbetriebe, die es noch gab. Eine Autowerkstatt, eine Apotheke, eine kleine Wäscherei, einen Friseur, eine Änderungsschneiderei, ein jüdisches Beerdigungsinstitut und hinter einer pinkfarbig gestrichenen Fassade einen Elektroeinzelhandel, in dessen Schaufenster noch immer und vermutlich ganzjährig kleine Weihnachtslämpchen blinkten. Keinen einzigen Lebensmittelladen, keinen Bäcker, keinen Metzger gab es mehr in diesem Viertel, dafür ein Tätowier- und Piercingstudio, einen Kosmetiksalon und ein Fingernagelstudio, ach, und immerhin einen Pizzalieferanten, gut zu wissen. Er überquerte die große Kreuzung Pont Carnot, wo auch das Polizeipräsidium lag, ließ es jedoch links liegen, genauer gesagt rechts, und lief geradeaus weiter durch ein Sträßchen, in dem sich Boutiquen aneinanderreihten: Mode, Blumen, Schmuck und viel dekorativer Kleinkram. Dazwischen lagen eine Bank und allein drei Immobilienmakler. Ein lukratives Geschäft an der Côte d'Azur. Er sah den weißen eckigen Koloss des Filmpalastes schon vor sich liegen. Wie angenehm kurz hier die Distanzen waren. Wenn nur die vielen Menschen nicht wären, die sich durch die engen Straßen drängten.

Er erreichte die Rue d'Antibes, die luxuriöse Einkaufsstraße von Cannes, der er aber nur einen kurzen Blick nach rechts und links gönnte, um sie schnell bei Rot zu überqueren. Duval hatte noch nie so viele Menschen hier gesehen.

Aber er war auch noch nie während des Festivals in Cannes gewesen. Sein Mobiltelefon klingelte. Es war der Polizeidirektor, sein oberster Chef.

»Monsieur le Commissaire, sind Sie schon unterwegs?«

»Kurz vor dem Palais, Monsieur le Directeur.«

»Gut, gut. Bisschen plötzlicher Einstieg, aber so ist das in unserem Metier, Sie machen das schon, *n'est-ce pas?* Hören Sie, Villiers und LeBlanc sind vor Ort. Die kennen Sie ja bereits. Sie bekommen natürlich alle Unterstützung, die Sie brauchen. Ich werde Ihnen noch ein paar Leute zur Verfügung stellen. Wir müssen das so schnell wie möglich hinter uns bringen. Diskret und effizient. Hier steht das Telefon nicht still, das können Sie sich ja denken. Der Innenminister, der Kultusminister ... gut, Duval, ich will Sie nicht aufhalten, *bon courage!* Und halten Sie mich auf dem Laufenden.«

»Jawohl, Monsieur le Directeur. Geht in Ordnung.«

Duval war in der Zwischenzeit vor dem Palais des Festivals angekommen. *Palais des Festivals et des Congrès* hieß das vieleckige Gebäude offiziell. Aber alle sprachen nur vom Palais. Duval hatte Schwierigkeiten, hineinzukommen. Alles war abgesperrt. Selbst der Dienstausweis schien keine Gültigkeit zu haben. So musste erst lange hin und her telefoniert werden, bis er schließlich jemanden durch das Telefon des Sicherheitsbeamten bellen hörte, dass man den Commissaire gefälligst einlassen solle, er würde dringend erwartet. Der Sicherheitsbeamte, der Duval den Zutritt verwehrt hatte, salutierte zackig mit dem Telefon am Ohr, öffnete die Absperrung und Duval durfte in das Palais des Festivals eintreten.

Duval hatte sich bisher keine Vorstellung vom Inneren gemacht. Er war jedoch überrascht, sich in einem Treppenhausgewirr mit relativ niedrigen Decken wiederzufinden. Unbewusst hatte er hohe Hallen erwartet, aber man hatte wohl versucht, ein Maximum an Etagen in diesem Gebäude unterzubringen. Alles war sehr eckig, sehr kühl, aber unverkennbar in einem schon aus der Mode gekommenen Achtziger-Jahre-Stil gestaltet. Er sah vorerst nur Treppen, Türen, lange Flure, Teppichböden mit eingewebter Palme, verspiegelte Wände, und das Licht kam von Tausenden goldfarbiger Glühlampen. Es wimmelte von Menschen, er hatte keine Ahnung, wohin er sich wenden sollte, als ihm ein Mann im dunklen Anzug entgegeneilte.

»Monsieur le Commissaire? Sehr erfreut. Mercier, ich bin der Direktor des Filmpalastes. Danke, dass Sie gleich gekommen sind«, fügte er hinzu und schüttelt ihm überschwänglich die Hand. »Ich sage es Ihnen gleich, wir müssen den Saal sofort wieder zur Verfügung haben. Die Filmvorführung um halb zwölf, meinetwegen auch die um 15 Uhr, können wir zur Not ausfallen lassen, aber für die beiden Vorstellungen heute Abend, um 19 Uhr und um 23 Uhr, wenn alle Stars und die Prominenz die Stufen erklimmen, brauchen wir den großen Saal …«

»Sagen Sie mir doch erst mal, was genau passiert ist«, bat Duval, als er neben dem erregten Direktor durch den Saal lief.

»Serge Thibaut, der Filmemacher, ist während der Filmvorführung heute Morgen getötet worden. Erschossen.«

»Thibaut? Während er einen Film sah?« Duval zuckte innerlich zusammen. Er verstand die angespannte Nervosität. Nicht irgendjemand war erschossen worden, was schlimm genug wäre, nein, er hatte es mit einem Prominentenmord beim Filmfestival zu tun. Na, herzlichen Glückwunsch, Duval, dachte er zynisch. Super Anfang.

»Während der Vorführung seines eigenen Films, um genau zu sein.«

»Wie ist es passiert?«

»Keine Ahnung. Fragen Sie Ihre Kollegen. Der Film lief bis zum Ende durch. Erst als das Licht anging, und sich alle ihm zuwandten, sah man, dass er nicht entspannt, sondern leblos in seinem Sessel lag. Während der Vorstellung ist es natürlich dunkel im Saal, und es gibt eine ausgezeichnete Rundumtechnik. Wir haben die neueste Technik hier ... Die Zuschauer sehen und hören nur den Film. Vermutlich ist Thibaut einfach ein bisschen zusammengesackt, die Umsitzenden dachten vielleicht, er mache ein Nickerchen. Wissen Sie, nach den langen Abendveranstaltungen kommt das schon mal vor, dass man im Dunkeln kurz einnickt. Aber das können Ihnen Ihre Kollegen vermutlich genauer erzählen. Die sind ja alle schon mittendrin. Ach, da ist ja auch schon die rechte Hand des Staatsanwalts ... der kann Sie gleich mit allen bekannt machen, kommen Sie, Monsieur le Commissaire, kommen Sie ...«

Mercier führte ihn in Richtung mehrerer Herren im schwarzen Anzug, einer von ihnen sprach aufgeregt und gestenreich.

»Ah, Commissaire Duval!« Jean Delavoix, der stellvertretende Staatsanwalt, erkannte ihn und stellte ihn der Runde vor: »Unser neuer Mann in Cannes. Rechtzeitig aus der Hauptstadt eingetroffen ...«

Duval atmete tief durch, setzte ein höfliches, aber indifferentes Gesicht auf und murmelte sein »Sehr erfreut« in die Runde. Er sah jedem der Herren in die Augen, während er Hände schüttelte, und versuchte sich ein Bild zu machen. Er blickte in kühle, ihn musternde Gesichter. Offensichtlich stand er der Crème de la Crème von Cannes gegenüber.

»Auf gute Zusammenarbeit, Monsieur le Commissaire«, sagte der stellvertretende Staatsanwalt nun. »Staatsanwalt Tilly möchte, dass Sie die Ermittlungen führen. Der Polizeidirektor hat mir eben zugesichert, dass Sie jede Unterstützung bekommen, die Sie brauchen. Ein paar Mann mehr können ja nicht schaden. Gut, dass Sie da sind. Wir können Ihre Hauptstadterfahrung ganz gut gebrauchen. Fingerspitzengefühl, wenn Sie verstehen, was ich meine.«

»Monsieur le Commissaire, ich BRAUCHE diesen Saal!« Der Mann, der ihm als Charles Leclerc, Präsident des Filmfestivals, vorgestellt wurde, wirkte gestresst. »Bitte, ab wann kann ich wieder darüber verfügen?«

Das ist jetzt nicht dein Ernst, dachte Duval, noch hatte er von nichts eine Ahnung und sollte schon Auskünfte geben. Aber noch bevor er etwas sagen konnte, antwortete der stellvertretende Staatsanwalt an seiner Stelle:

»Wir werden unser Möglichstes tun, Monsieur le Président. Glauben Sie mir, dass wir uns Ihrer Lage bewusst sind, wir werden mit Hochdruck daran arbeiten, nicht wahr, Monsieur le Commissaire?«

Duval nickte höflich.

»Monsieur Duval, kommen Sie, bei dieser Gelegenheit können Sie gleich den Bürgermeister kennenlernen.« Mercier machte eine einladende Geste.

»Monsieur le Maire, darf ich Ihnen unseren neuen Commissaire vorstellen?«

Ein kleiner gedrungener Mann wandte sich Duval zu, während Mercier ein Loblied auf ihn sang.

»Monsieur Duval, hier haben Sie den besten Mann von Cannes vor sich, Jean-Marie Lecoq, unseren Bürgermeister. Solide und dynamisch.«

Duval schüttelte die Hand des braun gebrannten älteren Mannes, der auf einem Kaugummi herumkaute und ihn mit kalten hellblauen Augen prüfend musterte, während er ein professionelles Lächeln zur Schau trug.

»*Bienvenue* in der schönsten Stadt Frankreichs, Monsieur le Commissaire, unser Cannes wird Ihnen guttun. Gerade eine unglückliche Situation, aber das werden Sie uns schnell lösen, nicht wahr?! Ansonsten ist Cannes eine wunderbare Stadt. Es lebt sich gut hier. Wir haben keine Getto-Vorstädte, hier werden keine Autos verbrannt oder Steine geworfen. Cannes ist sicher. Fast so sicher wie das Fürstentum Monaco. Dank eines perfekten Sicherheitssystems, aber das werden Sie ja bestimmt wissen ... Wir haben bislang keine Krise, und ich tue alles dafür, dass das so bleibt. Das Festival ist unser Aushängeschild Nummer eins und da brauchen wir ganz bestimmt keinen Skandal, wenn Sie verstehen ... Suchen Sie den Mörder, schnell und diskret, und sorgen Sie dafür, dass unser guter Freund Leclerc seinen Saal so bald wie möglich benutzen kann, *n'est-ce pas?!* Das Festival muss weitergehen!« Er sah Beifall heischend in die Runde. »Sie erlauben doch, dass ich mich verabschiede? Wenn Sie mich brauchen, wissen Sie ja, wo ich zu finden bin, die Mairie ist nur einen Katzensprung entfernt. Und ich stehe Ihnen natürlich jederzeit zur Verfügung. Mercier ebenso, nicht wahr, Mercier?« Lecoq sah seinen Stellvertreter aufmunternd an.

Mercier nickte.

»Natürlich, Monsieur le Maire, natürlich«, sagte Duval höflich, aber etwas lahm, »*bonne journée.*«

Im Gehen winkte Lecoq wie ein Star in die Runde, als sei er auf einer Wahlkampfveranstaltung und als sei hier nicht gerade ein Mord geschehen. *Nomen est omen,* dachte Duval, was für ein selbstgefälliger Gockel.

»Dann mal an die Arbeit, Monsieur le Commissaire, es muss schnell gehen. Wir haben die Journaille an den Hacken. Die ganze Welt schaut auf Cannes. Na, was sag' ich Ihnen ...

Die obligatorische Pressekonferenz nehme ich Ihnen heute natürlich ab. Keine Sorge, fangen Sie erst mal an. Ach, eins noch, Ihr Ermittlungsrichter ist Madame Marnier. Eine tüchtige Frau. Setzen Sie sich baldmöglichst mit ihr in Verbindung. Sie erwartet Ihren Anruf. Und jetzt: *bon courage,* Commissaire!« Der stellvertretende Staatsanwalt entließ Duval, der sich bereits der Absperrung im Saal näherte.

»Na, Bekanntschaft gemacht mit dem Dream-Team von Cannes?! Einen schöneren Start kann man sich ja kaum vorstellen. Willkommen in Cannes!« Villiers grinste seinen neuen Vorgesetzten an. »An diesen Herren kommen Sie nicht vorbei. Besser, Sie stellen sich gut mit beiden. Täuschen Sie sich nicht, Mercier ist ein gerissener Hund. Sehr intelligent und ein Karrierist. Der Bürgermeister ist offen aggressiv. Mercier ist subtil.«

»Hm«, machte Duval, ließ sich aber nicht anmerken, was er dachte. »Bringen Sie mich doch mal auf den neuesten Stand«, bat er.

»Serge Thibaut, das sagt Ihnen doch was?«

»Klar«, Duval nickte mit dem Kopf. Thibaut war ein Naturfilmer, ein gut aussehender charismatischer Typ, der extrem erfolgreich geworden war, seitdem er angefangen hatte, die Welt aus geringer Höhe aus einem Helikopter heraus abzufilmen. Sehr engagiert hatte er sich in den letzten Jahren bei der Rettung des Regenwalds und war so zum Ökohelden geworden, mit dem sich alle Naturschutzorganisationen schmückten. Lange galt er als Idealbesetzung des Präsidentschaftskandidaten für die ökologische Partei. In letzter Minute hatte man sich für eine Frau entschieden. Sie war weniger medienwirksam und nach dem schlechten Abschneiden der ökologischen Partei bei den Wahlen war Thibauts

Popularität noch gestiegen. Hätte man nur ihn genommen, dachten so manche.

»Thibaut zeigte seinen neuesten Film zur Rettung des Regenwalds im Amazonasbecken. Und jemand hat ihn wohl währenddessen erschossen. Er ist übrigens mit einer Gruppe Indios angereist, komisches Völkchen ...« Villiers wies in eine Ecke des Saals.

»Hm«, brummte Duval. Er sah ein Grüppchen verloren aussehender Indios in bunten Kleidern und Hosen, die teilweise auf dem Fußboden saßen und teilnahmslos vor sich hinstarrten. Was für eine abstruse Idee, diese Menschen nach Cannes zum Filmfestival zu schleppen. Was sollten sie hier? Ein kleines Mädchen war unter ihnen. Sehr niedlich, die Kleine, dachte er. Das Mädchen sah ihn mit großen Augen an und lächelte breit. Er sah, dass sie eine Zahnlücke hatte. Das gab ihm einen Stich, er musste an Lilly denken ... ach Lilly ... er würde sie anrufen, gleich heute Abend, nahm er sich vor.

Villiers hatte die ganze Zeit weitergeredet.

»Die Journalisten sind übrigens außer Rand und Band. Es waren wohl Tausende im Saal.«

Duval zog die Augenbrauen hoch. Er kannte den Commandant Villiers und Capitaine LeBlanc bereits ein wenig von seinen zwei letzten Aufenthalten in Cannes. Noah Villiers war groß, schlank und gut durchtrainiert. Seine Mutter kam von der Insel Réunion und hatte ihm etwas von ihrer Hautfarbe und den biblisch klingenden Vornamen mitgegeben. Sein Vater war Angehöriger des französischen Militärs, das auf der Insel stationiert war. Villiers vereinte wohl die Charakterzüge beider Eltern. Er war immer gut gelaunt, redete viel und konnte nicht umhin, überall kleine alberne Wortspielereien einzubauen. Immer auf der Suche nach einem Lacher. Außerdem nahm er es mit den Regeln oft nicht so genau. »Locker bleiben!« war sein Motto. Er wirkte dadurch ein bisschen unseriös, war im Grunde aber zuverlässig und ein guter Flic. Es schien, als erführe er durch seinen Charme und seine unkonventionelle Art mehr als andere. Villiers hatte erst vor Kurzem geheiratet, eine sanfte, sehr hellhäutige blonde Französin, die auf Anhieb von ihm schwanger geworden war. Villiers war zerrissen zwischen dem Anspruch, ein guter Vater und treuer Ehemann zu werden, und seinem Bedürfnis, stets und überall zu flirten. So hatte er Tage, an denen er den seriösen und verantwortungsvollen Ehemann verkörpern wollte, an anderen Tagen brach sein jungenhafter Charme durch und er konnte es nicht lassen, den hübschen Mädchen nachzusehen und Komplimente zu machen. »*Vous les femmes …*«, sang er gern den schmelzenden Schlager von Julio Iglesias und warf tiefe Blicke. Duval mochte ihn, hoffte nur, dass die Zusammenarbeit auf Dauer nicht ebenso von seinem Gemüt abhängig war. Bislang kam er mit der Mischung aus Leichtigkeit und Seriosität ganz gut zurecht.

Er blickte auf die andere Seite des riesigen Saales. Dort war es schwarz vor Menschen. Es wogte, raunte, schrie. Es wurde gedrängelt und wild gestikuliert. Die Journalisten waren wie immer aufgeregt und aufgebracht, weil man sie nicht umgehend und umfassend informierte. Information! Die Menschheit hat ein Recht auf Information! Oh, wie ihn diese heuchlerische Meute ankotzte. Duval hasste die Journalisten. Er kannte nicht einen, der sein Handwerk ordentlich machte. Er versuchte, die Zahl abzuschätzen. Es war unmöglich. Tausende? Es schien ihm wirklich übertrieben. Dennoch, gut, dass Delavoix die Pressekonferenz auf sich nahm. Diese Art öffentlichen Auftritts war ihm verhasst. Es lag ihm nicht, inhaltslose Sätze von sich zu geben, nur um irgendetwas zu sagen. Er redete grundsätzlich eher wenig, in solchen Situationen wurde er dann ganz trocken und spröde. Und auf einen heftigen Schlagabtausch mit dieser Horde von gierigen Journalisten hatte er schon gar keine Lust. Er war froh, dass ihn noch keiner kannte.

»Wir sollten den Saal sobald wie möglich wieder freigeben ... Leclerc hatte mich schon am Wickel ...«

»Jaja, immer mit der Ruhe, Villiers«, unterbrach Duval. »Erst mal sollen die Spurenermittler hier in Ruhe ihre Arbeit machen. Was denken sich die Leute immer? Hier ist verdammt noch mal jemand ermordet worden. Aber dann soll alles blitzschnell so weitergehen, als sei nichts passiert.«

»Ah, Monsieur le Commissaire, das müssen Sie verstehen, das Festival ist ein logistischer Kraftakt, und ohne diesen Saal sind sie verloren ... und es geht um viel Geld.«

Blitzlichter erhellten grell die Szene. Alarmiert blickte Duval in Richtung des Fotografen. Er fürchtete einen Ansturm der Presse, aber es war nur der Polizeifotograf, der seine Arbeit machte.

Duval sah sich im großen Saal um. Ein riesiger Raum mit großer Bühne, der als Kino oder Theatersaal fungieren konnte. Es gab mehrere Ränge. Die Anzahl der pinkfarbenen Polstersitze konnte er nicht schätzen. Er versuchte, die Sitze einer Reihe zu zählen.

»War der Saal voll?«, fragt er Villiers.

»Mehr oder weniger, Monsieur le Commissaire, 2300 Menschen passen hier rein. Es war nicht ganz voll, aber 2000 Menschen waren wohl da.«

»Wer kann hier alles rein? Muss man eingeladen sein?

»Und das Badge könnte ja theoretisch auch weitergegeben werden oder geklaut sein ...«

»Da ist ein Foto drauf. So einfach ist es nicht. Die Leute schlafen mit dem Ding, glauben Sie mir. Die Akkreditierung ist teuer, und wer sein Badge verliert, bekommt so schnell kein neues. Ganz strikte Regelung. Gut. Zwei Mal zwei Leute kontrollieren an jedem Eingang, es gibt eine Code- und unter Umständen eine Taschenkontrolle. Und es gibt eine weitere Taschenkontrolle vor den Eingängen des Saals. Fakultativ allerdings.«

»Sie benutzen keinen Metalldetektor?«

»Nein.« O'Reilly schüttelte den Kopf und zuckte bedauernd mit den Achseln. »Unter uns, die Taschenkontrollen sind etwas lax und dienen mehr einer symbolischen Abschreckung, aber wenn wir es machen wollten wie beispielsweise am Flughafen, bräuchten wir Stunden. Die Zeit haben wir hier nicht. Sie haben keine Ahnung, wie eng hier alles getaktet ist. Während die 2300 Leute aus dem großen Saal noch rausgehen, kommen weitere 2300 von vorne für die nächste Vorstellung schon wieder rein, und so ist es den ganzen Tag. Die erste Vorstellung ist um 8.30 Uhr, die letzte um 23 Uhr. Verstehen Sie? Meine Leute laufen aber zusätzlich durch das Palais und haben auf alles ein Auge, was ihnen suspekt erscheint. Die sind geschult, glauben Sie mir.«

»Hmm«, machte Duval. Irgendetwas war den geschulten Augen der Sicherheitsleute dennoch entgangen. »Wie viele Leute waren Ihrer Ansicht nach da?«

»Der Saal hat 2300 Sitzplätze. Es waren nicht alle Plätze belegt. 2000 würde ich sagen.«

Das bestätigte die Information, die er von Villiers erhalten hatte.

»Und wie viele davon sind noch da?«

»Sagen wir mal so, gut zwei Drittel sind schon weg.«

Duval stöhnte.

»Was wollen Sie, um 8.30 Uhr, das ist die Presse-Vorstellung. Das sind alles professionelle Zuschauer, die keine Zeit zu verlieren haben. Die sind nach dem Film sofort wieder aus dem Saal geströmt. Vor allem die Zuschauer aus den Rängen, denen der Tumult in den vorderen Reihen im Orchester nicht aufgefallen war, waren sofort weg. Die schauen sich nicht noch gemütlich den Abspann an, um zu erfahren, wo der himmelblaue Kakadu aufgenommen worden ist. Die wollen nur schnell ein paar Infos weitergeben und dann zum nächsten Film oder zur nächsten Pressekonferenz. Als ich begriffen habe, was los war, wollte ich vor allem vermeiden, dass es eine Panik gab, und wollte, dass alle so schnell wie möglich, aber in aller Ruhe verschwinden. Vor allem die hysterische Presse. Reibungsloser Abgang, verstehen Sie?« O'Reillys Funktelefon krächzte und piepte. »Ich muss jetzt zum Technikeingang ... das Festival geht ja weiter. Was machen wir jetzt mit diesem Saal? Kann die nächste Vorstellung hier laufen?«

»Sind Sie alle verrückt geworden, oder was? Thibaut liegt noch da unten, und Sie wollen hier weitermachen, als wäre nichts gewesen?«

O'Reilly zuckte mit den Achseln. »Business«, sagte er trocken. »Sie wissen nicht, was das Festival bedeutet.« Er rieb Daumen, Zeige- und Mittelfinger aneinander. »*Le fric*«, sagte er, »der Rubel muss rollen.«

Duval schüttelte den Kopf.

»Dass es hier schleunigst weitergeht, daran habe ich keinen Zweifel, Commissaire. Sie kennen das hier noch nicht. Hat Ihnen Ihr Bürgermeister das nicht klargemacht? Sie sind neu hier, Monsieur le Commissaire. Legen Sie sich nicht gleich mit den Ranghöchsten an, ist nicht gut für die Karriere.«

Duval zog es vor, darauf nichts zu sagen. Karriere, Karriere. Dass es bislang aufwärtsgegangen war, verdankte er nur sich selbst und der Tatsache, dass er seinen Job gut gemacht hatte, nicht irgendwelchen Beziehungen.

»Wir bleiben in Kontakt«, sagte er kurz. »Ich rechne fest mit Ihrer Kooperation, was immer Sie rauskriegen, will ich auch wissen ... Haben Sie vielleicht eine Telefonnummer für mich?«

»Yep. Sicher.« O'Reilly zog eine Visitenkarte aus der Brieftasche und reichte sie ihm. Dann nickte er kurz, drückte Duval noch einmal kräftig die Hand und verschwand, während er schon wieder in sein Funktelefon sprach. EDS Protection – Event Security stand in Gold auf dem schwarzen hochglänzenden Kärtchen.

Duval seufzte. 2000 potenzielle Täter und Zeugen gleichzeitig. Dass der Täter im Saal gewesen war, stand immerhin fest. Aber er hatte sicher nicht abgewartet, bis der Mord entdeckt wurde, sondern hatte sich alsbald diskret verdünnisiert. Man müsste dennoch alle Namen und Anschriften bekommen können, zumindest von denen, die noch da waren. Und versuchen, eine Liste der akkreditierten Zuschauer zu bekommen, die offiziell eingelassen worden waren. Was für ein Aufwand. Hatte denn niemand der 2000 Menschen irgendetwas bemerkt? Zumindest die Leute in unmittelbarer Nähe?

»Wissen Sie, wer neben ihm saß, hinter ihm, vor ihm? Die müssen doch etwas bemerkt haben? So ein Schuss macht doch 'ne Menge Lärm, selbst wenn die Waffe einen Schalldämpfer hatte«, fragte er Villiers.

Villiers machte eine Grimasse.

»Er war wohl umgeben von den Indios. Das kleine Mädchen, wohl so eine inoffizielle Adoptivtochter, saß neben ihm, ein paar Indios saßen vor ihm. Aber die waren wohl so absorbiert von dem Film, die haben gar nichts anderes mitbekommen.«

Es könnte also durchaus einer der Indios gewesen sein, dachte Duval. Auch wenn es absurd ist, dass sie ihren charismatischen Retter und Verteidiger umbringen sollten. Aber wer weiß, vielleicht gefiel es ihnen gar nicht, so an die Öffentlichkeit gezerrt zu werden.

»Sie sind aber alle noch da, irgendwie freundlich und abwesend. Und eine Waffe wurde bislang nirgends gefunden«, sagte Villiers, als habe er seine Gedanken gelesen.

»Kann man sich mit ihnen verständigen? Was sprechen sie? Portugiesisch? Englisch?«

»Weder noch, Monsieur le Commissaire. Sie sprechen wohl eine Art Dialekt.«

»Gibt es jemanden, der da übersetzen kann?«

»Die Kleine kann ein paar Brocken Französisch.«

Duval verdrehte die Augen.

»Lassen Sie einen Ethnologen suchen oder was weiß ich, irgendjemanden, der da zukünftig übersetzen kann.«

Dann sah er Thibaut, der auf einer Bahre lag. Thibaut war vielleicht Ende fünfzig. Schlank. Weißblond, braun gebrannt, wettergegerbt, viele kleine Fältchen im Gesicht. Duval hatte Thibaut oft genug im Fernsehen gesehen, um ihn sofort wiederzuerkennen. Ein gut aussehender Typ. Jetzt sah sein Gesicht wie eine Fratze aus. Ein Auge starrte ins Leere, das andere war weggeschossen. Duval sah die leere blutverkrustete Augenhöhle. Ein Rinnsal von inzwischen angetrocknetem Blut war zusätzlich aus seiner Nase ausgetreten.

»Docteur?!« Duval sprach den Gerichtsmediziner an, der gerade seine Handschuhe auszog und seine Instrumente in einem Koffer verstaute. Er blickte auf.

»Ja?!«

»Docteur, ich bin Commissaire Duval, ich leite die Ermittlungen.«

»Ah, *oui*, sehr erfreut, Sie sind der neue Commissaire, frisch aus Paris.« Der Arzt gab ihm die Hand. »Charpentier mein Name, Dr. Charpentier. Na, Sie haben sich ja einen hübschen Fall für den Anfang ausgesucht. Heiß und fettig, sozusagen. Drunter machen Sie's nicht, was? Ich geb' Ihnen mal die ersten Infos: Wir haben es mit einem Tötungsdelikt durch Schussverletzung zu tun, das wissen Sie vermutlich schon. Ging präzise ins rechte Auge. Guter Schütze. Professionell würde ich sagen. Wahrscheinlich wurde mit einem Kleinkalibergewehr geschossen. Keine Kugel ausgetreten, vermute, es handelt sich um ein sich zerlegendes Teilmantelgeschoss. Kaliber .22 möglicherweise. Das werde ich Ihnen nach der Untersuchung aber noch genauer sagen können. Thibaut war vermutlich sofort tot. Der Todeszeitpunkt ist dieses Mal auch recht einfach zu ermitteln. Vor dem Film hat er noch gelebt. Danach war er tot. Haha, kleiner Scherz ... Ich schau ihn mir aber noch genauer an.«

Duval wollte etwas sagen, der Mediziner ließ ihn jedoch nicht zu Wort kommen.

»Es eilt, keine Sorge, Monsieur le Commissaire, das brauchen Sie mir nicht zu sagen, das haben selbst wir hier in der Provinz verstanden. Ich rufe Sie an, sobald die Untersuchung abgeschlossen ist. Morgen gegen Mittag, würde ich sagen.

Ich gebe Ihnen mal meine Karte, aber Ihre Sekretärin hat die Nummer auch.« Duval nickte dankend und steckte die Karte in seine Brieftasche. Der Mediziner grüßte in die Runde und verschwand.

Duval stöhnte innerlich auf. Warum konnte es nicht einmal nur einfach sein mit den Gerichtsmedizinern? Dieser hier schien vor allem darunter zu leiden, dass er selbst nicht bis nach Paris gekommen war. Paris. Für die echten Pariser zählte natürlich nur Paris. Der Rest von Frankreich bestand für sie nur aus mehr oder weniger unwichtigen Provinzstädten, und sie benahmen sich dort entsprechend arrogant. In den Provinzstädten sah man die Pariser daher ungern. *C'est un Parisien!* war in Marseille gleichbedeutend mit einem Schimpfwort und konnte auch als Kampfansage verstanden werden: »Das ist ein arroganter Drecksack aus Paris! Schlagt ihm die Fresse ein!« Duval war sich bewusst, dass man in ihm lange den Pariser sehen würde, vor allem anderen. Er wandte sich wieder Villiers zu. Der immerhin schien vorurteilsfrei zu sein.

»War er verheiratet? Kinder?«

»Verheiratet ja, anscheinend keine Kinder.«

»Anscheinend?«

»Na ja, keine Kinder mit seiner Frau zumindest. Aber vielleicht hatte er ›ein zweites Büro‹, wie man bei uns auf der Insel sagen würde.«

»Ein zweites Büro«?

»Oh, Monsieur le Commissaire, muss ich Ihnen das erklären? *Oui.* Eine zweite Frau, eine Geliebte. Oft eine zweite Familie. So was kommt vor im Leben eines Mannes. Na, schauen Sie mich nicht so an, selbst Mitterrand hatte eine zweite Familie, das wissen wir doch heute alle.«

Duval seufzte. Ja, natürlich gab es das. Er war auch nicht immer treu gewesen, aber zwischen gelegentlicher Untreue und dem Gründen einer zweiten Familie lag doch ein Unterschied. Und war Villiers nicht gerade erst frisch verheiratet?

»Wo ist seine Frau?«

»Nicht hier zumindest. Wir haben versucht, sie zu erreichen. Sie haben eine Wohnung in Paris im 17. Arrondissement und eine Villa im Luberon. Aber bislang konnten wir sie weder in Paris noch im Luberon auftreiben. Wir versuchen weiter, sie zu finden, aber ich befürchte, sie wird es zunächst aus der Presse erfahren.« Villiers zuckte bedauernd mit den Achseln.

»Gut, lassen Sie weitersuchen. Irgendwann muss sie ja auftauchen.«

»Was ist mit seinem Hotelzimmer? Hat schon jemand das Hotelzimmer durchsucht? Wo war er untergebracht? Wo ist LeBlanc eigentlich?« Er sah sich suchend um.

»Zur Stelle, Monsieur le Commissaire!« LeBlanc salutierte. »Er wohnte im Majestic, Monsieur le Commissaire. Das ist gleich gegenüber dem Palais, ein Luxushotel, Monsieur le Commissaire.«

»Schon gut, LeBlanc, schon gut.«

Michel LeBlanc war äußerlich und vom Charakter genau das Gegenteil von Villiers. Seriös, ein bisschen angestrengt, war er jemand, der sich festbeißen konnte und hartnäckig nach den kleinsten Details suchte, dabei allerdings oft einen missgelaunten Eindruck machte. Ein kleiner rundlicher Mann mit bereits etwas schütterem Haar. Seine Fülligkeit schien noch etwas stärker geworden zu sein, seit Duval ihn das letzte Mal gesehen hatte. Duval wusste nicht viel von ihm, anders als Villiers verbreitete LeBlanc wenig Details aus seinem Privatleben. Gerüchteweise war ihm jedoch einiges zu Ohren gekommen: LeBlanc war verheiratet, aber wie so oft in diesem Beruf war seine Frau mit der steten Abwesenheit ihres Gatten wenig zufrieden und hatte ihn zunächst verlassen. Aber dann war sie wohl wieder zurückgekommen und LeBlanc hatte gleich ein paar Kilo zugenommen. Sehr glücklich sah er allerdings dennoch nicht aus.

Duval seufzte. *Flic* sein und ein glückliches Privatleben haben schlossen sich eigentlich aus. Vielleicht sollten Polizisten nur untereinander Paare bilden, dann war wenigstens das Verständnis für die Arbeitszeit gegeben. Aber er kannte trotzdem nur wenige Paare, die sich im Polizeidienst kennengelernt hatten und immer noch zusammen waren. Denn war man mit einem *Flic* zusammen, hatte man ja auch nie wirklich Feierabend. Blieben die dienstlichen Affären. Damit bekam der Ausdruck »Ein zweites Büro« zumindest die richtige Bedeutung.

»Alles in Ordnung, Monsieur le Commissaire?«

»Ja.« Er riss sich zusammen. »Was gibt's noch?«, wandte Duval sich an Villiers und LeBlanc. »Noch irgendwas Besonderes?«

»Uns wurde zugetragen, dass es zwischen Thibaut und einem anderen Filmemacher Krach gab, gestern Abend während eines Empfangs im Hotel Majestic. Im Hotel Majestic sind traditionell Abendveranstaltungen während des Festivals. Nur für die Schönen und Reichen«, erklärte Villiers. »Fast in allen Hotels sind jetzt Partys und Empfänge, meist organisiert von Film- oder Sponsorenfirmen.«

»Aha. Wissen wir, wer der andere Filmemacher ist?«

»Noch nicht.«

»Gut, dann fangen wir doch gleich mal mit diesem Hotel an. Hier können wir ja sowieso nichts tun, lassen wir die Kriminaltechniker in Ruhe ihre Arbeit machen. Inspizieren wir das Zimmer und hören mal, was sich gestern Abend dort ereignet hat. Ist das weit?«

»Ein Katzensprung. Wirklich.«

»Gut, dann los.«

»Monsieur le Commissaire?«

»Ja?«

»Ich würde mir gern vorher ein Sandwich zwischen die Kiemen schieben ...«

»Gute Idee. Ich habe auch Hunger. Wie spät ist es denn?«

»Kurz vor zwei, Monsieur le Commissaire.«

»Schon?« Duval war überrascht, der Vormittag war wie im Flug vergangen.

»Wollen Sie richtig essen gehen, Monsieur le Commissaire?«

»Ah, nein, keinesfalls. Nicht jetzt, zumindest. Ein Sandwich reicht.«

»Gut, dann zeige ich Ihnen meinen Lieblingssnack, da gibt es auch frische Salate und es geht alles fix. Manchmal findet man auch einen Sitzplatz.«

»Wirklich nur kurz, Villiers.«

»Keine Sorge, Monsieur le Commissaire. Aber essen müssen wir schon, oder?«

Duval und Villiers gingen ein paar Schritte Richtung Hafen, vorbei an langen Menschenschlangen, die in mehreren Windungen vor diversen Nebeneingängen des Palais auf Einlass für Filmvorstellungen warteten. Fast alle waren, während sie warteten, damit beschäftigt, auf ihren Smartphones zu lesen oder zu schreiben. Die meisten trugen einen Hut oder versuchten auf andere Art, das Display vor der blendenden Sonne abzuschirmen. Das Gelände um das Palais war weitläufig abgesperrt, ebenso die Stirnseite des Hafens, von dem man nichts sah. Es wimmelte von Menschen. Überall standen kleine weiße Pavillons, in denen Aussteller präsent waren. Filmschaffende, Filmfirmen aus aller Herren Länder waren während des Festivals in Cannes und hofften auf Kontakte und gute Geschäfte. Der Zugang zu dem kleinen Kiosk am Hafen war jedoch möglich. Ein paar kleine weiße Tische, weiße Plastikstühle und bunte Sonnenschirme standen etwas lieblos herum. Ein Tisch wurde gerade frei. Villiers nötigte Duval, sich zu setzen.

»Nur fünf Minuten, Monsieur le Commissaire. Geht wirklich schnell, keine Sorge.«

Schon stand ein etwas rau wirkender Mann an ihrem Tisch, wischte mit einem Lappen imaginäre Krümel davon und sah sie erwartungsvoll an.

»Tag, die Herren, was kann ich für Sie tun?«

»Irgendein Sandwich und ein Perrier für mich«, sagte Duval.

»Schinken, Schinken-Käse, Salami, Griechisch, Italienisch, Amerikanisch, Vegetarisch, Pan Bagnat ...«, zählte der Kellner auf.

»Was war das Letzte?«

»Pan Bagnat?«

»Ja.«

»Ein Pan Bagnat, und für Sie Monsieur?«

»Griechisch und auch ein Perrier.«

»Geht klar, ein Griechisch, ein Pan Bagnat, zwei Perrier«, rief der Kellner Richtung Kiosk.

»Eigentlich wollte ich nur wissen, was das ist, ein Pan Bagnat.«

»Keine Sorge. Ist gut. Pan Bagnat ist ein rundes, aufgeschnittenes Brot, dessen beide Hälften in Olivenöl getränkt wurden. Gefüllt ist das Ganze mit einer Art Salade Niçoise, also mit Thunfisch, Salat, Tomate, Ei, Zwiebeln und viel Soße. Das einzig Schwierige daran ist, sich beim Essen nicht mit der Soße zu bekleckern. Aber ganz köstlich. Sie werden sehen.«

»Aha.«

Schon standen die Sandwichs auf Plastiktellern vor ihnen. Duval bewaffnete sich mit mehreren Servietten, biss hungrig in das üppige runde Brot und versuchte, die Soße wirklich nur auf den Plastikteller tropfen zu lassen. Beide Männer aßen eine Weile schweigend.

»Und, schmeckt's?«

Duval nickte mit vollem Mund. »Bisschen fettig«, sagte er, als er das Sandwich bewältigt hatte.

»Das ist nicht fettig, das ist Olivenöl, gutes mediterranes Olivenöl, so ist das hier im Süden.«

»Wenn Sie es sagen. Aber jetzt brauche ich noch einen *café*.«

»Zwei *café* bitte noch«, rief Villiers Richtung Kiosk. Der Mann hinter dem Tresen nickte.

Sie bekamen jeder einen *café* in einem kleinen Plastikbecher. Duval erwartete Schlimmstes, während er den Zucker hineinrührte, aber er war wider Erwarten trinkbar.

»Nicht schlecht, Villiers, gar nicht schlecht.« Er nickte Villiers zu, der erfreut lachte. Duval sah auf die Uhr. »Ok, gehen wir.«

Vor dem Palais des Festivals direkt gegenüber den berühmten rot ausgelegten Stufen, über die allabendlich die Stars nach oben schritten, standen in mehreren Reihen dicht gedrängt und in allen Variationen Stehleitern, Tritte und Hocker. Kein Mensch nahm davon Notiz, nur Duval sah sie mit Erstaunen an.

»Für die Fotografen«, erklärte Villiers. »Die kommen aber

erst, wenn sich was Interessantes auf den Stufen ankündigt. In der Regel kommen die Stars erst abends zur 19-Uhr- oder zur 23-Uhr-Vorstellung. Da ist immer großes Spektakel.«

Sie gingen ein paar Schritte die Croisette entlang, die Prachtstraße von Cannes. Duval sah im Vorübereilen die Vitrinen von Chanel, Prada, Gucci ... und schon standen sie vor dem pompösen Hotel Majestic. Das große zweiflügelige Fünfsternehotel stand etwas zurückgesetzt von der Croisette und hatte einen weitläufigen parkartigen Aufgang.

Das Hotel war kürzlich von Grund auf renoviert worden und strahlte von außen in makellosem Weiß. Vor den Fenstern waren blutrote Markisen angebracht. Das Innere des Hotels war in Creme und Dunkelbraun gehalten. Die Säulen in der Mitte der Eingangshalle waren mit aufwendigem Blumenschmuck dekoriert. Die beiden Polizisten wandten sich an die Rezeption, zeigten ihre Dienstausweise vor, erklärten die Situation und baten darum, das Zimmer von Serge Thibaut sehen zu dürfen.

»Die Suite meinen Sie«, lächelte die junge Rezeptionistin.

»Die Suite?«

»Ja, wir haben 265 Zimmer und 82 Suiten. Monsieur Thibaut logiert mit seinen Freunden in der großen Majestic Suite mit Terrasse und Meerblick im siebten Stock.«

»Mit seinen Freunden?«

»Monsieur Thibaut logiert, logierte meine ich, mit einer Gruppe ... ähm ... brasilianischer Ureinwohner in seiner Suite. Ich werde Ihnen die Hausdame rufen, die wird Sie nach oben führen.«

»Danke schön. Wir würden auch gern mit jemandem sprechen, der gestern Abend bei dem Hotelempfang dabei war. Es soll da einen Streit gegeben haben mit Serge Thibaut und einem anderen Gast.«

»Davon weiß ich nichts. Aber ich will mich gerne darum kümmern. Wenn Sie einen kleinen Moment Geduld haben, werde ich den Maître d'Hôtel rufen.«

»Villiers, übernehmen Sie das. Ich schaue mir oben derweil die Zimmer an.«

»Jawohl, Chef.«

Während Duval mit der Hausdame darauf wartete, dass der Aufzug im Erdgeschoss ankam und sich die Türen öffneten, hörte er die junge Frau an der Rezeption lachen und drehte sich noch einmal um. Villiers lehnte lässig am Tresen und plauderte und scherzte angeregt mit der Rezeptionistin. So ein Schwerenöter. Duval schüttelte leicht den Kopf. Dieses »Chef« musste er ihm abgewöhnen.

In dem geräumigen Aufzug fuhren sie bis in den siebten Stock und gingen den langen. mit hochflorigem Teppichboden ausgelegten Flur entlang. Die Hausdame öffnete die dunkle breite Tür, hinter der sich die Majestic Suite verbarg.

Duval versuchte zu verbergen, dass er beeindruckt war. Natürlich wusste er, dass es Räumlichkeiten dieser Art in Hotels gab, aber die schiere Größe der Suite überraschte ihn doch, genau wie die konsequente Zweifarbigkeit des Hotels. Die Flure, sämtliche Zimmer und auch diese Suite waren in Creme- und Schokoladentönen gehalten. Die moderne Einrichtung fand Duval eher banal, wenn sie auch sicherlich sehr luxuriös war. Hinter dem Entree lag ein in dunklen Brauntönen gestaltetes Esszimmer: Um einen ovalen Tisch standen zwölf cremeweiß gepolsterte Stühle. Von dort gelangte man in einen großen Salon mit einer cremeweißen Sitzlandschaft, zu beiden Seiten lagen zwei cremeweiße Schlafzimmer, und weitere kleine Salons schlossen sich an. Selbst der Blumenschmuck fügte sich in die Farbgebung und bestand aus cremeweißen Orchideen in dunkelbraunen Vasen. Was Duval aber den Atem nahm, war der Blick, den er hatte, als die Hausdame die bodenlangen schweren Vorhänge an der Stirnseite des Salons aufzog. Von einer breiten Terrasse blickte man auf die Bucht von Cannes. Die Intensität des Sonnenlichts, das leuchtende Blau des Himmels und die Türkistöne des Mittelmeers trafen ihn mit einer Wucht, die er nicht erwartet hatte. Die Côte d'Azur. Was für ein großartiger Anblick. Er stand einen Moment stumm und blickte beinahe andächtig hinab auf die Bucht, das Meer, in dem unzählige weiße Jachten vor Anker lagen, auf den von Palmen gesäumten Strand und den Filmpalast. Man sah das Gewimmel der Menschen und hörte den Lärm, der von unten heraufdrang, gleichzeitig aber hatte man hier oben nichts damit zu tun. Fantastisch. Er riss sich von dem Anblick los und ließ den Blick durch die Räume schweifen. Natürlich war das oder vermutlich waren die Zimmermädchen schon da gewesen. Alles sah aus wie unberührt und er fragte sich, wie die Bettenaufteilung war, und wo sich die persönlichen Dinge von Serge Thibaut und seinen brasilianischen Freunden befinden mochten. Im linken Schlafzimmer hatte offensichtlich Thibaut genächtigt. Hier standen und lagen persönliche Gegenstände, eine Sonnenbrille, Magazine, ein Notebook, zwei schwarze Kästchen, die Duval als externe Festplatten identifizierte. Ein Aktenkoffer. Duval zog sich Handschuhe an und öffnet ihn. Darin eine Agenda, ein Adressbuch, viel bedrucktes Papier. Er blätterte alles durch. Daneben stand eine schwarze, dick gepolsterte Reisetasche. Offenbar hatte er Thibauts Fotoausrüstung entdeckt: eine Canon EOS-I und mehrere Objektive. Sogar ein 500-mm-Objektiv fand er darin. Dann öffnete er einen Metallkoffer. Hier lag auf schwarzem Schaumstoff eine Panasonic-Handkamera. Vermutlich teuer.

Vermutlich der letzte technische Schrei. Er hatte davon keine Ahnung. Als Nächstes öffnete er die Schränke. Dort fand er ordentlich hängend zwei Anzüge, sechs weiße Hemden, einen Smoking, ein Frackhemd, in den Regalen lagen Krawatten und Fliegen, Unterwäsche, Socken, schwarze Schuhe. Auf der anderen Seite fand Duval die weniger offizielle Garderobe. Badehose, leichte Mokassins, Poloshirts, zwei Hemden mit Blumenmuster und kurzem Arm, ein Hut. In dem sich anschließenden kleinen Salon zog er die Schubladen einer Kommode auf und fand mehrere Kinderkleider, einen roten Mini-Bikini mit weißen Punkten, eine Kindersonnenbrille der Marke MiuMiu und kleine flache Riemchensandalen. In der mittleren Schublade stieß er auf einen gelben Plüschbären, eine in Pink gekleidete Barbiepuppe, eine angebrochene Tafel Bitterschokolade und außerdem einen dunkelroten runden, noch eingepackten Lutscher mit Kirschcola-Geschmack. In der untersten Schublade lag eine unförmige Plastiktüte. Er öffnete sie vorsichtig und fand darin Muscheln und Steine, ein Stück Holz, zwei Sandförmchen, eine Glasmurmel und eine Plastikdose voller Sand. Kinderschätze. Duval war gerührt.

Dann untersuchte er den Plüschbären, roch daran, überprüfte die Nähte und drückte instinktiv darauf herum, um zu spüren, ob in seinem Bauch möglicherweise etwas Unerwartetes steckte. Er wirkte schon etwas mitgenommen, das Gelb war voller Flecken und ein Ärmchen war fast kahl. Vermutlich hatte die Kleine den Arm anstelle ihres Daumens in den Mund gesteckt und abgelutscht. Duval nahm den Bären an sich und legte die Plastiktüte wieder vorsichtig zurück an ihren Platz.

Im Kleiderschrank des Eingangsbereichs fand er eine große schwarze Reisetasche, die mehrere weiße T-Shirts, drei gebügelte und gefaltete bunte Hemden enthielt, drei leichte Leinenhosen und drei Paar Jogginghosen, dann einige gefaltete Stofftücher mit Batikmuster. Duval faltete eines der Tücher auseinander, es wurde riesengroß und er vermutete, dass es eine Art Wickelrock oder Kleid für Frauen war. Er faltete es mühsam wieder zusammen und legte es zurück. Ganz zuunterst lagen Sweatshirts, zwei davon waren mit den Logos amerikanischer Universitäten bedruckt. Duval schob alles wieder zurück und widmete sich nun mehreren großen Plastiktüten, die ganz offensichtlich den neu erworbenen Besitz der Indianer beinhalteten. Als er die Tüten öffnete, entströmte ihnen ein eigentümlicher Duft, eine Mischung aus Patschuli und altmodischem Mottenkugelgeruch. In den Tüten fand er weitere Hemden mit afrikanischem Muster, große bunte Tücher, mehrere Regenschirme, Plastikbadeschlappen und Espadrilles, jede Menge bunte Perlenketten, Lederarmbänder, ein Plüschhündchen zum Aufziehen, Sonnenbrillen und falsche Rolex-Uhren, diverse Strohhüte und eine weiße Kapitänsmütze. Vermutlich alles Dinge, die sie den afrikanischen Straßenhändlern, die die Straßen von Cannes während des Festivals bevölkerten, abgekauft hatten. Der Geruch stammte zweifelsohne von den Hemden und Tüchern, die vor dem Transport in Containern damit eingenebelt wurden, um sie während der Reise vor Motten und anderem Ungeziefer zu bewahren. Duval schnupperte dennoch misstrauisch an einigen Tabakpäckchen und Lakritzstangen, die er ebenfalls in einer Plastiktüte fand. Normaler Tabak, und tatsächlich Lakritze, so wie es schien zumindest. Er nahm dennoch alles an sich.

Dann hob er den Blick und fand einen Karton, der ganz oben im Schrank verstaut war. Er zog ihn vor. Vorsichtig nahm er ihn herunter und öffnete ihn. Darin lagen gelbe Federn. Nein, es waren keine Federn, korrigierte er seine Gedanken, es waren drei Federkronen, indianischer Federschmuck. Er nahm eine Krone heraus und hielt sie nach oben. Sie war erstaunlich schwer, was vermutlich an den vielen kunstvoll miteinander verwobenen Lederbändern lag. Er betrachtete sie lange. Das Gelb der Federn strahlte wie ein Sonnenkranz, das Wort Heiligenschein fiel ihm dazu ein. Irgendwo hatte er solche Kronen schon einmal gesehen. Er suchte in seiner Erinnerung, aber es fiel ihm nicht ein. Schließlich legte er die Federkronen zurück, schloss den Karton und schob ihn wieder an seinen Platz im Schrank.

Er drehte sich einmal um seine eigene Achse. Diese Suite war unglaublich. Verspiegelte Wände warfen ihm sein eigenes Bild mehrfach zurück und täuschten den Eindruck von noch mehr Raum vor.

Als Nächstes untersuchte er die Badezimmer. Zwei gab es sowie zwei weitere abgetrennte Toiletten. Beide Badezimmer waren in schwarzem Marmor gefliest, die goldfarbenen Armaturen und die Spiegel blitzten. Weiße flauschige Handtücher in allen Größen lagen auf der Ablage, zwei weiße Bademäntel hingen an goldenen Haken und mehrere kleine weiße Fläschchen gefüllt mit Shampoo, Duschgel und Körperlotion standen dekorativ auf dem Waschtisch. Nur in einem der beiden Badezimmer der Suite fand sich ein lederner Kulturbeutel mit einem Hornkamm, einem Rasierapparat, Creme, Zahnbürste und Zahncreme und einem Herrenduft in einem klassischen Flakon. *Pour un homme* von Caron. Duval öffnete den Verschluss und roch daran. Ein altmodischer Duft nach Lavendel, Bergamotte und Vanille umgab ihn ... sehr gewürzig. Er stellte die Flasche zurück.

Die ganze Suite war in einem tadellosen Zustand. Außer

dem Notebook, den Festplatten, dem Teddybären und dem Aktenkoffer hatte nichts seine Aufmerksamkeit erregt.

»Ich würde gerne mit den Zimmermädchen sprechen, die hier aufgeräumt haben, vielleicht ist ihnen etwas aufgefallen.«

»Ich werde veranlassen, dass sie noch einmal herkommen.«

Kurze Zeit darauf standen zwei junge Frauen in beige-weißer Zimmermädchenuniform vor ihm. Selbst die Kleidung ist farblich auf die Einrichtung abgestimmt, dachte Duval. Eine der jungen Frauen war eher afrikanischer, die andere vielleicht osteuropäischer Herkunft. Beide wirkten nervös und besorgt.

»Keine Angst, Mesdemoiselles, es gibt keine Kritik an Ihrer Arbeit, zumindest nicht von meiner Seite. Sie haben die Räume perfekt gemacht – beinahe zu perfekt, wenn ich das sagen darf ...« Er stockte, weil die beiden jungen Frauen nun noch erschrockener schauten. »Keine Angst«, wiederholte er daher. »Vielleicht könnten Sie mir etwas über den Zustand der Räume sagen, bevor Sie hier aufgeräumt haben?«

»Vor dem Room Service?«

»Ja, wenn das so heißt. Wie sah es aus, als Sie heute Morgen in das Zimmer kamen? In die Suite meine ich.«

Die beiden jungen Frauen zögerten. Sie sahen sich an und schwiegen.

»Nun?«

»Schmutzig, Monsieur«, sagte dann erbost das dunkelhäutige Zimmermädchen. Die blonde junge Frau nickte bestätigend.

»Schmutzig? Wie schmutzig?«

»Überall, Monsieur. Überall. Sand und schmutzig und

klebt von Cola. Auch auf den Sofa Flecken von Cola. Badezimmer voll Wasser, Toilette so schmutzig.« Sie verzog das Gesicht. »Und nasse Handtücher auf Bett. Und überall spucken, Männer spucken. Und Pinkeln in Palme auf Terrasse, verstehen Sie? Stinkt. Schmutzig!«, beendete sie ihren Ausbruch.

Duval sah die andere junge Frau fragend an. Sie nickte.

»Ist immer so«, ergänzte sie leise.

»Immer?«

»Nicht immer so. Aber immer schmutzig. Wissen Sie, Leute in Luxushotel wollen, dass alles gemacht wird. Nix selbst. Zahlen viel Geld für Zimmer, also mach' du. Suiten sind immer mit große russische, arabische oder afrikanische Familie. Ist immer viel schmutzig, liegt alles herum. Haben zu Hause viele Hilfe, viele Personal, verstehen Sie? Alles wird immer gemacht. Machen sie hier wie zu Hause. Ist Hotel. Ist so.« Sie zuckte mit den Achseln.

Duval nickte nachdenklich. So hatte er es sich in Luxushotels nicht vorgestellt. Tatsächlich hatte er unbewusst eine Klientel schöner, reicher, vielleicht aristokratischer, aber selbstverständlich gebildeter Menschen in einem Luxushotel erwartet. Er hatte vermutlich Bilder aus dem Ende des 19. Jahrhunderts im Kopf, als russische Prinzessinnen und britische Gentlemen die Côte d'Azur bevölkerten. Aber wirklich reich waren heute andere Menschen. Russische Geschäftsleute, arabische Erdölmagnaten und afrikanische Familienclans. Jetzt verstand er auch die Auswahl der Boutiquen, die die weitläufige Halle des Hotels säumten. Üppiger Gold- und Diamantschmuck, schwere Armbanduhren, prunkende Kunstobjekte, aberwitzige Kreationen, die nur den Zweck hatten zu zeigen, dass man sie sich leisten konnte. Er blickte die beiden jungen Frauen an. Aus ihrer Sicht war es vermutlich selbst zur glorreichen Belle Époque kein Vergnügen gewesen, verwöhnte Aristokraten zu bedienen.

»Nun, ist Ihnen vielleicht irgendetwas Besonderes aufgefallen? Etwas, das anders war als sonst?«

Das schwarze Zimmermädchen holte tief Luft:

»Pinkeln in Palme auf Terrasse ist nicht immer.«

Das war nicht das, worauf er gehofft hatte. Aber der Blick von Zimmermädchen, bei aller Gründlichkeit, ist nicht der eines Polizisten.

»Gut. Können Sie sich erinnern, was Sie heute Morgen weggeworfen haben? Irgendetwas Besonderes im Müll?«

Die jungen Frauen sahen sich an und zuckten die Schultern.

»Viel Cola.«

»Cola?«

»Leere Dosen Coca-Cola.«

»Nun gut. Ich danke Ihnen. Sie können gehen.«

Die dunkelhäutige junge Frau druckste nun etwas verlegen herum.

»Monsieur?!«

»Ja?«

»Bitte, Monsieur, ich wollte das nicht sagen.« Sie sah ihn mit großen Augen an.

Duval wartete schweigend auf eine Erklärung.

»Bitte, Monsieur«, sagte sie jetzt eindringlich. »Ist viel Arbeit, aber ist Arbeit in gute Hotel.«

Er nickte. Er verstand. Vermutlich hatte sie Angst, er würde ihre Beschwerde über die Gäste direkt an die Hausdame oder die Hotelleitung weitergeben, was sie vielleicht ihre Stelle kosten könnte. Der zahlende Gast ist König. Und Diskretion über die Gepflogenheiten der Gäste gehörte selbstredend dazu.

»Keine Sorge. Ich werde niemandem erzählen, was Sie mir

gesagt haben. Keine Sorge«, wiederholte er, um das Zimmermädchen zu beruhigen, das ihn immer noch bittend ansah.

»Danke, Monsieur, vielen Dank.«

Beide gingen leise tuschelnd davon.

Als Duval wieder in der Halle ankam, erwartete er Villiers im Gespräch mit der Rezeptionistin, stattdessen fand er ihn vor den Vitrinen der Luxusboutiquen. Als Villiers ihn sah, kam er eilig auf ihn zu.

»Ah, Monsieur le Commissaire, wissen Sie, was ich gesehen habe? Einen Ring für 140 000 Euro. 140 000! Für einen Ring! Die letzten drei Nullen hatte ich erst nicht gesehen, ich dachte, für 140 Euro wäre das ein schönes Geschenk für meine Frau …«

Duvals Mobiltelefon klingelte. Er kannte die Nummer noch nicht. Es war der Staatsanwalt.

»Commissaire Duval? Hören Sie, ich hatte gerade den Präfekten am Telefon. Wir haben Order vom Kultusministerium, dass das Festival ungestört weitergehen soll. *The Show must go on*, Sie verstehen das … Ich habe daher eben den Saal wieder freigegeben. Die Spurenermittlung ist ja soweit abgeschlossen. Somit kann die Vorstellung um 19 Uhr wie geplant laufen und der Film von Thibaut läuft dann wie vorgesehen um 23 Uhr. Nur damit Sie Bescheid wissen. Wie kommen Sie voran? Halten Sie mich unbedingt auf dem Laufenden! Übrigens hatte ich die Ermittlungsrichterin am Telefon. Sie ist noch über nichts wirklich informiert. Vergessen Sie das nicht. Wir müssen gut zusammenarbeiten. Wir haben Druck von allen Seiten.«

»Ja, natürlich, denke ich mir. Danke für die Info. Selbstverständlich halte ich Sie auf dem Laufenden. Und ich werde mich bei der Ermittlungsrichterin melden. Ja, jetzt gleich.« Duval war genervt. Den meisten Druck bekam ja wohl er zu spüren.

»Ok, Villiers, abgesehen von den absonderlichen Preisen für Schmuck, was haben Sie sonst erfahren?«

»Nun, der Direktor möchte Sie gerne noch sehen. Und ich habe mit dem Maître d'Hôtel gesprochen. Die Equipe von gestern Abend ist erst heute Abend wieder da, aber der Maître arbeitet fast rund um die Uhr während des Festivals. Der Empfang gestern Abend fand im gesamten Erdgeschoss statt, einschließlich des Gartens, und für die VIPs unter den VIPs, Sie werden es nicht glauben, auf der Dachterrasse mit Swimmingpool. Sehr schick alles, musste ich mir natürlich genau ansehen. Toller Blick!« Villiers grinste. »Es waren mehrere Hundert geladene Gäste da, Musik, Buffet und Champagner à gogo. Nun, der Maître sagte, dass diese Empfänge eigentlich als zwangloses Zusammenkommen für informelle Businessgespräche gedacht sind. So viele Filmschaffende auf einen Haufen hat man das ganze Jahr nicht mehr. Deswegen gehen natürlich alle zu allen Empfängen. Präsent sein ist wichtig. Vielleicht ergibt sich was. Man weiß ja nie. Aber es ist auch ein Event für die Prominenz, die Schönen und die Reichen, Sehen und Gesehenwerden zählt. Und am späteren Abend wird es dann entspannter, der Champagner und die Dienste der langbeinigen Blondinen rücken in den Vordergrund, wenn Sie verstehen, was ich meine.« Villiers grinste breit.

Duval zog die Augenbrauen hoch und sah Villiers fragend an.

»Oh, Monsieur le Commissaire, das ist nicht meine Interpretation, das hat mir der Maître d'Hôtel gesagt, nicht so direkt natürlich, mehr zwischen den Zeilen. Und ich sage das nur, weil niemand wirklich gesehen hat, wie der Streit losging. Aber gegen Mitternacht brüllten Thibaut und dieser Typ sich auf der Terrasse an und der Typ wollte Thibaut in den Pool stoßen. Das Personal hatte Mühe, sie zu besänftigen. Letzten Endes hat man diesen anderen Filmemacher rausgeworfen. Thibaut war ja Gast des Hotels und hatte so einen Heimvorteil.«

»Wissen Sie jetzt, wer er ist, dieser Filmemacher?«

»Ja. Ein Deutscher glaube ich oder Österreicher, na ja, auf jeden Fall auch so ein Öko-Regenwald-Heini. Er heißt, Moment ...«, Villiers sah seine Notizen durch, »er heißt Roman Erdler und wohnt in einem kleinen Hotel hier in Cannes, im Châlet de l'Isère.«

»Worum ging es denn in dem Streit, weiß man das?«

»Hier weiß keiner was Genaues. Aber dieser andere Filmemacher ist wohl bekannt als Krawallmacher. Ein Provokateur. Wissen Sie, einer von denen, die auf Schornsteine klettern und Plakate entrollen oder sich an Bäume anketten, um sie vor dem Abholzen zu bewahren. In diesem Stil.«

»Wunderbar. Haben wir es gleich auch noch mit Robin Wood und Greenpeace zu tun?«

»Muss man mal überprüfen. Scheint aber ein Einzelkämpfer zu sein. Auf jeden Fall ist er auch ein Dokumentarfilmer wie Thibaut, aber eindeutig weniger erfolgreich.«

»Gut, den knöpfen wir uns mal vor. Vielleicht rufen Sie ihn schon mal an, sagen Sie ihm, er möge sich bereithalten.«

»Monsieur le Commissaire?« Ein Angestellter des Hotels hatte sich ihnen genähert.

»Ja?«

»Der Directeur würde Sie gerne sprechen.«

Duval nickte und folgte dem jungen Mann.

»*Bonjour,* Monsieur le Commissaire, die Rezeption hat mich in Kenntnis gesetzt, dass Serge Thibaut, der ein sehr geschätzter Gast unseres Hauses war, Opfer eines tragischen Unglücksfalls geworden ist.«

»Nun ja, Unglücksfall würde ich es nicht nennen. Er wurde erschossen. Mord nennt man das gemeinhin.«

»Ah so, ja, natürlich, ich verstehe. Nun, wie dem auch sei, Sie haben an der Rezeption angedeutet, Sie würden die Suite versiegeln lassen?!«

»Ja, das hatte ich gesagt, aber ich glaube, das ist nicht nötig. Wir werden ein paar Dinge abholen lassen, bis dahin möchte ich, dass Sie die Suite verschlossen halten. Aber nichts weist dort auf einen Zusammenhang mit dem Mord hin. Ihre Gäste können ruhig weiter dort logieren, nachdem wir noch einmal dort waren. Aber ich werde das gleich veranlassen.«

»Nun, das ist genau das Problem. Die Gäste sind ein besonderer Fall, wenn Sie verstehen ...«

»Ja?«

»Wissen Sie, solange es Freunde von Serge Thibaut waren, also ich möchte sagen, solange sie auf Einladung von Serge Thibaut hier logierten ... Verstehen Sie mich nicht falsch, selbstverständlich können die Freunde von Monsieur Thibaut auch weiter hier logieren, nur wüsste ich gern, wer die Kosten dafür übernimmt? Wissen Sie, die Majestic Suite ist unser Prestigeobjekt, wir befinden uns hier im fünfstelligen Bereich. Einen solchen finanziellen Ausfall können wir uns nicht erlauben. Und ohne Frage könnten wir sie während des Festivals erneut vermieten für den Fall, dass ...«, der Direktor ließ das Ende des Satzes in der Luft hängen.

»Tja, da kann ich Ihnen leider nicht weiterhelfen. Wer für die Unterbringung von Thibauts Freunden zukünftig verantwortlich ist und wer für die Kosten aufkommen wird, entzieht sich meiner Kenntnis.«

»Gut, gut. Nun, das dachte ich mir schon. Ich bin auf jeden Fall froh, dass Sie die Suite nicht versiegeln lassen. Das hätte auch dem Ruf unseres Hauses nicht gutgetan, Verstehen Sie? Nun, dann danke ich Ihnen.«

»Keine Ursache, Monsieur le Directeur.«

Als Duval und Villiers wieder vor dem Hotel standen, atmete Duval tief aus und strich sich durch die Haare. Endlich frische Luft. Was für ein schweres Ambiente in diesem Hotel. Luxus schien anstrengend zu sein.

»Gut, Villiers. Haben Sie das mit dem Filmemacher organisiert? Spricht der eigentlich Französisch?«

»Ja. Na ja, sagen wir, es hörte sich so an. Schwerer Akzent, aber er hat verstanden, dass wir kommen und dass er im Hotel warten soll.«

»Wobei – *merde,* ich sollte dringend die Ermittlungsrichterin aufsuchen. Das hieße, ich müsste jetzt erst mal nach Grasse zum Landgericht fahren.« Er sah auf die Uhr. Dann würde er in den besten Feierabendverkehr kommen. Er hatte wirklich keine Lust, stundenlang im Stop and Go auf irgendwelchen verstopften Straßen zu stehen. Aber anrufen müsste er zumindest.

»Haben Sie die Nummer von Madame – oh, diese Namen ... Madame ...«

»Kann nur Madame Marnier sein, Marnier wie Grand Marnier. Es kann nur eine geben«, sagte er vieldeutig.

»Was soll das heißen?«

»Oh, Monsieur le Commissaire, das ist ein Filmtitel: Es kann nur einen geben: Highlander!«

Duval zuckte verständnislos die Schultern.

»1986 mit Christopher Lambert. Monsieur le Commissaire, Sie sind in Cannes!«

»1986 waren Sie doch noch gar nicht auf der Welt, Villiers.« Duval war genervt von diesen Anspielungen, die er nicht verstand.

»Ich bin *cinéphil*, Monsieur le Commissaire. Na gut, alles schaue ich mir nicht an, muss schon etwas Action sein. Also gut, es gibt nur eine weibliche Ermittlungsrichterin in der gesamten Region. Es kann nur einen geben, das ist der Untertitel von Highlander. Verstehen Sie?«

Duval sah Villiers an und zweifelte kurz an dessen Verstand. Was erzählte der für einen Mist?

»Ich hätte auch sagen können ›Für die großen Momente im Leben‹«, Villiers zitierte ironisch eine alte Likörwerbung.

»Oh Villiers, wirklich, hören Sie auf mit diesem Mist.«

Es war anstrengend. Ein solcher Fall und er kannte noch niemanden. Hätte er weniger Druck, würde ihm das Kennenlernen neuer Menschen gefallen. Jetzt, in dieser gehetzten und angespannten Situation, hätte er gern auf eine reibungslos funktionierende Maschinerie gebaut. Hätte gern gewusst, wen er mit was betrauen und was er von wem erwarten konnte.

Er kam sich vor wie in einer Gleichung mit vielen Unbekannten. Zu viele Unbekannte. Was war wohl das Geheimnis von Madame Marnier? Er erreichte sie nicht und hinterließ stattdessen eine Nachricht. Er würde später oder morgen früh nach Grasse fahren, entschied er.

»Gut, dann ist das geklärt, wir werden diesen Filmemacher

aufsuchen. Sie kommen am besten mit mir. Können wir einen Wagen bekommen?«

»Klar«, sagte Villiers. »Wollen Sie auch einen Übersetzer?«

»Wir probieren es erst mal so«, meinte Duval.

Das kleine Hôtel Châlet de l'Isère lag nicht weit von seinem eigenen Haus entfernt, wie Duval erstaunt bemerkte. Ein eher ländlich wirkendes Haus mit Holzverkleidung im Giebel und einem kleinen begrünten Innenhof, in dem Tische und Stühle standen sowie einige Korbsessel.

»Wir möchten mit ...«, der Commissaire sah auf seine Notizen »... Monsieur ... Roman Erdler sprechen.« Der Kommissar zeigte an der Rezeption seinen Dienstausweis vor. Die junge Frau riss die Augen auf.

»Ist etwas passiert?«, fragte sie nervös.

»Sagen Sie uns einfach, wo er ist«, gab Duval lächelnd zurück.

»Entschuldigung, natürlich, Zimmer 22. Im zweiten Stock. Gehen Sie einfach im Vorderhaus die Treppen hoch.«

Erdler hatte die Tür schon geöffnet, noch bevor der Commissaire geklopft hatte. Ein gut aussehender Mann, blond und braun gebrannt, dabei groß und muskulös, der die ganze Tür ausfüllte, stand ihm gegenüber.

»Hab' Sie schon erwartet«, sagte er. »Vielleicht können wir im Garten sprechen«, schlug er vor, »das Zimmer ist etwas klein, und es gibt nur einen Stuhl.« Er öffnete die Tür weit.

Der Commissaire warf einen Blick in das Zimmer, in dem neben dem breiten Bett ein kleiner Schreibtisch und ein Stuhl standen. Ein Schrank, ein Spiegel, die Tür zu einem kleinen Duschbad stand offen. Überall lag Foto- und Filmmaterial herum. Zeitschriften, Bücher, ein Stapel CDs oder DVDs, Kameras, Objektive, ein Stativ, ein aufgeklapptes Notebook. Kein richtiger Balkon, nur eine Art Austritt, von dort hatte man jedoch einen wunderbaren Blick über die Altstadt von Cannes und man sah auch ein Eckchen vom Meer.

»Tja, ich kann nicht im Carlton absteigen oder im Majestic wie andere meiner Zunft ... aber einen Blick habe ich immerhin auch«, sagte Erdler etwas spöttisch. Oder klang er bitter? Duval hatte Schwierigkeiten, die Worte mit dem fremden Akzent richtig einzuordnen. Erdler sprach ein eigenartiges Französisch, langsam und mit einem rollenden R, aber für Duval war es verständlich.

»Wir würden gern irgendwo ungestört sprechen«, sagte Duval zu der jungen Rezeptionistin, »geht das hier im Garten? Und vielleicht könnten Sie uns drei *cafés* bringen? Oder möchten Sie etwas anderes?« Duval sah Villiers und Erdler an.

»*Café*«, sagten beide wie aus einem Mund, »und etwas Wasser bitte«, fügte Villiers hinzu.

»Setzen Sie sich vielleicht in den kleinen Pavillon«, schlug die junge Frau vor. »Bald werde ich draußen die Tische für den Abend decken, aber bis die Gäste zum Essen kommen, dauert es noch eine Weile. Wie möchten Sie den *café*?«

»Normal für mich.« Die beiden anderen nickten dazu.

»Gut, dann mache ich Ihnen schnell drei *cafés*, und ich bringe Ihnen eine Karaffe Wasser«, sagte die junge Frau und verschwand.

Während sie auf den Kaffee warteten, hakte Duval die klassischen Einstiegsfragen ab und Erdler stellte sich bereitwillig vor. Er war Österreicher, 43 Jahre alt und Filmemacher. Seine Wurzeln waren allerdings ganz bodenständig. Als Sohn eines Bäckers hatte er zwar noch die Ausbildung im väterlichen Betrieb gemacht, aber heimlich hatte er ganz andere Ziele im Kopf. Als Dreizehnjähriger hatte er in einem Schülerprojekt seines Gymnasiums zu filmen begonnen, und das war es, was er machen wollte: Filmen. Er überwarf sich mit seinem Vater, für den das alles nur spinnerte Ideen waren, und ging an die Filmhochschule nach München. Dort spezialisierte er sich auf den Dokumentarfilm. Im Rahmen des Studiums unternahm er viele Reisen. Unter anderem nach Brasilien ins Amazonasgebiet. Da hatte es »klick« gemacht. Seitdem war er dem Regenwald verfallen. Er drehte kleine Filme über alles Mögliche, hatte gelegentlich Auftragsarbeiten für das Fernsehen, aber alles diente immer nur dazu, sein »Amazonasprojekt«, wie er es nannte, weiterzutreiben. Als der *café* kam, tranken sie ihn schweigend. Duval war überrascht. Der *café* war perfekt. Nicht zu lang, aber auch nicht italienisch kurz, wie es gerade Mode war. Duval mochte den bittersüßen Geschmack im Mund.

»*Alors*, Monsieur Erdler«, fing er dann an, »vielleicht können Sie mir als Erstes etwas erklären. Was ich nicht ganz verstehe«, sagte Duval, »Sie und Thibaut sind doch Dokumentarfilmer ... wird beim Festival in Cannes nicht ausschließlich Fiktion gezeigt?«

»Ja, natürlich. Aber, Monsieur le Commissaire, das Festival in Cannes ist trotz allem Glamour und Trubel in erster Linie ein Festival der Filmindustrie, hier werden Geschäfte gemacht. Und Film ist Film, und Thibaut ist ja nicht irgendwer. Hier wäscht eine Hand die andere. Vermutlich dachten sich die Herren von Film und Politik hier, Thibaut in Cannes zu haben und sich mit einem schönen bunten Regenwaldfilm während des Festivals zu schmücken, komme gut. Gute Presse kann man immer gebrauchen. Cannes ist ja bislang nicht gerade für einen besonderen Einsatz für Ökologie bekannt, wenn Sie erlauben, dass ich das sage?«

Duval zuckte die Schultern. Diese ganze Umweltdebatte ging ihm persönlich manchmal auf die Nerven, und ganz sicher konnte die Ökobewegung in Cannes keine großen Erfolge verzeichnen. Hier war man gegen Sonnenkollektoren, weil sie auf den Dächern nicht schön aussahen, hier fuhr man mit dem Ferrari zum Strand und hier trug man ungeniert Pelzmantel und Schlangenlederhandtasche. Das Einzige, was man ehrgeizig vorantrieb, war die Mülltrennung, die versuchte man den Menschen nachdrücklich beizubringen. Es gab bei der Polizei neuerdings eine Umweltmannschaft, die sich vor allem um den wie eh und je illegal abgelegten Müll kümmerte und exorbitant hohe Strafmandate dafür ausstellte. Aber so war es eben hier. Aus Cannes würde man keine Ökometropole machen.

Erdler hatte schon weitergeredet »... und Thibaut wollte natürlich ein Maximum an Publicity für seinen Film, da ist das Filmfestival der geeignete Ort. Und dann ist er eigens mit den Kayapo angereist, wie in bester Kolonialzeit. Können Sie sich das vorstellen?«

»Womit ist er angereist?«, fragte Villiers dazwischen.

»Oh, Verzeihung. Mit einer Gruppe Menschen aus dem Stamm der Kayapo. Indianer aus dem brasilianischen Amazonasgebiet, wenn Sie so wollen. Diese Leute aus dem Wald hierherholen – die sind völlig überfordert. Nur damit die Medienwelt ein paar Zoofotos machen kann. Das ist doch widerlich. Aber so ist Thibaut. So war er, meine ich.«

»Was meinen Sie mit ›so‹? Wie war er denn?«

»Thibaut war ein eitler Fatzke, der sich von den Medien feiern ließ. Er war begabt, kein Zweifel, fürs Filmen und fürs Verkaufen. Er sah gut aus, hatte Charme, Charisma, er war intelligent. Aber er war sein eigener Star. Ein Dokumentarfilmer steht hinter der Kamera. Thibaut stand am liebsten davor, wenn Sie verstehen, was ich meine.«

»Nein, verstehe ich nicht«, sagte Duval. »Wie meinen Sie das?«

»Er hielt seine Fresse gern selbst in die Kamera. Er ließ sich gern selbst filmen. Manchmal ließ er einen zweiten Helikopter mitfliegen, vermutlich, damit man ihn während des Filmens aufnahm. Dient alles angeblich nur der Dokumentation. Wer's glaubt. So eitel – widerlich.«

»Worüber haben Sie sich gestritten?«

Erdler holte Luft.

»Über das, was mit dem Regenwald passiert. Wissen Sie, Thibaut hatte sich offiziell den Naturschutz auf seine Fahnen geschrieben: Er sammelte für alle großen darin verwickelten NGOs Spenden, lächelte eitel in jede Kamera und blubberte über die Indios als bessere Menschen, am liebsten mit einem kleinen Mädchen auf dem Arm und einem exotischen Vogel oder einem Baby-Orang-Utan auf der Schulter. Und während er hier lächelnd noch Spenden sammelt, werden die Indios in der Realität weiter vertrieben und der Regenwald wird weiter abgeholzt. Und er weiß es und macht mit bei diesem Spielchen. Hauptsache, der Rubel rollt. Es ist alles eine riesengroße Verarschung. Ich wollte, dass er das zugibt.«

»NGOs?«, fragte Villiers nach.

»*Pardon*, ihr Franzosen sagt ONG's dazu«, erklärte Erdler. »*Organisations non gouvernementales*. Nichtregierungsorganisationen oder nicht staatliche Organisationen, die dennoch

Einfluss nehmen oder zumindest nehmen wollen, das hängt von ihrer Größe ab. Greenpeace, das Rote Kreuz, Ärzte ohne Grenzen oder eben Nature & Life ...«

»Schon klar.« Villiers unterbrach Erdler und winkte ab. Er sah ein wenig gekränkt aus.

»Und für welche Organisation arbeitete Thibaut?«, wollte nun Duval wissen.

»Für jede, wenn's ihm Geld brachte.« Erdler zog verächtlich die Mundwinkel nach unten. »Ich denke, am meisten war er mit Nature & Life verbandelt. Das sind alles Heuchler. Denen geht's nur um Geld. So ein Dreckspack.«

»Und da haben Sie ihm gestern mal die Meinung gesagt?«

»Thibaut war ein Arschloch! Und ja, wir haben uns gestritten.«

»Erzählen Sie mal.«

Duvals Mobiltelefon klingelte. Der oberste Chef.

»Hören Sie, Duval, was machen wir mit der Pressekonferenz?«

»Soweit ich verstanden hatte, Monsieur le Directeur, wollte Monsieur Delavoix das heute auf sich nehmen.«

»Sicher, Duval, aber es muss doch auch von unserer Seite jemand anwesend sein. Wo sind Sie? Im Palais?«

»Nein, nicht mehr. Gerade in einem ersten Ermittlungsgespräch.«

»Na gut, hören Sie, ich werde mich dort sehen lassen. Gibt es schon etwas, was ich dort verlauten lassen kann?«

Natürlich nicht, dachte Duval, dann sagte er: »Das Übliche, wie immer zu Beginn, Monsieur le Directeur. Sagen Sie, wir folgen einer ersten Spur, können aus ermittlungstechnischen Gründen aber noch nichts Weiteres sagen.«

»Gut, gut, natürlich. Informieren Sie mich umgehend,

wenn Sie etwas haben, Sie können sich nicht vorstellen, was hier los ist.«

»Selbstverständlich.« Duval fuhr sich mit der Hand durch die Haare. Wie sollte er jemals überhaupt etwas in Erfahrung bringen, wenn er ununterbrochen am Telefon vom Arbeiten abgehalten wurde?

Er schaltete sein Handy aus. Das war gegen die Spielregeln, aber es reichte ihm jetzt. Keine Minute später war es Villiers Telefon, das klingelte.

»Für Sie, Monsieur le Commissaire!« Villiers reichte ihm sein Telefon.

»Ihr Telefon ist ausgeschaltet, Monsieur le Commissaire.«

»Ich weiß, LeBlanc, was gibt's?«

»Monsieur le Commissaire, wir haben alles aus dem Hotel abholen lassen, was Sie gesagt haben. Sie hätten mir sagen müssen, dass das Hotelzimmer eine Suite im siebten Stock ist. Dann hätte ich meinen Fotoapparat mitgenommen. Das hätte ich gerne meiner Frau gezeigt ...«

»LeBlanc, ich bin mitten im Gespräch, sonst noch was?«

»Die Direktion würde die Suite gern wieder vermieten.«

»Das hatte ich doch schon geklärt. Wo ist das Problem?«

»Die Indianer, Monsieur le Commissaire.«

»Was?«

»Was machen wir mit den Indianern?«

»Wieso? Wieso wir?«

»Na ja, die haben jetzt keine Bleibe für heute Nacht. Die haben ja vorher hier in dieser Suite gewohnt. Die stehen jetzt hier und der Direktor will sie nicht mehr in die Suite lassen.«

»Das denke ich mir, vor allem, wenn nicht klar ist, wer dafür aufkommt.«

»Eben. Was machen wir?«

»Was weiß ich, LeBlanc, Rotes Kreuz, irgend so etwas werden Sie in Cannes doch haben. Ergreifen Sie mal die Initiative.«

»Ok, Monsieur le Commissaire.«

Duval seufzte. »Also, Monsieur Erdler ... wo waren wir?«

»Ich hab denen die Meinung gesagt.«

»Wem?«

»Thibaut und seiner Clique. Thibaut hatte schon ordentlich was getrunken. Er hielt sich dann gern für den Größten. Den Retter der Welt. Er kann überhaupt nicht mehr aufhören zu quatschen, wie toll er ist. Und dabei wird vor Ort weiter abgeholzt und die Leute dort werden weiter vertrieben.«

»Das wissen Sie?«

»Na sicher! Habe ich mit meinen eigenen Augen gesehen. Gefilmt habe ich es, wie diese liebenswerten naiven Waldvölker vertrieben werden, die bis zum Schluss nicht verstehen, was mit ihnen geschieht. Die glauben, es könne ihnen nichts passieren, weil sie schon immer im Regenwald gelebt haben und weil ihre Ahnen und die Geister um sie herum sind. Sie glauben an ihre Zaubermacht und an Respekt. Für sie ist es ihr Wald. Dass die Regierung sie mitsamt dem Wald verkauft hat, ist für sie unvorstellbar. Aber eines Tages kommen die Maschinen und sie können nur noch ihr nacktes Leben retten und in ein trauriges Reservat ziehen. Ich war da, verstehen Sie das? Dieses Wissen ist natürlich hochgradig unerwünscht, und jetzt wollen sie mich alle mundtot machen. Ich darf meinen Film nicht zeigen. Nirgends. Nicht mal auf YouTube. Die Anwälte von Nature & Life haben eine einstweilige Verfügung erwirkt. Ich bin hier, um den Journalisten die wahre Seite zu zeigen und ihnen meinen Film zu geben. Aber es interessiert keinen. Keinen. Die lassen mich abblitzen. Ich habe Glück, wenn sie höflich sind. Die sind alle manipuliert. Vielleicht auch gekauft. Die meisten halten mich sowieso für einen neidischen Spinner.«

Erdler hatte sich in Rage geredet und war laut geworden.

»Tot ist jetzt aber ein anderer. Wäre doch logischer gewesen, Sie zu erschießen, damit Sie den Mund halten, oder?«

Erdler lachte.

»Die müssen mich auch tatsächlich erschießen, bevor ich meinen Mund halte, das ist sicher.«

»Wo waren Sie während der Vorführung?«

»Im Saal. Ich habe mir natürlich diesen verlogenen Film angesehen. Eigentlich wollte ich danach einen Eklat provozieren. Buhen, Pfeifen, aber es gab ja schon einen anderen Eklat.«

»Wo genau haben Sie gesessen?!«

»Im Rang, Mitte, ziemlich weit oben. Die Plätze sind nicht nummeriert.«

»Konnten Sie Thibaut von dort aus sehen?«

»Nein. Nicht im Sitzen zumindest. Aber als ich aufstand, um zu pfeifen, sah ich, dass um ihn herum aufgeregte Leute standen. Es sah irgendwie alarmierend aus. Ich dachte, Thibaut habe vielleicht eine Herzattacke.«

»Wieso dachten Sie das? Wissen Sie von einem Herzproblem?«

»Nein, nein, gar nicht. Ich dachte an Herzattacke, was weiß ich, warum.«

»Kann jemand bezeugen, dass Sie die ganze Zeit dort saßen?«

»Ha! Ich bin dann wohl der Hauptverdächtige, was? Nein, vermutlich kann das niemand bezeugen. Keine Ahnung, wer die Leute neben mir waren. Ich bin dann runtergegangen, um zu sehen, was los war. Aber ich habe mich nicht verdrückt, das hätte ich noch gekonnt.«

»Ich würde gern Ihren Film sehen.«

»Sicher.« Erdler war ehrlich erfreut. »Sicher! Wenn Sie ihn öffentlich machen könnten … so im Rahmen Ihrer Ermittlungen … das wäre … prima!« Er sah Duval begeistert an.

»Machen Sie sich mal keine falschen Hoffnungen. Wir werden den Film im Rahmen unserer Ermittlungen ansehen. Mehr nicht.«

»Klar. Verstehe ich. Aber Sie werden sehen …« Erdler war plötzlich aufgeregt und kaum zu bremsen. Er erhoffte sich die verdiente Publicity für seinen Film. Und wenn sie durch die polizeiliche Hintertür käme und somit abgesegnet war, umso besser.

»Ich hole ihn sofort.«

In der Zwischenzeit hatte die junge Frau die Tische auf der Terrasse für den Abend eingedeckt. Erste Gäste hatten sich zu einem Aperitiv eingefunden und setzten sich in die Korbstühle, die zwanglos auf der Terrasse verteilt waren. Aus der Küche drangen hin und wieder klappernde Geräusche, Stimmen und erste köstliche Gerüche.

»Kann ich noch etwas für Sie tun?« Die junge Frau sah in den kleinen Gartenpavillon.

»Ich bekomme Hunger von dem, was ich rieche«, sagte Duval. »Kann man bei Ihnen auch essen, ohne Hotelgast zu sein?«

»Selbstverständlich«, sie lachte, »im Rahmen unserer verfügbaren Plätze natürlich nur. Ich finde Ihnen aber noch ein Plätzchen, wenn Sie mögen. Heute Abend haben wir ein sehr provençalisches Menü: *Petits farcis* als *Entrée,* als Hauptgang frische *Dorade à la provençale* und als Dessert ein *Nougat*

Glacé oder *Crème brulée à la lavende.* Alles frisch und hausgemacht. Mein Mann ist Koch«, fügte sie stolz hinzu.

»Man isst hier ausgezeichnet«, sagte Erdler, der zurückgekommen war und Duval seine DVD in die Hand drückte. »Ich habe heute eine Einladung für einen Empfang im Grand Hotel, werde also nicht hier essen. Sie können dem Commissaire meinen Tisch geben«, schlug er der jungen Frau vor.

Duval nickte. »Gern.«

Duval sah Villiers an. Der schüttelte den Kopf, sah dann auf die Uhr.

»Ich kann gern noch einen *Apéro* mit Ihnen nehmen. Aber wenn Sie mich nicht mehr brauchen heute, dann könnte ich vielleicht ...«, er druckste etwas herum.

»Was, Villiers?«

»Nun, wir haben Gäste. Meine Frau hat heute Geburtstag und ...«

»Ok, Villiers, ist ok, dann gehen Sie. Bestellen Sie ihr meine herzlichsten Glückwünsche.«

»Danke, Monsieur le Commissaire, aber so eilig ist es dann auch nicht, einen Pastis nehm' ich gern noch.«

Erdler zog sich zurück, um sich umzuziehen. Ohne dunklen Anzug und Fliege kam man selbst mit offizieller Einladung nirgends hinein.

»Zwei *Apéro* also?«

Duval vermutete, in der jungen Frau auch die Besitzerin des kleinen Hotels vor sich zu haben. »Gern.«

»Was möchten Sie?«

»Einen *Pastis* für mich, einen 51, wenn Sie haben.«

»Für mich auch«, bestätigte Villiers.

»Das ist Ihr Hotel?«, wollte Duval wissen.

»Ja. Mein Mann und ich haben es letztes Jahr übernommen. Das Haus hat uns auf Anhieb gefallen. Guy de Maupassant hat einmal hier gewohnt, wussten Sie das?«

»Der Schriftsteller?«

»Ja, genau, es war sein letzter Wohnsitz, und es sah damals schon genauso aus.«

Sie brachte ihnen zwei *Pastis* mit einer Karaffe Wasser und stellte ein Schälchen kleine schwarze Oliven auf den Tisch.

Duval gab Wasser in das schmale hohe Glas, wobei der dickflüssige *Pastis* sofort milchig gelb wurde.

»Ah, Monsieur le Commissaire, Sie ersäufen ihn, viel zu viel Wasser«, kritisierte Villiers, »nicht mehr als die fünffache Menge ...«

Duval zuckte die Achseln, prostete Villiers zu, dessen *Pastis* weit weniger Wasser enthielt, nahm einen Schluck und fühlte sich augenblicklich entspannt. Er mochte den Geschmack von Anis und Lakritze. *Pastis* muss man im Süden trinken, dachte er, wo man im Mai bei lauen Temperaturen bereits draußen essen kann. Er steckte sich ein paar kleine Oliven in den Mund. Er war überrascht. Die Oliven waren klein, mit einem großen Kern, aber sehr aromatisch. Ausgezeichnet. Er war zufrieden mit der spontanen Wahl seines Restaurants und freute sich auf das Abendessen.

Villiers reichte ihm erneut sein Mobiltelefon.

»Monsieur le Commissaire, Ihr Telefon ist noch immer ausgeschaltet!« LeBlanc klang vorwurfsvoll.

»Ah, danke, ja.« Duval zog sein Telefon hervor und schaltete es wieder ein. »Was ist los?«

»Wir haben seine Frau. Oder besser, wir wissen, wo sie ist. Schippert seit ein paar Tagen auf einer Jacht um Korsika herum. Die Kollegen von der Wasserschutzpolizei haben sie gefunden. Sie nehmen jetzt Kurs auf Cannes. Morgen früh ist sie da.«

»Prima, danke!«

»Monsieur le Commissaire?«

»Ja?«

»Ich würde jetzt gehen, wenn ...«

»In Ordnung, LeBlanc. Wir sehen uns dann morgen, Punkt neun in meinem Büro zur Lagebesprechung, ok?«

»Ok, Monsieur le Commissaire. *Bonne soirée.*«

»*Bon soir*, LeBlanc, bis morgen.«

»Was halten Sie von ihm?«, fragte er und wandte sich wieder Villiers zu.

»Von LeBlanc?«

»Von dem Filmemacher, Villiers, ich bitte Sie.«

Villiers wand sich.

»Ist mir unangenehm, Monsieur le Commissaire, aber er spricht so komisch, ich war völlig unkonzentriert, ich habe nur diese rollenden R's gehört und er macht so verdrehte Sätze. Das, was er sagte, ist mir irgendwie verloren gegangen. Haben Sie ihn denn verstanden?«

»Für mich war es nicht viel fremder als der Akzent eines Marseillais. Na ja, Sie haben doch sicher trotzdem einen Eindruck von ihm?«

»Wenn Sie mich fragen, ist der nur eifersüchtig, Thibaut hat internationalen Erfolg und verdient 'ne Menge Kohle, während ihn keiner kennt. Ich glaube, der Streit diente nur dazu, sich selbst ins Gespräch zu bringen. Heute reden alle von ihm. Gestern wusste keiner, wer dieser Typ ist. Ansonsten ist er ziemlich direkt, bisschen derb und laut. Sehr – äh – deutsch.«

»Er ist Österreicher«, korrigierte Duval.

Villiers zuckte mit den Achseln. Offensichtlich war das für ihn das Gleiche.

»Na ja, wir sollten uns mal seinen Film ansehen morgen. Und den von Thibaut auch. Und man sollte bei diesen Naturschutzorganisationen bohren.«

»Genau. Morgen. Jetzt gehen Sie mal nach Hause, Villiers, Ihre Frau hat Geburtstag, Sie haben Gäste. Glauben Sie mir, ich weiß, wie das ist ... und die nächsten Tage werden lang und anstrengend. Der *Pastis* geht auf mich. Nehmen Sie den Wagen. Ich wohne nur ein paar Schritte von hier und gehe zu Fuß nach Hause.«

»Danke, Monsieur le Commissaire. Bis morgen dann.« Villiers verabschiedete sich eilig.

Duval sah seine Anrufliste durch. Mehrere Nummern, die er nicht kannte. Wie schnell seine Nummer in Umlauf gekommen war. Er hatte mehrere Nachrichten. Die Ermittlungsrichterin bestellte ihn für acht Uhr in ihr Büro. Ihre Stimme klang etwas schrill und verärgert. Eine weitere Nachricht kam von einer Journalistin vom *Nice Matin*. Er zog verärgert die Stirn in Falten. Wie konnte seine Nummer so schnell durchsickern? Er kannte noch gar niemanden hier. Wollte ihm jemand Kontakt mit der Presse unterjubeln? Während er die anderen Nachrichten abhörte, dachte er, dass er irgendjemanden vergessen hatte anzurufen, wer war das noch gleich ... er scrollte seine Kontakte durch. Natürlich. Siedend heiß fiel ihm Lilly ein. Gut, dass sie nicht wusste, dass er sie manchmal komplett vergaß. Aber vermutlich wusste sie es doch. Er war nicht aus Spaß weggegangen. Er sah auf die Uhr. Es war vielleicht noch nicht zu spät.

»Hallo?!« Er hörte das kleine Stimmchen seiner Tochter und war gerührt.

»Hallo, mein Spatz, hier ist der Papa.«

»Papiiiii!«, quietschte sie erfreut. »Papi, weißt du was, Matteo hat ein Flugzeug gebaut und ich darf nicht damit spielen. Er sagt, er gibt es mir nicht.«

»Weil die dumme Nuss es sofort kaputt machen würde«, rief Matteo durch den Hörer.

»Das stimmt nicht«, schrie Lilly. »Ich mach' gar nie was kaputt. Und ich bin keine dumme Nuss! Du sollst keine bösen Wörter sagen!«

»Dumme Nu-u-ss, dumme Nu-u-ss«, hörte Duval seinen Sohn singen, und dann gab es am anderen Ende Gerangel und Geheule. »Schluss jetzt! Zähne putzen und ins Bett!«, hörte er Hélène energisch von Weitem rufen. Dann übernahm sie den Hörer.

»Léon? Die beiden sind müde, sie müssen ins Bett. Schön, dass du mal anrufst. Wie geht's bei dir?«

»Gut, so weit. Hab meinen ersten Arbeitstag weitgehend hinter mir. Ziemlich dicker Fall. Wirst du sehen, wenn du die Nachrichten anschaust.«

Dennoch saß er gerade sehr entspannt auf der Terrasse des kleinen Hotels und hatte ein schlechtes Gewissen, weil Hélène von streitenden Kindern umgeben war.

»Bei euch alles klar?«

»Ja.« Sie klang müde. »Alles wie immer. Matteo wird ein bisschen Macho. Er glaubt, er müsse jetzt den Mann zu Hause geben. Ich hoffe, das legt sich wieder. Lilly ist sehr anhänglich. Sie kommt fast jede Nacht in mein Bett gekrabbelt.«

»Und du?«

»Ach na ja, du kennst es doch, Léon. Nächstes Wochenende nimmt Zaza die Kinder. Dann komm ich vielleicht mal wieder zum Durchatmen.«

»Papi?«, es war Lilly, die sich wieder den Hörer erkämpft hatte. »Papi? Wann kommst du denn?«

»Ach, mein Schatz, du weißt doch, ich arbeite jetzt ganz weit weg. Am Meer, da wo der Opa Jean gewohnt hat. Ich kann nicht mehr so einfach vorbeikommen. Aber weißt du was? Ihr kommt mich in den Ferien besuchen! Dann gehen wir an den Strand. Versprochen!«

»Oooch ...« Lilly war zwischen Enttäuschung und Vorfreude hin- und hergerissen. »Wir gehen in den Ferien mit Papi an den Strand!«, rief sie ihrer Mutter und ihrem Bruder zu.

Was hast du da schon wieder versprochen, Duval, du Idiot, dachte er augenblicklich.

»Gute Nacht, Papi. Ich geb dir Matteo.«

»Nacht, mein Spatz, schlaf gut.«

»Nacht, Papi«, brummelte jetzt Matteo.

»Gute Nacht, mein Großer.« Duval war gerührt.

»Du solltest nicht leichtfertig Versprechungen machen, das weißt du doch, Léon. Die Kinder warten dann so.«

Duval schwieg.

»Ok, Léon, ich muss die Kinder ins Bett bringen. Ruf mal wieder an. Falls du dran denkst, meine ich ... die beiden vermissen dich nämlich.«

Duval konnte ihren bissigen Ton hören.

»Ich vermisse sie auch«, sagte er dennoch.

»Ha!« Sie lachte bitter auf. »Ja, jetzt vermisst du sie. Als du sie um dich hattest, waren sie dir zu viel.«

»Ja.« Duval fühlte sich schlecht. Er wusste nichts zu sagen.

»Gut, Léon, ich mach Schluss. Bis bald.«

»Bis bald, Hélène.«

Er seufzte. Immer versprach er seinen Kindern etwas, was er nicht halten konnte. Nur um sein elendes schlechtes Gewissen zu beruhigen. Er wusste nicht mal, wann die nächsten Ferien waren. Außerdem hatte Hélène recht. Er wusste genau wie sie, dass er sie während der Ermittlungen komplett vergessen würde. Das war es, was Hélène irgendwann nicht mehr ausgehalten hatte. Seine häufige und unregelmäßige Abwesenheit war eine Sache, aber dass er seine Familie quasi vergaß, konnte sie ihm nicht verzeihen. Er schien jedes Mal überrascht, sie und die Kinder zu Hause vorzufinden und mit Kindergeschrei und Kinderkrankheiten konfrontiert zu sein. Er floh dann. Manchmal übernachtete er in einem Hotel, nicht immer alleine, manchmal ging er nur in die innere Emigration, hörte Brassens und war nicht ansprechbar. Wie sollte er sonst arbeiten? Er musste während eines Falles drinbleiben – ganz konzentriert. Da war kein Platz für anderes. Sie verstand es, aber sie ertrug es nicht. Er hörte sie noch sagen: Es sind auch deine Kinder – wenn du dich nicht kümmern willst, dann geh, dann weiß ich wenigstens, dass ich mich alleine organisieren muss, und ich erwarte nichts mehr von dir.

Erst hatte er einige Wochen in einer Pension gewohnt, dann hatte er sich ein kleines Appartement genommen. Und nach dem Tod seines Vaters hatte er sich entschlossen, eine Versetzung nach Cannes zu beantragen. Dass er die Villa geerbt hatte, schien ihm eine glückliche Fügung. Das sich dahinschleppende Versetzungsverfahren wurde zynischerweise sehr schnell positiv entschieden, nachdem Jean-Luc, sein Partner, sein Freund, sein Gefährte bei einem Zugriff tödlich verletzt worden war. Eigentlich hätte er an Jean-Lucs Stelle sein müssen. Jean-Luc hatte ihn vertreten, da Léon nicht zum dritten Mal die Sitzung bei diesem Therapeuten absagen wollte, die Hélène seit Wochen einforderte. Danach konnte auch der Therapeut nichts mehr ausrichten.

»Was möchten Sie trinken?« Die junge Frau unterbrach seine Gedanken.

»Ach, einen Rosé vielleicht. Ich bin kein großer Kenner ...«

»Dann bringe ich Ihnen unseren Hauswein. Ein ehrlicher kleiner Rosé aus dem Luberon. Ein Viertel?«

»Gern.«

Als er die *petits farcis* zerteilte, lief ihm das Wasser im Munde zusammen und er dachte ein bisschen wehmütig an seine Großmutter. Sie war eine perfekte Köchin gewesen. Die *petits farcis* waren eine ihrer Spezialitäten gewesen. Es gab immer ein großes Blech gefüllter runder Zucchini, Paprikaschoten, Auberginenhälften und Tomaten. Die *petits farcis* auf seinem Teller bestanden hingegen aus einer kleinen gefüllten Zwiebel, einer kleinen Tomate und einer kleinen runden Zucchini auf mildem Tomatenpüree. Alles perfekt gegart und die Füllung war äußerst geschmackvoll, aber sie kam dem Geschmack seiner Kindheitserinnerung nicht nahe. Seine Großmutter hatte der Füllung immer das klein gehackte Innere der ausgehöhlten Zucchini und Reis hinzugegeben. Die Füllung war so immer sehr weich und mild. Es war die Arme-Leute-Variante, und niemand machte heute noch Reis in die Füllung, aber er würde es gern noch einmal so essen. Er sah seine Großmutter vor sich und lächelte unwillkürlich, während er aß.

Die Dorade hatte festes weißes Fleisch, ließ sich leicht entgräten und war geradezu ein Gedicht. Er genoss jeden Bissen und tunkte den Rest der Soße mit einem Stückchen Weißbrot auf. Dann trank er den letzten Schluck Rosé.

»Hat es Ihnen geschmeckt? Möchten Sie Käse oder Dessert?«

»Es war perfekt«, sagte Duval. »Eigentlich möchte ich Käse und Dessert, wenn es alles weiterhin so lecker ist.« Er wollte diesen vermutlich letzten ruhigen Abend so lange wie möglich auskosten.

Die junge Frau strahlte.

Er ließ sich Ziegenkäse, ein Stück cremigen Käse aus Kuhmilch und etwas Hartkäse vom Schaf geben.

»Alles von kleinen Herstellern im Hinterland«, erklärte sie eifrig. »Und Bioqualität. Es gibt einen fantastischen Erzeugermarkt in Callians, ist nicht gerade um die Ecke, aber es lohnt sich«, schwärmte sie.

»Dazu bräuchte ich jetzt schon noch ein kleines Glas Rotwein, was meinen Sie?«

Er bekam es umgehend.

Als Dessert wählte er das *Nougat Glacé* und war nicht enttäuscht. Er nahm zum Abschluss noch einen *café* und fühlte sich rundum satt und zufrieden.

Kein schlechter Anfang, dachte er, als er durch die milde Mailuft nach Hause ging. Er schaltete den Fernseher noch einmal ein und wurde sofort durch die Nachrichten aus seiner wohligen Stimmung gerissen. Der Tod des Filmemachers und die Ungewissheit, wie das Filmfestival weitergehen würde, waren auf allen Kanälen Thema Nummer eins. Er schaltete hin und her, die meisten Journalisten ließen sich mit professionell betroffener Miene episch breit über das Leben von Thibaut aus. Nur einer von ihnen wagte es, und auch nur in einem Nebensatz, die möglichen Verwicklungen von Nature & Life mit der Industrie anzusprechen und der Name von Roman Erdler wurde genannt. Na, nun kommt er doch in die Medien, dachte Duval. Man sah Thibaut mit wehendem Haar im Helikopter hinter der Kamera. Duval dachte daran, was Erdler von einem zweiten Helikopter erzählt hatte, der den Filmemacher beim Filmen filmte. Man zeigte Ausschnitte seiner Filme, kurze Interviewszenen, sah ihn im Regenwald umgeben von Indianervölkern und zeigte dann dramatisch das Palais von außen und Archivbilder vom Inneren. Wer hatte einen Grund, diesen lebensfrohen, engagierten Mann zu erschießen?, fragten die Journalisten. Genau, dachte Duval. Was gab es hinter diesem strahlenden positiven Bild an Düsterem, das dazu führte, dass man dich erschossen hat? Er schaltete den Fernseher aus und ging zu Bett. Ab Morgen wird's wirklich anstrengend, dachte er. Er lag wach und lauschte in die Nacht. Noch waren ihm das Haus und die Geräusche unvertraut. Vom benachbarten Park quakten die Frösche, immer wieder rollten Motorroller mit quäkend-näselndem Geräusch vor dem Haus vorbei. In seinem Kopf drehten sich die Bilder: Lilly, Thibaut auf seiner Bahre, die schwere Atmosphäre des Luxushotels, das zahnlückige Lächeln des Indiomädchens. Gegen zwei Uhr morgens sah er das letzte Mal auf die Uhr.

2

Am nächsten Morgen wurde er trotzdem sehr früh wach. Er fühlte sich etwas zerschlagen, gleichzeitig vibrierte er bereits vor Nervosität. Als er die Fensterläden öffnete, strahlte ihm ein klarer, wolkenloser blauer Himmel entgegen. Eine Möwe flog kreischend über das Dach. Er wäre zu gern am Strand laufen gegangen, und danach kurz schwimmen im Meer. Es würde ihm guttun. Das wusste er. Laufen und Schwimmen halfen ihm, das überschüssige Adrenalin abzubauen und gleichzeitig richtig wach zu werden. In Paris war das praktisch nicht zu schaffen gewesen. Er hatte sich auch deshalb sehr auf Cannes gefreut: die Möglichkeit zu haben, morgens am Strand zu laufen ... Aber daran war in nächster Zeit nicht zu denken. Er wollte sich nicht vorstellen, was passierte, wenn man ihn bereits am zweiten Tag morgens am Strand sah. So atmete er nur ein paarmal am offenen Fenster tief durch. Das musste reichen. Dann wärmte er sich in Eile eine Tasse Kaffee vom Vortag in der Mikrowelle auf, tunkte zwei trockene Kekse in den Kaffee und schlang die so aufgeweichten Kekse hinunter. Den restlichen Kaffee schüttete er hinterher. Er duschte, rasierte sich und trank noch einmal eine Tasse aufgewärmten Kaffee. Nebenbei hörte er die Nachrichten. Das Festival gehe wie geplant weiter, erfuhr er. Das war ja aber schon gestern Abend klar gewesen. Zu viel Geld war da im Spiel.

Er schickte eine Nachricht an Villiers, dass er zunächst nach Grasse zum Landgericht fahren würde. Die Besprechung würde dann etwas später beginnen.

Er hatte vergessen, seinen türkisfarbenen Fiat 500 abzuschließen, das verbeulte ungepflegte Auto hatte jedoch keine Liebhaber gefunden. Es war auch nicht das beliebte wieder neu zum Leben erweckte Retro-Modell, sondern der eckige Nachfolger des rundlichen Autochens. Seitdem man ihm den geliebten Lancia gestohlen hatte – einem *Flic* das Auto stehlen, das musste man sich mal vorstellen –, gestohlen und bei einem Autorennen zu Schrott gefahren, bevorzugte er unscheinbare Autos. Den Fiat hatte er für 450 Euro erstanden, er sprang zuverlässig an und fuhr. Das war das Wichtigste. Duval fuhr die Avenue de Grasse Richtung Autobahnzufahrt hoch, vorbei am großen Friedhof *Le Grand Jas*. Hier lag sein Vater, und hier lagen seine Groß- und seine Urgroßeltern. Kurz dachte er an seinen Vater. Besonders gemocht hatten sie sich nicht. Der Vater hatte ihm übel genommen, dass er sich nach der elterlichen Scheidung solidarisch mit seiner Mutter gezeigt hatte. Sein Vater hatte sogar versucht, ihn zu enterben, Duval musste den Pflichtteil einklagen, alles andere ging an einen Sohn aus zweiter Ehe, der gerade halb so alt war wie er. Duval stand an der Ampel und zählte allein vier Bestattungsunternehmen. Er fuhr geradeaus, kurz nach dem Friedhof folgte zur Linken das neu erbaute Krankenhaus von Cannes. Er fand die Nähe von Krankenhaus, Friedhof und die Anhäufung von Bestattungsunternehmen befremdlich. War das überall so, oder war es Zufall?

Am großen Kreisverkehr wählte er die Schnellstraße nach Grasse. Er hatte keine Ahnung, wo das Landgericht in Grasse lag, und hoffte, dass es ausgeschildert sein möge. Es war kurz vor halb acht, und der Berufsverkehr begann sich zu verdichten. Er brauchte mehr als zwanzig Minuten bis zur Ausfahrt Grasse, und zu seiner Verwunderung war das Palais de Justice bereits ausgeschildert. Prima, dachte er, klappt ja alles. Vermutlich war es dem Umstand geschuldet, dass das Gerichtsgebäude noch brandneu war, das hatte er zumindest gehört. Er folgte den Schildern, die ihn von einem Kreisverkehr zum anderen führten. Plötzlich fehlte der Hinweis auf das Landgericht. *Merde*. Er fluchte. Es war kurz vor acht. Er fuhr aufs Geratewohl Richtung Centre Ville, und zu seinem Erstaunen fand er an der nächsten Kreuzung ein blaues Hinweisschild zum Parkplatz des Palais de Justice. Wenn hier der Parkplatz ist, dann kann das Gericht nicht weit sein, dachte er, und schon fuhr er an einem enormen Neubau vorbei, an dessen Ende ein Rundbau mit Säulen stand. Offensichtlich hatte er sich nun von hinten genähert. Duval bog nach links ab und sah nun den Justizpalast in seiner ganzen Pracht vor sich liegen. Beeindruckt von so viel Größe fuhr er noch einmal um das Gebäude herum und stellte sich dann auf den Parkplatz.

Die Ermittlungsrichterin Monique Marnier war eine dralle Rothaarige in einem etwas zu engen dunkelblauen Kostüm, die in hohen Pumps so energisch durch das Büro lief, dass die Absätze nur so auf den Steinboden knallten.

»Sie sind neu hier, Commissaire Duval, ich weiß nicht, wie Ihre Zusammenarbeit mit den Richtern in Paris aussah, hier bitte ich Sie, dass Sie mich umgehend informieren. Umgehendst!«

Schon wieder diese Empfindlichkeit mit Paris. Als müsse man ihm, dem Pariser, gleich mal zeigen, wo der Hammer hängt, damit er bloß nicht glaubte, er sei in einem inkompetenten Provinzgericht gelandet und könne sich Frechheiten erlauben oder Freiheiten herausnehmen. Was für eine Komödie, dachte er und sah Madame Marnier zu, wie sie sich aufregte. Er zog es allerdings vor, die angespannte Stimmung nicht noch weiter aufzuheizen, ließ die Ermittlungsrichterin reden und nickte nur hin und wieder zustimmend. Natürlich, Madame la Juge, natürlich. Nichts lag ihm ferner, als es sich sofort mit der zuständigen Gerichtsbarkeit zu verscherzen. Außerdem war er kein echter Pariser. Aber darüber wollte er nun wirklich nicht diskutieren.

Als die Richterin geendet hatte, blieb sie abrupt stehen, atmete tief durch, dann sah sie ihn an und Duval schien, als lächelte sie ein wenig.

»Nun, dann erzählen Sie mal, was wir haben«, sagte sie plötzlich beinahe heiter.

Duval gab ausführlich die spärlichen Fakten wieder, die sie seit gestern Nachmittag in Erfahrung gebracht hatten, und versuchte einen Ausblick auf das Kommende.

»Viel ist es wirklich noch nicht, seine Frau soll heute in Cannes ankommen – vielleicht bringt uns das weiter. Wir müssen sicherlich Testamentseinsicht bekommen, Bankkonten und so weiter. Und wenn wir der Umweltschutzorganisation auf die Finger schauen wollen …«

»Ich unterstütze Sie in allem, was nötig ist, Commissaire, aber ich erwarte, dass Sie mich auf dem Laufenden halten, ist das klar? Wie stellen Sie sich das vor, wenn ich alle fünf Minuten den Staatsanwalt am Telefon habe und ich kann ihm nichts sagen?«

Ich habe ihn auch alle fünf Minuten am Telefon, dachte Duval, aber er sagte:

»Madame Marnier, Sie sehen ja selbst, wie wenig wir noch

wissen. Ich ziehe es wirklich vor, mit verbindlichen Informationen zu Ihnen zu kommen – denn nur um Ihnen gestern einen Höflichkeitsbesuch abzustatten, dafür haben wir, insbesondere Sie«, er deutete auf die Aktenstapel auf ihrem Schreibtisch, »viel zu viel zu tun, finden Sie nicht? Wir arbeiten fieberhaft weiter und, glauben Sie mir, ich werde Sie auf dem Laufenden halten.« Duval fand, dass er durchaus ein bisschen Weichspülertaktik anwenden konnte, um Madame Marnier zutraulicher zu stimmen.

Mit Erfolg. Dass er die Aktenstapel und ihre Überlastung zur Kenntnis genommen hatte, schien sie milde zu stimmen. Sie geleitete ihn zu Tür und verabschiedete sich geradezu freundlich von ihm.

Es war Viertel vor zehn, als er in seinem neuen Büro ankam. Sachlich und nüchtern war es mit den klassischen beigefarbenen Kunststoffmöbeln eingerichtet, die man überall im Verwaltungsbereich vorfand, ganz gleich ob Finanzamt oder Krankenversicherung. Obwohl sauber, wirkte der ganze Raum abgenutzt. Eine Außenjalousie baumelte schräg vor dem Fenster. Er drückte auf den Knopf neben dem Fenster, um die Jalousie automatisch hochzuziehen. Das Geräusch des Motors ertönte, die Jalousie bewegte sich jedoch nicht. Dann versuchte er die Gegenbewegung, und die Jalousie setzte sich quietschend in Gang. Beim erneuten Hochfahren blieb sie jedoch hängen wie gehabt. Er seufzte. Vom Fenster sah er auf die Häuserfront gegenüber, unter ihm lag die große mehrspurige Schnellstraße, die Cannes durchschnitt. Jenseits begann das touristische Cannes, die Straßen, in denen sich Hunderte von Läden aneinanderreihten: Schuhe, Mode, dazwischen jede Menge Provence-Kitsch, Lavendel, bunte Töpferwaren. Straßencafés, Restaurants und dann die

Croisette, die Promenade mit ihren Luxusboutiquen und den edlen Hotels. Als er sich umdrehte, lächelte ihn seine Sekretärin an. Eine schmale junge Frau, ungeschminkt, und sie hatte die Haare streng nach hinten zu einem Pferdeschwanz gekämmt. Als Sekretärin musste sie keine Uniform tragen, aber man hätte meinen können, sie trüge dennoch eine: Jeans, weißes Polohemd, Turnschuhe. Kein Schmuck, kein Dekolleté, kein einziges weibliches Attribut, sah man einmal von den langen Haaren ab. Wenn sie sich etwas anders anzöge und anders frisierte, könnte sie sehr hübsch sein, dachte Duval. Als wolle sie, dass man sie nicht sah.

»Die Jalousie hängt schon, seit ich denken kann«, sagte sie lächelnd, »runter geht sie aber, das ist das Wichtigste bei der Südseite! *Bonjour,* Monsieur le Commissaire, *bienvenue* in Cannes!«

»*Bonjour,* Mademoiselle ...«, er zögerte etwas zu lange, wie hieß sie noch mal? Sie schien es zu merken.

»Sazzoni, Emilia Sazzoni. Mein Großvater war Italiener«, fügte sie erklärend hinzu, »mein Vater ist zwar schon in Frankreich geboren, aber es ist noch viel italienisches Blut da«, fügte sie leise spöttisch hinzu. »Wir Kinder haben alle italienische Vornamen, damit wir nicht vergessen, wo wir herkommen.« Sie machte erschrocken eine Pause, als habe sie schon zu viel gesagt. »Aber Sie können Emilia sagen, wie alle.«

»Danke, Emilia. Die Eltern meiner Großmutter väterlicherseits kamen auch aus Italien. Sie hießen Gagliardi. Meine Großmutter hieß Josefina Gagliardi, bevor sie meinen Großvater heiratete. Und sie kochte fantastisch. Und mein Sohn heißt übrigens Matteo. Vielleicht auch eine Reminiszenz an die italienische Vergangenheit.«

Was erzähle ich da?, dachte Duval, aber Emilia lächelte,

und er spürte, dass diese kleine italienische Geschichte, die er ihr anvertraut hatte, sie freute.

»Der Staatsanwalt hat bereits angerufen. Und die Ermittlungsrichterin hatte ich gestern mehrfach am Apparat. Das ganz große Programm. Ansonsten liegt alles auf Ihrem Schreibtisch, Monsieur le Commissaire.«

»Von der Ermittlungsrichterin komme ich gerade. Das hat sich erledigt. Schicken Sie mir doch als Erstes mal die Mannschaft«, bat Duval.

»Natürlich, Monsieur le Commissaire.«

Duval sah die Schlagzeilen der Presse durch, die nur das wiederholten, was er gestern Abend schon im Fernsehen gesehen hatte. »Grausamer Mord im Palais. Wird das Festival abgebrochen?«, fragte Nice Matin. Natürlich nicht. Die Tagespresse war quasi schon bei Erscheinen veraltet. Alles, was wichtig war, wurde via twitter, Facebook und Online-Medien schon so schnell weitergegeben, dass die klassischen Papierausgaben der Zeitungen nie mehr aktuell sein konnten. Das war vermutlich der Grund, warum es in den Zeitungen nur noch ausführlich um den Wetterbericht und allerhand Nichtssagendes ging und sie so uninteressant wurden, dass eine Zeitung nach der anderen starb. Er suchte den Namen des Journalisten, der Artikel war aber nur mit einem Kürzel versehen, ein kleines doppeltes B. Wie hieß noch einmal die Journalistin, die ihm gestern eine Nachricht hinterlassen hatte?

Das Telefon klingelte.

»*Bonjour,* Monsieur le Commissaire, Docteur Charpentier hier.«

Duval brauchte einen Moment, bis er den Namen zuordnen konnte. Der Gerichtsmediziner.

»Mein Bericht ist unterwegs. Ich sage Ihnen das Wesentliche schon mal vorab. Unser guter Thibaut hatte ziemlich viel Restalkohol im Blut. Sonst aber kerngesund. Keine weiteren Spuren von Gewaltanwendung. Seine letzte Mahlzeit bestand aus einer beträchtlichen Menge an Austern und Meeresfrüchten. Wir haben Spermaspuren in seiner Unterwäsche gefunden. Und eine winzige orangefarbene Faser an seinem Penis.«

»Eine Faser an seinem Penis?«

»Ja, eine Baumwollfaser. Und wie ich gestern schon vermutete, handelt es sich um eine letale Schussverletzung durch einen einzigen Einschuss in das rechte Auge. Das Geschossmaterial des Projektils hat sich in seinem Hirn komplett in kleine Fragmente zerlegt. Aber wir können daraus dennoch sicher auf ein Kaliber .22 schließen. Aber auf das Gewehr können wir so nicht zugreifen. Ich denke, wir suchen ein Kleinkalibergewehr und einen professionellen Schützen oder Sportschützen. Jäger vielleicht. Es wurde übrigens aus einer Entfernung von etwa 15 Metern mit einem extrem steilen Einschusswinkel auf ihn geschossen. Übersetzt heißt das: Der Täter schoss von oben.«

»Von oben? Von den Rängen?«

»Was weiß ich, das müssen Sie rausfinden. Ich sage ihnen: von vorne und oben.«

»Danke, Doktor. Danke.« In Paris hatte er mit einem unglaublich schlecht gelaunten Gerichtsmediziner zu tun gehabt, der vermutlich darunter gelitten hatte, dass er in diesem undankbaren Job niemals eine angemessene Anerkennung bekommen hatte. Er ließ sich daher wie eine Diva immer lange bitten und hofieren, bis er seine Untersuchungsergebnisse rausrückte. Duval wollte es diesmal von vornherein anders machen und schickte daher noch ein »Danke für Ihre schnelle Arbeit!« hinterher.

»Natürlich«, knurrte der Gerichtsmediziner. »Was glauben Sie denn?« Der Mediziner beendete das Gespräch abrupt.

Duval seufzte. Ok. Es blieb wohl schwierig mit den Gerichtsmedizinern.

Von oben. Er überlegte.

»Monsieur le Commissaire, es sind jetzt alle da«, Emilia steckte den Kopf durch die Tür.

»Sollen reinkommen.«

»Gut, Leute, da bin ich nun«, begann Duval, »vermutlich wissen Sie mehr von mir als ich von Ihnen ...«

Neben Noah Villiers und Michel LeBlanc hatte man ihm noch drei weitere Beamte zugeteilt. Zwei Männer und eine Frau. Er gab jedem die Hand und ließ sich Dienstgrad und Namen nennen. Léa Leroc, Lieutenant, war eine burschikose junge Frau mit dunklen kurzen Locken, die man von Weitem auch für einen jungen Mann halten konnte. Sie war schmal, aber durchtrainiert und hatte eine leicht männliche Art, sich zu bewegen. Aufrecht und aufmerksam stand sie im Raum, die Beine leicht gespreizt, die Arme locker an den Seiten. Erst von Nahem sah man ihre feinen Gesichtszüge, ihre weiche Haut mit dem matten Teint. Wie eine griechische Götterskulptur, dachte Duval. Sie war sehr hübsch, nicht wirklich männlich, aber auch nicht typisch weiblich. Irgendetwas dazwischen, was sie interessant und anziehend machte.

Dann Stephane Molinard, ein junger durchtrainierter Lieutenant mit wachem Blick, und der ehrgeizige Brigadier Olivier Gaspard, der ganz offensichtlich erfreut war, bei diesem Fall eingesetzt worden zu sein. Duval fand es schwierig, mit so viel neuem Personal effizient zu arbeiten, aber der Direktor hatte ihm zugesichert, alle seien erfahrene Polizisten, die tüchtig und routiniert ihren Job machten.

»Nun, da sind wir ja schon ein ordentliches Grüppchen und sollten was gestemmt kriegen. Wir haben viel zu tun, enormen Druck, das muss ich Ihnen nicht sagen. Ich habe den Staatsanwalt, den Direktor und die Ermittlungsrichterin quasi ununterbrochen am Telefon. Aber Sie sind ja schon mittendrin in der Ermittlung und keine Anfänger. Ich hoffe auf gute Zusammenarbeit.« Duval sah in die Runde. »Übrigens, ich weiß nicht, wie Sie es hier handhaben, vielleicht ist es unnötig, dass ich es Ihnen sage, aber KEIN Wort zur Presse, das muss klar sein. Ich hatte gestern bereits einen Anruf einer Journalistin von Nice Matin. Ich weiß nicht, wie die Dame an meine Nummer kommt?« Er sah in die Runde. Keine Reaktion. »Na gut. Lassen Sie uns mal zusammentragen, was wir alles wissen und haben, und schauen wir mal, wer von Ihnen was macht.«

Eine Dreiviertelstunde später war die Zusammenkunft beendet.

»Gut, so machen wir es. An die Arbeit.« Dann fiel ihm etwas ein. »Was ist mit diesen Indios, übrigens? Wo sind die abgeblieben? LeBlanc?«

LeBlanc fing an zu husten.

»Commissaire«, meldete sich Gaspard eifrig zu Wort, »die logierten mit Thibaut in einer Suite im Majestic und sind da gestern rausgeflogen. Solange nicht klar ist, wer zahlt, will das Hotel das Grüppchen nicht mehr beherbergen.«

»Das hat mir LeBlanc gestern schon gesagt. Und wo sind sie jetzt?«

»In zwei Arrestzellen unten im Keller.«

»Ah bon?« Duval war kurz sprachlos. »Das Kind auch? Wieso das denn? Sie können doch nicht einfach diese Menschen ohne Grund in Polizeigewahrsam nehmen.«

»Na ja, wir dachten, sie sind ja sowieso verdächtig, dann ist es besser, wir haben sie gleich hier.«

»Ah ja, dachten Sie? Warum haben Sie mich denn nicht angerufen? LeBlanc?«

»Ihr Telefon war ausgeschaltet, Monsieur le Commissaire.«

»Oh, LeBlanc, Sie haben mich doch trotzdem x-mal erreicht, Sie hätten mir eine Nachricht hinterlassen können! Ich fasse es nicht!« Duval war wütend. »Wissen Sie, was Sie der Presse da für ein gefundenes Fressen liefern? Hätten Sie sie nicht in einem Wohnheim oder bei irgendeiner karitativen Einrichtung unterbringen können?«

»So etwas gibt es nicht in Cannes, Monsieur le Commissaire.«

Duval verschlug es die Sprache.

»Wie bitte? Das gibt's doch gar nicht. Irgendein Wohnheim, eine Notunterkunft muss es doch für solche Fälle geben? Was weiß ich, Jugendherberge, Rotes Kreuz, Heilsarmee, katholische Kirche?«

Der Beamte schüttelte verneinend den Kopf. »Na ja, es gibt Notunterkünfte für Einzelpersonen, der Platz ist aber sehr begrenzt. Und ein Haus für Frauen in schwierigen Situationen haben wir, aber da haben natürlich Männer keinen Zutritt. Es gibt eine relativ kleine Nachtunterkunft für Wohnsitzlose in Cannes, aber die ist wie gesagt nur nachts geöffnet. Und dann hört es auch schon auf. Gruppen dieser Art für mehrere Tage unterzubringen – in Nizza gibt's da Möglichkeiten. Aber nicht in Cannes.«

Duval schüttelte den Kopf. Da wurde ein Grüppchen Indios aus seinem Umfeld gerissen, an sich schon ein zweifelhaftes Unterfangen, wurde ein paar Tage in einem Luxushotel einquartiert, hofiert, fotografiert und wie Stars behandelt. Und von einem Tag auf den anderen landeten sie in Arrestzellen der Polizeidienststelle. Er hoffte nur, dass sie das alles unbeschadet überleben und diesen ganzen Wirrwarr für eine Verrücktheit ihrer Götter halten würden.

»Also, wir haben das gemeinsam …«, stotterte der Beamte »… wir wussten wirklich nicht, wohin …«

»Sparen Sie es sich. Ich will's gar nicht wissen, und wenn Sie so eine hirnverbrannte Entscheidung zusammen treffen können, ohne dass auch nur einer von Ihnen nachdenkt, wird mir ganz schlecht. Sie sind doch keine Anfänger?! Gibt es eigentlich inzwischen einen Übersetzer? Einen Ethnologen, der sie versteht und der sich darum kümmern kann, was sie brauchen?«

Schweigen. Die Beamten sahen sich befremdet an. Ein Sozialer. Ach, du liebe Güte.

»An der Universität in Aix en Provence gibt es einen Lehrstuhl für Ethnologie. Vielleicht kann man da …?«

»Dann versuchen Sie das doch um Himmels willen. Emilia?«

»*Oui*, Monsieur le Commissaire?«

»Emilia, rufen Sie auch mal diesen Erdeler an, oder wie er heißt, diesen Österreicher, der auch im Regenwald rumrennt, Sie wissen schon, den wir gestern mit Villiers besucht haben, vielleicht kann der uns helfen. Erklären Sie ihm die Situation. Fragen Sie ihn, ob er jemanden kennt und so weiter. Gut, machen Sie so weiter wie besprochen, und ich gehe jetzt mal diese Indios besuchen.«

Duval lief die Treppen bis ins Untergeschoss hinab, wo die Arrestzellen untergebracht waren. Kein Tageslicht, die Decken waren niedrig, der grünliche Verputz an den Wänden war abgeschabt, das grelle künstliche Licht ließ es nicht freundlicher werden. Einer der beiden wachhabenden Beamten öffnete ihm die verschlossene Tür und zeigte wortlos nach rechts. Der Dienst in den Arrestzellen war auch bei den Beamten unbeliebt. Randalierende Hooligans, betrunkene gewalttätige junge Männer, Gestank nach Urin und Erbrochenem, es gab in der Dienststelle geruhsamere Orte. An diesem Morgen war es jedoch ruhig hier. Außer den Indios gab es niemanden in den Arrestzellen. Es roch nur nach starken Putz- und Desinfektionsmitteln.

Duval ging in den rechten Trakt. In der nüchternen großen Zelle saßen drei Frauen, das Mädchen und vier Männer auf dem gekachelten Fußboden. Immerhin saßen sie auf Decken, die sie auf dem Boden ausgebreitet hatten. Sie waren nicht aggressiv und schienen auch keine Angst zu haben, schauten einfach unbeteiligt vor sich hin, fast ein bisschen, als sei alles ein großes Spiel, dessen Sinn sie nicht verstanden. Duval ließ sich die Zelle aufsperren und versuchte ein freundliches Lächeln. Die Frauen und Männer sahen ihn mit großen Augen an. Sie verstanden vermutlich gar nichts. Er beschloss, mit dem Mädchen Kontakt aufzunehmen. Es war nicht schwierig, sie kam mit ihrem zahnlückigen Lächeln auf ihn zu und schmiegte sich an ihn. Duval war gerührt, er ging in die Hocke, um auf ihrer Augenhöhe zu sein.

»Verstehst du mich?« Sie nickte. »Wie heißt du?« Sie sah ihn groß an. »Dein Name? Ich Léon«, er zeigte auf sich. »Du?« Jetzt zeigte er mit dem Finger auf sie. Sie lächelte. »Maja«, sagte sie und zeigte auf sich. »Maja, das ist ein schöner Name«, sagte Duval. »Maja, verstehst du, was passiert ist?« Er redete langsam und betont deutlich. »Serge Thibaut ist tot. Jemand hat ihn erschossen. Verstehst du das?« Sie lächelte. Ob sie es verstanden hatte oder nur den Namen von Serge Thibaut wiedererkannte, wusste er nicht. Er redete trotzdem weiter. »Wir wollen rauskriegen, wer ihn erschossen hat. Hast du etwas gesehen? Bemerkt?« Sie lächelte. Duval seufzte innerlich, das wurde nicht leicht.

Sie klatschte in die Hände und sah ihn an. »Serge schlafen«, sagte sie dann mit kleinem Stimmchen.

»Ja«, Duval war erleichtert. Klappte doch. Genau. Ein bisschen plötzlich und unsanft vielleicht, aber in gewisser Weise war Serge Thibaut eingeschlafen. Na ja, besser sie glaubt das, dachte er. Zumindest war sie nicht traumatisiert. Sie dachte, er schliefe, und war deshalb ruhig neben ihm sitzen geblieben. Weshalb hatte sie in die Hände geklatscht?

»Maja, brauchst du etwas? Braucht ihr etwas?«, er wies dabei auf alle. »Habt ihr Hunger? Durst?« Er machte die Gesten von essen und trinken. »Ist euch kalt?«

Sie schüttelte den Kopf.

»Was kriegen sie zu essen?«, fragte er den Beamten, der vor der Arrestzelle wartete.

»Keine Ahnung«, der Beamte zuckte die Achseln, »wir sind doch kein Hotel.«

»Herrgott noch mal, wer ist denn hier zuständig?« Duval wurde laut.

»Gestern Abend hat sich Inspecteur Signol darum gekümmert. Marie Signol. Sie hatte hier Spätdienst.«

»Gut, und was hat sie veranlasst?« Was ging das hier langsam voran.

»Couscous und Früchte glaube ich.«

»Aha.« Das ist ja nicht so schlecht. Fleisch, Gemüse, Getreide und Obst, das sollte passen, dachte Duval. Er hatte keine Ahnung, was die Ernährungsgewohnheiten von Indianern anging.

»Heute Morgen gab es Kaffee und Baguette, das haben sie aber nicht angerührt.«

»Kennen sie vermutlich nicht. Sorgen Sie einfach dafür, dass immer Wasser da ist und Früchte. Datteln vielleicht, Feigen, Bananen, Mango, Nüsse, irgend so was.«

»Ich, Monsieur le Commissaire?«

»Warum nicht Sie?« Duval wurde ungeduldig.

»Maja, ich muss jetzt wieder gehen. Wenn du irgendwas brauchst, dann fragst du nach Léon, ja? Verstehst du das?«

»Léon«, wiederholte sie.

»Genau. Léon.«

Zu dem Beamten sagte er: »Wenn hier irgendwas los ist, wenn die Kleine nach mir verlangt, was auch immer, dann will ich, dass Sie mich sofort verständigen, ist das klar? Egal zu welcher Zeit.« Duvals Ton war schärfer, als er es beabsichtigt hatte.

»Jawohl, Monsieur le Commissaire«, der Beamte salutierte.

»Schon gut«, brummte Duval.

Duval ging die Treppen wieder hinauf. Die Indios mussten aus den Arrestzellen verschwinden, so schnell wie möglich. Acht Personen ohne jeden Grund in Polizeigewahrsam festgehalten, denn das war es ja offiziell ... Mit Unbehagen dachte er an die Ermittlungsrichterin, er hoffte, dass sie erst gar nicht davon erführe. Und wenn die Presse das spitzkriegen würde ... das wollte er sich lieber nicht vorstellen.

»Emilia«, er steckte den Kopf in ihr Büro. »Emilia, ich brauche einen Ort, wo diese Indios hinkönnen. Kennen Sie nicht irgendeinen wohltätigen Verein, der sich ihrer annehmen könnte? In so einer wohlhabenden Stadt muss es doch eine bisschen Charity geben. Was macht denn der Lions Club zum Beispiel?«

»Oh, Monsieur le Commissaire, Sie kommen aus einer anderen Welt.« Emilia seufzte. »In Paris stellt man vielleicht irgendwo Zelte für Bedürftige auf, aber nicht in Cannes. Aber selbst in Paris würde der Lions Club so etwas auch nicht machen. Kann ich mir zumindest nicht vorstellen. Die organisieren gern schicke Essen und ein Teil der Eintrittsgelder wird in der Regel für einen guten Zweck gespendet. So bleibt man schön unter sich, isst fein und tut nebenbei was Gutes, ohne mit den Sorgen der Welt wirklich in Berührung zu kommen.« Sie machte eine Grimasse. »Aber ich denke drüber nach«, versprach sie.

»Danke.«

»Monsieur le Comissaire?!«

»Ja?« Duval wandte sich um.

»Seine Frau ist da!«, rief Stéphane Molinard vom Ende des Flurs. »Sie ankert bei den Kollegen vom Wasserschutz. Gab sonst weit und breit keinen Platz mehr. Während des Festivals ist ja alles dicht an dicht in den Häfen.«

»Gut, gut!« Duval nickte und verschwand in seinem Büro. Das Telefon klingelte. Villiers schaute zur Tür herein.

»Ah, Villiers, kommen Sie rein.« Laut rief er: »Emilia, nehmen Sie mal das Gespräch an?«

»Was gibt's Neues aus dem Regenwald?«

»Ich habe mir Erdlers Film angesehen und ein bisschen im Internet recherchiert. Also Erstens gibt es so viele Regenwaldretter, dass man sich fragen muss, warum er nicht längst schon gerettet ist.« Er schüttelte den Kopf.

»Aha?«

»Na, Sie können an tausendundeine Organisation Geld spenden, damit der Regenwald von der Regierung zurückgekauft wird. Dieser Deutsche macht das. Aber auch noch jede Menge andere selbst ernannte Retter. Schon für fünf oder zehn Euro kaufen Sie ein Stückchen Land zurück, das damit nicht gerodet wird.«

»Ich versteh's nicht ganz, aber er ist Österreicher, der Filmemacher, Villiers, Österreich ist ein eigenständiger Staat. Zweitens?«

»Äh ja, zweitens, wenn das stimmt, was dieser ... *äh* ... Österreicher in seinem Film sagt, dann ist Nature & Life eine Geldwaschanlage und arbeitet mächtig mit der Industrie zusammen. Der Film ist eine bitterböse Anklage. Kein Wunder, dass die ihm den Mund verbieten wollen. Ich warte noch auf einen Rückruf des Pressesprechers von Nature & Life.«

»Gut, da will ich mehr wissen, aber jetzt gehe ich erst mal in aller Eile Madame Thibaut besuchen. Vielleicht können wir später zusammen essen und Sie erzählen es mir genauer? Wohin geht man hier essen?«

»Na, kommt drauf an, was Sie wollen. Schnell oder langsam essen, wenig oder viel Geld ausgeben. Es gibt eigentlich alles von Snack bis Sterneküche in einem Grandhotel. Wie war das Essen gestern im Hotel?«

»Fantastisch«, schwärmte Duval, »ganz fantastisch. Na gut, wo gehen SIE normalerweise essen«, präzisierte Duval seine Frage. »Den Snack kenne ich ja nun schon.«

»Wir hier gehen mittags meistens ins *Pacific* – liegt gleich hier gegenüber. Das ist praktisch, geht schnell, ist viel und gut. Gibt immer ein preiswertes Tagesmenü, ist allerdings ein bisschen Hausmannskost. Weiß nicht, ob das was für Sie ist. Hat nämlich weder das Ambiente noch die Klasse des Hotels von gestern.«

»Hmm«, sagte Duval, dem beim Gedanken an das gestrige Essen das Wasser im Mund zusammenlief. »Ein nettes Fischrestaurant wissen Sie nicht?«

»Doch, natürlich«, sagte Villiers, »*Le Poisson grillé* ist ein gutes Fischrestaurant am Hafen, und wenn Sie sowieso gerade am Hafen sind, wäre das was ... Aber wissen Sie, das ist nicht ganz meine Kragenweite, und ich bin nicht so anspruchsvoll, ich will einfach nur schnell was essen, wenn ich Hunger habe.« Villiers wirkte etwas verschämt.

»Na gut, das sehen wir dann später. Ich geh mal los. Die Kollegen vom Wasserschutz sind wo?«

»Quai Laubeuf, das letzte Eckchen am Hafen, hinter dem Quai St. Pierre. Nehmen Sie doch einen Wagen.«

Der kleine Hafen war wirklich zum Bersten voll. Die Boote lagen dicht an dicht. Eines größer als das andere. Kleine Boote und Fischkutter suchte man hier, zumindest während des Festivals, vergebens. Nur zwei Segelschiffe lagen zwischen den modernen Jachten, aber auch sie waren große, edle Dreimaster. Duval fand es amüsant, dass alle diese weißen und schwarzen blitzblanken Luxusjachten hier genauso eng an eng lagen wie einfache englische Arbeiterreihenhäuschen in einem Londoner Vorort. Vermutlich hörte man den reichen Nachbarn husten oder röcheln, ob man wollte oder nicht. Wie unfein. Duval grinste in sich hinein. Ein beeindruckendes Marineschiff lag vor Cannes, das während des Festivals militärische Präsenz zeigen und Sicherheit vermitteln sollte. Ebenso ankerten mehrere große Jachten im Meer. Vermutlich weitere illustre Festivalgäste.

Er näherte sich dem Boot der Thibauts. Er war noch nie auf einer solchen Jacht gewesen, außer den *bateaux mouches* in Paris oder irgendwelchen Fähren kannte er keine Schiffe. Insgeheim hatte er gehofft, dass er vielleicht so ein schmuckes Segelschiff von innen sehen würde, aber das Boot, auf dem Thibauts Frau ihn erwartete, war eines dieser weißen plumpen Plastikschiffe, die ihm überhaupt nicht gefielen: ein Katamaran. Sehr luxuriös sicherlich, er wusste nicht, was diese Art Schiffe sonst auszeichnete, aber er war ein wenig enttäuscht. Als er über den kleinen Steg lief, bedeutete ihm ein weiß gekleideter junger Mann, dass er seine Schuhe ausziehen müsse. Duval stutzte, streifte die Schuhe ab und schämte sich augenblicklich für seine ausgeleierten Socken, die er kurz entschlossen ebenso auszog und in die Schuhe steckte. Barfuß ging er weiter. Das Sonnenlicht war gleißend und reflektierte stark auf der weißen Schiffsoberfläche. Er kniff geblendet die Augen zusammen. Noch hatte er nicht den Reflex ausgebildet, täglich eine Sonnenbrille mitzunehmen. In Paris war es um diese Jahreszeit oft noch grau. Stéphanie Thibaut erwartete ihn im Salon des Schiffes. Als er eintrat, fing ein Hund mit kleinem Stimmchen an zu bellen.

»Cherry! Aus!« Stéphanie Thibaut ermahnte einen kleinen weißen Hund mit langem Fell, der jetzt leise knurrend rückwärtsging.

»Aus, sage ich! Cherry! Aus!«

Der Hund sah sein Frauchen an und versuchte an ihr hochzuspringen.

»Brav, Cherry, hast gut aufgepasst. Aber alles ist gut. Brav jetzt. Sitz.« Der Hund setzte sich augenblicklich hin und blinzelte aus großen Augen unter seinen langen Stirnfransen hervor. Leise schlug er mit dem langhaarigen Schwanz auf den Boden.

»So ist's braaav. Gute Cherry!«

Stéphanie Thibaut saß auf einer cremeweißen Sitzgarnitur vor Teakholz-Einbauschränken.

»*Bonjour*, Madame Thibaut, ich bin Commissaire Duval

von der Police Nationale, ich bin mit der Ermittlung des Mordes an Ihrem Gatten betraut. Es tut mir alles sehr leid …«

»*Bonjour*, Monsieur le Commissaire«, sagte sie und reichte ihm mit großer Geste die ringgeschmückte Hand. Wollte sie einen Handkuss? Duval war irritiert. Er machte einen Schritt auf sie zu, und der Hund begann erneut zu knurren.

»Cherry!« Der Hund duckte sich.

Duval drückte ihr die Hand etwas plump, machte gleichzeitig eine angedeutete Verbeugung und fühlte sich steif und lächerlich.

»Madame Thibaut, es muss für Sie ein Schock gewesen sein … aber ich muss Ihnen dennoch einige Fragen stellen.«

Stéphanie Thibaut war schlank, braun gebrannt und trug ein weißes, eng anliegendes langes Kleid. Sie war ebenfalls barfuß. Ein Kettchen glitzerte an ihrem Fußgelenk. Weißblonde Locken ringelten sich unter dem Strohhut hervor. Von Weitem hätte man sie für ein junges Mädchen halten können, die Haut an ihren Armen und Händen ließ jedoch vermuten, dass sie nicht mehr ganz jung war. Von ihrem Gesicht sah man nicht allzu viel. Obwohl sie ihn im Innern der Jacht empfing, trug sie einen Strohhut und eine große Sonnenbrille, die sie zur Begrüßung und auch später nicht abnahm. Duval sah das verschlungene glitzernde Emblem der beiden C's von Chanel auf den breiten Bügeln. Er mochte es nicht, mit Menschen zu reden, deren Augen er nicht sehen konnte.

»Danke für Ihre Worte, Monsieur le Commissaire, ja, es war ein Schock, ich bin auch immer noch schockiert, dass man ihn erschossen hat. Warum? Wie ist es passiert? Und wo ist er jetzt? Also, wo ist sein Körper? Kann ich ihn sehen?«

»In der Gerichtsmedizin, Madame Thibaut. Noch können wir ihn nicht zur Bestattung freigeben.«

»Wer hat ihn erschossen? Warum?«

»Er wurde während der Vorführung seines Films erschossen. Wie genau, daran arbeiten wir momentan, Madame Thibaut. Was das Warum angeht, so hatte ich eigentlich gehofft, dass Sie mir etwas dazu sagen könnten. Bitte verzeihen Sie mir meine Direktheit, Madame. Hatte Ihr Mann Feinde?«

»Vermutlich.«

»Bitte? Könnten Sie das etwas genauer erklären?«

»Nun, wer erfolgreich ist, hat wohl immer Feinde, meinen Sie nicht?«

»Ich weiß es nicht. Ihr Mann war sehr erfolgreich. Er hatte also Feinde?«

»Vermutlich, sonst würde er noch leben, nicht wahr?«

»An wen dachten Sie, als ich Sie nach ›Feinden‹ fragte? Haben Sie einen Verdacht?«

»Einen Verdacht, ich?«

»Ja, Madame, das war die Frage. Sie sagten, Ihr Mann habe vermutlich Feinde gehabt. Ich frage Sie, ob Sie mir einen konkreten Fall von Feindschaft nennen können.«

»Einen konkreten Fall von Feindschaft?«

Frage ich wirklich so blöd?, dachte Duval. »Ja, wir haben erfahren, dass Ihr Mann sich in der Nacht vor seinem Tod mit einem anderen Filmemacher gestritten hat. Roman Erdler. Kennen Sie ihn? Gab es schon andere Auseinandersetzungen mit ihm?«

Sie machte eine unbestimmte Bewegung mit dem Kopf.

Duval versuchte es mit einer Frage nach der anderen.

»Kennen Sie Roman Erdler?«

»Nicht persönlich.«

»Aber Sie wissen, wer er ist?«

»Nun, sagen wir, ich vermute, dass es der Mann ist, der mit allen Mitteln versucht, Nature & Life zu diskreditieren. Dass dieser Mann in Cannes ist und sich mit Serge gestritten hat, wusste ich nicht.«

»Sie wissen auch nicht, um was es bei diesem Streit ging?«

Sie beugte sich zu ihrem Hund und nestelte an seinem glitzernden Halsband.

»Madame?« Duval sah sie erwartungsvoll an.

»Nein, natürlich nicht«, sagte sie endlich.

Duval beschloss, etwas anderes zu fragen.

»Sie sind jetzt seit wie vielen Tagen unterwegs auf dem Schiff?«

»Drei Tage? Vier?« Sie wandte sich wieder ihrem Hund zu. »Bist eine Süße, meine Cherry, wir müssen dich mal kämmen, hm, du hast schon wieder Knoten in den Haaren ...«

»Madame?«

»Ich weiß es nicht, Monsieur le Commissaire, wissen Sie, ich verliere immer Zeit und Raum, wenn ich auf dem Boot bin, fragen Sie meinen Skipper, der kann es Ihnen sicher genau sagen.«

Duval nickte.

»Warum waren Sie nicht mit Ihrem Mann in Cannes?«

»Warum sollte ich?«

»Warum sollten Sie?«

»Ja, warum?«

Duval musste sich zusammenreißen ... was für ein idiotisches Spielchen lief hier ab? Frage, Gegenfrage.

»Madame Thibaut, sagen wir es mal so: Ihr Mann zeigt einen wichtigen und vermutlich erfolgreichen Film während des Filmfestivals in Cannes, das wäre doch ein Anlass, an seiner Seite zu sein, nicht wahr? Um diesen Erfolg mit ihm zu teilen.«

»Finden Sie?«

Duval fuhr sich genervt durch die Haare.

»Nein?«, fragt er jetzt und war darüber selbst verwirrt. Die ständigen Rückfragen dieser Frau machten ihn ganz benommen.

Sie lachte bitter auf.

»Sie glauben doch nicht, dass heute noch irgendein Regisseur, Produzent oder Filmemacher mit seiner eigenen Frau in Cannes ist, um, wie sagten Sie, den Erfolg mit ihr zu teilen?«

»Ah bon?« Duval war irritiert. Tatsächlich hatte er das angenommen.

»Die Zeiten haben sich geändert, Monsieur le Commissaire.«

»Nun, mit wem war Ihr Mann denn in Cannes?«

»Also, da habe ich wirklich keine Ahnung. Irgendein junges Ding von einem exklusiven Escortservice vermute ich.«

Duval hätte gerne ihren Blick hinter den dunklen Gläsern der Sonnenbrille gesehen.

Er nickte nachdenklich. Von den Diensten der Damen hatte man auch im Hotel Majestic gesprochen. Schien ein offenes Geheimnis zu sein.

»Und vermutlich hatte er seinen kleinen persönlichen Indianerstamm dabei. Er war ja ganz vernarrt in diese Indios.«

»Sie waren nicht vernarrt in diese Indios?«

»Gott bewahre! Kleine Äffchen, die furchtbar schlecht riechen und überall hinspucken …«

Duval versuchte, seinen indifferenten Gesichtsausdruck zu bewahren. Das hatte er auch schon einmal gehört. Schien wirklich ein Problem zu sein – für die Damen zumindest. Immerhin hatte Stéphanie Thibaut ihre kühle Unnahbarkeit aufgegeben.

»Es tut mir wirklich leid, dass ich Ihnen so plumpe Fragen stellen muss, Madame Thibaut, aber hat Ihr Mann vielleicht ein Testament hinterlassen?«

»Ein Testament?«

Duval stöhnte innerlich. Nicht schon wieder. Er hatte keine Lust, seine Zeit mit solchen Fragespielchen zu verplempern.

»Nun, vielleicht könnten Sie mir einfach den Namen Ihres Notars nennen? Dann können wir uns an ihn wenden. Sie haben doch einen Notar?«

»Sicher. Das ist Maître Dubonnet in Paris.«

»Danke sehr.«

Er stand auf. Der kleine Hund, der eben noch wie ein kleines Fellknäuel zusammengerollt zu Füßen seines Frauchens gelegen hatte, schreckte auf und kläffte kurz.

»*Schschsch*, Cherry, alles gut.«

»Madame Thibaut, verzeihen Sie, dass ich Sie so lange belästigt habe. Ich muss Sie jedoch bitten, sich auch weiterhin zu unserer Verfügung zu halten. Das heißt konkret, Sie müssten vorerst hier im Hafen bleiben, auch wenn es für Sie vielleicht schmerzhaft sein sollte. Und falls Ihnen später noch etwas einfallen sollte und Sie uns etwas mitteilen möchten ...« Mist! Er hatte noch gar keine Visitenkarten. Er kramte in seiner Brieftasche, nahm eine alte Visitenkarte heraus, strich alles bis auf seinen Namen durch, schrieb auf die Rückseite seine Handynummer und die Telefonnummer des Kommissariats und gab sie ihr. Er war selbst erstaunt, dass er diese Phrasen noch so flüssig herunterratterte.

Stéphanie Thibaut reichte ihm erneut die Hand, als erwartete sie einen Handkuss. Er zögerte kurz und machte dann eine angedeutete Handkuss-Geste. Er kam sich lächerlich vor. Gut, dass ihn keiner sah. Na gut, dachte er, vielleicht bringt es uns ja irgendwie weiter.

Er sprang vom Steg auf den Kai. Seine Schuhe zog er jetzt ohne die Socken an, die er kurz entschlossen in seine Jackentasche stopfte. Uff! Stéphanie Thibaut war ihm kalt und unbeteiligt vorgekommen. Er hatte keine echte Trauer, keinen Schock gespürt. Das Ganze wirkte inszeniert, und er vermutete hinter der Sonnenbrille keine rot verweinten, sondern völlig trockene Augen, die keinerlei Traurigkeit zeigten. Allerdings wirkte sie zutiefst verletzt, als sie von der professionellen Begleitung der Filmemacher sprach. Das wäre ja auch wirklich ein Ding. Das musste er sich noch einmal bestätigen lassen. Und sie hatte eine gewisse Bösartigkeit gezeigt, als sie von Serge Thibauts »persönlichem Indianerstamm« sprach.

Er blinzelte geblendet in die Sonne und versuchte die Uhrzeit auf dem Mobiltelefon zu erkennen. Es war kurz vor zwölf. Er rief Villiers an.

»Lassen Sie uns zu Ihrem Restaurant gehen, *L'Océan* oder wie es heißt und Sie erzählen mir vom Regenwald. Ich hoffe, das ist ergiebiger, als Madame es war.«

»*Le Pacific,* Monsieur le Commissaire. Ich warte hier auf Sie.«

Sie gingen über die große Kreuzung und schon stieß Villiers eine unscheinbare Tür auf. Sie befanden sich in einem Saal mit Holztischen, an den Seiten gab es kleine abgeteilte Separees mit Tischen für vier Personen. Zwei große Ventilatoren drehten sich an der Decke. Kinoplakate hingen an den Wänden. Es war voll und brummte vor lauter Gästen. Während Duval sich noch zu orientieren versuchte, gestikulierte Villiers bereits mit einer Kellnerin, die im hinteren Bereich des

Saals an der Theke stand. Sie nickte und zeigte auf ein Separee in einer Ecke des Restaurants. Villiers und Duval ließen sich dort nieder. Eine zweite Kellnerin, nicht mehr ganz jung, aber flott und dynamisch, stand sofort an ihrem Tisch.

»*Bonjour,* die Herren«, sagte sie und lächelte. »Zuwachs bekommen?«, fragte sie an Villiers gewandt.

»Der neue Commissaire«, stellte Villiers vor, »aus Paris!«

»Aaah, sehr erfreut, willkommen in Cannes, Monsieur le Commissaire, und gleich bei uns zu Gast, wie schön!«

Duval lächelte.

»Was können Sie uns denn Schönes empfehlen?«, fragte er.

»Nehmen Sie das Aïoli«, sagte sie wie aus der Pistole geschossen. »Ist heute Tagesgericht. Der Fisch ist gar nicht fade und die Knoblauchmayonnaise nicht aus dem Eimer, sondern frisch gemacht. Ansonsten haben wir Tartare oder Steak Frites.«

»Aïoli, klingt doch gut«, sagte Duval. »Probiere ich gern.«

»Dann nehm' ich das auch, sonst können wir nicht mehr kommunizieren«, lachte Villiers, »die Knoblauchmayonnaise hat es in sich! Wenn man nicht das Gleiche gegessen hat, ist es später nur schwer miteinander auszuhalten.«

»Zwei Aïoli.« Die Kellnerin notierte die Bestellung auf die Papiertischdecke. »Zu trinken?«

»Etwas Rosé und eine Karaffe Wasser.«

»Einen halben Liter?«

»*Ah, non, non.* Nur ein Glas für jeden, wir sind im Dienst.«

»Ein Viertel also. Kommt sofort.«

Sie verschwand und kam mit Gläsern, Besteck und Servietten zurück. Kurz darauf brachte sie den Wein. Sie redete ununterbrochen und machte allerhand gleichzeitig.

»Komme gleich zu Ihnen«, sagte sie zu den Gästen am

Nebentisch und winkte zwei zur Tür hereinkommenden älteren Damen zu.

»Hier ist was frei, Mädels!«, rief sie. Sie wies den älteren Damen einen Zweiertisch an.

»*Bonjour,* Mireille, *bonjour,* Hermine, wie geht's? Das Tagesgericht, wie immer?«

Die Damen lächelten.

»Ja, danke, Nancy, und selbst? Viel Arbeit?«

»Ja, Gott sei Dank, beklagen können wir uns nicht«, lachte die Kellnerin.

Duval nahm diese emsige Fröhlichkeit erstaunt zur Kenntnis.

»Der Laden brummt«, sagt er zu Villiers.

»Ja«, sagte Villiers, »und zu Recht. Die Mädels sind nett, es geht schnell, das Essen ist korrekt und die Preise sind zivil. Hier kommen quasi alle aus dem Viertel zum Essen. Die Alten, die noch zu Hause leben, aber keine Lust mehr zum Kochen haben, die Handwerker, die Angestellten, fast alle Kollegen von der Dienststelle ... nur die ganz jungen Cannois, die sieht man nicht. Denen ist es hier nicht schick genug. Die wollen noch sehen und gesehen werden. Die gehen lieber in den Snack nebenan oder ins Bistro und essen ein Stück Pizza oder einen Croque Monsieur.«

»Hören Sie, Villiers, bevor Sie mir vom Regenwald erzählen, erklären Sie mir mal was anderes. Sie machten gestern schon so eine Andeutung und Madame Thibaut behauptete eben auch, dass die Produzenten und Regisseure heutzutage in professioneller Damenbegleitung erschienen. Das kann doch nicht sein?«

»Sicher ist das so.« Villiers nickte. Er holte tief Luft. »Also, passen Sie auf: Offiziell gibt es natürlich keine Prostitution in Cannes. Bei Einbruch der Nacht finden Sie dennoch ein paar

Bordsteinschwalben, meistens an Bushaltestellen, so, als warteten die Mädels ganz brav auf den Bus. Das alles spielt sich schon etwas außerhalb vom Zentrum ab. Und es sind auch nur wenige, die werden nämlich neuerdings nach persönlicher Intervention unseres Bürgermeisters streng verfolgt. Wir wollen hier keine Nutten unter den Laternen der Croisette stehen sehen. Unsere Stadt soll sauber bleiben, verstehen Sie?«

»Wo stehen sie jetzt?«

»Fahren Sie nachts mal Richtung Lac de St. Cassien.«

Duval nickte.

»Aber während des Festivals explodiert das Business wieder. Da haben wir nicht nur die zehnfache Menge an afrikanischen Straßenhändlern, sondern auch die zehnfache Menge junger Damen. Manche sitzen tagsüber dekorativ auf der Terrasse des Carlton und trinken Tee, lassen sich aber auch gern von den Herren am Nebentisch auf ein Glas Champagner einladen. Der Rest ist Verhandlungssache. In den letzten Jahren kommen sie verstärkt aus den osteuropäischen Ländern.«

»Und die Hotels dulden das?«

»Business, Monsieur le Commissaire. Die betuchten Herren möchten schöne Frauen um sich sehen. Und es bleibt natürlich in einem gewissen Rahmen. Alles ganz dezent. Vulgäre Szenen finden sie hier nicht. Die Damen sehen aus wie Töchter reicher Eltern, die sich ein paar entspannte Tage an der Côte d'Azur gönnen. Das ist sozusagen der Luxus-Service für die gehobene Klasse. Ganz diskret natürlich. An jeder Hotelrezeption findet sich zusätzlich ein Adressbüchlein mit Telefonnummern eleganter junger Damen, die bereit sind, gegen ein entsprechendes Taschengeld auszuhelfen, wenn ein Gast eine weibliche Begleitung benötigt. Das sind hübsche Mädchen, die schick angezogen sind und sich zu benehmen wissen. Die rauchen nicht, betrinken sich nicht und kauen keinen Kaugummi oder reden dummes Zeug. Die wissen, dass sie nur dekorativen Zweck haben: ›Sei schön und halt den Mund‹. Ganz professionell, verstehen Sie?«

»Hm.«

»Oh, Monsieur le Commissaire, ich muss Ihnen doch nicht das Leben erklären, Sie kommen aus Paris, das kennen Sie doch, oder?«

Duval war ernüchtert. Natürlich kannte er das alles. So war es ja überall. Er verstand selbst nicht, dass er glauben wollte, an der Côte d'Azur sei das Leben anders, nur weil es hier so lieblich war mit den Palmen, dem Meer und der Sonne.

»Ja, natürlich.« Er räusperte sich. »Und jetzt erzählen Sie mal vom Regenwald«, forderte er Villiers in ruppigem Ton auf, aber noch ehe der erneut angesetzt hatte, stellte die Kellnerin zwei riesige Platten auf den Tisch.

»*Voilà*, Ihr Aïoli, guten Appetit!«, wünschte sie.

»Na, dann lassen Sie uns erst mal essen, guten Appetit«, wünschte auch Duval.

Dann widmeten sich beide dem Berg von gekochtem Gemüse, dem Ei und dem Fisch. Duval nahm ein Stück der leicht salzigen Morue mit etwas Knoblauchmayonnaise in den Mund und schnappte nach Luft. Herrgott, war das scharf. Aber so köstlich. Seine Geschmacksnerven explodierten geradezu und in seinem Hirn explodierte es auch. Er hatte Tränen in den Augen und wusste nicht, ob es vom Aïoli kam oder von der Erinnerung, die ihn augenblicklich durchströmte. Er sah seine Großmutter auf der Veranda stehen, ein riesiger Tisch, die gesamte Familie versammelt, er sah sich selbst noch als Kind, die Sonne schien über allem …

»Pardon?« Er hatte die Frage von Villiers nicht gehört.

»Schmeckt's Ihnen?«

»*Sublime*. Verzeihung. Ich bin gerade gedanklich weggerutscht ... ich komme mir vor wie Proust, Sie wissen schon, der Dichter, der sein Madeleine in den Tee tunkt und sich an eine untergegangene Welt erinnert. Ich bin etwas prosaischer, ich entdecke meine südfranzösischen Wurzeln bei einer Knoblauchmayonnaise wieder.«

Zum Dessert wählte er eine *Creme renversé* und war verblüfft, dass er den Geschmack der Eier wahrnehmen konnte. Offenbar hatte der Koch hier kein Anrührpülverchen verwendet, sondern Eier, Milch, Zucker, wie früher, und die Karamellsoße war ebenfalls exzellent.

Das alles gab es für einen lächerlichen Betrag, die Kellnerin schrieb die Rechnung auf die Papiertischdecke und servierte ihnen noch zwei Kaffee.

»Geh'n aufs Haus«, sagte sie und lächelte Duval zu. »Hat's Ihnen denn geschmeckt?«, fragte sie.

»Ausgezeichnet, ganz ausgezeichnet. Reden kann ich jetzt mit niemandem mehr. Ich stinke vermutlich zwei Meilen gegen den Wind. Aber es war wirklich ausgezeichnet.«

»Freut mich, Monsieur le Commissaire. Dann also bis morgen?!«

»Sehen wir mal.« Duval wollte sich nicht festlegen. »Wenn nicht morgen, dann an einem anderen Tag.«

»Sie haben eine Eroberung gemacht, Commissaire«, Villiers lachte und war sichtlich zufrieden, dass sein einfaches Restaurant den verwöhnten Gaumen des Kommissars zufriedengestellt hatte.

Als sie das Restaurant verließen, begann Villiers seinen Bericht über den Regenwald. Er erzählte, was er in Erdlers Film gesehen und was die Internetrecherche ergeben hatte.

»Stellen Sie sich das vor. Es gibt hundertundeine Organisation, die sich auf die Fahnen geschrieben haben, den Regenwald vor Abholzung und landwirtschaftlicher Ausbeutung zu retten. Allen voran natürlich Nature & Life und Greenpeace. Aber auch unzählige kleine unbekannte Organisationen. Ich dachte, mich trifft der Schlag, als ich sah, was es da alles gibt. Die heißen ganz banal ›Rettet den Regenwald‹, ›Pro Regenwald‹ oder ›Arbeitsgemeinschaft Regenwald‹ oder was auch immer. Jeder wurschtelt irgendwo rum und hat ein Regenwaldprojekt, ein Stück Wald und ein armes Indianervolk oder ein paar Tiger, die er retten will. Regenwald gibt's ja viel. In Indien, in Peru, in Ecuador, in Borneo, in Brasilien ... Und gerettet werden soll der überall, also er soll vor allem als Lebensraum für Indianer oder Tiger oder Orang-Utans erhalten werden. Und ein Stück Regenwald kaufen ist einfach, Sie kriegen 50 Quadratmeter schon für 20 Euro und haben ein supergutes Gewissen, weil Sie damit unzähligen Tier- und Pflanzenarten einen sicheren Lebensraum erhalten. Das ist die Botschaft. Man kann ein Zertifikat kriegen, man kann unter Umständen sogar hinreisen und sein Stückchen gekauften Wald ansehen. Eignet sich auch als Geschenk. Jede noch so mickrige Seite hat einen Spendenbutton. Spenden, spenden, spenden. Möchte mal wissen, wer die ganze Kohle einsackt. Bei Nature & Life gibt's sogar eine Möglichkeit, sein Testament zu machen. Lassen Sie Ihr Vermögen bei uns, wir bestatten Sie dann im Regenwald.«

Duval stutzte. »Echt?«

Villiers lachte. »Na ja, nicht ganz, das mit dem Testament stimmt, die Bestattung findet natürlich nicht im Regenwald, sondern in einem sogenannten Friedwald statt.«

Duval nickte. Friedwald. Das war der neueste Schrei im Bestattungswesen. Hatte man ihm auch angeboten für die

Beerdigung seines Vaters. Aber da gab es von seiner Seite gar keine Überlegung. Sein Vater wollte ganz normal im Familiengrab bestattet werden, wo auch schon seine Eltern und Großeltern beerdigt waren. Und keine Feuerbestattung. Alles ganz klassisch.

»Wir müssten rauskriegen, wer was erbt bei Thibaut«, unterbrach Duval nachdenklich die Erklärungen von Villiers. »Vielleicht hat er genau das gemacht, er wollte möglicherweise sein Vermögen Nature & Life vermachen oder den Indianern und das gefiel irgendjemandem nicht. Der Gattin, die sich schon lange aufs Abstellgleis geschoben fühlte. Und dann noch enterbt, das hat schon manch eine zu bösen Taten veranlasst.«

»Nun, die Gattin hat aber ein Alibi. Die war auf hoher See.«

»Eben. Genau das gefällt mir irgendwie nicht. Das ist so perfekt. Natürlich macht Madame so etwas nicht selbst. Schließlich gibt es ja heute Dienstleister für alles. Ok, weiter im Text. Ich weiß jetzt, dass man den Regenwald sozusagen weltweit retten kann. Das ist doch ganz schön. Was regt unseren österreichischen Freund daran so auf?«

»Oh, Monsieur le Commissaire, mich regt's jetzt auch schon auf. Gehen Sie mal auf diese Nature-&-Life-Seite, die Tierbilder sind fantastisch und herzzerreißend, und die Menschen bei Nature & Life sind so schrecklich gut, dass man automatisch ein ganz schlechtes Gewissen hat, wenn man noch nichts für die Erhaltung der Natur getan hat. Werden Sie Helfer, Pate, Schutzengel, Förderer, schreit es einem entgegen ... der Fantasie sind keine Grenzen gesetzt in diesem Helfer-Milieu und der Spendenhöhe auch nicht. Pervers finde ich, dass es auf der Seite von Nature & Life für den Spendenbetrag einen schicken Schieberegler gibt, der schon gleich bei 150 Euro eingestellt ist, und man kann auswählen, wie viel man spenden will, je mehr, desto nachhaltiger ist die Hilfe ...«

»Villiers, bleiben Sie mal sachlich. Was ist daran so schlimm? Mir ist es lieber, Menschen spenden 150 Euro für eine Naturschutzorganisation, als dass sie das Geld sinnlos in Casinos verspielen. Aber selbst das kann jeder halten, wie er will. Wo ist der Haken?«

»500 Million Euro kriegen die so jährlich weltweit zusammen. 500 Millionen! Damit kann man ganz schön was machen. Der Haken ist, und das ist das, was der Österreicher sagt, ich muss sagen, ich finde ihn schon ein bisschen gurumäßig ...«

»Villiers, bitte ...«

»Ja, also, dass letztlich kein Gorilla, kein Tiger und kein Regenwald wirklich gerettet werden. Die Industrie macht dort anscheinend, was sie will. Die roden den Wald, siedeln die Völker um in Reservate, und wenn sie nicht freiwillig gehen, dann mit Gewalt. Und Nature & Life sitzt mit den großen Industrien am Tisch und nickt alles ab. Gegen eine Spende natürlich, die jetzt aber etwas größer ausfällt. Dafür zertifiziert Nature & Life den industriellen Einsatz als ökologisch und ›nachhaltig‹, auch wenn er das Gegenteil davon ist, nämlich allenfalls nachhaltig zerstörerisch. Sieht ja keiner, ist ja keiner vor Ort. Außer ebendiesem Österreicher, der sich dachte, ich schau mir das mal aus der Nähe an. Das alles ist hochbrisant. Es wundert mich wirklich, dass der noch lebt, vielleicht hat man Thibaut mit ihm verwechselt? Sie sehen sich von Weitem zumindest schon ein bisschen ähnlich.«

»Das sollte einem professionellen Killer eigentlich nicht passieren. Welche Rolle spielte denn Thibaut bei Nature & Life?«

»Soweit ich das sehe, war er vor allem Aushängeschild.

Und Lieferant für schöne Filme und Bilder. Ich warte aber noch auf Antwort. Der Pressesprecher war noch nicht so freundlich, mich zurückzurufen. Die formulieren vermutlich noch den offiziellen Nachruf.«

»Und er bekam auch etwas aus dem Spendentopf?«

»Dazu müssten wir mal seine Konten ansehen. Aber wenn er ein Konto in der Schweiz hat, werden wir das wohl nie erfahren.«

»Hm, ich werde auf jeden Fall Madame Marnier kontaktieren. Ich möchte auch, dass wir Maître Dubonnet in Paris anrufen. Der kümmerte sich laut Madame Thibaut um alles Notarielle, vielleicht gibt es ein Testament, das sollten wir mal schnellstens in Erfahrung bringen.«

—

»Ich habe einen Ort gefunden, Monsieur le Commissaire!« Emilia war sichtlich zufrieden.

»Einen Ort?« Duval verstand sie nicht gleich.

»Für die Indios.«

»Wirklich? Wo? Wie? Erzählen Sie ...«

»Die Kirchengemeinde in meinem Viertel. Ich wohne im Quartier République. Das ist ein recht gemischtes Viertel – nun ja, die katholische Kirche dort, *Sacré Coeur* heißt sie, hat ein funktionierendes Gemeindeleben. Auch dort alles sehr gemischt, gelebtes Multikulti.« Sie legte den Kopf schräg und lächelte. »Es gibt dort Messen in italienischer und in polnischer Sprache, eine Messe in Filipino und eine in portugiesischer Sprache für die große kapverdische Gemeinde. Einer der Priester stammt von den Kapverden. Und Tata Eva, auch von den Kapverden, ist die gute Seele dort, eine Art Küsterin. Sie kümmert sich um alles. Und Tata Eva hat ein großes

Herz. Als ich ihr sagte, dass ein kleines Mädchen in der Gruppe ist, und dass vermutlich alle unschuldig sind und wir nicht wissen, wo wir sie unterbringen können, war sie sofort bereit zu helfen. Sie wird noch mit Monseigneur Thaon sprechen, sagen wir mal, der Form halber, aber wenn Tata Eva zugesagt hat, dann klappt das. Wahrscheinlich lässt sie ein Zelt im Garten des Pfarrhauses aufstellen. Oder sie können in den Gemeindesaal, irgendetwas findet sich.«

»Super, Emilia, danke, Sie sind ein Engel!« Duval freute sich. Dass die Kleine mit ihrer Familie, oder wie auch immer die Gruppenzugehörigkeit sein sollte, an einem freundlicheren Ort logieren würde, erleichterte ihn unendlich. Seit er selbst Kinder hatte, berührte ihn das Schicksal von Kindern noch mehr als früher. Manchmal auch mehr, als ihm lieb war. Die Grenze zwischen sich berühren lassen und unberührbar bleiben war oft fließend.

»Danken Sie Tata Eva, sie ist der eigentliche Engel.« Aber Emilia strahlte.

»Das werde ich.« Duval nahm sich vor, die Gemeinde mit ihrer unbürokratischen Küsterin zu besuchen und ebenfalls seine Dienste anzubieten. Dass er auch unbürokratisch helfen konnte, manchmal zumindest, konnte vielleicht in einer Kirchengemeinde eines gemischten Viertels nutzbringend in Umlauf gebracht werden.

Der Boulevard de la République ging rechtwinklig von der Schnellstraße ab. Duval wurde wieder einmal gewahr, dass die Schnellstraße Cannes entzweischnitt. Südlich der Avenue Bachaga Said Boualam, wie die Schnellstraße offiziell hieß, benannt nach dem algerischen Kaid, der später Colonel der französischen Armee wurde und während des Algerienkriegs die Harki, die algerischen Soldaten auf französischer Seite, befehligte, lagen die Luxushotels, die Croisette und das Meer, nördlich davon jedoch ließ nichts mehr ahnen, dass man im glamourösen Cannes unterwegs war. Zu Beginn des Boulevards standen zwar noch ein, zwei herrschaftliche Häuser, die aber mit grellbunten Hinweisschildern am Eingang auf das Fitnessstudio im Erdgeschoss oder die Kosmetikschule hinwiesen. Duval fuhr an der Place Commandant Maria vorbei, einem hübschen palmenbestandenen Platz mit kleinen Springbrunnen und neu installierten Sitzecken. Der Platz war umgeben von mehreren maghrebinischen Teestuben und quasi eine Verlängerung der Café-Terrassen. Somit war er bevorzugter Aufenthaltsort maghrebinischer und westafrikanischer Männer, die dort zusammensaßen, rauchten, Zeitung lasen oder miteinander plauderten und dabei ihre Gebetsperlenketten zwischen den Fingern spielen ließen. Hinter dem kleinen Platz wurden die zwei Spuren des Boulevards de la République enger und schlängelten sich vorbei an vernachlässigten Appartementhäusern aus den Sechzigerjahren, in deren Erdgeschoss eine Apotheke, ein Schlüsseldienst, ein Fingernagelstudio, mehrere billige Modeboutiquen und Friseure untergebracht waren. Daneben lagen in niedrigeren Altbauten Halal-Metzgereien und -Imbisse und dicht nebeneinander mehrere russische, jüdische und arabische Lebensmittelläden. Manch ein Ladengeschäft war offenbar seit Längerem geschlossen, die Fensterfront mit Sperrholzplatten verrammelt, die wiederum mit vielen Schichten Werbeplakaten überklebt waren. Würde man den Boulevard de la République weiterfahren, käme später zur rechten der moderne Neubau des technischen Gymnasiums Jules Ferry, dessen weitläufig gestalteter Eingangsbereich dem immer enger werdenden Boulevard schnell noch etwas Glanz verlieh, bevor die fensterlose graue Fassade des Gebäudes, das entlang dem Boulevard gelegen war, ihm dann ein tristes Aussehen gab. Rund um das Gymnasium hatten sich kleine Snackbuden, Bäckereien und Imbissläden eingerichtet. Danach wurden die Häuschen des Boulevard de la République niedriger, fast dörflich mutete es dort nun an. Die Läden wurden noch kleiner und schäbiger: ein verstaubter Secondhandladen mit roten Plastikgeranien vor dem Fenster, ein altmodisches Schuhgeschäft, dessen vor langer Zeit auf die Fensterfront aufgeklebte Werbeinsignien abblätterten, ein schmuddelig aussehender Waschsalon, eine kleine Bar mit Lotterieannahmestelle, gefolgt von einem Zweiradhändler, der die halbe Straße als Präsentationsfläche für seine Mofas und Scooter nutzte, dazwischen immer wieder arabische Läden und Imbissstände.

Duval aber bog vorher rechts in die Avenue du Prado ein und war verblüfft. Er hatte das Gefühl eines Déjà-vu-Erlebnisses. Die in Pastellfarben gestrichenen Mehrfamilienhäuser vom Beginn des letzten Jahrhunderts, die dem kleinen parkartigen Spielplatz gegenüberlagen, kamen ihm eigenartig bekannt vor. Langsam fuhr er daran vorbei und sah sich aufmerksam um. Zu beiden Seiten der kurzen und engen Straße parkten Autos. Vor einer kleinen Werkstatt, die im Hinterhof eines der Häuser eingerichtet war, stand ein alter dunkelblauer Mercedes. Ein weißer VW-Bus, unter dem gerade ein ölverschmierter junger Mann mit Pferdeschwanz hervorkroch, nahm einen Teil der Straße ein, sodass der Verkehr, der in beiden Richtungen befahrenen Straße behindert wurde. Duval hatte Glück, ein geparkter Wagen fuhr gerade davon und Duval stellte sich gegen die Fahrtrichtung vor den Spielplatz. Als er ausstieg, klappte er vorsichtshalber beide Außenspiegel ein. Da rollte ihm ein roter Ball vor die Füße.

»M'sieur! M'sieur! Bitte, können Sie uns den Ball wiedergeben?!« Ein kleiner dunkelhaariger Junge streckte die Hände durch den Zaun des Spielplatzes und schnitt eine Grimasse, die flehentliche Verzweiflung ausdrückte.

Duval hob den Ball auf und reichte ihn durch den Zaun.

»Danke, M'sieur!« Der Junge lachte ihn strahlend an und lief mit dem Ball davon.

Duval ließ den Blick über den Spielplatz gleiten. Fast ausschließlich arabische Frauen, junge und nicht mehr ganz so junge, die zu Kopftüchern und langen Röcken langärmelige Blusen und Westen trugen, saßen dort in kleinen Gruppen auf den Bänken, plauderten und wiegten dabei Babys im Kinderwagen in den Schlaf, während kleine Kinder zu ihren Füßen spielten. Ein älterer Mann las im Schatten eines Baumes Zeitung. Eine Gruppe kleiner Jungs kickte wild johlend auf den roten Ball ein, den er eben durch den Zaun gereicht hatte. Ein friedliches Nachmittagsbild. Nichts Verdächtiges.

Aber irgendetwas kannte er hier schon. Doch Duval wusste nicht, was es war.

Die Kirche am Ende der Straße jedoch war es nicht. Er war enttäuscht, weil er etwas Außergewöhnliches erwartet hatte. Die Kirche hieß zwar *Sacre Coeur*, hatte aber außer dem Namen mit der berühmten Basilika im Zuckerbäckerstil in Paris nichts gemein. Ein unscheinbares niedriges Kirchlein mit einem rötlichen Verputz, einschiffig und ohne jeden äußeren Prunk stand an einer Seite eines großen, teilweise geteerten Platzes. Ein moderner hölzerner Glockenturm stand getrennt davon auf dem Gelände. Duval erblickte mehrere junge Männer und Mädchen, die am Fuß des Turms neben einem kleinen Flachbau ein Zelt aufstellten. Auf dem Boden lagen Isomatten und Wolldecken.

»Madame da Silva?«, fragte Duval.

Ein junger Mann zeigte mit dem Kopf in Richtung des Pfarrhauses.

Aber dann sah er sie schon. Eine große schwarze Frau näherte sich ihm. Duval verbot sich zu denken, dass sie fett war. Rund war sie, kugelrund. Ausladende Brüste, ein gewaltiges Hinterteil. Sie bewegte sich wogend und dennoch äußerst flink. Duval war kurz verlegen von so viel stolz getragenem Frauenkörper und wusste nicht, wohin er schauen sollte. Dann riss er sich zusammen und versuchte den neutralen Blick des beobachtenden Polizisten. Wie eine Fruchtbarkeitsgöttin sah sie aus. Sie trug ein afrikanisch bunt gemustertes Kleid, hatte große Augen und den Kopf voller geflochtener Zöpfchen, die ein schönes Muster bildeten. Ihr Alter war schwer zu schätzen. Sie wirkte autoritär und pragmatisch, aber gleichzeitig durch ihren runden weiblichen Körper unendlich weich und gütig. Kein Wunder, dass Maja mit ihrem zahnlückigen Kinderlächeln hinter ihr herwuselte und sich zunächst hinter dem großen Körper versteckte.

»Sie müssen Madame da Silva sein! Ich bin Commissaire Duval. Lassen Sie mich Ihnen für Ihre unbürokratische Hilfe danken, Madame ...«

»Ach, Sie können gern Tata Eva zu mir sagen, wenn Sie mögen, ich bin das so gewöhnt.« Sie sah ihn mit einem großen Lächeln an, dass ihre weißen Zähne blitzten. Alles war groß und rund an ihr. Die Augen, der Mund, das Lächeln. Und dieser Busen ...

»Später vielleicht, Madame ...« Duval räusperte sich. Er war spröder, als er wollte. Aber angezogen von so viel mütterlichen Rundungen hatte er Angst, dass er sich unwillkürlich an diese Frau schmiegen würde, wie es Maja jetzt machte, wenn er die professionelle Distanz aufgab und sie auch noch Tata, Tantchen, nennen würde.

Eva da Silva hatte alles organisiert. Ein Zelt neben dem kleinen Gemeinderaum mit Zugang zu den sanitären Anlagen.

»Wir haben aber auch einen Wasserhahn im Garten, und wenn sie lieber in den Garten pinkeln wollen, weil sie es so gewohnt sind, dann ist das auch egal«, sagte sie pragmatisch. »Ein paar Tage kann das der Garten schon verkraften.«

Duval liebte sie dafür, dass sie die Situation erkannte und ohne Angst aussprach. Natürlich konnte man Menschen, die normalerweise mitten in der Natur lebten, nicht in ein Fünfsternehotel verpflanzen und erwarten, dass sie sich mit den sanitären Anlagen dort auskannten. Vermutlich waren sie in diesem Luxushotel genauso unglücklich über die Situation wie die Zimmermädchen, die hinter ihnen sauber machen mussten.

»Ich weiß nicht, wie lange es dauern wird, bis ...« Duval wurde plötzlich bewusst, dass er Tatsachen geschaffen hatte, ohne sich lange über die Folgen Gedanken zu machen.

»Keine Sorge, Monsieur le Commissaire. Bei uns auf den Kapverden haben wir Erfahrung mit überraschendem Besuch. Man fragt auch nicht, wie lange er bleibt. So ist das einfach. Es wird sich schon alles finden.« Sie breitete die Arme aus und blickte gen Himmel. »Der Herr sorgt für uns alle.«

»Madame ...«, Duval war die Situation unangenehm, auch wenn er spürte, dass das Gottvertrauen nicht gespielt war. Eva da Silva schien voll Vertrauen in das Leben. »Ich möchte mich trotzdem irgendwie erkenntlich zeigen. Das Essen beispielsweise fällt ja heute doch nicht mehr vom Himmel.«

Er gab ihr die Hand und hatte darin einen Schein gefaltet. Sie nahm den Schein, steckte ihn unbesehen in eine Tasche ihres Kleides, nickte und lachte ihn an. »Ah, Monsieur le Commissaire, sehen Sie, der Herr sorgt für uns.«

Duval fand zwar, dass Gott mit seinem Geld, das er aus freien Stücken und spontan gegeben hatte, nichts zu tun hatte, aber wenn diese Frau in seiner Geste Gottes Einfluss sehen wollte, sollte es ihm auch recht sein. Ihre selbstverständliche Hilfsbereitschaft war sowieso unbezahlbar.

»Wann immer ich etwas für Sie tun kann ...«

»Ja, Monsieur le Commissaire. Danke.«

»Melden Sie sich, auch wenn hier etwas Unvorhergesehenes passiert, ... ich gebe Ihnen meine Karte ...« Er griff in seine Jackentasche und fand nur seine Socken. Er musste unbedingt daran denken, dass sich jemand um neue Visitenkarten kümmerte. Er schrieb seine Mobiltelefonnummer auf eine Papierserviette, die er vom Tisch nahm, und reichte sie ihr: »Jederzeit!«

»Merci, Monsieur le Commissaire. Kommen Sie doch am Sonntag in die Messe. Das wäre eine große Freude. Um halb elf. Dann könnten Sie auch Monseigneur Thaon treffen, der jetzt gerade in Nizza im Seminar ist.«

»Mal sehen, Madame, mal sehen.« Er hob die Schultern. »Ich habe keine Ahnung, wo ich am Sonntag um halb elf sein werde.«

»Nun, wir sind auf jeden Fall hier, Monsieur le Commissaire. Und wir freuen uns, wenn Sie mit uns feiern wollen ...«

Duval nickte, gab ihr noch einmal die Hand und warf einen letzten Blick auf das bunte Völkchen, das hier im Garten viel entspannter wirkte als im Keller des Polizeipräsidiums. Wo war die Kleine? Er entdeckte sie in ihrem bunten Kleidchen im Garten vor einer Nachbildung der Grotte von

Lourdes. Sie blickte fasziniert die Marienstatue an und von Weitem sah es aus, als stünde dort Bernadette, das Mädchen von Lourdes, und habe eine Marienerscheinung. Die Kleine wirkte kein bisschen verloren. Duval ging beruhigt. Als er in sein Auto stieg, schlug er sich mit der Hand gegen die Stirn: Die brasilianische Botschaft! Warum hatte kein Mensch daran gedacht, die Botschaft zu verständigen?!

Er entschied sich, noch einmal zum Palais des Festivals zu fahren. Er wollte den Saal noch einmal ansehen. Erstaunlicherweise fand er sich vor dem gleichen Sicherheitsbeamten wieder wie am Vortag, der ihn ebenso erkannte und dieses Mal ohne langes Prozedere einließ.

Im Inneren fühlte er sich sogleich völlig orientierungslos und versuchte sich an den Weg zu erinnern, den er am Vortag mit Mercier gegangen war. An einer Feuerschutztür fand er einen Evakuierungsplan. Er versuchte sich den Grundriss des Palais des Festivals einzuprägen, das in seinen Augen vollkommen unförmig wirkte. Dann folgte er spontan dem Menschenstrom. Anscheinend war gerade Einlass für einen Film. An der offenen Tür zum großen Auditorium zeigte er seinen Ausweis. Die jungen Mädchen, die die Karten kontrollierten, waren völlig verunsichert und riefen einen Mann vom Sicherheitsdienst hinzu.

Am Ende ließ man ihn ein, der Sicherheitsbeamte begleitete ihn.

Er befand sich im ersten Rang. Duval ging bis nach vorne an die Brüstung und sah hinab. Der erste Rang ragte weit in die Sitzreihen des Parketts hinein, man sah nur die ersten Reihen, alles andere lag darunter. Nichts deutete dort unten mehr auf den Mord hin. Wenn einige wissende Besucher auch die Plätze in der fünften Reihe freigelassen hatten, so wurden sie von später eintreffenden Zuschauern glückstrahlend besetzt. So tolle Plätze noch frei! Niemand hinderte sie. *Business as usual*. Alles sollte reibungslos weitergehen. Duval schaute um sich und setzte sich probehalber in die erste Reihe im Rang. So sah man nur noch die Bühne. Wollte man von hier jemanden im Parkett erschießen, hätte man aufstehen müssen. Das wäre sicherlich aufgefallen und war demnach so gut wie auszuschließen. Außerdem sah man vom Rang aus nur die Hinterköpfe. Thibaut aber war von vorne erschossen worden. Duval ließ den Blick schweifen. An den Seiten und über den Zuschauerreihen waren Scheinwerfer installiert. Wie ein Blitz traf es ihn. Er sprang auf. Die umsitzenden Zuschauer begannen zu murren, als er sich den Weg aus der Reihe bahnte. Natürlich! Wie einfach! »Wie kommt man da hin?«, fragte er den Sicherheitsbeamten und zeigte auf die Brücke, die hoch unter der Kuppel den Saal durchschnitt. Mattschwarz, um Reflexionen jeglicher Art zu vermeiden, war sie für die Zuschauer nicht sichtbar, es sei denn, man hob bewusst den Kopf.

»Da können Sie jetzt nicht mehr hin«, wehrte der Sicherheitsbeamte ab, »die Vorführung beginnt in drei Minuten. Ich kann Sie hochführen, aber Sie können jetzt nicht über den Köpfen der Zuschauer rumlaufen.«

Duval war elektrisiert. Jemand anderes war ganz sicher über den Köpfen der Zuschauer herumgelaufen und hatte von dort oben geschossen. Im Foyer rief er Villiers an.

»Wir brauchen eine Liste der Menschen, die zur Technik Zutritt haben. Welche Techniker hatten gestern Dienst? Und wer kann noch unbemerkt auf diese Technikerbrücke im großen Saal? Also wer, abgesehen von den Technikern, kann dort oben unbemerkt herumturnen, ohne dass es jemandem auffällt? Und klären Sie mal, ob die Spurensicherung auf der Brücke etwas gefunden hat. Dass die da oben waren, setze ich jetzt mal voraus. Ansonsten muss da sofort jemand hin.«

»Wird gemacht. Wenn Sie vielleicht als Nächstes wieder ins Präsidium kommen könnten?! Der Chef-Chef erwartet Sie hier. Und die Universität Aix hat einen angesehenen Ethnologen im Angebot.«

»Claude Lévi-Strauss persönlich?«

»Wen? Nein, er heißt Descoups. Philippe Descoups. Sie haben auch einen Ethnologen?«

»Ok, war ein Scherz, Villiers. Lévi-Strauss ist DER große Anthropologe, ganz groß im Bereich Amazonas-Indianer. Allerdings etwas vor unserer Zeit, so in den 60er-Jahren. Ich glaube, er ist vor ein paar Jahren gestorben.«

»Aha.«

»Egal. Spricht der die Sprache unserer Indios, Ihr Anthropologe?«

»Dieser Professor, Monsieur Philippe Descoups, wie gesagt, spricht wohl alle möglichen Dialekte. Er hat einen ziemlich vollen Terminplan, und fliegt, wenn ich es richtig verstanden habe, in Kürze nach São Paolo, ist aber grundsätzlich bereit, uns zu helfen. Kommen Sie jetzt ins Büro?«

»Ja, bin schon unterwegs.«

Duval wartete im Vorzimmer des Polizeidirektors. Es schien ihm, als habe die Sekretärin die Nase gerümpft, als er sie begrüßt hatte. Der Knoblauch! Duval hätte jetzt gerne einen Kaugummi gehabt oder ein Pfefferminzbonbon. Oder wenigstens einen *café*.

»Verzeihung, Sie haben nicht vielleicht ein Pfefferminzbonbon oder einen Kaugummi für mich?«

Die Sekretärin wühlte in ihrer Schreibtischschublade. Dann reichte sie ihm zwei kleine Kaugummidragees. »Nehmen Sie zwei«, flüsterte sie. Duval nickte dankend.

Ihr Telefon klingelte.

»Sie können«, sagte sie auffordernd.

»Commissaire Duval, wie geht's? Schon eingelebt? Wie geht es voran? Wir konnten uns noch gar nicht richtig begrüßen, tut mir leid ... dieser Fall bindet alle meine Energie ... aber Sie wissen ja selbst, wie das ist.« Der Direktor erhob sich etwas aus seinem Sessel und schüttelte ihm die Hand. »Wie ist der Stand der Dinge? Berichten Sie mal, wenn ich Sie bitten darf. Wir haben die Pressekonferenz übrigens um 17 Uhr angesetzt. Ich werde natürlich präsent sein. Kann ich auf Sie zählen?«

Duval nickte und gab einen kurzen Bericht dessen, was sie im Laufe des Tages erfahren hatten, die Indios erwähnte er mit keiner Silbe.

»Nun, ich denke wir einigen uns für die Pressekonferenz besser auf eine unverbindliche Formel, wie gestern auch schon. Ich werde das übernehmen, dann stelle ich Sie vor, Sie erzählen noch ein bisschen, ohne allzu viel inhaltlich zu sagen. So hätten wir allein mit Ihrer Person neues Futter für die Presse. Schaffen Sie das?«

»Natürlich, Monsieur le Directeur.«

Duval hasste nichts mehr als Auftritte bei Pressekonferenzen, und dort leere Phrasen abzulassen, lag ihm nicht. Reine Zeitverschwendung. Wenn eitle Vorgesetzte, die ihr Konterfei gern in den Medien wiederfanden, das für ihn übernahmen, umso besser. Vermutlich glaubte sein Chef, ihm wäre so ein Auftritt wichtig und er müsse ihm auch noch dankbar sein für die Ehre, die ihm damit zuteilwürde. Weit gefehlt. Jedoch war er nicht abgeneigt, sich dieses Mal dort sehen zu lassen, allein damit man ihn in Cannes zukünftig wahrnahm. Mit Commissaire Léon Duval sollte man zukünftig rechnen.

»Gut, dann sehen wir uns dort. Seien Sie pünktlich.«

Duval nickte und stand auf. Als er schon fast an der Tür war, hörte er seinen Chef sagen:

»Ach, Duval ...«

»*Oui*, Monsieur le Directeur?«

»Diese unglückliche Geschichte mit dem indianischen Völkchen, das im Polizeipräsidium logiert, als sei hier ein Asylbewerberheim ...«

Scheiße. Duval wand sich.

»Ist bereits geregelt, Monsieur le Directeur.«

»Ich habe Sie gedeckt, Duval, nichts davon dringt nach außen, aber wenn das Ihre Pariser Methoden sind, dann gewöhnen Sie sich die bitte schnellstens ab. Wir sind nicht die Heilsarmee.«

»Ja, Monsieur le Directeur.«

»Gut, dann ...« Der Direktor nickte und machte eine Geste Richtung Tür. Die Audienz war beendet.

Auf dem Weg in sein Büro traf er Molinard. Sie gingen zusammen durch das Treppenhaus und durch den langen Flur, während Molinard berichtete.

»Ich habe den Notar in Paris erreicht. Oder besser seine Vorzimmerdame. Der Maître ist eine harte Nuss, scheint nicht direkt mit der Welt sprechen zu wollen. Ich musste die Gute im Vorzimmer schon ziemlich belästigen, bis man mir gnädigst ausrichten ließ, er gäbe keine Auskünfte, schon gar nicht am Telefon. Wollte nicht einmal sagen, ob ein Testament existiert. Wir müssen mit einem entsprechenden Papier schon selbst bei ihm vorsprechen. Einen offiziellen Termin wollte man mir aber erst in vier Wochen geben. Ich habe dann darauf verzichtet. Ich dachte, wir klopfen einfach mal so an, oder? Wollte immer schon mal in Paris ermitteln.« Molinard grinste.

Kaum war Duval in seinem Büro angekommen, steckte Villiers den Kopf durch die Tür.

»Kommen Sie rein, Villiers.«

Dann klopfte Olivier Gaspard an den Türrahmen.

»Soll ich eine Nummer ziehen?«

»Nein, nein, kommen Sie ruhig dazu. Legen Sie los.« Er sah Villiers an.

»Nature & Life lässt via Pressesprecher, nachdem er mich endlich zurückgerufen hatte, nur offizielles, druckreifes Zeug verlauten. Wie sehr sie den Tod bedauern, ein herber Verlust für die Menschheit und für Nature & Life, die ihren besten Botschafter verloren haben ... In diesem Stil. Zu den Einkünften und dem Vertrag, den Thibaut mit Nature & Life habe, konnte er natürlich nichts sagen. Und wie das mit der Konteneinsicht ist, ich vermute, das ist ein Buch mit sieben Siegeln. Schweiz eben. Der Sitz von Nature & Life ist in der Schweiz, habe ich das schon gesagt? In Genf sind die. Als ich nachgebohrt habe, was sie zu den Anschuldigungen von diesem Österreicher zu sagen haben, wurde er sehr kühl und kam mir mit der einstweiligen Verfügung, die gegen diesen Film ausgesprochen wurde. Im Prinzip sagte er, dass der Österreicher ein kranker Spinner sei und gemeingefährlich. So direkt hat er es natürlich nicht ausgedrückt, aber ganz sicher so gemeint.«

»Gut, da werden wir wohl ein bisschen reisen müssen in allernächster Zeit. In Paris ist das kein Problem, da weiß ich, an wen ich mich wenden muss. In der Schweiz ist das so eine Sache … gut, machen wir gleich. Emilia?«

»Monsieur le Commissaire?«

»Buchen Sie mir doch mal einen Flug nach Paris gleich morgen früh, ja? Danke.«

»Gut, Gaspard, zu Ihnen. Was gibt's Neues vom Palais, haben wir eine Liste der Mitarbeiter, die Zugang zur Technik hinter den Kulissen haben?«

»Jawohl, Monsieur le Commissaire, und ich habe mit dem verantwortlichen Leiter der Haustechnik des Palais gesprochen, einem Monsieur Lambert. Er arbeitet dort seit mehr als fünfzehn Jahren und hat früher für die FIF gearbeitet, die Organisation in Paris, die das Filmfestival in Cannes organisiert.«

»Das Filmfestival wird von Paris aus organisiert?«

»Ja, das Palais des Festivals ist ja eigentlich ein Kongresszentrum. Da finden das ganze Jahr über Messen oder Kongresse statt. Musik, Immobilien, was weiß ich. Dafür wird das Kongresszentrum vermietet und die Messefirmen kommen mit ihrer eigenen Mannschaft und bauen auf und organisieren. Das Kongresszentrum stellt nur die Räume, die Bestuhlung und die technische Ausstattung zur Verfügung und natürlich die Logistik, die Angestellten und die dreißig Techniker.«

»Dreißig? Nur dreißig?«

»Ja, aber diese dreißig Techniker vor Ort sind quasi die Hausmeister, die die Türen öffnen und das Ganze beaufsichtigen.«

Duval sah auf seine Uhr und unterbrach ihn. »Gut. Danke, Gaspard, aber ich muss jetzt zu dieser Pressekonferenz. Mit diesem Lambert würde ich gern selbst sprechen. Vielleicht direkt danach. Können Sie mir das organisieren?«

»Wird gemacht, Monsieur le Commissaire.«

Duval war heilfroh, dass er die Pressekonferenz durch die Seitentür des Saales verlassen konnte. Die nichtssagenden Antworten auf die Fragen der hysterischen Journalisten überließ er gerne seinem Direktor, der solche Auftritte sichtlich genoss, selbst wenn er so tat, als seien sie ihm lästig. Duval hatte gesagt, was er zu sagen hatte, kurz und knapp, und sich dann diskret zurückgezogen. Im Flur wartete bereits der technische Leiter, Maurice Lambert, auf ihn.

»Monsieur le Commissaire?«

Duval nickte und reichte dem Mann die Hand. Er war erstaunt, dass dieser kleine unscheinbare Mann der technische Leiter eines derart großen Komplexes war. Lambert hatte zudem eine relativ hohe Stimme.

»Lassen Sie uns in mein Büro gehen, da sind wir relativ ungestört.«

Sie gingen verschlungene Wege treppab, durchquerten riesige unterirdische Depots mit Stühlen und Tischen, um an anderer Seite wieder treppauf zu gehen. Duval hatte Mühe, dem Mann zu folgen, der eilig und nervös ein paar Schritte vor ihm herlief und ihm dabei erläuterte, wo sie sich gerade befanden. Duval wurde sich bewusst, dass es eine mindestens ebenso große, offiziell nicht sichtbare Seite des Palais gab: Depots, Büros, Lager, Garagen. Und alles war von einer groß angelegten Struktur von Sicherheitstreppenhäusern und Gängen umgeben. Außerdem gab es an mehreren Stellen große Lastenaufzüge. Das Gebäude erschien ihm immer unübersichtlicher.

»Ich bräuchte als Erstes einen Plan des Gebäudes inklusive aller Evakuierungswege, Notausgänge, Feuertreppen – kann ich so etwas von Ihnen bekommen?«

»Natürlich, Monsieur le Commissaire. Es ist nicht leicht, sich auf Anhieb zurechtzufinden, das Gebäude hat eine eigenartige Form und es gibt unterirdische Verzweigungen, wie Sie gerade gesehen haben, um Wege abzukürzen. Ansonsten kämen wir hier nie rechtzeitig irgendwohin.«

»Ja, verstehe.«

Lambert schloss die Tür seines Büros auf, hielt Duval die Tür auf und lud ihn ein, sich zu setzen.

»Möchten Sie etwas trinken? Einen Kaffee?«

»Ein Glas Wasser vielleicht, wenn das möglich ist.«

»Leitungswasser geht?«

»Natürlich.«

Duval trank einen Schluck Wasser und sah sich um. Ein nüchterner Raum mit einem großen Schreibtisch voller Papier, Computer, Telefon, ein Regal mit beschrifteten Plastikboxen. Ein großes Fenster mit Blick auf den Hintereingang des Palais. Kein persönlicher Gegenstand, keine Postkarte, nichts, das dem Raum etwas Persönliches gegeben hätte. Im Prinzip genauso nüchtern wie mein neues Büro, dachte Duval. Sein Blick fiel auf eine zusammengeklappte Campingliege, die hinter der Tür stand.

»Sie schlafen hier?«

»Während des Festivals, ja. Meistens.«

Duval dachte daran, wie oft er schon im Büro übernachtet hatte, und wie verärgert Hélène darüber gewesen war. »Und Ihre Familie?«

»Da wartet niemand.«

»Tut mir leid.«

»Muss Ihnen nicht leidtun, ich lebe schon lange alleine, hat auch seine Vorteile.«

»Ja, wem sagen Sie das.« Duval räusperte sich. »Monsieur Lambert«, begann er dann, »meine Leute haben Sie ja bereits gesprochen und ich weiß, dass Sie für das Gelingen des Festivals, zumindest aus technischer Sicht, die Verantwortung tragen. Ich muss Sie dennoch bitten, mir etwas darüber zu erzählen, wie das Festival hinter den Kulissen abläuft – aus Ihrer Sicht.«

Lambert nickte schnell und begann eilig zu sprechen.

»Nun, Sie wissen schon, dass wir für alle Veranstaltungen, die hier stattfinden, nur das Palais zur Verfügung stellen?«

»Ja.« Duval nickte.

»Wir bieten den Ort, die Säle, die Infrastruktur, die technische Ausstattung und unsere Techniker: Die funktionierende Hülle sozusagen, aber gefüllt wird das Palais oder Kongresszentrum von den jeweiligen Messefirmen oder Organisationen, die es für ein Event mieten.«

Duval nickte wieder. »Ja, das weiß ich schon. Für das Filmfestival läuft es wie?«

»Im Prinzip genauso. Das Filmfestival wird von der FIF, dem Festival International de Film, einer Organisation in Paris, geplant. Das ganze Jahr über arbeiten etwa 700 Mitarbeiter für dieses Filmfestival, das dann im Mai in Cannes stattfindet. So viel Aufwand für zehn Tage. Können Sie sich das vorstellen?« Lambert sah Duval fragend an.

Duval machte eine vage Geste mit dem Kopf, die alles ausdrücken konnte. Ob er sich das nun vorstellen konnte oder nicht, war ja völlig unerheblich.

Lambert sprach auch bereits weiter.

»Von diesen 700 Mitarbeitern sind etwa 300 Mann technisches Personal. Und die kommen alle während der entscheidenden zehn Tage im Mai hierher.«

»Die 700 Mitarbeiter?«

»Nein, die 300 Techniker.«

»300 Techniker?«

»Ja, 300 Techniker«, wiederholte Lambert und sah Duval kritisch an. Es schien, als bezweifelte er, dass dieser ihm richtig zugehört hatte. »Wissen Sie, das Filmfestival ist ein gigantisches Projekt, ein internationales Prestigeobjekt. Das ist das wichtigste Event im ganzen Jahr, auch finanziell. Nie wird das Palais teurer vermietet als jetzt. Die Firmen zahlen wahnsinnige Summen, um hier präsent zu sein und ausstellen zu können. Und die erwarten natürlich ein Maximum an Professionalität. Ich bin schon drei Monate vorher fast nur noch mit dem Festival beschäftigt, seit einem Monat bauen wir die Außenanlage auf und jetzt komme ich fast nicht mehr nach Hause. Ich bin 24 Stunden im Einsatz. Wie gesagt, meistens schlafe ich nachts hier.«

Duval nickte. Der kleine Mann, der sich beim Sprechen kurz hingesetzt hatte, sprang wieder auf. Sitzend hatten seine Füße nicht mal den Boden berührt. Er wirkte nervös und sah immer wieder auf sein Rufgerät.

»So viele Techniker, was machen die denn alles? Ich dachte, um einen Film zu zeigen, bräuchte man nur einen Filmvorführer. So war das zumindest früher mal, und damals war es noch kompliziert mit all den Spulen und Rollen. Heute ist doch alles digitalisiert, das muss doch noch viel einfacher sein?«

»Einfacher und hoch kompliziert gleichzeitig. Und es geht ja nicht nur um die Filmvorführungen, Monsieur le Commissaire. Bei den Filmvorführungen im großen Auditorium sind wirklich nur wenige Techniker im Einsatz, zehn um genau zu sein. Vier unserer Haustechniker vom Palais und sechs vom FIF. Diese Sechs sind für den reibungslosen Ablauf des Films zuständig, Qualität von Bild und Ton und was da noch alles beachtet werden muss. Die vier Haustechniker regeln die Saaltechnik: das Licht im Saal, dass die Vorhänge der Bühne aufgehen und dergleichen Dinge mehr. Das ist im Prinzip alles, aber wehe, etwas klappt nicht. Wir arbeiten während des Festivals im Dreischichtbetrieb. Es sind ja den ganzen Tag lang Vorstellungen und nachts wird auch gearbeitet.«

»Nachts?«, fragte Duval erstaunt. »Was passiert denn nachts?«

»Nachts arbeiten wir für die Filme, die am folgenden Tag gezeigt werden. In der Nacht laufen alle diese Filme probehalber einmal durch. Die Generalprobe, wenn Sie so wollen. Damit beim offiziellen Filmlauf alles klappt. Nachts ist sogar unsere arbeitsintensivste Zeit, wir arbeiten alle mit Hochdruck, um sämtliche Filme einzurichten.«

»Gut, das verstehe ich. Aber sagen Sie mir, was machen all die anderen sagen wir 250 Techniker die ganze Zeit?«

Lambert sah Duval ungläubig an. Konnte man wirklich so unwissend sein, schien er sich zu fragen. Er setzte sich für einen Moment und drehte sich in seinem Sessel ein wenig hin und her. »Nun«, fuhr er dann fort und sprach jetzt langsam und deutlich, als müsse er einem Kind etwas erklären, »schauen Sie, das Filmfestival besteht ja nicht nur aus den Filmen, die im großen Saal gezeigt werden, das ist nur ein kleiner Teil, es gibt zeitgleich unzählige Filme und Veranstaltungen überall: Das Palais allein hat sieben Etagen, das heißt eigentlich neun, aber zwei davon sind nur Depot, da sind wir vorhin durchgegangen, Sie erinnern sich?«

Duval nickte.

»Ich zeige es Ihnen.« Lambert drehte sich zu seinem Schreibtisch und nahm einen Ordner in die Hand. »Hier.« Er öffnete den Ordner und gab ihn Duval. Er deutete auf eine Zeichnung. »Sehen Sie? Das ist ein Schnitt durch das Gebäude und hier …«, er blätterte im Ordner, »hier sehen Sie jede Etage. Der große Saal und der Saal Debussy umfassen mehrere Etagen, sehen Sie hier, das Orchester, der erste Rang, der zweite Rang. Und darüber, darunter und dahinter die Technik. Und zusätzlich an den Seiten, hier.« Lambert deutet darauf. »Und sehen Sie hier …«, er blätterte weiter.

»Der Saal Debussy ist ebenso groß wie der große Saal?«, fragte Duval dazwischen.

»Nicht ganz. Er ist für 2000 Zuschauer konzipiert. Aber er umfasst ebenso viele Stockwerke. Der Saal Debussy ist von der Technik her etwas weniger ausgereift, aber von der Akustik deutlich besser. Theateraufführungen oder Konzerte werden deshalb gerne hier veranstaltet. Aber während des Festivals laufen hier auch Filme. Der Saal mit dem größten Prestige aber ist der große Saal, *le grand auditorium.*«

»Und die Säle sind unterirdisch miteinander verbunden?«

»Ja. Unterirdisch ist alles verbunden. Im Prinzip können Sie von unten die verschiedenen Treppenhäuser am schnellsten erreichen.«

Duval sah aufmerksam die Pläne an.

»Kennen die auswärtigen Techniker diese Verbindungen?«

»Ja und nein. Es gibt Techniker, die seit Jahren für die FIF arbeiten und immer wieder hier sind. Die kennen sich natürlich im Laufe der Jahre aus. Aber es gibt immer auch Saisonarbeiter, die nur für ein Jahr eingesetzt werden.« Lambert dachte einen Moment nach. »Die könnten natürlich dank ihres Badges auch überall hinkommen, aber die haben ihre speziellen Einsatzorte und Aufgaben, die rennen sicher nicht durch das ganze Gebäude, um alle Ecken kennenzulernen.«

Duval suchte in seinen Taschen etwas zu schreiben. Lambert hörte sofort auf zu sprechen.

»Erzählen Sie weiter, Monsieur Lambert, ich höre Ihnen zu. Ich suche nur etwas zu schreiben. Was also machen denn jetzt die ganzen Techniker?«

Lambert reichte ihm einen kleinen Block und einen Kugelschreiber. Duval nickte dankend und notierte sich etwas. Dann betrachtete er den Kugelschreiber. Ein Parker. Er ließ den Clip schnalzen. Sein Tick war es, an allen Kugelschreibern, selbst den teuren, so lange den Clip schnalzen zu lassen, bis er abbrach. Danach war er enttäuscht. Aber er konnte es nicht lassen. Wenn er einen Stift mit Clip fand, musste er ihn schnalzen lassen. Hélène hatte ihm einmal einen wahnsinnig teuren Tintenstift geschenkt. Er hatte versucht sich zu beherrschen, aber es hatte keine Woche gedauert, bis der Clip ab war. Danach hatte er lange Zeit nur die billigste Kugelschreibersorte benutzt.

Lambert räusperte sich.

Duval sah auf und bemerkte den besorgten Blick, mit dem Lambert auf den Kugelschreiber in seiner Hand starrte. Er reichte ihm den Kugelschreiber zurück. »Danke schön.« Lambert legte den Kugelschreiber vorsichtig zurück auf den Schreibtisch, sprach aber nicht weiter.

»Ich höre Ihnen zu, Monsieur Lambert.«

»Nun gut«, Lambert räusperte sich erneut, »Sie haben ja auf dem Plan gesehen, dass auf jeder der sieben Etagen noch andere, größere und kleinere Säle und Räume sind, und überall finden während des Festivals Veranstaltungen statt. Pressekonferenzen, Interviews, Workshops, Diskussionsrunden, Vorträge, Empfänge, Cocktails, Apéros. Und immer braucht man Tische und Bestuhlung, Licht, Mikros, Kameras, Spots, Kabel und so weiter. Und es finden während des Festivals noch andere Filmwettbewerbe statt. Die sind viel weniger öffentlich bekannt, haben aber auch enormen Zulauf. Es gibt ein Kurzfilm-Festival, und es gibt eine Auswahl wenig bekannter internationaler Filme zu sehen, jenseits vom Hollywood-Mainstream, von jungen, teilweise noch unbekannten Filmemachern. *Un certain regard* heißt dieses Festival im Festival.«

Lamberts Augen begannen zu leuchten. »Da können Sie Filme aus Usbekistan sehen, aus Togo, aus Albanien oder aus Venezuela. Wirklich Neues und Fremdes.« Lambert hielt kurz inne, als erinnerte er sich an bewegende Filme, die er gesehen hatte. »Wissen Sie«, fuhr er dann fort, »Filme, die Sie und ich weder vorher noch nachher irgendwo sehen werden, weil sie den Weg in den europäischen oder US-amerikanischen Verleih niemals schaffen werden. Zu uninteressant für das große Publikum. Damit kann man kein Geld verdienen. Aber für alle diese Filme, das heißt vor allem für die Filmemacher, ist es enorm wichtig, hier zu sein. Während des Festivals präsent zu sein, ist eine Möglichkeit, international gesehen zu werden, und sie können das Logo von Cannes auf dem Filmplakat und im Abspann bringen. Allein schon die Tatsache, dass man in Cannes dabei ist, ist eine Auszeichnung. Und die Techniker sorgen dafür, dass auch der kleinste Film eines unbekannten afrikanischen Filmemachers hier perfekt läuft. Dafür geben wir alles. Das sind zehn Tage und Nächte, da vibriert es hier vor Emsigkeit.«

»Emsigkeit«, was für ein hübsches altmodisches Wort. Duval musste dabei an Ameisen denken oder an Bienen. Der kleine rundliche Mann passte dazu. »Verstehe«, sagte Duval. Er war beeindruckt von der Leidenschaft, mit der Monsieur

Lambert erzählte: Er sprach schnell und war dabei die ganze Zeit in seinem Büro umhergelaufen. Sichtlich mitgerissen von seinem Thema, hatte er beim Sprechen rote Flecken im Gesicht bekommen. Er machte nun einen kleinen Hopser, um sich für zwei Sekunden auf einen Stuhl zu setzen, sprang aber sofort wieder auf und sprach weiter.

»Und wir haben noch nicht von der Film-Messe gesprochen. Das ist vielleicht sogar das Wichtigste, kriegt aber kein Außenstehender wirklich mit. Das Festival ist ja gleichzeitig auch eine Film-Messe. Sie haben die ganzen Stände gesehen, oder? Jeder kleine Stand, jeder Pavillon, innerhalb und auch außerhalb des Palais, braucht Licht, einen elektrischen Anschluss und Internetzugang, um Filme, Trailer oder irgendeinen Schnickschnack zeigen zu können. Das Ganze sind zehn Tage technischer Wahnsinn. Und meine Kollegen und ich, wir arbeiten dafür, dass alles reibungslos läuft.« Er holte tief Luft und atmete hörbar aus.

»Verstehe«, wiederholte Duval etwas stereotyp, »danke, dass Sie mir das alles erklären ... wobei, was mir bei alledem wichtig ist ...« Duval überlegte und fuhr dann fort: »Wenn ich es richtig sehe, können die Techniker, weil sie überall eingesetzt werden, auch überall hinkommen. Auf dem Gelände, im Gebäude, in allen Sälen, in den Depots, ohne dass es groß auffällt.«

»Ja, aber sie brauchen natürlich ein Badge, also einen Ausweis. Das heißt, jeder Techniker ist persönlich angemeldet. Alle tragen ein Badge während des Festivals, das ist das Zeichen, dass man befugt ist, im Gebäude oder auf dem Gelände zu sein. Ohne Badge werden Sie sofort von der Security kontrolliert. Es gibt verschiedene Badges, je nachdem, wofür Sie akkreditiert sind. Die Badges für die Techniker sind zusätzlich grün dieses Jahr. Das erkennt man schon von Weitem, verstehen Sie? Wenn jemand mit einem weißen Badge in der Technik rumläuft, wird das bemerkt.«

»Aber wenn ich mir ein grünes Badge verschaffe, kann ich unbemerkt überall hinkommen? Auch in die Bereiche, in denen ich vielleicht nichts zu suchen habe? Als Techniker kommt man überall hin, das sehe ich doch richtig?«

Lambert sah ihn nachdenklich an. Er überlegte einen Moment mit der Antwort.

»Im Prinzip ja«, sagt er dann mit rauer Stimme. Er knetete seine Hände. »Aber auf den Badges ist ein Foto, sehen Sie«, er hielt Duval seinen Ausweis hin, »und wir Techniker kennen uns eigentlich alle, wenigstens vom Sehen. 300, das ist nicht so unübersichtlich, wie es scheint. Ein kleines Dorf. Manche sind ja jedes Jahr dabei. Dass jemand unbefugt an ein grünes Badge mit einem Foto kommt, das ihn nicht zeigt, und zwischen den Technikern herumläuft, ohne dass es auffällt, das kann eigentlich nicht vorkommen.«

»Eigentlich. Ein Mord soll eigentlich auch nicht vorkommen.«

Lambert blieb stumm.

»Lassen Sie uns bitte mal ansehen, wie man zu dieser Bühne hier im Saal kommt«, Duval wechselte das Thema und zeigte auf den Plan des großen Saals, »und vor allem, wie man von dort schnell wieder wegkommen kann.«

»Sie glauben, der Täter war da oben?«

»Ziemlich sicher.«

»Aha.« Lambert sah den Commissaire aufmerksam an. »Es gibt zwei Zugänge«, sagte er dann, »hier, ich zeige es Ihnen.« Lambert deutete auf zwei Treppenhäuser, die rechts und links des großen Saals lagen. »Sie liegen im obersten Stockwerk und man kommt nur über die Treppenhäuser dorthin. Und genauso wieder weg. Eine andere Möglichkeit gibt es nicht.«

»Und was ist das hier?« Duval zeigte auf eine eingezeichnete Tür.

»Ein Notausgang. Davon gibt es mehrere und auf allen Stockwerken. Von dort geht es über die Feuertreppen nach unten.«

»Könnte man so auch hineinkommen? Also von außen?«

»Notausgänge sind Ausgänge, es gibt von außen«, er zögerte kurz, »nein, eigentlich keine Möglichkeit diese Türen zu öffnen.«

»Eigentlich heißt, es geht doch.«

»Nun, der Sicherheitsdienst kann diese Türen von außen entriegeln und wir Haustechniker auch.«

»Der Sicherheitsdienst, aha. Gibt es außer diesen eigentlich nicht möglichen Zugängen und dem offiziellen Treppenhaus noch eine andere Möglichkeit, um bis in den letzten Stock zu gelangen?«

»Vielleicht mit dem Lastenaufzug. Die sind hier.« Lambert zeigte in jedem Treppenhaus die Lage des Aufzuges.

Duval beugte sich über die Pläne und betrachtete die Lage der Notausgänge. »Wenn man diese Tür im letzten Stock öffnet, dann befindet man sich wo?«

»Auf dem Dach des Palais.«

»Was ist das hier?« Duval tippte auf den Plan.

»Kleine begrünte Terrassen. Manchmal gibt es Events dort oben. Man hat einen atemberaubenden Blick von dort.«

»Will ich gern glauben. Sehe ich das richtig, dass es über das Dach auch eine Verbindung zu den Sälen gibt? So ähnlich wie im Untergeschoss?«

Lambert nickte. »Aber das wissen die Wenigsten. Und es ist auch ziemlich unpraktisch. Das ist nur Teil des Evakuierungsplans.«

»Ich gehe mal davon aus, Sie, Ihre Techniker und der Sicherheitsdienst kennen diese Verbindung.«

»Natürlich.«

»Und man kann dann ganz ungeniert auf dem Dach herumlaufen«, insistierte Duval, »und an anderer Stelle wieder in das Palais hineinkommen? Hier zum Beispiel?« Er zeigte auf einen anderen Notausgang am anderen Ende des Gebäudes. »Wenn man sich auskennt, meine ich.«

Monsieur Lambert wand sich. »Ja, aber wer sollte das denn machen?«

»Gute Frage.«

»Und es sind doch auch immer Leute von der Security auf dem Dach.«

»Tja.«

»Sie verdächtigen die Security?«

»Ich verdächtige niemanden, ich stelle nur Überlegungen an. Sie sagten, die Security und Ihre Techniker haben die Möglichkeit, von außen ins Palais zu kommen, richtig?«

Lambert machte ein zustimmendes Geräusch. Duval sah vom Plan auf. »Sie haben ja Notausgänge und Feuertreppen alle 20 Meter …«

»Alle 50 Meter«, korrigierte Lambert. »Haben Sie schon einmal 10 000 Menschen evakuiert?«

»Nein, Sie?«

»Bislang noch nicht, Gott sei Dank, aber es sollte zumindest problemlos möglich sein.«

»Ja, natürlich, Monsieur Lambert. Ist Ihnen denn nichts oder niemand Besonderes aufgefallen? Der reibungslose Ablauf des Festivals ist doch enorm wichtig für Sie. Sie sind doch bestimmt sehr wachsam?«

»Das haben mich Ihre Kollegen auch schon gefragt. Nein, mir ist nichts aufgefallen. Das heißt, ich weiß es nicht. Also ich meine, natürlich bin ich aufmerksam. Ich bin überall gleichzeitig, versuche an alles zu denken, mit allen in Kontakt zu bleiben.«

Lambert wirkte plötzlich müde und erschöpft.

»Ich bin ein Jahr vor der Pensionierung. Der Direktor des Palais wollte, dass ich dieses Jahr mit einem zweiten Mann zusammenarbeite, mit meinem Nachfolger, damit er, wenn ich gehe, meinen Posten übernehmen kann und im Prinzip alles schon einmal durchgespielt hat.«

»Und das haben Sie nicht gewollt?«

»Nein. Bislang habe ich das abgelehnt. Es ist *meine* Arbeit, verstehen Sie das? Das habe ich alles mühsam organisiert.«

»Jetzt können Sie es vermutlich nicht mehr verhindern.«

Lambert nickte.

»Wo waren Sie denn während der Vorführung?«

»Ich?« Lambert war erschrocken. »Sie verdächtigen mich?«

»Monsieur Lambert, ich verdächtige gar niemanden. Ich stelle Fragen und versuche herauszufinden, wer die Möglichkeit gehabt hätte, Thibaut zu töten. Wo waren Sie also?«

»Im Depot, glaube ich.«

»Sie wissen es nicht mit Bestimmtheit?«

»Wissen Sie, ich habe wirklich so viel um die Ohren. Ich bin ja überall. Ich war nachts noch anwesend beim Technikabgleich, bin dann gegen vier Uhr morgens nach Hause, um etwas zu schlafen. Um halb acht war ich wohl wieder hier und habe meine Runde gemacht. Wo ich wann genau war, weiß ich jetzt aus dem Stegreif nicht mehr.«

»Sie haben nicht hier geschlafen?« Duval deutete auf die Liege.

»Nein.«

»Sie sind für drei Stunden nach Hause gefahren?«

»Ja. Manchmal möchte ich in meinem Bett liegen, auch

wenn es nur kurz ist. Ich wollte auch duschen, mich rasieren und ein frisches Hemd anziehen. Und einen ordentlichen Kaffee trinken.«

Duval nickte. Er konnte das alles verstehen.

»Gut, Monsieur Lambert, dann danke ich Ihnen für Ihre Auskünfte und Ihre Hilfe und lasse Sie jetzt mal Ihren Abend ...«, er sah auf die Uhr, »obwohl, Sie haben ja während des Festivals keinen Feierabend, vermute ich.«

Lambert nickte etwas müde.

»Falls Ihnen etwas einfallen sollte, was auch immer, lassen Sie es uns wissen. Alles ist wichtig. Ich habe noch keine Karte, aber ich gebe Ihnen mal meine Durchwahl.« Er sah suchend umher. »Ich hatte doch eben noch etwas zu schreiben?«

Lambert reichte Duval nun vorsichtshalber einen Bleistift. Er zeigte auf den großen Kalender, der beinahe die Hälfte seines Schreibtisches einnahm. Er war vollgeschrieben mit Namen, Telefonnummern, Notizen. Außerdem klebten viele hellgelbe und pinkfarbene Post-it-Etiketten darauf. Duval zweifelte daran, dass Lambert seine Telefonnummer wiederfände in all den Notizen, und setzte seinen Namen und die Nummer daher in einen Rahmen, den er mehrfach verstärkte.

»Sie arbeiten noch nicht mit einer elektronischen Agenda?«

»*Ph.*« Lambert machte ein verächtliches Geräusch. »Meine Agenda ist hier drin«, sagte er und tippte auf seinen Kopf. »Und alles andere steht hier.« Er zeigte auf den Kalender.

»Verstehe.«

Als Duval vor dem Palais stand, atmete er tief durch. Es war noch hell. Er wollte in Ruhe nachdenken und beschloss, ein wenig zu laufen. Ohne zu überlegen, war er nach rechts gegangen und fand sich plötzlich in einer riesigen wogenden Menschenansammlung wieder. Eine Traube von Menschen drängte sich vor dem Absperrgitter gegenüber den legendären, mit rotem Teppich ausgelegten Stufen, die hell erleuchtet im Scheinwerferlicht lagen. Bislang war dort außer der bereits stramm stehenden Nationalgarde, die die Stufen säumte, nichts und niemand zu sehen. Über Lautsprecher dröhnte Musik und die Luft vibrierte vor Spannung. Er sah mehrere Fernsehteams neben den Stufen stehen. Auf den Leitern, die im Inneren des Geländes direkt hinter den Absperrgittern standen, saßen nun Fotografen mit riesigen Fotoapparaten, und alle warteten auf berühmte Filmstars, die in Kürze lächelnd und hoheitsvoll winkend über die Stufen nach oben steigen würden.

Duval sah die aufgeregten Gesichter sich drängelnder junger Mädchen. Wen erwarteten sie wohl? Dass sie stundenlang hier in der Menge ausharrten, nur um einen Schauspieler für ein paar Sekunden live von Weitem zu sehen, und um von ihm ein verwackeltes Foto auf ihrem Handy zu machen, konnte er nicht verstehen. Warum machten sie das? Wirklich nah kam man Léonardo di Caprio oder Johnny Depp hier doch nicht. Im Fernsehen hätten sie das alles besser sehen können. Aber natürlich ging es um die Unmittelbarkeit, das Ambiente, das Flirren in der Luft, und dass man für einen Moment die gleiche Luft eingeatmet hatte wie die Stars. War das Leben danach anders? War man danach glücklicher? Vermutlich dachte keiner der Anwesenden darüber wirklich nach und vielleicht musste man noch sehr jung sein, um sich das anzutun. Duval wollte nicht warten, um zu sehen, wer denn nun Wichtiges ankam, und ging weiter, hatte aber damit zu kämpfen, dass ihm Menschenmassen entgegenströmten. Und entgegen seiner Annahme liefen nicht nur junge Menschen aufgeregt und zielstrebig zum Palais. Duval sah das alles mit Erstaunen und ging weiter. Er wollte raus aus diesem Gewühl, etwas Ruhe und ans Meer. Autos fuhren nicht, alles war weiträumig abgesperrt, aber die gesamte Croisette war bevölkert mit schick gekleideten Menschen in Abendgarderobe, die nun auf und ab flanierten. Man ging aus, man zeigte sich. Man telefonierte sich zusammen und diskutierte: Wo gehen wir hin? Wo ist die wichtigste Abendveranstaltung? Wo sind die berühmtesten Leute? Welcher Club ist dieses Jahr der angesagteste? Hatte man eine offizielle Einladung oder schaffte man es anderweitig reinzukommen? Vielleicht kannte man jemanden, der jemanden kannte ... So lief es ja meistens. Junge, stark geschminkte Mädchen mit gewagten Frisuren, in hochhackigen Schuhen und kurzen Kleidchen standen in kleinen Gruppen vor den Hotels herum und hofften darauf, dass irgendein geladener Gast sie galant mit hineinnahm. Was für ein Wahnsinn. Duval wusste nicht, ob er amüsiert oder angewidert war von dieser Art, wie hier der Glamour zelebriert wurde. Er hatte das Gefühl, der Einzige zu sein, der nicht von dieser Welle des *Bling-Bling* erfasst war.

Vor dem bereits hell erleuchteten Hotel Carlton standen schwarze Limousinen und von der Terrasse gleich oberhalb der Croisette klangen Gläserklirren und Gelächter auf die Straße. Vermutlich stießen schöne wohlhabende Menschen dort mit Champagner an. Duval wechselte die Straßenseite und ging nun auf der Promenade am Meer entlang. Immer noch waren viele Menschen unterwegs. Die Promenade war von Palmen und üppig bepflanzten und farblich abgestimmten Blumeninseln gesäumt. Daneben wuchsen große Kakteen und ausladende Agaven. Entlang der Promenade standen die für Nizza und Cannes so typischen azurblau gestrichenen Stühle. Diese Stühle, die man beliebig gruppieren konnte, waren beliebt bei den Menschen, die dort tagsüber einzeln oder in Grüppchen zusammen in der Sonne saßen und auf das Meer schauten. Auch jetzt saßen Menschen noch dort und betrachteten die letzten Strahlen der Sonne, die im Westen hinter dem Esterelgebirge versank. Es wurde langsam dunkel, die runden Straßenlaternen sprangen flimmernd an. Plötzlich wurde der Weg unter seinen Füßen rot. Rot wie der rote Teppich vor dem Palais des Festivals. Duval war verblüfft und blieb stehen. Die Farbe wechselte zu Pink, zu Violett, Blau, Grün bis hin zu Gelb und es begann erneut mit einem flammenden Rot. Er musste einen Moment suchen, bis er verstand, woher diese indirekte Beleuchtung kam. Auf Bodenhöhe entlang der unscheinbaren Brüstung, die die Promenade säumte, waren Lichtröhren installiert, die für dieses Lichtspektakel in allen Regenbogenfarben sorgten. Auch wenn es natürlich Teil des *Bling-Bling* war, musste Duval zugeben, dass es ihm gefiel. Er blieb stehen und drehte sich um. Der Blick von Weitem auf die Stadt, das Meer und die Lampen, die sich wie dunkle gelbe Perlen die Küste entlangreihten, war einfach traumhaft. Duval hörte in einiger Entfernung die Wellen friedlich an den Strand schlagen und atmete tief durch. Am Ende der Promenade lag ein Stück öffentlicher Strand, der nicht in der Hand der Hotels und Strandrestaurants war. Er ging ein paar Stufen hinab und näherte sich dem Wasser. Er zog die Schuhe aus und setzte sich in den Sand, der schon etwas feucht wurde. Egal. Ein bisschen den Wellen lauschen wollte er und in Ruhe nachdenken. Die Wellen schlugen laut, aber gemächlich an den Strand, genau im Rhythmus seines Atems.

Er wurde wach, als ein Hund an seinen Füßen schnüffelte. Er zuckte zusammen, der Hund begann erschrocken zu bellen.

»Dixie!« Eine Frauenstimme rief laut. »Dixie, hierher!«

Dann stand eine kleine, rundliche blonde Frau neben ihm, leuchtete ihm mit der Taschenlampe in die Augen und zog den nun knurrenden Hund von ihm fort. »Bitte entschuldigen Sie«, sagte sie und nahm den Hund, eine kurzbeinige Promenadenmischung, an die Leine.

»Schon gut. Ich war ein bisschen eingenickt.«

»Sie dürfen nicht am Strand übernachten«, sagte sie streng und leuchtete weiter mit der Taschenlampe in sein Gesicht. Vermutlich hielt sie ihn für einen Stadtstreicher.

»Das hatte ich auch nicht vor, Madame.« Duval stand mühsam auf, er war steif geworden, rieb sich den Sand von den Füßen und zog seine Schuhe an. Dann klopfte er sich den Sand von der Hose. »Würden Sie bitte aufhören, mir ins Gesicht zu leuchten?«

»Wissen Sie, es schlafen immer wieder komische Gestalten hier am Strand. Das ist verboten. Manchmal rufe ich die Polizei.«

»Schon in Ordnung, Madame. Ich wollte hier wirklich nicht schlafen und es ist nicht nötig, dass Sie die Polizei rufen.«

Sie schien unschlüssig.

»Ist es nicht auch verboten, den Hund am Strand auszuführen? Und dann noch ohne Leine?«, fragte Duval jetzt etwas gereizt, da sie ihn immer noch mit der Taschenlampe anleuchtete.

»Oh! Also, so was! Hast du das gehört, Dixie? Wo soll man denn sonst mit seinem Hund laufen? Und *mein* Hund ist gut erzogen, nicht so wie andere. Der hört aufs Wort und ich hebe immer die Häufchen auf. Sehen Sie?« Sie wedelte mit einer Plastiktüte, die sie in der Hand hatte.

»Gut, Madame, wissen Sie was? Sie gehen jetzt mit dem

Hund an der Leine nach Hause und ich gehe auch nach Hause. Einverstanden?«

Die Dame sah ihn eigentümlich an, drehte sich dann wortlos um und ging davon. Er hörte, wie sie mit ihrem Hund sprach.

Duval gähnte, er war müde, hungrig und durchgefroren. Er versuchte die Uhrzeit zu erkennen und suchte nach seinem Handy. Mehrere Anrufe, unter anderem Madame Marnier. Er schüttelte den Kopf. Er konnte es nicht glauben, dass er fast eine Stunde am Strand geschlafen hatte und nicht einmal das Telefon gehört hatte. Zügig marschierte er über die festlich erleuchtete Promenade zurück und hoffte, dass einer der vielen türkis-weiß gestrichenen Kioske vielleicht noch geöffnet war. Er hätte jetzt gerne noch einmal so ein fettiges Pan Bagnat gegessen. Fehlanzeige. Sie hatten alle ihre Rollläden schon heruntergelassen. Als er auf der Höhe des Hotels Grey Albion war, sah er den Bus Nummer 2 näher kommen. Er sprintete los und kam außer Atem, aber zeitgleich mit dem Bus an der Bushaltestelle in der Rue des Serbes an. Der Fahrer sah ihn kritisch an, als Duval mühsam in seinen Hosentaschen das Kleingeld für das Busticket suchte. Duval entwertete das Ticket und ließ sich schwer auf einen einzelnen Platz sinken. In der Scheibe sah er sein Spiegelbild, und nun verstand er die Dame und auch den Blick des Busfahrers. Er sah wirklich ein bisschen zerknittert und verwahrlost aus. Er hatte Hunger. Wo könnte er jetzt noch etwas zu essen bekommen? Er wusste, dass sein Kühlschrank leer war. Der Bus fuhr langsam die Avenue de Grasse hinauf und Duval bemerkte den Pizzalieferanten, vor dessen hell erleuchteter Schaufensterfront mehrere Mofas und Motorroller geparkt waren. Er drückte auf den Aussteigeknopf und der Bus blieb beinahe sofort stehen. Duval stieg aus, ging ein paar Schritte zurück und öffnete die Tür. Laute Musik und Gelächter schallten ihm entgegen. Im Inneren warteten ein paar Jungens darauf, Pizzabestellungen auszuliefern. Währenddessen hörten sie laute Musik und diskutierten noch lauter, um sich bei dem Geräuschpegel verständlich zu machen. Sie sahen kurz auf, als er hereinkam, musterten ihn und redeten dann genauso laut weiter. Heute Abend sah er wohl nicht aus wie ein *flic,* dachte Duval. Er bestellte eine Pizza Siciliana mit vielen Sardellen und schwarzen Oliven. Während er wartete, trank er ein Bier. Dann nahm er seinen Karton mit der bereits geschnittenen Pizza, dazu noch eine weitere Dose Bier, und ging nach Hause. Dort machte er den Fernseher an und gab sich, während er sich die Pizzastücke einverleibte, der Festival-Berichterstattung hin. Anscheinend hatte er heute Abend nur knapp George Clooney verpasst und einen jungen Schauspieler mit Baby-Gesicht, den er noch nie vorher gesehen hatte, dem die Mädchen aber zukreischten, als sei er *the sexiest man alive.* Dann lächelte Marion Cotillard sanft in die Kamera. Ihr melancholischer Blick rührte ihn an. Ach, dachte er, vielleicht hätte er doch auch vor dem Palais bleiben sollen, er hätte sich ihr ja sogar hinter der Absperrung unter irgendeinem Vorwand nähern können … Meine Güte, man wird ja noch mal träumen dürfen, verteidigte er sich gegen die innere Stimme, die ihn einen Trottel nannte.

3

Am nächsten Morgen regnete es.

»Das ist so«, lachte Villiers, »jedes Jahr während des Festivals regnet es. Da können Sie drauf wetten. Es gibt zwei Monate im Jahr, in denen es viel regnet in Cannes, während der Schulferien im Februar und während des Festivals im Mai.« Villiers hatte ihn bereits in aller Frühe nach Grasse gefahren, wo Madame Marnier Duval die erforderlichen Papiere aushändigte. Sie machte ein etwas sauertöpfisches Gesicht, nicht überzeugt von der Notwendigkeit seiner Reise nach Paris. Villiers fuhr ihn trotz der schlechten Sicht und des gischtig spritzenden Regens in einem Affenzahn über die A8 nach Nizza zum Flughafen. Er überholte verkehrswidrig auf der rechten Spur und Duval schielte auf den Tacho. Sie fuhren zwar in einem offiziellen Wagen der *police nationale*, aber alles erlaubte das dennoch nicht. Villiers sah den Blick und sagte:

»Oh, Commissaire, wollen Sie Ihr Flugzeug kriegen oder nicht?«

»Ja, genau, ich möchte es kriegen und mich nicht vorher um eine Leitplanke wickeln.«

»Passiert schon nicht, Monsieur Le Commissaire.«

»Wenn Sie es sagen ...«

Im weitläufigen Terminal für die Inlandsflüge meldete er sich im Büro der diensthabenden Kollegen, die ihn ohne jedes Prozedere zum Flugsteig geleiteten. Dort traf er auf Madame Thibaut, die sich überraschend unkompliziert bereit erklärt hatte, ihn nach Paris zu begleiten, damit er dort in ihrer Anwesenheit die Wohnung inspizieren konnte. Duval vermutete, dass Stéphanie Thibaut einfach keinen Geschmack mehr am Aufenthalt auf einer von Journalisten belagerten Jacht im Hafen von Cannes fand – und das alles in strömendem Regen. Keiner ihrer Schritte blieb unbeobachtet. Sicherlich fühlte sie sich in Paris freier. Dass er auch vorhatte, Maître Dubonnet in Paris aufzusuchen, hatte Duval ihr gegenüber jedoch nicht erwähnt.

Madame Thibaut hatte ihren Platz jedoch in der kleinen Zone der Premium Voyager und wurde bevorzugt behandelt. Sie saß bereits auf ihrem Platz und nickte ihm gnädig zu, als er grüßend an ihr vorbeiging. Neben ihr stand eine weiße Tasche, aus der geradeso der kleine weiße Kopf des Hündchens herauslugte.

Später wartete er auf sie am Informationsschalter von Air France, wo sie von einem ehemaligen Kollegen Duvals empfangen wurden: Er seufzte, ausgerechnet den geschwätzigsten *flic* hatten sie ihm geschickt. Der junge Mann schüttelte Duval freudig die Hand.

»*Bonjour,* Commissaire, na, wie ist das Strandleben?«

»Hören Sie auf, Eric.«

»Ach, Monsieur le Commissaire, kleiner Scherz. Aber so ist es doch, das Leben im Süden, oder? Sonne, leicht bekleidete Mädchen, Cocktail am Strand, erzählen Sie doch mal … Und das Festival? Haben Sie schon Angelina Jolie die Hand geschüttelt? Wissen Sie, dass sie mit ihrem Mann jetzt auch Wein produziert?«

»Ich fasse es nicht, Eric, Sie sind wie ein Klatschblättchen. Ist das alles, was Sie wissen wollen? Es regnet in Cannes, ob Sie es glauben oder nicht, und das schon seit Tagen«, übertrieb er ein wenig. »Ich habe einen Mord an einem Filmemacher an den Hacken, der Staatsanwalt, der Präfekt, der Direktor und die Ermittlungsrichterin rufen mich alle fünf Minuten an und wollen, dass sich alles schnell und vor allem sauber löst. Und Sie glauben, ich trinke Rosé mit Angelina Jolie und plaudere über das schöne Leben?«

»Oh, Monsieur le Commissaire, *ça va*, darf man keinen Scherz mehr machen?«

Duval sah ihn streng an.

»Ok, ok, 'tschuldigung, Monsieur le Commissaire. Gehen wir also ...?«

»Ja.« Duval sah nervös auf die Uhr. Wo blieb Stéphanie Thibaut? Dann sah er sie näher kommen. Eine schmale Gestalt in einem weißen, eleganten und weit geschnittenen Hosenanzug, sie trug flache goldfarbene Ballerinas, einen Hut und eine Sonnenbrille und ihre weißblonden Locken lagen auf ihren Schultern. Von Weitem sah sie nach Jugend und Glamour aus. Sie schlenderte, blieb gelegentlich stehen, betrachtete die Auslagen der Vitrinen und trug bereits zwei edle Papiertüten in der Hand. Der kleine Hund trippelte neben ihr her. Madame macht ihr Shopping. Duval versuchte von Weitem eine Geste zu machen, dass sie sich beeilen möge, aber sie ignorierte ihn. Er kam sich vor wie ein Trottel.

»Ist sie das?« Eric pfiff leise durch die Zähne.

»Ja, beruhigen Sie sich. Sie sind gewiss nicht ihre Kragenweite.«

»Och, Commissaire, das kann man nie wissen ...«

»Eric, reißen Sie sich zusammen.«

Eric setzte sein charmantestes Lächeln auf. Duval begrüßte Madame Thibaut sehr höflich und stellte den Kollegen vor.

»*Bonjour,* Madame. Hatten Sie einen guten Flug?«

»*Bonjour,* Monsieur le Commissaire. Angenehm, durchaus. Obwohl der Service in der ersten Klasse früher auch besser war.« Stéphanie Thibaut übersah den jungen Pariser Kollegen, der sie unverhohlen anstarrte.

»Nun, wir sollten ...«

Im Auto starrte der junge Inspecteur hin und wieder in den Rückspiegel und versuchte Blickkontakt mit Stéphanie Thibaut aufzunehmen, die sich jedoch aufmerksam ihrem kleinen Hund widmete, während er launig aus dem Nähkästchen plauderte. In zwei Wochen hatte sich schon so viel verändert. Ein neuer Commissaire, neue Anweisungen ... »Die Jungs sind richtig froh, dass sie heute wieder für Sie arbeiten dürfen«, versicherte er Duval.

»Aha. Wer ist vor Ort?«

»Baladur, Normand und Mathy.«

»Gutes Team.«

»Ja!« Eric Guichet strahlte und erzählte. »Wissen Sie schon, dass Normand Vater wird ...?!«

Duval hörte schweigend zu und sah die Häuserfronten von Paris, das er noch vor gar nicht langer Zeit geradezu erleichtert verlassen hatte, mit einer Nostalgie an sich vorüberziehen, die ihn selbst erstaunte. Duval hätte Stéphanie Thibaut eher im 16. Arrondissement vermutet, dem Viertel der Reichen. Die Bevölkerung im 17. Arrondissement war heterogen. Sie hielten dann doch vor einem bürgerlichen Haus im Haussmann-Stil in einer der Straßen, die sternförmig auf den kleinen, aber vielleicht schönsten Park von Paris, den Parc de Monceau, führten, immerhin schon nahe an der Grenze zum 16. Arrondissement. Vor dem Haus warteten bereits drei weitere Beamte. Sie begrüßten Duval mit kräftigem Handschlag und launigen Sprüchen.

»Na, wie ist es, das süße Leben an der Côte d'Azur?«

»Na, so was, Sie sind ja noch gar nicht braun?!«

»O là là, Monsieur le Commissaire, gehen Sie nicht an den Strand?«

»Es reicht, Jungs.« Duval bremste sie mit einem strengen Blick und machte eine Geste zum Wagen. Stéphanie Thibaut hatte darauf gewartet, dass man ihr die Autotür öffnete. Sie setzte als Erstes ihren kleinen weißen Hund auf den Bürgersteig und stieg dann selbst sehr geziert aus dem Wagen. Die Polizisten verstummten augenblicklich. Kurz hatte die Szene etwas vom Filmfestival. Die Diva steigt aus dem Wagen und die Menge starrt sie an. Es fehlten nur das Blitzlichtgewitter und das Kreischen. Duval blickte nervös um sich, ob sich nicht irgendwo Journalisten versteckt hatten, aber alles schien ruhig.

Stéphanie Thibaut gab den Türcode ein und die breite Glastür öffnete sich mit einem diskreten »Klick«. In der Mitte der großen marmornen Eingangshalle befand sich ein kleiner schmiedeeiserner Aufzug, der Stéphanie und Duval nach oben brachte. Die Pariser Beamten nahmen die Treppen, die sich wie eine breite Wendeltreppe um den Aufzug schraubten. Das Appartement lag in der vierten Etage. Eine ältere schwarze Hausdame öffnete lächelnd die Tür. Duval hatte schon viele Pariser Stadtwohnungen gesehen, aber immer wieder war er von dem Blick, den man in den oberen Etagen der großbürgerlichen Häuser auf den Himmel und über die Dächer von Paris hatte, begeistert. Die drei großen Salons mit Parkett, hohen Stuckdecken und Fenstertüren zur Straßenseite waren alle lichtdurchflutet, das Licht wurde reflektiert durch große Spiegeltüren, die die ineinander übergehenden Räume abtrennten. Die Einrichtung war eine Mischung aus pompös verspielten Louis-Quinze-Möbeln und nüchternem le Corbusier-Stil. Zwei surrealistische Gemälde nahmen jeweils eine gesamte Wandfläche ein. Wie in allen diesen Wohnungen gab es einen versteckten hinteren Teil, dessen Fenster zum Innenhof führten, wo sich in der Regel die weniger repräsentativen Zimmer sowie Küche und Bad befanden. Dieser Teil war bedeutend bescheidener und dunkler. Ein Zimmer am Ende dieses Flurs war als Schlafzimmer eingerichtet. Ein Gästezimmer, vermutete Duval. Vom Eingang nach links gehend gelangte man in den Schlaftrakt, der komplett entlang des Innenhofs gelegen war. Es war hier eindeutig leiser, allerdings auch dunkler, auch wenn kleine Spots in der Decke den langen, sich am Ende windenden Flur erhellten. An den Wänden hingen großformatige exotische Pflanzenfotografien. Hier gab es zwei sehr unterschiedlich eingerichtete Schlafzimmer. Das erste war ein verspielter Mädchentraum in Weiß mit üppigen Stoffgardinen und einem ebenso weißen Körbchen mit weißem Kissen, auf dem der kleine Hund sich zusammengerollt hatte. Ein paar Türen weiter lag ein eher dunkler Raum voller Exotik, mit Masken, gewebten Teppichen und afrikanischen Skulpturen. Viele der holzgeschnitzten Figuren hatten einen enormen erigierten Penis, wie Duval bemerkte. Auf dem breiten Bett lag ein Leopardenfell. Beide Räume fand Duval auf ihre jeweils eigene Art überladen, aber sie wirkten dennoch persönlicher als der vordere Teil der Wohnung. Stéphanie Thibaut führte sie zum Arbeitszimmer von Serge Thibaut, das am Ende des Flurs lag. Es war an einer Seite bis unter die Decke mit Regalen zugebaut. Bücher und viele graue Kartons, auf denen gelbe Post-it-Zettel klebten: »Wüste«, »Nepal«, »Wasser« stand darauf. Duval sah hinein. Sie waren voll mit Fotografien aus einem langen Fotografenleben. Dazwischen lagen Stapel von Fotomagazinen. Ein Regalbrett enthielt nur CDs und Filme. Duval sah die Filme durch und fand eine eigenartige Mischung: »Kleopatra« mit Liz Taylor, »Im Rausch der Tiefe« von Luc Besson, »Rio Bravo«, einen Uralt-Western mit John Wayne, und daneben »Der Pate«, »Rocky« mit Silvester Stallone, einige James-Bond-Filme und »Pretty Woman« mit Julia Roberts. Thibaut schien sich offenbar alles anzusehen. Exotische Kleinigkeiten waren überall verteilt, vermutlich Souvenirs ausgedehnter Reisen rund um den Globus: perlmuttschimmernde Muscheln, formschöne Steine, Glaspokale voller Münzen, eine Sammlung kleiner Flaschenschiffe, winzige geschnitzte Skulpturen aus Holz und Elfenbein, ausgestopfte Vögel, bemalte Kalebassen und Strohpüppchen. Ein großer alter Schreibtisch stand schräg in einer Ecke, auf dem sich neben dem großen Computerbildschirm und einer minimalistischen Tastatur ebenso Bücher und Magazine stapelten, davor stand ein moderner Schreibtischsessel. Auf dem Boden lagerten Foto- und Filmkameras, in einer Ecke waren dekorativ alte Filmdosen aufeinandergetürmt. An der Kopfseite des Raumes stand ein altes Ledersofa, die Wand darüber schmückten wie ein großes Mosaik Hunderte Fotografien exotischer Frauen und Mädchen, die sinnlich oder verlegen in die Kamera lächelten. Darüber befand sich eine kleine quadratische Öffnung. Eine Tür führte zu einem angrenzenden Räumchen, in dem sich die Technik für private Filmvorführungen befand. Die gegenüberliegende weiße Wand diente vermutlich als Projektionsfläche.

Die Beamten begannen systematisch sämtliche Räume zu untersuchen, wobei sie dem Arbeitszimmer von Serge Thibaut die größte Aufmerksamkeit widmeten. Stéphanie Thibaut sah ihnen ohne jede Regung zu, wie sie Schubladen durchsuchten, Wäscheschränke und Kleiderschränke öffneten, sich durch Aktenordner, eine umfangreiche Hängeregistratur und Ablagekörbe, Papierkörbe sowie durch das Bücherregal wühlten. Alles, was an Papieren wichtig sein könnte, sowie das Adressbuch und die Agenda, die auf dem Schreibtisch in Thibauts Arbeitszimmer lagen, nahmen sie mit. Außerdem konfiszierten sie den passwortgeschützten Computer. Stéphanie Thibaut unterzeichnete wortlos die Liste und nickte, als Duval sie bat, sich weiterhin zur Verfügung zu halten.

Brigadier Eric Guichet fuhr Duval zu Maître Dubonnet, der seine Kanzlei nur einen Katzensprung vom Appartement der Thibauts entfernt hatte. Sie befanden sich nun im vornehmen 16. Arrondissement und die schwere, polierte Holztür des großbürgerlichen Hauses glitt leise hinter ihnen zu. Es roch nach Politur und Bienenwachs. In der blank gewienerten Halle warfen mannshohe Spiegel ihnen ihr eigenes Bild mehrfach zurück. Duval sah seine Erscheinung kritisch an und strich sich durch die Haare. Beide Männer zogen sich unwillkürlich die Garderobe glatt. Ihre Blicke begegneten sich dabei. Eric Guichet grinste. Duval machte eine Grimasse. Sie wandten sich zum Aufzug. »Maître Dubonnet 2. Etage« stand in verschnörkelter Schrift graviert auf einem im Aufzug angebrachten Messingschild. Im zweiten Stock gelangten sie vor eine dunkle große Holztür. Sie klingelten und die Tür öffnete sich mit einem leisen Summen. Sie befanden sich in einem großen dunklen Empfangsraum. Eine junge

Frau lächelte ihnen entgegen. Duval stellte sich vor, beide zeigten ihre Dienstausweise und verlangten, Maître Dubonnet zu sprechen. Obwohl außer ihnen niemand anwesend war, ließ der Notar sie dennoch gut zwanzig Minuten warten, bis die junge Frau vom Empfang Duval in sein Büro geleitete.

»*Bonjour,* Maître, bitte entschuldigen Sie, dass ich Sie so überfalle. Und ich danke Ihnen, dass Sie so kurzfristig Zeit gefunden haben, mich zu empfangen. Sie wissen ja bereits, worum es mir geht.« Duval reichte dem Notar die von der Ermittlungsrichterin unterzeichneten Papiere.

»*Bonjour,* Monsieur le Commissaire. Aber ich bitte Sie. Das ist doch selbstverständlich.« Der stark übergewichtige Mann erhob sich schnaufend ein wenig aus seinem voluminösen Ledersessel hinter einem großen dunklen Schreibtisch, reichte Duval die Hand und nahm nickend die Papiere entgegen. Er ließ sich sogleich wieder schnaufend in den Sessel zurückfallen, der unter seinem Gewicht ächzte, nahm seine goldgeränderte Brille ab, lehnte sich zurück und machte eine einladende Geste.

»Setzen Sie sich doch, Monsieur le Commissaire.«

Duval setzte sich auf einen der beiden gepolsterten Armlehnstühle, die vor dem Schreibtisch des Notars standen.

»Danke, Maître, ich möchte Ihre kostbare Zeit nicht mehr als nötig in Anspruch nehmen und komme daher, wenn Sie erlauben, gleich zur Sache.«

»Nur zu, Monsieur le Commissaire.«

»Darf ich Sie zunächst fragen, wie gut Sie Serge Thibaut gekannt haben?«

»Nun, sagen wir so, ich kenne ihn, kannte ihn vielmehr, erst oder vielleicht sollte ich sagen schon seit seiner Verehelichung mit Stéphanie. Das war immerhin vor etwas mehr als 25 Jahren. Ob ich ihn jedoch wirklich gut kannte, da bin ich mir nicht sicher. Zuvor sollten Sie wissen, dass ich schon lange der Notar der Familie Bizartin de la Combe bin. Stéphanies Vater, Charles Bizartin, hat mich bereits Ende der Sechzigerjahre als Notar gewählt. Insofern habe ich, als Stéphanie und Serge geheiratet haben, deren Ehevertrag aufgesetzt und beide wurden ebenfalls meine Klienten.«

»Einen Ehevertrag?«

»Ja, natürlich. Das ist in so einem Fall doch üblich.«

»In welchem Fall, Maître?«

»Nun, Stéphanie, einzige Tochter von Charles und Marie-Christine Bizartin de la Combe, ist – um es mal einfach auszudrücken – sehr wohlhabend. Und sie wird noch viel wohlhabender sein nach dem Ableben ihrer schon betagten, aber noch sehr rüstigen Eltern. Die Familie Bizartin – das sagt Ihnen doch etwas?«

Duval bewegte vage den Kopf. »Bizartin ... diese Industriellenfamilie?«

»Genau. Und vonseiten Marie-Christines kommt mit der Familie de la Combe noch etwas verarmter Adel hinzu. Man ist wohlhabend und einflussreich, und man bewegt sich in den besten Kreisen, verstehen Sie?« Der Notar lächelte fein.

Duval nickte.

»Nun«, der Maître sprach weiter, »Serge hingegen hatte Ende der Siebzigerjahre außer seinem Charme nicht viel vorzuweisen. Ein bislang nur mäßig erfolgreicher Fotograf. Aber Stéphanie war verliebt in ihn und ließ sich nicht davon abbringen, ihn zu heiraten. Die Eltern hätten sich lieber eine standesgemäße Hochzeit gewünscht mit einem Bankier oder einem Anwalt. Stéphanie hat immerhin ein paar Semester Jura studiert, davon ein Semester in Genf – vermutlich nicht so sehr, um Juristin zu werden, sondern, um entsprechende Heiratskandidaten kennenzulernen. Stattdessen war sie angezogen vom Künstlermilieu und schlug sich die Nächte mit exzentrischen Musikern und Schauspielern um die Ohren. Ein mittelloser Fotograf mit ausgefranster Jeans, langen Haaren und Schnurrbart wurde dann ihre große Liebe. Nun, Sie kennen das, liebende Eltern erfüllen der einzigen Tochter natürlich jeden Wunsch, die Hochzeit mit Serge Thibaut fand statt – pompös und offiziell in einem kleinen Château mit 250 geladenen Gästen, nicht barfuß und zu Pferde auf dem Land, wie sich Stéphanie das vorgestellt hatte. Ein bisschen Einfluss hat ein Vater schon, vor allem, wenn er die Hand auf dem Geld hat. Ein Ehevertrag, in dem das getrennte Vermögen beider Ehepartner geregelt und festgelegt wird, war also unumgänglich. Stéphanies Vater hat dann seine Beziehungen spielen lassen und Serge ein bisschen in der Gesellschaft herumgereicht, so wie man das eben macht, *n'est-ce pas*? Und Serge hatte einen gewissen Charme und tatsächlich auch Talent, so wurde aus dem mittellosen Fotografen dann doch recht bald ein erfolgreicher Fotograf und neuerdings auch ein Filmemacher. Thibaut ist heute nicht unvermögend, aber gemessen an dem, was Stéphanie einmal erben wird, eher ein kleiner Fisch. Insofern wird es sie vielleicht kränken, aber ihr dennoch nicht allzu wehtun, dass sie in der letzten Fassung des Testaments nicht bedacht wird.«

»Es gibt also ein Testament? Das wäre meine nächste Frage gewesen. Man fragt sich ja immer: ›Wem nützt dieser Mord? Wer profitiert davon?‹, und insofern werden Sie verstehen, dass wir uns für die Vermögensverhältnisse von Serge Thibaut interessieren. Wer erbt denn nun, wenn nicht Stéphanie?«

»Nun, ich bin nicht der Bankier der Familie – über die Vermögensverhältnisse müssen Sie wohl mit jemand anderem sprechen, aber ja, wie ich bereits sagte, es gibt ein Testament. Die erste Fassung ist relativ alt, stammt noch aus den Achtzigerjahren, als Stéphanie und Serge frisch verheiratet waren. Damals haben sie sich als Zeichen ihrer übergroßen Liebe und ihres unendlichen Vertrauens beide als gegenseitige Universalerben eingesetzt, was natürlich eigentlich lächerlich war, denn Serge besaß ja nichts. Und Stéphanie wird ja auch erst nach dem Ableben ihrer Eltern wirklich wohlhabend sein. Trotz allem war das aus meiner Sicht für Stéphanie ein, nun sagen wir, unvernünftiges Testament. Wissen Sie, in meinem Metier sieht man so viel, da wird man schnell misstrauisch, wenn ein mittelloser junger Mann eine reiche Erbin heiratet. Es sind schon für geringere Summen Menschen unglücklich ums Leben gekommen. Aber nun, ich bereue, dass ich Thibaut falsch eingeschätzt habe. Sie sehen, ich kannte ihn vielleicht nicht wirklich gut. Noch mehr erstaunt hat mich, dass er vor nicht allzu langer Zeit sein Testament geändert hat.«

»Er hat es geändert?«

»Ja.«

»Mit welcher Begründung?«

»Oh, er ist mir keine Begründung schuldig.«

»Er gab Ihnen also keine Erklärung, weshalb er sein Testament ändern wollte?«

»Nein.«

»Haben Sie vielleicht eine Idee, warum er es getan hat?«

»Nein, nicht konkret, aber ich habe das Testament hier, es wird vielleicht verständlicher, wenn Sie den Inhalt kennen. Ich vermute, das möchten Sie ...?«

»Da vermuten Sie richtig, Maître. Sagen Sie mir doch noch, wann genau hat er das Testament ändern lassen?«

»Vor gut zwei Jahren, wenn ich mich recht erinnere. Warten

Sie.« Maître Dubonnet setzte sich umständlich seine kleine goldgeränderte Lesebrille auf. »Im August, am 10. August vor zwei Jahren, um genau zu sein.«

Duval notierte sich das Datum.

»Erhellt das etwas für Sie?«

»Nein, bislang nicht. Aber wir werden das prüfen lassen.«

»Nun ...«, Maître Dubonnet räusperte sich, »vielleicht fasse es für Sie mal zusammen. Alles bewegliche Filmmaterial geht an *la fémis* ...«

»An wen?« Duval sah von seinem Notizblock auf.

»An die *fémis*: Das ist die größte und bedeutendste Filmhochschule in Frankreich, hier in Paris.«

»Natürlich.« Duval nickte. Die Filmhochschule, die in die ehemaligen Pathéstudios im Montmartre gezogen war. »Hatte Thibaut dort studiert?«, unterbrach er den Notar.

Dieser sah unwillig vom Testament auf. »Meines Wissens nicht.«

»Wissen Sie, wo Thibaut studiert hat? In der Schweiz? Er hat Stéphanie doch in Genf kennengelernt? Entschuldigen Sie, ich unterbreche Sie ...«

»Ja, nun ...«, der Notar seufzte und legte das Testament zur Seite. Er nahm seine Brille ab und drehte sie in seinen Händen. »Hören Sie, unter uns, Thibaut hat nirgends studiert. Er ist, er war, meine ich, Autodidakt. Aber er war sehr fantasievoll und hatte eine Art, in Gesprächen Namen und Orte fallen zu lassen, aus denen man schließen konnte oder sollte, dass er an bedeutenden Universitäten und Filmhochschulen studiert hat. Aber vermutlich hat er überall dort nur ein bisschen herumgetrödelt und die Aushänge an den Schwarzen Brettern verinnerlicht. Charles Bizartin hatte ihn gut durchleuchten lassen, bevor er der Hochzeit zugestimmt hat.«

»Ein Hochstapler?«

»Das ist vielleicht zu viel gesagt. Er hat sich ja nicht als Professor für Filmwissenschaft ausgegeben, er hat auch keine Urkunden über Abschlüsse gefälscht. Er wollte nur gern etwas mehr sein, als er war, und fantasierte sich seine Geschichte zusammen. Ein Schauspieler. Dass Charles Bizartin ihn in gewisse Kreise empfahl, war für ihn eine Offenbarung. Bizartin ließ ihn aber genau wissen, dass er ihn in der Hand hatte, dass er es war, dem er seine Karriere verdankte. Und Thibaut wusste, was er schuldig war. Er war, nun sagen wir, gehorsam.«

»Gehorsam?«

»Ja, in diesen Familien legt man ja noch Wert auf gewisse Prinzipien. Thibaut spielte bei offiziellen Anlässen immer noch hervorragend die Rolle des guten Ehemanns und des respektvollen Schwiegersohns. Ein guter Schauspieler eben.«

Duval nickte nachdenklich.

»Sie werden gleich sehen, er hatte auch verborgene Seiten, lassen Sie mich vielleicht fortfahren.«

»Natürlich, Maître, entschuldigen Sie.«

»Keine Ursache, Monsieur le Commissaire, also, wo waren wir ...«, der Maître setzte seine Brille wieder auf, nahm das Testament und las: »Die Sammlung indianischer und afrikanischer Masken und Skulpturen sollen dem neuen Ethnologischen Museum in Paris am Quai Branly zugehen. Und Stéphanie erbt die verbleibenden persönlichen Gegenstände ihres Mannes. Nun, es ist nichts explizit aufgelistet, viel ist es vermutlich nicht, wenn Sie mir erlauben, das zu sagen. Die Wohnung in Paris und das Haus im Luberon haben die Eltern von Stéphanie gekauft und auf ihren Namen eintragen lassen. Ebenso die Jacht und die beiden Autos. Das gehört ihr also alles schon.

Dann«, der Notar räusperte sich erneut – »und das ist die entscheidende Änderung zum vorhergehenden Testament: Sämtliches Barvermögen sowie alle zukünftigen Einnahmen der Foto- und Filmarbeiten gehen an die Organisation Nature & Life.« Der Notar verhaspelte sich mit dem englischen Namen des Vereins, den er französisch ausgesprochen hatte. »Nature AND Life, *pardon* ... alle zukünftigen Einnahmen der Foto- und Filmarbeiten, den amazonischen Regenwald betreffend, sollen jedoch dem Stamm der Kayapo zugehen, sesshaft im brasilianischen Bundesstaat Mato Grosso, unter treuhänderischer Verwaltung von Monsieur Arnaud Vidal, ebenfalls von der Association Nature & Life in Genf.«

»*Ah bon?*« Duval konnte sich sein Erstaunen darüber nicht verkneifen. »Tatsächlich? An das Volk der Kayapo? An diesen Indianerstamm?«

Der Notar nickte. »Das Geld ist ausschließlich zum Erwerb oder für den Rückkauf von Land vorgesehen«, ergänzte er.

Duval konnte es kaum glauben. Was für eine unerhörte Großzügigkeit. Dann war es ihm doch ernst mit dem, was er tat. Kein geldgieriger Halunke, der sich nur bereichern wollte, wie Erdler glaubte. Das Leben der Indianer war ihm über den Tod hinaus ein Anliegen. Bemerkenswert.

»Und wer ist Arnaud Vidal? Kennen Sie den Herrn?«

Der Notar schüttelte den Kopf.

»Vidal ... ist das nicht der schweizerische Haarkosmetik-Konzern?«

»Nun, diesen Namen gibt es vielleicht häufiger. Ich sehe keinen Zusammenhang zwischen Haarkosmetik und einer Umweltschutzorganisation.« Der Notar wirkte unwillig. An solchen Spekulationen wollte er nicht teilhaben.

»Vielleicht gibt es keinen.«

»Vielleicht nicht.«

»Haben Sie eine Vorstellung, wie viel Geld den Indianern damit zukommt?«

»Nein.« Der Notar schüttelte entschieden den Kopf. »Wie ich schon sagte, ich bin ja nicht der Bankier. Über die Höhe der Einkünfte bin ich nicht informiert. Das müssen Sie bei seiner Bank ermitteln.« Maître Dubonnet sah nun demonstrativ auf seine Uhr, rückte ein paar Akten auf seinem Schreibtisch gerade und nahm die Brille ab.

Duval spürte, dass der Notar ihn in aller Höflichkeit loswerden wollte.

»Ich danke Ihnen, Maître, dass Sie sich die Zeit genommen haben, mich zu empfangen. Falls sich noch Fragen ergeben sollten, dürfte ich Sie dann gegebenenfalls noch einmal belästigen?«

»Natürlich, Monsieur le Commissaire, aber ich glaube nicht, dass ich dem, was ich Ihnen heute gesagt habe, noch etwas hinzufügen könnte.« Er erhob sich mühsam, um den Commissaire zur Tür zu begleiten, dieser winkte jedoch ab.

»Bemühen Sie sich nicht, ich finde den Weg.«

Der Notar nickte dankbar. »*Au revoir*, Commissaire.«

»*Au revoir*, Maître.«

Der junge Brigadier, der im Aufenthaltsraum auf ihn gewartete hatte, schäkerte ganz unverhohlen mit der Empfangssekretärin. Beide lehnten am Tresen und kicherten, doch als Duval erschien, straffte sich der Inspecteur und knallte die Hacken zusammen. Die junge Frau wurde rot und beugte sich tief über ihre Tastatur.

»Auf Wiedersehen, *Mademoiselle*«, sagte Duval.

»Auf Wiedersehen«, sagte sie förmlich.

»Auf Wiedersehen, Camille«, sagte der junge Brigadier und drehte sich noch einmal um.

»*Au revoir,* Eric«, sagte sie leise.

»O, là, là. Eric, Sie können es nicht lassen.« Duval schüttelte den Kopf. »Stéphanie Thibaut hat Sie nicht erhört?«

»Zu alt, Commissaire.« Eric winkte ab.

Duval lachte. »Ach so. Hören Sie, ich würd' gern was essen. Fahren Sie uns mal, oder warten Sie, ich werd' vielleicht mal kurz telefonieren ...«

»Hélène?«

»Ja? Léon?«

»Ja, hör zu, ich bin in Paris.«

»Ach so?!«

»Hast du schon gegessen?«

»Nein, ich wollte gerade ...«

»Wollen wir zusammen essen?«

»Jetzt?«

»Ja, natürlich jetzt, heute Abend bin ich schon wieder in Cannes.«

»Tja ...«

»Na, groß ist deine Begeisterung nicht.«

»Oh, Léon, das ist typisch. Wir sind getrennt, ich weiß nicht, ob du dich erinnerst? Vor Kurzem bist du nach Cannes gezogen. Das war mein letzter Stand. Ich wusste nicht, dass du heute in der Stadt sein wirst, und falle gerade aus allen Wolken, und du willst, dass ich Hurra schreie ...«

»Ja, schon gut. Willst du mit mir essen oder nicht? Ich habe nicht ewig Zeit.«

»Ich weiß es nicht.«

»Was?«

»Ich würde gern mit dir essen, aber ich möchte nicht so ein schnell noch zusätzlich reingestopfter Termin sein und dein Ton ist schon wieder so genervt.«

»Hélène. Ich BIN genervt. Ich habe einen wahnsinnig großen Fall, Druck von allen Seiten. Ich bin nur heute zu Ermittlungen in Paris und denke trotz allem an dich und rufe dich an und würde gern mit dir essen. Was willst du denn noch?«

»Ok.«

»Heißt das, ja?«

»Ja.«

»Gut. Im *Petit Rabelais*?«

»In Ordnung. Ich warte dort auf dich.«

»Bis gleich.«

Das Bistro *Le Petit Rabelais* war eher unscheinbar und lag versteckt in einer kleinen Straße eines recht gemischten Wohnviertels. Eine junge Frau hatte es mit bescheidenen Mitteln von einer ehemaligen Metzgerei in ein kleines Mittagsrestaurant umgewandelt. Es gab nur ein Menü, aber das wechselte täglich. Wenn das Restaurant zu Beginn auch eher schleppend in Gang kam, so hatte es sich in der Zwischenzeit herumgesprochen, dass die junge Frau das Essen frisch zubereitete und zu einem vernünftigen Preis anbot, was ihr einige ältere Stammkunden des Viertels einbrachte. Sie hatte sich mit den Mietern des Hauses geeinigt, dass sie während der Mittagszeit über drei der privaten Parkplätze im Hof verfügen konnte, sodass sich bald viele kleine Handwerker einfanden, die glücklich waren, für ihren Lieferwagen ohne Probleme einen Parkplatz zu finden, um in Ruhe zu essen.

Als Duval ankam, saß Hélène bereits an einem der kleinen Tische, hatte ein Glas Rotwein vor sich stehen und knabberte ein paar Nüsschen. Er betrachtete sie durch das Fenster des kleinen Bistros, ohne dass sie es bemerkte. Sie lehnte entspannt in ihrem Stuhl und sprach mit der Bedienung. Sie lachte und schüttelte den Kopf. Duval stutzte kurz. Die Bewegung, mit der sie die Haare fliegen ließ, war neu. Jetzt strich sie eine Haarsträhne hinters Ohr. Ihre Frisur war neu. Sie trug die dunklen glatten Haare jetzt kürzer und offen, was sie jünger und weicher aussehen ließ. Sie trug eine Jeans und ein grünes Shirt, dessen Kapuze über den Kragen der Lederjacke hing. Als hätte sie seinen Blick gespürt, wandte sie den Kopf zum Fenster und erkannte ihn. Sie lächelte. Duval lächelte zurück. Sie begrüßten sich wie gute Freunde mit Wangenküsschen.

»Hélène, du siehst gut aus, verändert. Steht dir. Wie geht's dir? Wie geht's den Kindern?«

»Danke, Léon. Alles in Ordnung. Nur vorab: Ich hab zweimal nur den Hauptgang bestellt, ist es dir recht? Ich dachte, dann geht's schneller. Du bist ja in Eile. Es gibt Kaninchen in Senfsoße.«

»Hm, klingt sehr verlockend. Was trinkst du?«

»Brouilly.«

»Gut. Nehme ich auch.« Er machte der jungen Serviererin hinter dem Tresen ein Zeichen, dass er ein Glas des gleichen Weines wünschte. Sie nickte und lächelte. Kaum eine Minute später hatte sie ihn serviert. Sie stellte zusätzlich eine Karaffe Wasser auf den Tisch.

»Das Kaninchen kommt gleich.«

»Danke.«

»Nun, Matteo ist ein bisschen erkältet – er rennt im Schulhof immer ohne Jacke herum, ich habe ihn heute Morgen aber trotzdem zur Schule geschickt, weil ich einen wichtigen Termin hatte. Sonst ist alles in Ordnung. Der alltägliche Kleinkram interessiert dich sowieso nicht, oder?«

»Es ist nicht so, dass es mich nicht interessiert, aber ich habe gerade anderes im Kopf.«

»Ich weiß, ich kenne es.« Sie seufzte ein bisschen resigniert. »Also erzähl du. Ich hab's schon gelesen, filmreifes Szenario, Tod auf dem roten Teppich, sie haben einen Filmemacher auf den Stufen des Filmpalasts erdolcht. Und du ermittelst? Respekt, Monsieur le Commissaire!«

»Danke, ist nur fast so. Er wurde erschossen. Und auch nicht auf den Stufen, sondern während einer Filmvorführung. Aber es ist ein Riesenrummel mit den Journalisten und all den Wichtigtuern, die wollen, dass alles am besten sofort aufgeklärt ist und sie so weitermachen können wie geplant. Ich bin richtig froh, heute mal hier zu sein.«

Die junge Bedienung stellte zwei Teller und ein kleines Körbchen mit Brot auf den Tisch.

»Voilà ... bon appetit.«

»Danke, hmmm, riecht das gut. Kann ich vielleicht noch Pfeffer und Salz ...?«

Die Bedienung nickte und nahm zwei kleine Pfeffer- und Salzstreuer vom Nebentisch und stellte sie neben das Brot.

»Danke.« Zu Hélène sagte er: *»Bon appetit!«*

»Danke, dir auch. Läuft's nicht gut?«

»Es läuft ganz normal, ich hab nur keine Zeit, in Ruhe zu ermitteln. Die wollen den Fall gelöst sehen, noch bevor ich angefangen habe. Und es ist meine Feuerprobe. Alle tun furchtbar freundlich, ach, der neue Commissaire aus Paris wird das schon regeln, *n'est-ce pas?* Aber wehe, wenn nicht. Dann ist er geliefert, der neue Commissaire aus Paris. Und ich kenne natürlich noch keinen. Das ist das Schlimmste, ich hab noch kein Netzwerk, weiß nicht, wem ich wirklich vertrauen kann. Das ist mühsam.«

»Sie lassen dich auflaufen?«

»Kann man so nicht sagen, aber sie lassen mich schon spüren, dass sie die Pariser nicht mögen. Weißt du, die Cannois sehen mich als arrogantes Pariser Arschloch, die Pariser Kollegen glauben hingegen, ich läge in Cannes nur noch am Strand.«

»Kann ich was tun?«

»Mir tut es schon gut, mal mit jemand Vertrautem zu essen, bei dem ich nicht höllisch aufpassen muss, was ich sage, weil du mich nicht ans Messer liefern wirst.«

»Ich vermute, das ist trotz der blutigen Metapher ein Kompliment?«

»Ja, Hélène. Es ist nicht gut gegangen mit uns. Aber wir kennen uns so lange. Ich vertraue dir.«

»Danke, Léon. Weißt du, dass das das Netteste ist, was du mir seit Jahren gesagt hast?«

»Wirklich? Tut mir leid.«

»Muss dir nicht leidtun. Ich freue mich.«

»Du weißt, was ich meine.«

»Ja. Hast du denn schon eine Spur?«

»Nicht wirklich. Ich müsste vielleicht noch nach Genf, um mit dieser Umweltschutzorganisation zu reden. Aber diese Rumreiserei frisst so viel Zeit.«

»Kannst du das nicht telefonisch machen?«

»Wenn du wirklich was erfahren willst, musst du vor Ort sein. Ich muss auch sehen, mit wem ich es zu tun habe. Am Telefon kann man alles nur schlecht einschätzen.«

»Was war dieser Thibaut für ein Mensch?«

»Tja ... zunächst dachte ich, er sei einer, der so tut, als sei er ein Gutmensch und damit viel Geld verdient – ich habe aber gerade etwas erfahren, woraus ich schließe, er war wirklich ein Guter. Vielleicht nicht zu allen. Seine Frau sieht trotz des Geldes nicht so glücklich aus.«

»Er hat eine Frau?«

»Hatte. Ja. Warum?«

»Ich dachte, er sei schwul.«

»Echt? Wieso dachtest du das?«

»Keine Ahnung, so ein Gefühl. Ich habe ihn nie mit einer Frau gesehen.«

»Was? Wo hast du ihn denn gesehen?«

»Na, in der Presse, in den Medien, was weiß ich. Von Prominenten weiß man doch immer alles. George Clooney hat eine Freundin oder vielleicht schon wieder nicht. Angelina Jolie und Brad Pitt haben einen Haufen Kinder. Caroline von Monaco ist Großmutter. So was erfährt man so nebenbei. Warum ich mir das alles merken kann, ist eine andere Frage.«

»Und was weißt du über Thibaut?«

»Gut aussehender Strahlemann, der schöne bunte Filme und Fotos von der ganzen Welt macht und sich damit für den Umweltschutz einsetzt. Und wenn so wahnsinnig gut aussehende Typen keine Frau haben, dann denke ich, sie sind schwul.«

»Hm. Er HATTE aber eine Ehefrau. Gut, vielleicht ist er trotzdem schwul, und es war für ihn eine Alibi-Ehe. Das würde die Frustration der Ehefrau erklären. Kann natürlich auch alles anders sein.« Duval dachte an die exotische und erotisch aufgeladene Einrichtung der beiden Räume Thibauts.

»Genau, er ging vielleicht ein bisschen zu viel in seinem Job auf und hat sie darüber vergessen. Das kommt auch in anderen Berufen vor ...«

»Hélène, bitte.«

»Ich sag ja nur, was Ehefrauen so alles frustrieren kann.«

»Und du meinst, man hat ihn umgebracht, weil er schwul war?«

»Nein, das hab ich nicht gesagt. Glaube ich auch nicht.«

»Warum glaubst du das nicht?«

»Man wird doch heute nicht mehr umgebracht, weil man schwul ist!«

»Hast du eine Ahnung, für was man alles umgebracht werden kann.«

»Na ja, vermutlich hast du recht.«

Einen Moment aßen sie schweigend. Das Kaninchen war zart, die Soße köstlich und Duval tunkte den Rest davon mit dem Weißbrot auf.

»Möchten Sie noch ein Dessert? Oder einen Kaffee?«

Duval sah Hélène an, die den Kopf schüttelte.

»Danke, nein, aber die Rechnung bitte.«

»Wir könnten den Kaffee bei dir nehmen, oder?«

»Ach, Léon ...«

Sie gingen nebeneinander die Straße entlang und Duval fragte sich, wann es das letzte Mal so harmonisch zwischen ihnen gewesen war. Als sie die Tür aufschloss, küsste er sie in den Nacken.

»Du riechst so gut.«

Sie lehnte den Kopf an seine Schulter, ohne ihn anzusehen.

Kaum war die Wohnungstür hinter ihnen geschlossen, küssten sie sich leidenschaftlich. Er zog sie fest an sich und atmete sie ein.

»Ach, Hélène, Hélène, du fehlst mir so ...«

»Komm ...«, sie zog ihn ins Schlafzimmer.

Sie lag an ihn geschmiegt und Duval kraulte ihr den Nacken und sah heimlich auf die Uhr.

»Woran denkst du?«

»Dass ich los muss.«

»Oh, Léon!« Sie zog sich abrupt zurück.

»Hélène, bitte ...«

»Ach, es ist immer das Gleiche. Ich weiß nicht, warum ich mich immer wieder darauf einlasse.«

»Es war doch schön, oder?«

»Ja, netter kleiner Sex mit der Ex, schön vertraut und dann ex und hopp, die Ex.«

»Du weißt, dass das nicht stimmt.«

»Natürlich stimmt es.«

Duvals Mobiltelefon klingelte.

»Na siehst du. Wie auf Kommando. Hast du deinem Kollegen gesagt, er solle dich um zehn nach zwei anrufen?«

»Du spinnst, Hélène.«

»Commissaire?«

»Ja?«

»Wir fahren jetzt zum Büro von Thibaut. Sind Sie dabei?«

»Ja, holen Sie mich ab. Ich warte vor dem Restaurant *La Rotonde* auf Sie. An der Kreuzung Boulevard Montparnasse und Boulevard Raspail. Metro Vavin. Im Sechsten.«

»Ok, sind gleich da.«

Aus der Küche kam Geruch von frischem Kaffee.

»Machst du mir auch einen?«

Während Duval sich anzog, sah er einen Fotobildband auf dem Wohnzimmertisch liegen. Es war einer der Bildbände, die Thibaut herausgegeben hatte, eine Art Agenda mit einem Bild der Erde für jeden Tag. Er blätterte ihn durch.

»Ich wusste gar nicht, dass du einen Bildband von Thibaut hast?«

»Ein Geschenk von Zaza zu meinem Geburtstag.« Hélène stellte ihm eine kleine Tasse Kaffee auf den Tisch.

Duval wurde es heiß.

»O Gott, Hélène – ich Idiot. Du hast heute Geburtstag?«

»Gestern.«

»Hélène, entschuldige ...« Duval näherte sich ihr und versuchte sie an sich zu ziehen. Sie wand sich aus seinen Armen und sah in wütend an.

»Trink deinen Kaffee und geh!«

»Hélène ...«

»Lass gut sein, ich will nichts hören. Geh einfach. Als du vorhin angerufen hast, dachte ich, du hättest einmal daran gedacht. Von wegen. Ich bin zu blöd, dass ich immer wieder glaube, diesmal könnte es anders sein.«

Duval zog es vor zu schweigen. Er trank seinen Kaffee stehend vor dem Bücherregal, auf dem ein buntes Metallflugzeug stand. Er nahm es in die Hand und betrachtete es. Vermutlich war es Matteos Flugzeug, von dem Lilly am Telefon gesprochen hatte. Es war ein Doppeldecker und Duval war beeindruckt.

»Hat Matteo das gemacht?«

»Ja. Und zwar ganz allein. Er hatte zwar eine Anleitung, hat sich aber ganz alleine durchgewurschtelt. Mich kann er ja nicht fragen, ich habe keinen Sinn dafür und dreimal keine Lust auf dieses Gefummel mit Schräubchen.«

»Toll. Er ist begabt.« Mein Sohn! Das Letzte dachte Duval nur. Aber er war stolz.

»Ja. Und Lilly malt Prinzessinnen. Willst du sie sehen?«

Duval nickte. Hélène ging in Lillys Kinderzimmer und Duval folgte ihr. Ihm kam das ganze Zimmer rosafarbig vor.

Pinkfarbene Vorhänge, ein runder pinkfarbener Teppich, rosafarbene Erdbeeren auf der Bettwäsche, ein rosa gemustertes Nachthemd lag auf dem Bett, ein rosafarbener kleiner Rucksack hing über dem Stuhl. Hélène öffnete einen Malblock und zeigte ihm eine Filzstiftzeichnung. Eine Prinzessin in einem pinkfarbenen Kleid, mit gelbem Haar, einer großen Krone, türkisfarbenen Augen und breitem lachenden Mund. Auf das gemalte Kleid waren glitzernde Blümchensticker geklebt.

»Sehr schön. Bisschen viel Pink überall.« Er konnte die Vorliebe seiner Tochter für Prinzessinnen und die Farben Rosa und Pink nicht ganz verstehen, aber er fand die Zeichnung durchaus gelungen, die Proportionen waren ausgewogen, und er mochte das Lachen der Prinzessin.

»Hélène, ich gehe jetzt.«

»Ja.« Sie klang spröde.

»Umarm die beiden von mir.«

»Das auch noch? Spinnst du? Du glaubst doch nicht, dass ich ihnen sagen werde, dass du heute hier warst? Das würden sie nicht verstehen. Vor allem, dass du nicht auf sie gewartet hast. Wie soll ich das denn erklären?«

»Wie du willst, Hélène. Ich bin weg.« Er zog die Tür zu und eilte die Stufen hinab.

4

Duval war schon früh im Büro. Er war missgelaunt. Es regnete immer noch und er hatte seine Kaffeevorräte zu Hause aufgebraucht. Er vermisste seine Bar in Paris. Wunderbarer Kaffee und buttrige Croissants. Noch hatte er hier nichts Vergleichbares gefunden. Er hatte den Kaffee in der Bar gegenüber dem Polizeipräsidium getrunken und ein Croissant hineingetunkt. Aber der Kaffee war zu bitter und zu stark und das Croissant trocken und ohne Geschmack. Der Automatenkaffee auf jeder Etage des Polizeipräsidiums war noch schlimmer. Er roch schon so eigenartig. Vielleicht würde er eine Kaffeemaschine fürs Büro kaufen, überlegte er. Während er die Papiere auf seinem Schreibtisch durchsah, klingelte auch schon sein Mobiltelefon.

»Monsieur le Commissaire? Mein Name ist Annie Chatel. Ich arbeite für *Nice Matin*. Ich habe neulich schon eine Nachricht auf Ihrer Mailbox hinterlassen ...«

»Madame Chatel oder Mademoiselle?! Sparen Sie sich Ihre Rede, vergessen Sie's. Sie erfahren nichts, nada, niente. Haben wir uns verstanden? Ich weiß nicht, wie Sie an meine Nummer gekommen sind, aber Sie täuschen sich gewaltig, wenn Sie glauben, nur weil Sie mich einmal auf einer Pressekonferenz gesehen haben, dass ich Informationen unter der Hand weitergeben würde. Und jetzt lassen

Sie mich in Ruhe arbeiten.« Er unterbrach die Kommunikation.

Ganz toll. Wenn das Ergebnis der Pressekonferenz war, dass ihn alle Journalisten persönlich anriefen, konnte er sich auf etwas gefasst machen.

Während die Journalisten und Fotografen während des Festivals normalerweise dicht gedrängt am Palais standen, um über das, was sich auf den rot ausgelegten Stufen tummelte, zu berichten, so stand seit gestern auch eine Gruppe mit Mikros und Kameras vor dem Präsidium und wartete auf ihn, den neuen Star am Polizeihimmel. Seine Abwesenheit am gestrigen Tag war ein ungewollt geschickter Schachzug, denn nachdem die Journalisten einen Tag vergeblich auf ihn gewartet hatten, stand heute Morgen deutlich weniger Presse vor dem Präsidium, der stetig prasselnde Regen tat ein Übriges, um ihre Anwesenheit zu reduzieren. Nach seiner Rückkehr aus Paris hatte Molinard ihn am Flughafen mit dem Auto abgeholt und so waren sie unbemerkt durch die Tiefgarage hineingekommen. Heute Morgen war er völlig gedankenverloren mitten hineingelaufen in das tapfer im Regen ausharrende Grüppchen. Das reinste Spießrutenlaufen. Selbst das Fernsehen war dabei. »Monsieur le Commissaire, Monsieur le Commissaire, eine Erklärung zu Thibaut!« Und zwanzig Mikros, die sich ihm entgegenstreckten. Ihm wurde übel, wenn er nur daran dachte. Vermutlich standen sie immer noch da. Er musste daran denken, die nächsten Tage durch die Tiefgarage zu kommen und zu verschwinden. Er hoffte, dass sie alsbald genug davon haben würden, ihm aufzulauern, und wieder zu den üblichen Stars und Sternchen zurückkehren würden. Gott sei Dank ging das Festival weiter und die Presse fand genug anderes Futter: Schwangere Schauspielerinnen in gewagter Abendgarderobe und tief dekolletierte Möchtegern-Stars am Arm von grauhaarigen Filmmagnaten füllten die Gazetten. Der Tod von Serge Thibaut war glücklicherweise nur ein Event unter vielen, und solange es noch Glanz und Glamour in Cannes gab, war die Presse anderweitig gut beschäftigt.

Gegen Neun trudelten alle in seinem Büro ein. Manche hatten einen Plastikbecher in der Hand. Duval zog sich reflexartig ebenfalls noch einen Plastikbecher mit der dunkelbraunen Brühe aus dem Automaten, roch daran und ließ ihn dann stehen.

Duval berichtete von der Durchsuchung der Pariser Wohnung sowie des Pariser Büros von Thibaut und von dem, was er durch den Notar erfahren hatte.

»Nun, die Gattin oder einen von ihr angeheuerten Auftragskiller kann man vielleicht ausschließen. Thibauts Geld erben wohl mehr oder weniger direkt die Indianer, aber Stéphanie Thibaut ist nicht darauf angewiesen, sie ist eindeutig die Vermögendere in dieser Ehe. Wir sollten dennoch Nature & Life, die als Treuhänder eingesetzt sind, mal unter die Lupe nehmen. Vielleicht fliege ich morgen nach Genf und versuche die Organisation abzuklopfen. Aber berichten Sie mir mal, was Sie gestern herausgefunden haben. Haben Sie alle Techniker befragen können? Und ein paar von Thibauts engeren Mitarbeitern? Wie sehen seine Konten aus? Hat die Untersuchung des Notebooks und des Mobiltelefons etwas ergeben? Und war nicht auch dieser Anthropologe da? Wie geht's eigentlich dem indianischen Völkchen?«

Er hatte ein schlechtes Gewissen, da er bislang nicht einmal angerufen hatte, um zu hören, ob in der Gemeinde alles gut ging. Allerdings hatte er ja umgekehrt auch seine Telefonnummer für alle Eventualitäten da gelassen. Nichts gehört zu haben, war vermutlich ein gutes Zeichen: *No news is good news*. Er hoffte es zumindest.

»Genau, Monsieur le Commissaire, der war da. Ich war mit ihm dort in der Gemeinde. Es heißt übrigens ›indigene Bevölkerung‹, nicht ›indianisches Völkchen‹.«

»Oh, Leroc, kommen Sie mir nicht mit so was.«

»Das hat mir Professor Descoups gesagt. Wenn Sie indianisches Völkchen sagen, ist das abwertend und rassistisch.«

»Oh, Leroc, gehen Sir mir nicht auf die Nerven bitte, nichts liegt mir ferner, als abwertend und rassistisch zu sein. Indianer darf ich nicht mehr sagen? Oder Indios? Warum denn nicht?«

»Das ist politisch nicht mehr korrekt.«

»O, là, là, vor ein paar Jahren war das alles noch in Ordnung, was soll ich also anstelle von Indianer sagen?«

»Indigene Bevölkerung«.

»Was für ein Quatsch.«

»Na, Sie sagen ja heute auch nicht mehr ›Neger‹.«

»Ich habe meines Wissens noch nie ›Neger‹ gesagt.«

»Oder Araber.«

»Ja, ja, Maghrebins ist das korrekte Wort, schon klar. Danke, Leroc.«

»Viele der sogenannten Araber sind Franzosen, Monsieur le Commissaire. Keine Maghrebins mehr.«

»Und die sollte ich Franzosen mit nordafrikanischem Migrationshintergrund nennen?«

»Zum Beispiel.«

»Ok, Leroc, wunderbar. Wie geht's also dem ... *äh,* der Gruppe ... der indigenen Bevölkerung, die vorübergehend im Garten der multikulturellen Kirchengemeinde *Sacre Coeur* unter der Obhut von Madame da Silva … wenn ich mich recht entsinne hat sie einen kapverdischen Migrationshintergrund … logiert? Ich hoffe, das war jetzt korrekt?«

»Um ganz korrekt zu sein, Monsieur le Commissaire«, ergänzte Léa Leroc spitz, »es handelt sich um das Volk der Kayapo.«

»Fantastisch, Leroc, ich bin wirklich beeindruckt von Ihren neu erworbenen ethnologischen Kenntnissen.« Duval konnte sich seine Ironie nicht verkneifen. Den Namen hatte er ja schon mehr als einmal gehört.

Léa Leroc sah ihn feindselig an.

Duval dachte, dass er etwas zu weit gegangen war, aber diese ganze Debatte über politisch korrekte Bezeichnungen ging ihm schon lange auf die Nerven.

»Lassen Sie uns gleich darüber reden, Leroc, einverstanden?«, versuchte er einzulenken. »Oder haben Sie von den Kayapo etwas erfahren, was den Fall sofort lösen würde?«

Léa Leroc schüttelte den Kopf.

»Gut. Dann würde ich gerne zunächst wissen, was bei der Techniker-Vernehmung herausgekommen ist. LeBlanc? Molinard?«

»Die Techniker zu kriegen, ist während des Festivals so eine Sache. Die sind alle quasi ständig im Dienst und völlig unabkömmlich, aber wir haben gestern immerhin die sechs externen Techniker vernommen …«

»Sie haben gestern sechs von dreihundert Technikern vernommen?«

»Wenn Sie mich ausreden lassen würden, Monsieur le Commissaire«, LeBlanc war etwas gekränkt, »es sind die sechs externen Techniker von der FIF, die während der Vorstellung am Sonntag um 8.30 Uhr Dienst hatten. Zusätzlich haben wir einige der Techniker des Palais vernommen, darunter ebenfalls zwei, die an besagtem Sonntag während der Vorstellung anwesend waren.«

»Hm.« Duval brummte.

»Wir machen aber weiter. Bislang haben die Befragungen nichts Besonderes ergeben. Die sechs Techniker, die für den Film zuständig sind, sollten eigentlich, während der Film läuft, in ihrer Kabine sein, zwei davon haben die Kabine zur Halbzeit des Films jedoch kurz verlassen, um eine zu rauchen, wie sie sagen. Das war um Viertel nach neun. Der Film ist 112 Minuten lang. Sie sagen, sie waren nicht länger als fünfzehn Minuten weg, und geben sich gegenseitig ein Alibi. Das wird von den vier verbleibenden Technikern im Prinzip bestätigt. Einer kam allerdings etwas später wieder, weil er noch pinkeln war. Sagt er zumindest. Dabei hat ihn natürlich keiner gesehen. Ob die fünf, sechs Minuten, die er alleine war, jedoch ausreichen, um auf die Technikerbrücke zu gelangen, mal eben schnell Thibaut zu erschießen, die Waffe verschwinden zu lassen und sich wieder in der Kabine einzufinden, ist fraglich.«

»Stopp, stopp.« Duval unterbrach den Redefluss von LeBlanc. »Um Viertel nach neun gehen zwei Techniker raus. Eine Viertelstunde oder auch zwanzig Minuten später sind sie wieder da. Da war es halb zehn. Wissen wir in der Zwischenzeit, wann genau Thibaut erschossen wurde?«

»Ja, Monsieur le Commissaire, der Bericht des Gerichtsmediziners sagt gegen Viertel vor zehn.«

»Monsieur le Commissaire?«, mischte sich Léa Leroc ein.

»Ja, Leroc?«

»Ich habe das kleine Mädchen gefragt, ob sie gemerkt habe, wann Thibaut ›eingeschlafen‹ sei. Sie sagte ›bei dem großen Gewitter‹. Da habe er ihre Hand nicht mehr festgehalten. Sie habe seine Hand noch mehrmals gedrückt, er habe nicht reagiert. Sie dachte, er schliefe. Wir haben den Film mit Villiers daraufhin noch einmal im Schnelldurchlauf angesehen. Ein großes Gewitter mit Blitz und Donner findet während etwa drei Minuten im letzten Drittel des Filmes statt, und zwar ab der 72. Minute. Das würde die rauchenden Filmtechniker vollkommen entlasten, die etwa ab der 50. Minute den Saal verlassen haben, zur 72. Minute jedoch beide wieder da waren.«

»Hmm. Vielleicht hat einer der beiden auch eine Tür für den Mörder aufgemacht oder das Gewehr deponiert. Dafür reichen fünf Minuten ja. Lassen Sie uns das mal im Kopf behalten. Gut, weiter, LeBlanc.«

»Äh, tja ... von den vier Saaltechnikern, die am Sonntagmorgen Dienst hatten, konnten wir zwei vernehmen. Beide waren jedoch die ganze Zeit auf ihrem Posten. Das ist auch von der Security bestätigt worden. Wobei die Haustechniker vom Palais in der Regel unabhängig sind, das heißt hinter den Kulissen herumlaufen können. Sie könnten also theoretisch alle unbemerkt dort oben gewesen sein. Außerdem kennen die die Örtlichkeiten besser als die auswärtigen Techniker. Die Techniker des Palais haben ein großes gemeinsames Büro und der technische Leiter hat ein eigenes Büro.«

Duval nickte. Das Büro kannte er bereits.

»Außerdem haben wir die Crew von Thibaut hiergehabt«, ergänzte Molinard. »Die sind übrigens auch im Hotel Majestic untergebracht, da hatte die Hoteldirektion wohl aber weniger Bedenken, sie weiterhin dort wohnen zu lassen. Auch wenn für die genauso wenig geklärt ist, wer am Ende die Rechnung bezahlt. Es war nur einer von ihnen bei der Filmvorstellung präsent. Die beiden anderen haben ausgeschlafen und ein spätes Frühstück genommen.«

»Ach so? Sind die nicht quasi verpflichtet, bei der Filmvorstellung anwesend zu sein?«

»Na ja, die waren wohl alle noch brav mitten in der Nacht bei der Generalprobe dabei. Der Film lief um ein Uhr bis halb drei Uhr morgens. Die waren einfach müde, sagten sie. Und die erste Vorstellung um 8.30 Uhr ist vor allem eine Pressevorstellung, die hat nur Informationscharakter für die Journalisten, nichts Glamouröses. Die Presse soll einfach den ganzen Tag darüber berichten können, sodass der Film bei der offiziellen Vorstellung schon richtig bekannt ist. Der Film lief ja abends um 23 Uhr noch einmal. Das wäre die offizielle Galavorstellung gewesen, und dort wären dann natürlich alle noch einmal, mit Fotos auf dem roten Teppich und allem Pipapo. Sind sie ja dann auch, allerdings ohne Thibaut und ohne die fotogenen Indi… ohne die Gruppe brasilianischer Ureinwohner.«

»Sie meinen ohne die indigene Bevölkerung?«, sagte Duval spöttisch mit einem Seitenblick auf Léa Leroc. Sie verdrehte die Augen und wirkte genervt. »Ja, Monsieur le Commissaire, die saßen zu dem Zeitpunkt schon bei uns in den Zellen«, gab sie spitz zurück.

»Oh ja, erinnern Sie mich nicht«, Duval stöhnte.

»… und die Filmcrew hatte wohl auch keine Lust, sie mit sich rumzuschleppen.«

»Wie sympathisch«, Duval war ironisch.

»Finden Sie?«, fragte LeBlanc irritiert. Duval sah ihn erstaunt an. Verstand er keine Ironie?

»Sagen wir so, sie tragen dieses folkloristische ›Zurschaustellen‹ wohl nicht mit. Das war wohl Thibauts persönlicher Trip«, ergänzte Molinard.

»Ah, ok.«

»Und wieso war Thibaut dann anwesend und Roman Erdler?«

»Es ist wohl so, dass es bei den Pressevorstellungen oft

hoch hergeht. Ich habe erfahren, dass es hier grundsätzlich zum guten Ton gehört, bei allen vorgestellten Filmen zu applaudieren, wenn es einem gefällt, oder zu pfeifen oder auch rauszugehen, wenn es einem gar nicht gefällt. Und die Journalisten sind wohl nicht zimperlich mit ihrer Reaktion. Wenn die Regisseure oder Filmemacher bei der Pressevorstellung anwesend sind, bekommen sie hautnah und ungefiltert mit, was die Journalisten von ihrem Film denken und vermutlich berichten werden. Dieses ›Temperatur nehmen‹, wie das heißt, mögen manche Filmemacher gern, manche gar nicht. Thibaut mochte es wohl.«

»Und Erdler?«, fragte Duval.

»Na ja, der hatte doch ausgesagt, dass er eigentlich Krawall machen wollte«, ließ sich Gaspard vernehmen. Léa Leroc nickte dazu.

»Und er hatte Zugang zu der Pressevorstellung?«

»Wenn er eine entsprechende Akkreditierung hat, kann er im Rahmen der Verfügbarkeit der Plätze reinkommen, er muss einfach rechtzeitig da sein«, erklärte LeBlanc.

»Weiß man denn, wie die Stimmung war?«

Villiers und Molinard antworteten fast gleichzeitig: »Freundlich, aber nicht euphorisch. Aber es ist ja auch ein Film, dem man nichts vorwerfen kann, nichts Provokatives. Ökologisch korrekt, ganz im grünen Mainstream. Schöne Bilder, positive Botschaft. Die Erde ist schön. Passen wir auf sie auf.«

»Gut, gut. Machen Sie da weiter. Irgendjemand muss doch etwas gesehen haben. Mir will das nicht in den Kopf, dass man mit einem Gewehr in das Palais kommen, jemanden erschießen und wieder verschwinden kann, ohne dass auch nur einem Menschen etwas Ungewöhnliches auffällt. Haben Sie vielleicht auf dem Notebook, das wir im

Hotel gefunden haben, irgendetwas entdeckt?«, fragte er nun Gaspard.

»Nein«, Gaspard schüttelte den Kopf, »enttäuschend geradezu. Das Notebook ist scheinbar ein reines Arbeitsutensil gewesen. Brandneu mit dem aktuellsten Prozessor, einem riesigen Arbeitsspeicher und zwei großen externen Festplatten, randvoll mit riesigen Fotodateien und dem Film. Das Gleiche gilt für die EOS.«

»Wofür?«

»Den Fotoapparat. Da sind allerdings auch aktuelle Fotos von Cannes drauf mit mehr privatem Charakter. Die Indios, also, ich meine ...«

»Schon gut, wir wissen, von wem Sie sprechen, Gaspard«, unterbrach Duval.

»... gut, also, wie diese Leute bei einem afrikanischen Straßenhändler Sonnenbrillen aufprobieren, das kleine Mädchen beim Eisessen und solche Scherze.«

»Ist Ihnen bei all den schönen bunten Fotos irgendetwas aufgefallen? Etwas, was knirscht?«

»Knirscht?« Der junge Mann sah den Commissaire fragend an.

»Vergessen Sie das Wort, irgendwas Ungewöhnliches, meine ich. Wissen Sie, ich habe gestern zufällig einen dieser Bildbände durchgeblättert, und ich war verblüfft, wie nah er rangeht an die Menschen. Also vermutlich geht er nicht wirklich nah ran, er hat sicher eine spezielle Kamera mit einem gigantischen Zoom. Ich frage mich, ob er nicht bei seinen Tiefflügen über die ganze Welt irgendetwas fotografiert oder gefilmt hat, was er nicht hätte sehen dürfen. Illegale Anpflanzungen. Gesunkene Erdöltanker, Piraterie, Waffenlieferungen, Mord und Totschlag. Vielleicht befragen wir Thibauts Filmcrew dazu noch einmal.«

»Dazu ist mir aufgefallen, dass im Abspann des Filmes unter anderem einem Erdölkonzern gedankt wird. Direkt neben dem Umweltlabel von Nature & Life prangt auch das Logo der Petro-Oil-Company. Ist doch merkwürdig, oder?« Villiers hatte die Augenbrauen kritisch hochgezogen.

»Sieh an. Wird Zeit, dass wir mit Nature & Life mal wirklich reden. Wie sieht es denn aus mit seinen Konten?«

»Zu schön, um wahr zu sein, Monsieur le Commissaire, die Konten sind so was von in Ordnung, so aufgeräumt und übersichtlich, dass es einem ganz unwirklich vorkommt. Ich wollte es nicht glauben«, Molinard schüttelte den Kopf, »Thibaut war Angestellter seiner eigenen Filmfirma und zahlte sich selbst zwar monatlich ein ordentliches Gehalt im oberen vierstelligen Bereich, versteuerte es aber auch brav. So weit keine Auffälligkeiten. Aber«, fuhr er fort, »für jemanden dieser Größenordnung würde es mich nicht wundern, wenn er weitere Einkünfte, sagen wir, auf einem Konto in der Schweiz hätte. Schweiz würde ja passen, weil die Umweltorganisation dort ihren Sitz hat. Wir haben gestern die Schweizer Kollegen darauf angesetzt. Die prüfen das. Aber er kann durchaus ein Konto mit einem Pseudonym oder eines dieser Nummernkonten angelegt haben. Solange wir weder das eventuelle Pseudonym noch die Nummer kennen, werden wir und auch die Schweizer Kollegen so bald nichts erfahren. Aber abgesehen davon könnte er rein theoretisch ja auch ein Konto in Singapur haben, *n'est-ce pas?*«

Duval nickte. Im letzten Jahr war ein französischer Politiker verdächtigt worden, eine riesige Summe Geld unversteuert auf ein Schweizer Konto transferiert zu haben. Eine Nachfrage bei den Schweizer Banken ergab kein Ergebnis, man wurde mit der lapidaren Antwort beschieden, dass in der Schweiz am Tage der Anfrage kein Konto auf den Namen des Politikers geführt wurde. Banken schützen ihre Kunden, das ist ja klar. Der Politiker beteuerte zwar seine Unschuld, war aber dennoch zum Rücktritt gezwungen worden und erst Monate später, nachdem die Justiz und die Finanzbehörden langsam, aber gründlich ihre Arbeit gemacht hatten, kam die ganze Wahrheit ans Licht. Als es nicht mehr zu umgehen war, gestand der Politiker in letzter Sekunde reumütig, über zwanzig Jahre Geld unversteuert in die Schweiz transferiert zu haben, zum Zeitpunkt der Ermittlungen hatte er sein Geld jedoch schon lange nach Singapur gebracht. Es war ein großer Skandal und ein Eklat für die Regierung, die mit der Ansage angetreten war, Schluss mit der Geld-Mauschelei zu machen. Der Politiker fiel in Ungnade. Wäre ja auch noch schöner, wenn man Politiker aus den eigenen Reihen Steuerflucht durchgehen lassen würde, während man wohlhabende Franzosen, die ihren Wohnsitz aus Steuergründen nach Belgien oder in die Schweiz verlegten, offen anprangerte.

»Aber, und jetzt kommt's, Monsieur le Commissaire, Thibaut hatte ein hübsches kleines Aktienpaket, darunter Aktien von der Petro-Oil-Company, das ist doch spannend, oder?«

»Sieh an«, sagte Duval erneut. »Wirklich interessant. Da gibt es ja vielleicht doch noch etwas auszugraben. Gut, machen Sie weiter. Mit den Mitarbeitern von Thibaut würde ich gern selbst noch einmal sprechen, laden Sie mir die doch bitte ein.«

»Wird gemacht, Chef!«

»So, jetzt zu uns, Leroc, ich meine natürlich zu unserer indigenen Bevölkerungsgruppe.«

Léa Leroc sah ihn kurz mit funkelnden Augen an.

»Finden Sie nicht auch, dass das lächerlich ist mit all diesen erzwungenen Bezeichnungen?«

»Finden Sie?«, gab Léa Leroc zurück.

»Hören Sie, ich will Sie nicht und ich will überhaupt niemanden verletzen. Ich will auch niemanden abwerten. Es ehrt Sie auch, Leroc, dass Sie das, was Ihnen der Anthropologe vermittelt hat, anwenden, wirklich. Aber glauben Sie mir, nichts wird besser davon, dass man ständig neue Bezeichnungen sucht, die politisch korrekter klingen. In ein paar Jahren sind die auch wieder schräg und abwertend, da bin ich sicher. Und das Wichtigste ist doch, dass man die Menschen, ob indigen, indianisch, arabisch, maghrebin oder was auch immer, korrekt und respektvoll behandelt, oder?«

Léa Leroc sagte nichts.

»Oh, Leroc, ich entschuldige mich, ich wollte Ihnen nicht zu nahetreten. Können wir jetzt weitermachen? Sie waren also mit einem Anthropologen in der Gemeinde?«

»Ja, Monsieur le Commissaire. Mit Professeur Descoups sowie mit einem Angestellten des Honorarkonsulats in Toulouse.«

»Gut. Und? Wie sieht's aus?«

»Nun, wie gesagt, es sind Angehörige des Stammes der Kayapo. Und ihre Sprache heißt …«, Léa Leroc machte eine kurze dramaturgische Pause: »Kayapo!« Sie sah erwartungsvoll grinsend in die Runde. Keine Reaktion. Niemand außer ihr fand dieses Detail amüsant. Na gut. Sie zuckte mit den Schultern und fuhr fort.

»Sie sind eigentlich schon ganz berühmt, die Kayapo. Die kämpfen nämlich schon seit Jahren für den Erhalt ihres Regenwalds, also um den Erhalt ihres Lebensraumes innerhalb des amazonischen Regenwalds, der heute mehr und mehr irgendwelchen Palmenplantagen weicht. Sie leben hier …«, Léa Leroc zeigte auf einen Punkt auf einer großen Karte von Südamerika, die sie entfaltet hatte und hochhielt.

»Im Bundesstaat Mato Grosso.« Duval konnte sich nicht verkneifen, sein Wissen einzubringen.

»Genau.« Léa Leroc sah ihn überrascht an. »Und zwar am Rio Xingu, das ist ein Nebenfluss des Amazonas. Hier etwa.« Sie zeigte es auf der Karte. »Sie leben vom Ackerbau, vom Fischfang und von der Jagd. Sie sind Halbnomaden, das heißt, sie bebauen das Land ein paar Jahre und ziehen dann weiter. Es ist nur ein kleiner Stamm, er umfasst etwa 7000 Personen, aber sie sind sehr kämpferisch. Bereits Ende der Achtzigerjahre reiste Maoni, ihr Häuptling, durch die halbe Welt und versuchte auf die Situation aller indigenen Völker im Regenwald aufmerksam zu machen. Damals ging es beispielsweise um eine riesige Straße, die mitten durch ihr Gebiet gebaut wurde, und unter anderem noch um illegale Goldgräber, die respektlos und extensiv den Wald sprengten, um besser in der Erde suchen zu können. Das alles hinterließ Verwüstung ohne Ende und das Volk zog ein Stückchen weiter in den Regenwald hinein. Jetzt aber wird ihr Gebiet von Palmölplantagen bedroht, die dort im großen Stil angepflanzt werden. Dafür wurden bereits viele Hektar des Regenwaldes abgeholzt. Ursprünglich war gedacht, dass der Häuptling der Kayapo, Maoni, noch einmal eine letzte Reise mit Thibaut und dem neuen Film macht. Die Situation der indigenen Bevölkerungsgruppen ist verzweifelter denn je. Man wollte noch einmal alle großen Regierungschefs in Europa besuchen und die europäischen Regierungen bitten, dass sie die wirtschaftlichen Entscheidungen der brasilianischen Regierung beeinflussen mögen. Der Häuptling Maoni ist jedoch krank und zu schwach, er ist jetzt wohl über achtzig Jahre alt, deswegen hat man diese Abordnung des Volkes geschickt. Einer der Männer ist ein Sohn Maonis, aber er hat nicht das Charisma seines Vaters und nicht die ungeteilte Unterstützung. Selbst innerhalb des Grüppchens sind sie sich uneins. Ich habe gestern noch im Internet recherchiert, ihr Häuptling Maoni hat Ende der Achtzigerjahre wirklich allen großen europäischen Regierungschefs die Hand geschüttelt, er ist sogar Ehrenbürger von Paris geworden. Aber es scheint, dass es für die Politiker allenfalls ein bisschen Karneval in ihrem politischen Alltag war, sich neben dem halb nackten Kayapo-Häuptling mit Federkrone ablichten zu lassen. Bewirkt hat seine Aktion außer ein bisschen kurzzeitiger heiterer bis betroffener Berichterstattung in den Medien gar nichts. Na ja, vielleicht nicht gar nichts, immerhin konnte sein Stamm die letzten fünfundzwanzig Jahre lang im Regenwald bleiben, aber jetzt scheint ihre Situation völlig aussichtslos.«

»Apropos Medien ...«, Emilia sah durch die Tür, »ich hatte gestern mehrfach Anrufe von Umweltorganisationen, die wissen wollten, wo die Indianer seien, und die bereit wären, die Rundreise und ihre Aktion mit ihnen fortzusetzen. Also, ich meine mit den indigenen Menschen.«

»Sagen Sie ›Kayapo‹, Emilia, das enthebt uns am ehesten aller komplizierten Bezeichnungen. Aber das kommt überhaupt nicht infrage. Sie haben hoffentlich nicht gesagt, wo sie sich aufhalten?«

»Natürlich nicht.«

»Gut, das fehlt uns gerade noch. Hysterische Umweltschützer, die sich dieser Menschen bedienen, um von sich selbst reden zu machen.«

»Ich weiß gar nicht, ob die so naiv und schutzbedürftig sind, wie Sie glauben, Monsieur le Commissaire. Die Kayapo sind schon recht medienerfahren. Durch die Arbeit ihres Stammesführers hatten sie immer wieder Presse und Fernsehen und alle möglichen Umweltorganisationen vor Ort. Es gab auch mal ein großes Konzert für den Regenwald, dort haben sie neben berühmten Sängern auf der Bühne gestanden. Ich denke, sie kennen die Medien. Ihr Wortführer war bislang allerdings immer Maoni. Das ist wohl das größte Problem für sie, dass es keinen so machtvollen Nachfolger gibt.«

Léa Leroc machte eine Pause.

»Hören Sie Leroc, wir können jetzt stundenlang über die Situation im Regenwald diskutieren und über das punktuelle Engagement von Künstlern oder das regelmäßige hysterische Aufschreien der Presse. Das bringt uns aber hier nicht weiter. Ich möchte trotz ihrer vermeintlichen Medienerfahrung nicht, dass die Kayapo an irgendeine Presse- oder wie auch immer geartete Umweltschutzorganisation vermittelt werden, nur um angeblich etwas Gutes zu tun. Ist das klar? Ich will, dass sie weiterhin abgeschirmt bleiben und niemand Schlagzeilen wie ›Erben die Indianer die Thibaut-Millionen?‹ zu lesen bekommt.« Duval sah in die Runde. »Klar so weit? Gut. Machen Sie weiter.«

»Professeur Descoups war ein bisschen kritisch wegen der Unterkunft, denn sie kampieren jetzt halb im Regen in einem großen Zelt ...«

»O, là, là, der kann mich mal, der Professeur. Der kann sie gern zu sich nach Hause einladen, der Professeur, was können wir dafür, dass es regnet? Regnet es nicht auch im Regenwald?« Duval war sauer. Diese Akademiker mit ihren wohlgemeinten Gutmensch-Ideen. »Sonst hat der keine Sorgen? Hat er wenigstens einen Scheck dagelassen, damit wir ein Hotel bezahlen können?«

»Monsieur Fernandez von der Botschaft, also vom Konsulat, war ganz zufrieden. Die Botschaft übernimmt auch die Verpflegungskosten. Das hat Madame da Silva ganz geschickt geregelt.«

»Ah!« Duval lächelte wieder.

»Na ja, soweit ich das beurteilen kann, geht es ihnen auch ganz gut. Sie rauchen, essen, schlafen und diskutieren darüber, was sie tun sollen. Das kleine Mädchen hängt die meiste Zeit am Rockzipfel von Madame da Silva, die das nicht stört. Die Küsterin ist eine Seele von Mensch, die den Laden dort gut organisiert. Ohne Stress, sie lacht, sie singt, während sie in riesigen Töpfen selbst kocht, sie ist unglaublich. Man hat das Gefühl, sie bekocht ihre Großfamilie.«

Duval räusperte sich.

»Gut, ich komme zum Punkt. Nun, die ... Kayapo haben sich gefreut, dass jemand in ihrer Sprache mit ihnen gesprochen hat, dass man sie nicht vergessen hat in diesem Land. Sie sind allerdings untereinander etwas uneins. Es gibt die, die wie geplant weiterreisen wollen, um die Mission, für die Erhaltung des Regenwaldes zu kämpfen, zu erfüllen. Da gibt es aber niemanden, der das organisieren will. Oder ich meine, die gäbe es vielleicht schon, aber wohl nicht die Filmcrew von Thibaut. Es war Thibaut persönlich, der diese Medienreise mit ihnen machen wollte. Cannes war ja nur die erste Etappe ihrer Reise, geplant war eine Art Europatournee mit dem neuen Film. Und es gibt andere, die so schnell wie möglich zurück in ihr Land wollen. Sie haben natürlich mitgekriegt, dass Thibaut tot ist. Es gibt eine traditionelle Gruppe, die glauben will, dass der Tod Thibauts ein gutes Zeichen ist, wenn ich das richtig verstanden habe. Allerdings müsse der Körper dazu beerdigt sein, damit die Seele ihre Ruhe findet. So in dieser Richtung. Sie haben dazu eine ganz eigene Sicht. Thibaut hat sich für ihre Sache geopfert. So ein bisschen wie Jesus Christus, nun gut, das ist meine Interpretation. Ein Teil von ihnen glaubt, damit sei nun alles gut, Thibauts Geist wird sie zusätzlich beschützen, ihre Mission ist erfüllt und sie möchten zurück nach Hause.

Sie fühlen sich auch nicht zuständig, nicht verwickelt in seinen Tod und verstehen nicht, dass sie jetzt dort in diesem Garten bleiben sollen. Professeur Descoups hat versucht, ihnen die Situation zu erklären, dass der Tod von Thibaut nicht so hingenommen werden kann in diesem Land, dass ein Schuldiger gesucht wird, dass das Zeit braucht und so weiter. Er hat ihnen versprochen, dass sie baldmöglichst zurück- oder weiterreisen können. Sie werden nicht vergessen. Das war, glaube ich, das A und O. Ihre größte Angst war anscheinend, dass sie nicht mehr aus dem Garten dieser Kirchengemeinde herauskommen. Also, sie werden noch etwas Geduld haben. Der Konsulatstyp hat immerhin geklärt, dass die Visa alle in Ordnung und vor allem noch gut zwei Monate gültig sind. Er wird sich darum kümmern, dass die Botschaft, wenn es so weit ist, den Rückflug des Grüppchens organisiert; die wollen versuchen, die Kosten von Nature & Life erstattet zu bekommen. Aber das ist dann nicht mehr unser Problem.«

Duval sah nervös auf die Uhr. Er wollte noch vor Mittag nach Grasse fahren.

»Konnten Sie die Kayapo denn befragen?«

»Wir haben natürlich versucht, eine Befragung vorzunehmen, aber da kam wenig. Tatsache ist, sie waren während der Vorstellung alle anwesend. Aufgefallen ist ihnen während der Vorführung natürlich gar nichts, sie haben zum ersten Mal den Film von ihrem Land und ihrem Wald gesehen und waren komplett absorbiert von der vermeintlichen Realität des Waldes, den Geräuschen, den Tieren, dem Licht, dem Regen. Vor allem die Luftaufnahmen waren für sie ein Wunder.«

»Haben Sie noch etwas von dem Mädchen erfahren?«

»Nicht mehr als das, was ich vorhin schon gesagt habe. Sie hörte jemanden klatschen und dann ›schlief‹ Thibaut.«

Duval erinnerte sich, dass das Mädchen in die Hände geklatscht hatte, als sie das erste Mal vom vermeintlichen Schlafen Thibauts gesprochen hatte.

»Der Schuss! Sie hat den Schuss gehört. Wenn der Täter einen Schalldämpfer benutzt hat, hört sich das immer noch wie ein lautes Klatschen an.«

»Ja, wahrscheinlich war es das.«

»Was macht denn die Kleine in dieser Gruppe? Ist ihre Mutter dabei?«

»Nein, aber die Frauen kümmern sich um sie. Warum sie in der Gruppe mitreist, ist nicht so ganz klar rauszukriegen. Sie war wohl als eine Art Maskottchen gedacht. Thibaut muss so etwas erwähnt haben, ganz klar verstanden hat es auch der Anthropologe nicht. Sie sei das Glück von Thibaut, hat sie mehrfach gesagt. Keine Ahnung, ob sie überhaupt weiß, was das bedeutet, oder ob sie nur nachgeplappert hat, was er gesagt hat. Ich vermute, Thibaut hat sie mitgenommen, weil ein kleines Mädchen immer niedlich aussieht bei solchen Aktionen, wenn er schon den alten Chef nicht haben konnte, er hätte vielleicht auch ein Orang-Utan-Baby mitnehmen können. Tierbabys kommen ja auch immer gut. Aber da hätten die Tierschützer gleich aufgeschrien. Wenn man den Medien eine Gruppe Indianer und ein kleines Mädchen zum Fraß vorwirft, schreit keiner auf.«

»Indigene Bevölkerung«, korrigierte Duval freundlich.

Léa Leroc wurde ein bisschen rot und sprach schnell weiter. »Nun, die gehören alle irgendwie zusammen, ein Stamm ist ein Dorf ist eine Familie. So in etwa. Die Kleine ist sehr aufgeweckt, wirkt nicht verängstigt, sucht allerdings immer viel körperliche Nähe.«

»Ja, den Eindruck hatte ich auch. Ich dachte, sie würde sofort mit mir mitgehen, wenn ich sie an die Hand nähme.

Das war's?« Duval sah in die Runde. »Nun. So weit, so gut. Danke Ihnen allen. Leute, ich werde jetzt in aller Eile nach Grasse fahren und der Ermittlungsrichterin Bericht erstatten. Hoffentlich komme ich da gut durch. Sie machen bitte weiter wie besprochen.«

Er sah erneut auf die Uhr. Unglaublich, wie die Zeit verfliegt. Die Beamten verließen den Raum.

»Leroc?«, rief er hinter ihr her.

»Ja, Monsieur le Commissaire?«

»Alles ok?«

»*Oui.*«

Madame Marnier war auch dieses Mal angespannt und unverhohlen aggressiv, als sie Duval empfing.

»Ich habe das Gefühl, ich bin immer die Letzte, die etwas erfährt. Sie müssen ja nicht für jede Info nach Grasse fahren, Monsieur le Commissaire, ein Anruf zwischendurch tut es auch. Wozu haben Sie denn ein Mobiltelefon? Aber ich will auf dem Laufenden sein, Herrgott noch mal. Was soll ich denn dem Staatsanwalt sagen, der mich ununterbrochen nach Neuigkeiten fragt, der wiederum den Minister im Nacken hat? Verstehen Sie, welche Kreise das zieht? Und ich stehe da wie die letzte Idiotin, die weder weiß, was Sie machen, noch wo Sie gerade sind? Wenn ich Sie nicht ständig anrufen würde, würden Sie vermutlich gar nicht Bericht erstatten. Ich bin das so nicht gewohnt, Monsieur le Commissaire, und ich habe auch nicht vor, mich daran zu gewöhnen. SIE haben MIR zu berichten, ist das klar?«

Duval nickte. Er versuchte, ein zerknirschtes Gesicht zu machen. Tatsächlich hatte er die Tendenz, vieles im Alleingang zu unternehmen. Manche Ideen kamen spontan und intuitiv. Manches war eben nur ein vages Gefühl. Wenn er das jedes Mal mit jemandem besprechen sollte, würde er wahnsinnig werden. Ihm reichte schon der Austausch, der mit seinen Mitarbeitern notwendig war. Aus der Sicht der Ermittlungsrichter war dies jedoch zu wenig. Das hatte man ihm auch in Paris vorgeworfen. Hier hatte er es jedoch zusätzlich mit einer ehrgeizigen Richterin zu tun, die ihm unausgesprochen vorwarf, er würde sie als Frau und als sogenannte Provinzrichterin nicht ernst nehmen. Er unterdrückte ein Seufzen. Dieses Gezeter begann ihn zu nerven. Er würde sie viel ernster nehmen, wenn sie genau darauf verzichten würde. Lass gut sein, Mädchen.

»Monsieur le Commissaire?«

Oh Gott, das hatte er jetzt doch nicht etwa laut gesagt?

»*Oui*, Madame la Juge?«

»Nun, ich erwarte Ihren Bericht!« Sie klopfte mit der Unterseite ihres Rings auf die Kante des Schreibtischs.

Duval runzelte die Stirn, riss sich aber zusammen und berichtete ausführlich, sachlich, und in bewusst freundlichem Ton, was sie bislang zusammengetragen hatten. Er endete damit, dass er vorhatte, der Umweltschutzorganisation in Genf einen Besuch abzustatten.

»Nun, das ist alles ein bisschen dünn. Heute ist der vierte Tag, und wir haben noch nichts wirklich Konkretes? War es wirklich nötig, dass Sie gestern nach Paris geflogen sind? Hätten Sie diese Informationen nicht auch anders erhalten können? Und die Ermittlungen in der Schweiz können Sie doch den dortigen Kollegen anvertrauen. Konzentrieren Sie sich auf die Ermittlungen vor Ort, Monsieur le Commissaire, und vergeuden Sie Ihre Energie nicht, in dem Sie in der Welt herumreisen. So schön ist Genf auch wieder nicht. Diese abstrusen Verwicklungen, die Sie zwischen Thibaut, Nature & Life und der Petro-Oil-Company wittern, das sind doch Verschwörungstheorien, die sich dieser österreichische Filmemacher zurechtgelegt hat. Und wenn es wirklich um Geldwäsche gehen sollte, kann Interpol da sicher viel effizienter arbeiten. Ich sehe keinen Zusammenhang mit dem Mord an Thibaut. Der von Ihnen so geschätzte Österreicher hat übrigens ein kleines Vorstrafenregister in seinem Heimatland: Wir haben es hier mit einem Kriminellen zu tun. Ich sage nur: Hausfriedensbruch. Außerdem ist er in eine üble Rauschgiftgeschichte verwickelt. Was sagen Sie dazu? Vermutlich raucht er selbst zu viele Joints und sieht Gespenster. Und so jemandem wollen Sie vertrauen?«

Duval kochte innerlich, als er zurückfuhr. So eine dumme Schnepfe. Reine Willkür war das, dass sie ihm die Ermittlung in Genf nicht gestattete, nur um ihn spüren zu lassen, wer am längeren Hebel sitzt. Und wie süffisant sie ihm unterstellt hatte, dass er zum Vergnügen herumreiste. Ob sie ihn in Paris hatte überwachen lassen und wusste, dass er ein kurzes Date mit Hélène gehabt hatte? Vermutlich hatte sie den einen oder anderen Informanten. So unüblich war das nicht. Er hatte schon angesetzt, um zu widersprechen, spürte aber instinktiv, dass er, wenn er es auf einen Machtkampf ankommen lassen würde, schlechte Karten hatte. Vorerst tat er zumindest vordergründig gut daran, zu kuschen und einen möglichst unbeteiligten Gesichtsausdruck zur Schau zu tragen. Hierin hatte er es schon als Jugendlicher zu einer gewissen Meisterschaft gebracht, um seine Eltern nicht merken zu lassen, wie sehr er ihr konservatives und bourgeoises Leben verachtete. Sein Vater hätte ihn gern als Anwalt gesehen, seine Mutter wollte aus ihrem einzigen Sohn einen Mediziner oder wenigstens einen Apotheker machen.

Und hätte er nicht eine bessere Partie machen können als dieses Mädchen, das zwar hübsch war, aber so dickköpfig und natürlich keinen Pfennig Geld besaß?! Und dann wurde er auch noch *flic*. Er wusste, was seine Mutter dachte. Sein Vater hatte ihn seine Enttäuschung und Verachtung noch einmal spüren lassen, indem er versucht hatte, ihn zu enterben. Sein Sohn aus zweiter Ehe sollte alles bekommen, ein heißsporniger Motorradrennfahrer, der als Erstes eines der geerbten Appartements verkauft hatte, um sich einen riesigen Geländewagen und ein neues Rennmotorrad zu kaufen. Sein Halbbruder sah Duval mit seinen dichten roten Locken zwar unglaublich ähnlich, vom Charakter aber waren sie grundverschieden. Die Erbstreitigkeiten und der Prozess hatten ihr ohnehin angespanntes Verhältnis nicht verbessert.

Duval fuhr unvorschriftsmäßig mit 130 auf der linken Spur der Schnellstraße, es regnete zwar nicht mehr, aber das Wasser auf der Straße spritzte gischtartig auf seine Frontscheibe und der Regenwischer kam nur mühsam nach, als sein Mobiltelefon klingelte. Er schielte auf das Display. Seine Mutter. Als hätte sie gespürt, dass er an sie dachte. Duval fuhr auf die rechte Spur und verlangsamte das Tempo.

»Maman, wie geht's dir?«

»Ah, Léon, wann sehe ich dich denn mal? Du bist doch jetzt in Cannes. Das ist doch nicht so weit weg von Avignon. Willst du am kommenden Sonntag zum Essen kommen? Deine Cousine Cathie kommt auch. Ihr mögt euch doch gern?!«

»Maman, ich glaube nicht, dass ich kommen kann. Ich habe einen Mord aufzuklären.«

»Schon?«

»Ja, siehst du keine Nachrichten? Der Dokumentarfilmer Serge Thibaut wurde während des Filmfestivals erschossen.«

»Natürlich habe ich das mitbekommen. Und das lassen sie DICH ermitteln?«

»Ja, Maman.«

»*Ah bon!* Na so was. Bist du denn dann auch im Fernsehen?«

»Möglich.«

»Na, das ist ja erstaunlich.«

»Maman, können wir ein anderes Mal telefonieren, ich bin auf der Autobahn.«

»Und du fährst selbst?«

»Ja.«

»Du hast keinen Fahrer?«

»Nicht immer, Maman.«

»Und du telefonierst, während du fährst?«

»Ja, Maman, ich habe gesehen, dass du es bist ...«

»Nein, nein, nein, da machen wir sofort Schluss. Melde dich, wenn du zum Essen kommen willst.«

»Ja, Maman. Geht's dir gut?«

»Ja, ja, mir geht's gut. Heute Nachmittag kommen Colette, Jacqueline und Suzanne zum Bridge, und morgen fahre ich mit Claudine nach Nîmes zu einem Vortrag, und wenn es aufhören sollte zu regnen, machen wir irgendwo ein Picknick.«

»Schön, Maman. Ich muss jetzt Schluss machen.«

»Léon ...«

»Ja?«

»Zieh dich ordentlich an, wenn du ins Fernsehen kommst.«

»*Oui*, Maman.«

Während er telefonierte, war er von der Schnellstraße in den großen Kreisverkehr gefahren, und da er einhändig nicht zwei Spuren wechseln wollte, fuhr er auf der inneren Spur wieder aus dem Kreisel heraus. Nun befand er sich auf der linken Spur der mehrspurigen Avenue du Campo, die ihn wiederum zum Boulevard Carnot brachte, der schnurgerade Richtung Innenstadt führte. Am Ende des Boulevard Carnot lag rechts das Polizeipräsidium. Dies war die direkteste Verbindung, jedoch nicht immer die schnellste. Aber da er nun ganz links eingeordnet war, blieb er, wo er war, und versuchte nicht sich noch schnell auf die rechte Seite zu drängeln, um die Ausfahrt nach Rocheville zu nehmen und sich dort durch die kleinen Straßen zu winden. Das war ein Fehler, wie er sofort bemerkte, denn kaum war er an der Ausfahrt Richtung Rocheville vorbeigefahren, stand er im Stau. Er wurde sofort wütend. Das fehlte jetzt noch. Kaum ging es mal zehn Meter weiter, stand er danach umso länger. So kam es ihm zumindest vor. Wenn er etwas hasste, dann war es warten zu müssen. Das konnte er nicht. Hatte er eine Idee im Kopf, sprang er auf und ging los. Er war es gewohnt, dass seine Untergebenen dann ebenso aufsprangen und hinter ihm her eilten, ohne lange Erklärungen zu verlangen. Im Privatleben lief das leider nicht so. Solange sie nur zu zweit gewesen waren, hatte Hélène sich seinem spontanen Rhythmus meistens angepasst. Das änderte sich jedoch mit den Kindern. Bis man jetzt aus dem Haus kam, mussten zweihundert Dinge bedacht, getan und eingepackt werden. Oder es passte nicht, weil es Zeit für Matteos Fläschchen oder den Mittagsschlaf von Lilly war. Wenn er auf jemanden warten musste, fing er in der Regel irgendetwas Neues an, was meistens dazu führte, dass dann die anderen auf ihn warten mussten. Aber Untätigkeit konnte er nicht ertragen und Staus schon gar nicht. Vor allem, wenn man ihn kurz vorher noch zusammengestaucht hatte wegen angeblich unzulänglicher Arbeit. Wie sollte er denn effizient arbeiten, wenn man ihn so gängelte, kontrollierte und wenn er dann stundenlang in diesem, *putain,* verdammten Drecksstau stehen musste? Was waren das überhaupt für beschissene Bauarbeiten während des Festivals, hätte man das nicht im Winter machen können, in der touristischen Nebensaison? Und was waren das für arrogante Idioten, die in dieser Stadt das Sagen hatten? Was für eine Schnapsidee, sich in einen luxuriösen Badeort versetzen zu lassen, in dem alle immer nur Ferien machten. Er schlug auf das Lenkrad. *Putain de merde.*

Dies war ein Scheißtag und der wurde auch nicht besser davon, dass nun der Himmel aufriss und die Sonne herauskam. Sie schien ihm von vorne unbarmherzig in die Augen, er klappte den Sonnenschutz herunter. Natürlich hatte er keine Sonnenbrille dabei. Er sah zum x-ten Mal auf die Uhr. Und Hunger hatte er auch.

Dann schaltete er kurz entschlossen die Sirene an. Die umstehenden Autofahrer sahen ihn erschrocken an.

»Lasst mich durch, ihr Trottel«, schimpfte Duval und drängte sich mit grimmiger Miene systematisch voran und nach rechts bis auf den Seitenstreifen. Dort fuhr er mit lautem Tatütata bergab, bis er rechts in die Avenue Paul Doumer abbiegen konnte. Von dort fuhr er wieder hügelauf und in vielen Kurven weiter, bis er an eine kleine chaotische Kreuzung in Rocheville kam. Duval überquerte die Kreuzung noch mit dem aggressiven Sirenenton, was alle anderen zum Anhalten nötigte, und fuhr weiter auf die Avenue de Grasse. Dann schaltete er die Sirene wieder aus. Aber der Schnelligkeit halber entschied er sich, das letzte Stück bis zum Präsidium in der Busspur zurückzulegen.

»Ok, Leute, schöne Grüße aus Grasse. ›Dünn‹ sei das, was wir bisher haben und von einem Zusammenhang mit Nature & Life, der Petro-Oil-Company und Thibaut will Madame la Juge nichts wissen. Verschwörungstheorie sagt sie. Und: Finger weg.«

»Aber …«

»Nix aber, Villiers, Befehl ist Befehl. Und in dem Zusammenhang, in was für kriminelle Machenschaften ist dieser österreichische Filmemacher verwickelt? Und was ist das für eine Drogengeschichte? Und wieso weiß ich davon nichts? Ich kam mir selten dämlich vor gegenüber Madame Marnier, das dürfen Sie mir glauben. Und jetzt an die Arbeit! Noch einmal lasse ich mich nicht so abbürsten.« Er knallte die Tür zu seinem Büro zu.

Duval stand am Fenster. Während er nachdachte, sah er einen enormen Stau auf der Schnellstraße, offensichtlich ein Rückstau von der Kreuzung Pont Carnot. Die ganze Stadt war verstopft.

Dann nahm er sein Adressbuch heraus, blätterte darin herum. Er suchte die Nummer von Stéphane. Stéphane war nicht nur ein Kollege, er war ein Freund. Ein väterlicher Freund und außerdem der Pate seines Sohnes. Beruflich hatten sich ihre Weg nur kurz gestreift, Duval hatte ihn während seiner Ausbildung kennengelernt, aber zwischen ihnen hatte sich spontan ein herzliches Verhältnis entwickelt. Für Duval wurde Stéphane so etwas wie ein Mentor, eine Art Ersatzvater. Mit seinem eigenen Vater gab es kaum Berührungspunkte, schon gar keine Gespräche über seine verachtenswerte Tätigkeit als Polizist. Stéphane war für den D. C. R. I., die *Direction Centrale du Renseignement Intérieur*, den Inlandsgeheimdienst, tätig und wenn jemand über Hintergrundinformationen verfügte oder zumindest an Informationen kommen konnte, dann er. Duval machte nur selten von seinem Kontakt Gebrauch, er hatte einen eigenartigen Ehrenkodex, zuerst selbst zu ermitteln. Aber diesmal hatte er weder die Zeit noch die Mittel. Er wählte kurz entschlossen eine Nummer in Paris.

»Hallo, Stéphane, wie geht's dir?«

»Hallo, Léon, schön dich zu hören. Gut geht's. Wie geht's dir? Was macht Hélène? Und die Kids?«

»Hélène und den Kindern geht's gut, denke ich. Seitdem wir die Entscheidung über die Trennung durchhaben, sind wir alle entspannter. Hélène habe ich gestern kurz gesehen. Sie sah gut aus.«

»*Ah bon?* Du warst in Paris? Du bist doch gerade erst nach Cannes gezogen.«

»Ja, dienstlich, aber nur so kurz reingeflogen und schon wieder weg. Wenn ich da schon gewusst hätte, dass sie mich nicht selbst in Genf ermitteln lassen, wäre ich gestern direkt zu dir gekommen. Aber ... na ja. Deswegen rufe ich dich an.«

»Dachte mir schon, dass du nicht nur anrufst, um mit mir über das Wetter zu plaudern. Was willst du wissen?«

»Hast du was über Nature & Life?«

»Nicht mehr ganz mein Betätigungsfeld, aber ich denke, es gibt da jede Menge Material, schon wegen der ganzen VIPs, die da mitmischen. Was genau willst du wissen?«

»Anfänge. Hintergründe. *Who is who* und so weiter. Ich habe hier einen Mord und der Tote war eng mit Nature & Life verbandelt. Ich weiß nicht, ob es einen Zusammenhang gibt, aber ich will verstehen, was bei denen abgeht.«

»Du bist am Fall Thibaut!«

»Du hast's erfasst.«

»Gut. Pass auf, ich gehe ins Archiv, suche die Mappe und rufe dich in gleich zurück, ok?«

»Gut.«

»Monsieur le Commissaire?« Olivier Gaspard steckte den Kopf durch die Tür.

»Was gibt's, Gaspard?«

»Ich habe das gecheckt, also diese Drogengeschichte ...«

»Kommen Sie rein.«

»Tatsächlich war Erdler in eine Rauschgiftsache verwickelt.«

»Scheiße.«

»Ja, aber das ist alles ein bisschen übertrieben, wenn Sie mich fragen.«

»Ich frag' Sie aber nicht, ich will wissen, was los war.« Duval hatte noch immer schlechte Laune.

»Nun, das hat sich vor mehr als 25 Jahren abgespielt, Erdler war damals gerade volljährig. Die Anzeige gegen ihn stammt aus dem Jahre 1988. Angezeigt hat ihn sein eigener Vater. Erdler hatte wohl neben allerlei Grünzeug auch zwei Hanfpflanzen in seinem Zimmer stehen und rauchte die getrockneten Blätter und gab sie wohl gelegentlich auch an Freunde weiter. Der Vater sagte aus, er habe seinen Sohn angezeigt, weil er Angst gehabt hätte, dass sein Sohn auf die schiefe Bahn gerate, und er wollte Schlimmerem vorbeugen. Ein richtiger Anbau und Handel in dem Sinne, dass er eine gut beleuchtete Plantage im Schlafzimmerschrank hatte und das Kraut in Tütchen packte und offen dealte oder so etwas, konnte ihm aber nicht nachgewiesen werden. Das Ganze war damals und ist nach dem Betäubungsmittelgesetz immer noch illegal, auch in Österreich. Der Knabe wurde damals zu einer sechsmonatigen Haftstrafe auf Bewährung verdonnert.

Seitdem wurde er aber nicht mehr auffällig – zumindest nicht im Betäubungsmittelbereich. Insofern hat die Anzeige des Vaters wohl etwas Gutes bewirkt.«

Duval nickte. Er hatte eine offizielle und eine persönliche Meinung dazu. Offiziell missbilligte er Verstöße gegen das Betäubungsmittelgesetz. Er selbst war auch nicht für die Legalisierung von weichen Drogen, weil er fand, dass der regelmäßige Konsum von weichen Drogen das Hirn aufweichen ließ. Den Eindruck machten zumindest viele Kiffer auf ihn. Er selbst hatte nie Drogen konsumiert, auch wenn er mehr als einmal damit in Kontakt gekommen war. Da er nicht rauchte, waren kreisende Joints für ihn keine Versuchung gewesen. Vor mehr als zwanzig Jahren wollte er den Effekt des Loslassens, des Abhebens und Wegträumens aber auch einmal erleben. Ein Freund hatte ihm daher eine Dose mit selbst gebackenen sogenannten Cookies geschenkt, und er hatte viel davon erwartet. Insgeheim hatte er sich vom Genuss der Cookies auch eine gesteigerte sexuelle Leistungsfähigkeit versprochen. Nichts davon stellte sich jedoch ein. Am Ende hatte er den gesamten Doseninhalt aufgegessen und war neben seiner damaligen Freundin eingeschlafen. Der Freund hatte aufgeschrien, als er es ihm erzählte, angeblich war die Konzentration in den Keksen hoch gewesen und er hätte sonst was erleben müssen. Er war enttäuscht und gleichzeitig erleichtert. Das war nichts für ihn. Er konnte aber verstehen, dass Achtzehnjährige Lust hatten, mal einen Joint zu rauchen, genauso wie man sich einmal im Leben ordentlich betrinken musste. Beides sollte nicht zur Gewohnheit werden. Sicher nicht. Aber dass der Konsum von Alkohol gesellschaftsmäßig anerkannt, der von weichen Drogen jedoch so verteufelt wurde, empfand er persönlich als gesetzliche Schieflage. Aber das war seine persönliche Meinung, die er tunlichst für sich behielt.

»Schlimm, schlimm«, sagte er stattdessen.

Gaspard sah ihn fragend an. »Finden Sie wirklich?«

»Natürlich.« Duval gab sich ungerührt.

»Aha, nun, noch schlimmer sind vielleicht mehrere Haus- und Landfriedensbruchsdelikte sowie ein Verstoß gegen die öffentliche Ordnung, die er auch noch auf dem Konto hat.«

Duval stöhnte auf.

»Er hat – allerdings auch schon lange her – mehrfach in einer Filiale einer internationalen Schnellimbisskette Flyer verteilt, auf denen er behauptete, die Schnellimbisskette würde in Südamerika Wälder roden lassen, um daraus Weideflächen für Rinder zu machen. Er bekam dann Hausverbot in den Imbissketten und hat mehrfach davor demonstriert, und neuerdings ist er in einen Rechtsstreit mit Nature & Life verwickelt ...«

Duvals Telefon klingelte. »Danke, Gaspard, wir reden später weiter. – Ja, hallo?«

»Ok, hör zu, Léon, die Mappe hier ist sehr umfangreich. Ich selbst war da nur mal kurz dran, ich erinnere mich aber noch genau an diesen Chemiekonzern-Skandal. Ich habe mal eben überflogen, ist 'ne Menge Material geworden in der Zwischenzeit. Soll ich mal ganz von vorne beginnen?«

»Bitte.«

»Gut. Nature & Life wurde in den Sechzigerjahren gegründet, als ein internationales Interesse an Natur- und Umweltschutz aufkeimte. Es gab damals überall erste wild wuchernde kleine Bewegungen, die aber alle Geldprobleme hatten und wenig ausrichten konnten. In der Schweiz hatten ein paar rührige Menschen, darunter Naturschützer, Naturwissenschaftler und auch Industrielle, die Idee, auf den Zug aufzuspringen und das Ganze ›groß‹ zu denken. Sie wollten eine internationale Spendenorganisation für den Umweltschutz gründen, die ein gewisses Standing haben sollte, um wirklich etwas bewirken zu können. Das erste große Projekt, das es in ihren Augen zu schützen gab, war die Tierwelt Ostafrikas. Nach der Entkolonialisierung hatte man Angst, dass die Afrikaner diese einzigartige Tierwelt, sagen wir mal aus Unwissen, ausrotten würden. Also dass sie die Tiere rücksichtslos töten würden, einerseits um sich zu ernähren, aber auch um Felle, Federn und Elfenbein zu verhökern. In diesem Stil. Um dem entgegenzuwirken, also um den afrikanischen Staaten eine Alternative anzubieten, etwa Nationalparks anzulegen und damit Touristen anzuziehen und damit ›nachhaltig‹ Geld zu verdienen, braucht es viel Überzeugungsarbeit. Noch überzeugender ist man, wenn es entsprechende finanzielle Unterstützung für die neuen afrikanischen Staaten gibt. Nun, du siehst schon die Größenordnung. Da wird gleich richtig mit Einsatz gespielt. Man hatte zwar ein paar Idealisten, bedeutende Biologen und Ornithologen als Gründungsmitglieder dabei, suchte aber sofort auch in vermögenden Kreisen Geldgeber und einflussreiche Mitarbeiter. Schon ganz zu Anfang hatte man auch die Industrie als möglichen Partner im Visier, einer der ersten Präsidenten von Nature & Life war der Vorstandsvorsitzende eines französischen Chemiekonzerns. Das war dann der Moment, ab dem wir genauer hingeschaut haben.«

»Sieh an.«

»Ja. Und das ist noch nicht alles. Selbst eine Erdölfirma hatte man mit am runden Tisch. Diese Firmen haben ebenfalls den Trend der Zeit erkannt und sich gesagt, da müssen wir von Anfang an dabei sein. Das ist gut fürs Ansehen, wir tun offiziell etwas für den Umweltschutz, und wenn wir ordentlich Geld geben, können wir auch ordentlich Einfluss nehmen. Außerdem versicherte sich Nature & Life der Unterstützung der High Society und wurde schick und populär.«

»Sehr professionell.«

»Ja, absolut. Die richtigen Leute mit wichtigen Kontakten in den USA, England, Deutschland, eine Werbeagentur, ein paar gute Journalisten, die einfühlsame Texte schrieben, und der absolut richtige Zeitpunkt, um so etwas in Gang zu bringen. Man hatte auch kein Problem damit, Geschäftsleute anzustellen, damit das *Business* mit den Spenden auch gut funktionierte. Und wie es funktionierte. Man bezahlte fantastischen Tierfilmern und Fotografen viel Geld dafür, dass sie einerseits eine betörende Kollektion wundervoller Heile-Tierwelt-Fotos schießen und andererseits dramatische Fotos verendender Wildtiere.

Von Anfang hatten sie den richtigen Riecher. Vor allem die Schocknachrichten, mit denen die Menschheit aufgerüttelt werden sollte – Tiere in Krisensituationen, sterbende Nashornbabys, verdurstende Elefanten –, brachten die Menschen weltweit zu überwältigender Spendenbereitschaft. Das ist Nature & Life.«

»Und heute?«

»Heute arbeiten weltweit etwa 5000 Menschen für Nature & Life und sie ist damit eine der größten Naturschutzorganisationen der Welt. Nature & Life kümmert sich um mehr als 2000 Umweltschutzprojekte, die weltweit von mehr als fünf Millionen Förderern unterstützt werden. Das macht in etwa 500 Millionen Euro Spendengelder pro Jahr. Wie du gesehen hast, ging es schon ganz zu Anfang weniger um öffentlichkeitswirksame Aktionen, wie es etwa das hippiemäßige Greenpeace gerne macht, sondern man bevorzugte vielmehr gediegene, klassische Lobbyarbeit, Netzwerken ist das neue Zauberwort dafür. Nature & Life ist stolz darauf, Partner von

Wirtschaftsunternehmen zu sein, auf Augenhöhe mitdiskutieren zu können und Einfluss zu nehmen. Sagen sie. Die Frage ist, ob es nicht in der Zwischenzeit umgekehrt ist, ob nicht vielmehr Großindustrie und Erdölfirmen die Umweltschutzorganisation für ihre Zwecke benutzen. Fakt ist, dass Nature & Life von Anfang an von der Großindustrie und Erdölfirmen mit großen Spenden unterstützt wurde, was verhinderte, dass die Umweltorganisation wirklich frei war. Einen Großspender werde ich ja nicht öffentlich kritisieren, selbst wenn er in einen Pestizidskandal verwickelt ist oder einen Küstenstrich mit ausgelaufenem Erdöl verpestet. Schon zweimal nicht, wenn ein Vorstandsvorsitzender der betroffenen Industrie möglicherweise auch Präsident bei Nature & Life ist.«

»Das ist doch haarsträubend. Wie können die sich denn jeden Morgen mit gutem Gewissen im Spiegel ansehen?«

»Das ist genau wie in der Politik. Man muss manchmal Kröten schlucken und Kompromisse eingehen, wenn man etwas in eine Richtung vorantreiben will. Kleine Kröten schluckt man gegen eine kleine Spende, große Kröten schluckt man gegen eine große Spende, mit der man natürlich wieder etwas Gutes tun kann. Dafür muss man dann noch einmal hier die Augen schließen und dort nichts sagen und so weiter ... es ist ein verwickeltes Geschäft. Nature & Life ist von Anfang an und immer mal wieder in Skandale verwickelt gewesen, sie haben es aber bislang immer geschafft, in der Öffentlichkeit ein sauberes Image zu behalten. Das ändert sich aber gerade. Es gibt da einen ehrgeizigen Filmemacher und Journalisten, der dieser Umweltschutzorganisation nachhaltig, um mal ein Lieblingswort der Szene zu verwenden, auf die Füße tritt.«

»Roman Erdler.«

»Genau. Das ist ein bisschen David gegen Goliath. Beinahe hätten sie ihn auch kleingekriegt, die Presse war lange ganz brav zurückhaltend, aber das ändert sich gerade. In Deutschland ist vor ein paar Tagen in einem kritischen Magazin ein Artikel erschienen, der die Vorwürfe des Filmemachers überprüft hat und selbst Journalisten an einige der Orte gesandt hat. Und sie bestätigen vieles, was Erdler veröffentlicht hat. Der bekommt damit enormen Rückenwind. Und Deutschland ist ja ein wahnsinnig korrektes Land. Die nehmen das ernst mit dem Umweltschutz. Nature & Life hat innerhalb von Stunden 3000 zahlende Mitglieder verloren. Das ist ein Schock für die Umweltorganisation.«

»Erdlers Film entspricht also der Realität?«

»Ich weiß jetzt nicht, von welchem Film du sprichst, er hat schon mehrere veröffentlicht, oft nur kleine aufrührerische Dokumentationen. Im Großen und Ganzen ist seine Darstellung wohl korrekt. Aber die Anwälte von Nature & Life sind gerissen, die finden immer ein Haar in der Suppe, um den Film öffentlich zu verbieten. Natürlich filmt Erdler immer etwas, was offiziell nicht gefilmt werden darf, und schwupps kriegt er dafür und nur dafür eine einstweilige Verfügung, mit dem Nachteil, dass von Nature & Life mit viel Tamtam in der Öffentlichkeit der ganze Film infrage gestellt wird.«

»Hmhm.«

»Was anderes, du weißt, dass Thibauts Schwiegervater bei Nature & Life einmal Ehrenpräsident war?«

»*Ah bon?* Nein, wusste ich nicht. Was macht der denn da?«

»Wie ich vorhin schon sagte, Nature & Life ist schick in gewissen Kreisen. Dort Mitglied zu sein und sich, ehrenamtlich natürlich, zu engagieren, ist ein guter Türöffner. So ähnlich wie es hilfreich sein kann, Mitglied im richtigen Golfklub zu sein. Nature & Life ist so etwas wie ein internationaler Golfklub.«

Serge Thibaut war also über seinen Schwiegervater zu Nature & Life gekommen. Das hatte der Notar gemeint, als er davon sprach, dass Charles Bizartin Serge in der Gesellschaft herumgereicht hat.

»Hör zu, Léon, ich muss jetzt hier weitermachen. Wenn ich noch etwas für dich tun kann, melde dich. Ich bin allerdings die nächsten Tage nur schwer zu erreichen. Wir haben hier einen Anti-Islam-Kongress, da ist allerhand Gesocks von ganz rechts und ganz links zugange. Da brennt die Luft. Und wir sind vor Ort, um zu sondieren, kannst du dir ja vorstellen.«

»Ja, ich denke es mir. Danke dir auf jeden Fall. Kann sein, dass ich mich noch einmal melde. Grüße Flo von mir. Und wenn ich das nächste Mal in Paris bin, dann essen wir zusammen, ja?«

»Gern. Aber mach' dir keinen Kopf, ich weiß, wie es ist. Die Grüße richte ich aus. Salut, Léon.«

»Ich habe etwas, das Sie interessieren könnte, Monsieur le Commissaire.«

Es war die Journalistin. Diesmal ging sie direkt zum Angriff über und wartete nicht, bis er sie wieder aus der Leitung warf.

»O, là, là, Madame Chatel … Sie schon wieder. Was soll das werden? Wenn Sie etwas wissen, spucken Sie's aus. Wenn Sie irgendwas wissen wollen, vergessen Sie's. Ich verhandle grundsätzlich nicht mit der Presse.«

»Oh, Monsieur le Commissaire, immer mit der Ruhe. Ich will gar nichts wissen, denn ich denke, ich weiß vielleicht mehr als Sie.«

Duval hörte sie leise lachen. Unverschämt, dachte er.

»Ich schicke Ihnen was. Schauen Sie mal rein. Ist vielleicht eine interessante Spur. Wenn Sie mich dann am Fortgang der Ermittlungen teilhaben ließen ...«

»Vergessen Sie's. Schicken Sie mir Ihre Infos oder lassen Sie es bleiben. Aber von mir erfahren Sie nichts. War das deutlich?«

»Natürlich, Monsieur le Commissaire. Meine Nummer haben Sie ja nun auf Ihrem Telefon, wenn Sie doch eines Tages mit mir kommunizieren wollen ...«

»Wie oft soll ich's noch sagen, vergessen Sie's.«

»Ok. Monsieur le Commissaire, bis dann also, schönen Tag noch!«

Die ist wirklich unverfroren, dachte Duval. Dann piepste sein Computer. Sie hatte ihm einen eingescannten Zeitungsartikel geschickt. Duval öffnete sein E-Mail-Programm und sah sich die E-Mail samt Anhang dort an.

Der Zeitungsartikel der Zeitung *SudOuest* stammte aus dem Oktober 1987 und betraf eine Gerichtsverhandlung am Landgericht Mont-de-Marsan: Verdacht auf sexuellen Missbrauch an einem zehnjährigen Mädchen. Das Mädchen war 1987, als sie Anzeige erstattete, bereits 18 Jahre alt, der Vorfall hatte sich 1979 in einem Ferienlager am Atlantik ereignet. Der damalige Teamleiter, der das Mädchen laut dessen Aussage während des ganzen Ferienaufenthalts belästigt hatte, der 28-jährige Serge Thibaut, wurde mangels Beweisen freigesprochen.

Duval schluckte.

»Villiers, lesen Sie das mal.«

Villiers sah über seine Schulter und überflog den Artikel. Dann pfiff er leise durch die Zähne.

»Oh, *merde.*«

»Sie sagen es. Wissen Sie was, Villiers, ich glaube, dahin geht die Reise. Ich weiß nicht, warum, aber in meinem Kopf klingelt es schrill. Können wir da was rauskriegen? Sandrine L. Die müsste heute, lassen Sie mich rechnen, wenn sie 1987 achtzehn Jahre alt war, hm … Mitte vierzig sein. Kann man in diesem Mont-de-Marsan mal nachforschen? Wo ist das denn?«

»Das liegt im Departement Landes, kleine Provinzstadt im Südwesten, hab ich mal kurz gestreift, als wir am Atlantik Ferien gemacht haben.«

»Grenzt vermutlich an ein Wunder, wenn wir die Frau da noch finden. Aber einen Versuch ist es wert. Aber viel wichtiger ist, was sagt uns das für unseren Fall? Finden wir da vielleicht noch andere dunkle Flecken auf der weißen Weste des Strahlemanns? Thibaut. Haben wir den Kerl vielleicht in den einschlägigen Dateien? Wer hat den Artikel eigentlich geschrieben?«

»V. C. steht am Ende. Das kann man vielleicht noch ermitteln. Ich werd' mal beim *SudOuest* nachforschen.«

Kurze Zeit später kam Villiers mit einem Zettel in der Hand zurück.

»Viel habe ich nicht erfahren, aber V. C. war ein gewisser Victor Chatel, der seit den Siebzigerjahren beim *SudOuest* seine Brötchen verdiente.«

»Chatel. Na, wenn das kein Zufall ist.«

Jetzt würde ich ja doch gern mit Mademoiselle Chatel ein Wörtchen reden, dachte Duval. Was weiß sie noch? Finden wir hier die Antwort? Duval war völlig elektrisiert von dieser neuen Wendung und wählte die Nummer der Journalistin.

»Hätte nicht gedacht, so schnell wieder von Ihnen zu hören, Monsieur le Commissaire.«

Klang sie spöttisch? Duval war sich nicht sicher.

»Hören Sie, Mademoiselle, das, was Sie mir da geschickt haben ...«

»Nicht am Telefon, Monsieur le Commissaire.«

»Gut, können wir uns sehen?«

»Natürlich, wann immer Sie wollen. Wir könnten heute Abend zusammen essen?!«

Duval zögerte. Er wollte den Kontakt gerne so kurz und so unverbindlich wie möglich halten und keinesfalls mit einer geschwätzigen Journalistin beim trauten Gespräch während eines sich lang hinziehenden Essens gesehen werden. Er blickte auf seine Armbanduhr.

»Ich befürchte, so viel Zeit habe ich nicht. Wie wäre es mit einem kleinen Spaziergang am Strand, Sie erzählen mir, was Sie noch wissen, und danach nehmen wir irgendwo einen Apéro?«, schlug er stattdessen vor. Das könnte man immer noch abbiegen, wenn es ganz schlecht laufen sollte.

»Einverstanden. Wann und wo?«

»Am besten jetzt gleich. Ein bisschen außerhalb des Festivalrummels vielleicht, Richtung La Bocca, Plage du Midi, sagt Ihnen das zu?«

»In Ordnung. Wo genau?«

»Auf der Höhe des Volleyballfeldes?«

»Ok. Ich komme da hin. In einer Viertelstunde.«

»Gut, ich erwarte Sie an der Straße.«

Duval saß auf dem Mäuerchen, das den Strand von der Straße trennte, und genoss für einen Moment die Sonne, den Blick auf das Meer und das Blau des Himmels. Ein leichter Wind wehte. Vor ihm spielten zwei gemischte Mannschaften nicht mehr ganz junger Menschen Volleyball und der Strand, obwohl vom Regen noch nass, war bereits wieder erstaunlich gut besucht. Nach dem Regen zog es die Menschen wieder energisch nach draußen. Der Anblick des grauen Marineschiffs, das immer noch vor Cannes lag, ließ ihn jedoch nicht wirklich gedanklich abschweifen. Er sah eine rote Vespa heranrauschen, sie machte einen eleganten Schwung und kam vor ihm zum Stehen. Eine junge zierliche Frau zog einen ebenso roten Helm ab, schüttelte ihre langen lockigen blonden Haare und streckte ihm gleichzeitig die Hand entgegen.

»*Bonjour,* Monsieur le Commissaire. Ich bin Annie Chatel. Schön, dass wir uns kennenlernen.«

Ihr Händedruck war warm und fest. Sie sah ihm lächelnd in die Augen. Duval klappte kurz den Mund auf und zu. Er war verwirrt und kam sich dämlich vor.

»Äh, ja, schön ... guten Tag. Da sind Sie also. Äh, ja, Léon Duval«, stellte er sich vor.

»Schon klar.« Die junge Frau lachte.

»Wie haben Sie mich denn erkannt?«

»Ich habe Sie auf der Pressekonferenz gesehen.«

»Natürlich.«

Sie war jünger und hübscher, als er gedacht hatte. Eigentlich hatte er sich gar nichts gedacht, aber er hatte nicht erwartet, dass ihm eine vorwitzige Journalistin gefallen könnte. Denn sie gefiel ihm. Er ertappte sich dabei, dass er sie immer noch ansah. Ach, du Scheiße, dachte er. Reiß dich bloß zusammen, Duval, sie ist Journalistin.

»Gehen wir ein Stück?«, fragte sie.

Er gab sich einen Ruck.

»Ja sicher, Mademoiselle Chatel«, sagte er dann förmlich, »gehen wir ein Stück …«

Sie gingen am Strand entlang Richtung Mandelieu. Die warme Nachmittagssonne schien ihnen ins Gesicht und Duval fand, dass der Tag doch noch eine angenehme Wendung genommen hatte. Ganz schlecht war es nicht, sich zu einem Gespräch am Strand treffen zu können. Annie Chatel hatte ihre Jeans hochgekrempelt und die Turnschuhe ausgezogen, die sie an den Schuhbändern in der Hand hielt, und lief barfuß im nassen Sand. Hin und wieder plätscherte eine Welle über ihre Füße. Er behielt die Schuhe an und zog es vor, etwas weiter oben zu gehen.

»Ja, V. C. ist mein Vater. Victor Chatel. Er war auch Journalist. Er ist vor ein paar Jahren an Krebs gestorben. Ich kannte ihn kaum. Meine Eltern haben sich früh getrennt, es gab immer nur Streit, auch nach der Trennung. Als wir seinen Haushalt aufgelöst haben, bin ich kistenweise auf Material gestoßen. Alte Zeitungsartikel. Fotos. Vieles ist uninteressant, Alltagsgeschehen, verjährt, oder sagen wir, ich kann die Bedeutung, die diese Artikel für ihn hatten, nicht mehr nachvollziehen. Die meisten Artikel, die ich fand, sind von meinem Vater, aber nicht alle. Leider hatte mein Vater keinen besonderen Stil. Er war auch nie sehr erfolgreich. Blieb immer ein kleiner Schreiberling, der vom Zeilengeld lebte. Ich habe dennoch alles gelesen, weil ich auf der Suche nach meinen Wurzeln war und bin. Ich wollte meinen Vater kennenlernen, verstehen Sie? Vielleicht bin ich auch Journalistin geworden, um etwas mit ihm gemeinsam zu haben. Aber es hat uns einander nicht nähergebracht, er war und blieb abweisend und wich mir aus. Vielleicht hatte er Angst, dass ich seine Mittelmäßigkeit erkennen würde.«

Sie hielt inne.

»Entschuldigung, ich weiß gar nicht, warum ich Ihnen das alles erzähle, mein Privatleben ist sicher nicht sehr interessant für Sie und hat ja auch gar nichts mit dem Fall zu tun. Normalerweise bringe ich die Menschen zum Erzählen und rede nicht selbst stundenlang ... vor allem, ich meine, ich kenne Sie gar nicht, ich weiß gar nicht, also ... bitte entschuldigen Sie ...«

»Schon gut, machen Sie sich keine Sorgen, reden Sie einfach. Wissen Sie, mit Polizisten ist es wie mit Psychologen oder Psychoanalytikern. Man hat manchmal das Bedürfnis, ihnen alles zu erzählen. Und wir Polizisten warten oft auf den Moment, wenn Menschen nicht mehr knapp und kontrolliert antworten, sondern zu erzählen anfangen. Und manchmal, genau wie bei den Psy's, ist da plötzlich ein Wort, an dem man hängen bleibt. Ein Ausdruck, ein Gedanke. Und da muss man einhaken. Also erzählen Sie ruhig. Alles ist wichtig.« Das stimmte zwar, Duval fand sich dennoch bescheuert. Er wusste gar nicht, wo er diese Pseudoweisheiten hernahm. Als ob er schon jemals mit einem Psychologen tiefschürfende Gespräche geführt hätte.

»Ja, es scheint so zu sein. Wenn ich jemanden interviewe, mag ich auch, wenn die Person ein bisschen aus der Reserve kommt und ins Erzählen gerät. Die wichtigsten Dinge erfährt man oft so. Und stimmt, hat was von einem Gespräch beim Psychologen, Gepäck abladen, Geständnisse machen ...« Sie lächelte ihn an.

Aha. Na prima. Jetzt kam er von der Schiene nicht mehr runter. Wieso hatten alle Frauen so eine Affinität zu Therapeuten? Duval lächelte etwas zurückhaltend. Tatsächlich interessierte es ihn, was sie sagte, sogar mehr, als ihm lieb war. *Merde.*

»Lassen Sie uns vielleicht doch über den Artikel reden.« Er versuchte, die Kurve zu kriegen.

»Ja, natürlich. Nun, als ich den Artikel über Thibaut fand, war ich schockiert. Ich wollte es erst nicht glauben, dass es DER Serge Thibaut sein sollte. Aber natürlich war er es. Dann wollte ich mehr wissen, ich hoffte, mein Vater hätte eventuell noch mehr Material irgendwo, wie die Geschichte weiterging für das Mädchen oder ob es einen zweiten Prozess gegeben hat. Ich dachte ehrlich gesagt eine Zeit lang, ich könnte eine große Sache daraus machen, aber Fehlanzeige. Nichts, gar nichts. Ich bin sogar eines Tages nach Mont-de-Marsan gefahren, aber da war nur Schweigen. Die Akten durfte ich nicht einsehen und Sandrine L. konnte ich nicht ausfindig machen. Ich habe niemanden gefunden, der mir etwas erzählen konnte oder wollte, außer dem geschwätzigen Besitzer der Bar Tabac. Der immerhin erinnerte sich an die Geschichte, wusste aber auch nicht, was aus dem Mädchen geworden ist. Dafür erzählte er mir den gesamten Kleinstadttratsch aus Mont-de-Marsan. Nichts davon brachte mich weiter. Aber seitdem habe ich ein Auge auf Thibaut. Also von Weitem, wenn Sie verstehen, was ich sagen will. Ich bin einfach aufmerksam. Ich kriege mit, wenn er ein Interview gibt, ohne, dass ich das mühsam recherchieren muss. Es kommt einfach zu mir. Kennen Sie das?«

»Nicht wirklich.« Duval wurde es ein bisschen zu esoterisch. »Und sind Sie bei Ihrer aufmerksamen Beobachtung auf irgendetwas Besonderes gestoßen?«

Annie Chatel blieb unvermittelt stehen. Der leichte Wind wehte ihr die Haare ins Gesicht. Sie ließ die Turnschuhe fallen und nahm mit beiden Händen ihre Haare zusammen, drehte daraus einen kleinen Dutt, den sie mit einer Hand festhielt, während sie mit der anderen in ihrer Umhängetasche wühlte. Sie zog einen Bleistift heraus, mit dem sie den Dutt feststeckte. Duval sah ihr fasziniert zu.

»Sagen wir mal, ich finde es befremdlich, dass er immer wieder ein kleines Mädchen bei sich hat. Seit er diese Regenwald-Verliebtheit hat, sind es kleine indianische Mädchen. Ich versuche mir immer zu sagen, dass das natürlich auch ein werbewirksames Ding sein kann, also, ein kleines Affenbaby hat er ja manchmal auch im Arm. Und es gibt ja immer wieder Gerüchte, dass Menschen gewaltsam umgesiedelt werden, um Naturschutzzonen und Nationalparks zu schaffen. Da kommt es gut, wenn man sich nicht nur mit Affen, Tigern und Nashörnern zeigt, sondern hin und wieder vielleicht auch mal mit den anderen Waldbewohnern, den Menschen. Und kleine Mädchen sind eben niedlicher als alte Häuptlinge, *n'est-ce pas*, und für die Zukunft von kleinen Mädchen greift man ja gerne auch tief ins Portemonnaie. Bildung, insbesondere für Mädchen, boomt ja auf dem Spendensektor.«

Sie klang zynisch und in Duvals Kopf schrillten Alarmglocken. Maja fiel ihm ein. Dieses kleine niedliche Mädchen mit dem charmanten zahnlückigen Lächeln.

»Was meinen Sie mit ›Er hat immer kleine Mädchen bei sich‹?«

»Na ja, verzeihen Sie, wenn ich das so laienpsychologisch sage, aber ich denke, Thibaut hatte leicht narzisstische Tendenzen. Er hat ja die ganze Welt bereist und Fotos von überall gemacht, auch von Menschen. Und er ließ sich dabei immer auch fotografieren. Immer sieht man ihn im Kreise von lachenden brasilianischen Ureinwohnern oder in indischen Slums, umgeben von den dortigen Bewohnern. Natürlich gibt es auch Fotos von ihm inmitten einer Gruppe von kleinen afrikanischen Jungens, die den Clown machen, oder er ist umgeben von Familien, aber es gibt immer wieder auch so niedliche kleine Mädchen auf seinem Arm. Irgendwas daran stört mich.«

Duval dachte an die vielen Mädchenporträts, die er an der Wand von Thibauts Arbeitszimmer gesehen hatte. Er war auch an den Blicken hängen geblieben, die die Mädchen auf den Fotos dem Fotografen zugeworfen hatten. Manche verschämt, verlegen, manche geradezu sinnlich. Es konnten einfach nur Mädchenporträts sein, aber wenn nicht ... Ihm wurde heiß bei dem Gedanken, etwas so deutlich Sichtbares nicht wahrgenommen zu haben. Scheiße. Und die kleine Maja. Was spielte sie für eine Rolle? Scheiße, Scheiße, Scheiße.

»Und haben Sie über Thibaut etwas in dieser Richtung gefunden? Vielleicht hat er Kinderpornoseiten auf seinem Computer? Oder selbst Filme dieser Art gedreht?«

»Bislang nicht«, sagte er trocken, aber in seinem Kopf schrillten weiter die Alarmglocken. Kinderpornoseiten. Ihm wurde ganz anders. Hatten sie hier einen Filmemacher mit pädophilen Tendenzen?

»Vielleicht war diese Geschichte in Mont-de-Marsan nur eine Jugendsünde«, sagte er stattdessen. »Eine einmalige Sache. Vielleicht hatte der Prozess eine heilende Wirkung auf ihn gehabt. Er war ja selbst noch relativ jung, als die Sache passiert ist. Und das Verhalten des Mädchens ist doch auch nicht ganz klar gewesen, wenn ich das richtig gelesen habe.« Ihm war klar, dass er sich unglaubwürdig anhörte.

»Er war erwachsen, Monsieur le Commissaire, das waren keine Kinderspiele. Das war sexueller Missbrauch. Und was soll denn das heißen, das Verhalten des Mädchens war nicht ganz klar?! Glauben Sie allen Ernstes, dass ein zehnjähriges Mädchen einen Mann verführt?«

»Na ja, so hat er es doch ausgesagt.« Duval wusste, dass er sich wie ein Idiot anhörte.

»Monsieur le Commissaire, sie war ein Kind! Vermutlich traurig und ein bisschen einsam in einem Ferienlager. Die Eltern frisch getrennt. Sie kam sich vermutlich abgeschoben vor und sah ihre kleine Welt zusammenbrechen. Vielleicht suchte sie Trost und hat sich in den Arm nehmen lassen, was weiß ich. Vielleicht hat sie auch für Thibaut geschwärmt, der damals ein Foto- und Filmprojekt mit den Kindern durchgeführt hat. Thibaut hat sie fotografiert und gefilmt, das hat ihr vermutlich gefallen, aber ihr lolitahafte Verführung zu unterstellen, nur weil sie acht Jahre später, mit achtzehn Jahren, kokett wirkt. Damals war sie zehn, und wenn sie noch so niedlich war, sie war noch ein Kind! Da muss es doch für einen verantwortlichen Erzieher eine Grenze geben!«

Annie Chatel war aufgebracht.

»Sie haben recht, Sie haben recht, Annie.« Duval dachte an seine eigene Tochter. Wie gern sie mit ihm schmuste und sich auf seinen Schoß setzte. Machte sie das auch bei anderen Menschen? Bei Männern? Ihm wurde es heiß und kalt. Wenn je ein Dreckskerl das ausnutzte und sie anfasste, dann ...

»... Sie müssen zwischen den Zeilen lesen. Und einmal ist keinmal. Ich bin sicher, er ist Wiederholungstäter.«

Er hatte die Hälfte dessen, was Annie Chatel gesagt hatte, nicht gehört.

»Vielleicht hat er sich therapieren lassen«, hörte er sich sagen. Was für einen Mist erzählst du da, Duval? Er konnte selbst nicht glauben, was er sagte.

»Was? Wieso sollte er? Das glaube ich nicht. Er sagte doch

aus, sie habe ihn angemacht. Ich bitte Sie. Ein zehnjähriges Mädchen! Der hatte keinerlei Unrechtsbewusstsein. Und er ist doch freigesprochen worden, wieso sollte er dann eine Therapie machen? Und Pädophilen mit einer Therapie zu helfen, das gab es vor mehr als zwanzig Jahren noch gar nicht. Und wie viele machen das heute? Therapie ist doch in weiten Kreisen immer noch verpönt. Gerade bei Männern.«

»Hm«, machte Duval.

»Vielleicht nicht bei Ihnen«, fügte sie versöhnlich hinzu.

Duval dachte daran, dass er die von Hélène verordnete Paartherapie auch als höchst überflüssig betrachtet hatte und auch nie zu den vereinbarten Terminen gegangen war. Wie hätte er einem Menschen, der nichts von seinem Beruf verstand, erklären sollen, dass er vergessen hatte, seine Kinder von der Schule abzuholen? Und das, obwohl er es morgens versprochen hatte. Aber da hatte er auch noch geglaubt, er hätte einen ruhigen Tag vor sich, könnte ein bisschen Bürokram erledigen, und dann kam es unverhofft anders und um halb fünf war er mitten in einem Einsatz und eben nicht an der Schulpforte. Als Polizist hatte er eben keinen gemächlichen *nine-to-five-job*, bei dem er pünktlich den Griffel fallen lassen konnte. Erklär' das mal jemandem ...

»... ich würde da mal wühlen an Ihrer Stelle, Sie haben doch andere Möglichkeiten, um an die Gerichtsakten zu kommen.«

Duval hatte den Eindruck, schon wieder nur die Hälfte von dem gehört zu haben, was Annie Chatel gesagt hatte. Wind kam auf und die Wellen wurden heftiger. »Lassen Sie uns zurückgehen«, schlug er vor. Als sie sich wieder dem Ausgangspunkt näherten, war er hin- und hergerissen zwischen dem Wunsch, mit ihr noch mehr Zeit zu verbringen, und dem Bedürfnis, so schnell wie möglich eine Suche zu veranlassen.

Was hätten sie vielleicht bereits alles an Filmmaterial finden können, wenn man nur schon mal richtig und in der richtigen Richtung gesucht hätte? Sie näherten sich den Strandrestaurants. Er wollte es von ihrer Antwort abhängig machen.

»Trinken wir noch was? Haben Sie noch einen Moment ...?«

»Gern. Wenn *Sie* noch Zeit haben ...«

Wie auf das Stichwort klingelte sein Telefon. Es war Villiers.

»Wo sind Sie, Monsieur le Commissaire?«

Wenn er etwas hasste, war es diese Frage.

»Was gibt's?«, fragte er stattdessen zurück.

»Wenn Sie nicht allzu weit weg sind, ich meine nur, also vielleicht möchten Sie dann mit Thibauts Filmcrew sprechen? Die sind jetzt hier und warten auf Sie.«

»Merde!«, Duval schlug sich auf die Stirn. »Die hatte ich völlig vergessen. Ich komme«, er zögerte kurz, »sagen wir ...«, er warf einen Blick auf Annie Chatel, die noch immer mit den Turnschuhen in der Hand Wellen über ihre Füße plätschern ließ. Er sah auf die Uhr, »ich komme in einer halben bis dreiviertel Stunde. Die Herren müssen noch einen Moment warten, ich brauche hier noch etwas Zeit«, erklärte er dann vage.

»In Ordnung, Monsieur le Commissaire.«

»Villiers«, rief Duval in sein Telefon, bevor Villiers auflegen konnte.

»Ja?«

»Hören Sie, haben wir schon was aus Paris gehört wegen der Auswertung von Thibauts Rechner und wegen des Filmstudios? Rufen Sie gleich noch mal diesen jungen Mann an, der das Notebook untersucht hat. Christoph Martin oder wie er heißt.«

»Wegen Paris, keine Ahnung, Monsieur le Commissaire.

Ich kümmere mich drum. Aber der Kollege heißt Christoph Marin.«

»Marin, Martin, egal. Der soll sich alles noch mal genauestens ansehen.«

»Gut. Suchen wir jetzt was Bestimmtes?«

»Vielleicht böse Filme mit kleinen Mädchen.«

»Scheiße!«

»Ja.«

»Gut, ich leiere das an. Kommen Sie dann hierher?«

»Ich brauche hier noch einen Moment, aber dann komme ich.«

»Ist sie hübsch?«

»Wie bitte?«

»Die Journalistin.«

»Villiers, machen Sie sich an die Arbeit.«

»Jawoll, Chef.«

Duval schlenderte hinüber zu Annie Chatel.

»Sie haben keine Zeit mehr, vermute ich.«

»Doch, doch. Nicht ewig, aber ich bin mitten im Gespräch mit einer wichtigen Informantin, *n'est-ce pas*? Kommen Sie, wir trinken noch was. Wo möchten Sie hingehen?«

Sie sah ihn lächelnd an. Etwas in seinem Inneren begann zu vibrieren.

»Lassen Sie uns hierbleiben«, schlug sie pragmatisch vor, »alle netten Orte in Cannes sind übervoll mit den Festivaliers, und bis wir jetzt noch irgendwohin gefahren sind ... und Sie haben ja nicht soo viel Zeit, auch wenn ich natürlich eine wichtige Informantin bin ...« Sie grinste spitzbübisch.

»Einverstanden.«

Sie gingen ein paar Schritte im Sand zwischen den in Reih und Glied aufgestellten Liegestühlen hindurch. Hier waren sämtliche Sitzpolster und die Sonnenschirme gelb-weiß gestreift. Im Restaurant nebenan war hingegen alles blau-weiß gemustert. Ein Angestellter des Restaurants klappte gerade die Sonnenschirme neben den Liegestühlen zusammen. Der Wind war zu stark. Nur eine Dame mittleren Alters ließ sich davon nicht stören und las auf ihrem Liegestuhl versunken in einem Roman. Dann standen sie vor der langen Holzterrasse des ersten Strandrestaurants. Zur Rechten waren die Tische bereits für das Abendessen gedeckt, auf der anderen Seite saßen zwei junge Frauen, nur bekleidet mit Sonnenbrille, Bikini und einem Stück Stoff um die Hüften. Sie plauderten, tranken Café, rauchten, tippten auf ihren Mobiltelefonen herum und zeigten sich dann gegenseitig lachend Fotos oder Nachrichten. Ab und zu riefen sie ermahnende Worte zu zwei Kindern, die etwas weiter weg im Sand spielten.

»Wo möchten Sie sitzen?«

»Ein bisschen geschützt, ich mag es nicht so, wenn der Wind mir kleine Sandkörnchen in den Mund weht, während ich spreche.«

Der Wind zerrte tatsächlich an den noch offenen Sonnenschirmen und der halb herausgefahrenen Markise des Restaurants. Auf einem der gedeckten Tische fiel ein Glas um und eine Papierserviette wehte davon. Möwen überflogen kreischend das Restaurant und wiegten sich im Wind.

»Setzen Sie sich am besten hierher«, ein Kellner kam aus dem niedrigen Flachbau und zeigte auf einen Tisch, der etwas zurückgesetzt vor der Fassade stand. »Hier sind Sie etwas geschützt und haben einen schönen Blick«, er wies mit einer umfassenden Handbewegung auf das Meer mit den weißen Jachten und Richtung Esterelgebirge, »und draußen können Sie auch rauchen.«

»Rauchen Sie?«, wandte Duval sich an Annie Chatel.

»Nein, aber der Tisch ist gut.«

»Gut, dann bleiben wir hier. Was möchten Sie trinken? Oder vielleicht möchten Sie ein Eis?«

»Was nehmen Sie?«

»Für mich einen Pastis, das ist einfach.«

»Gut, dann nehme ich ein Glas Rosé.«

Der Kellner, der in der Nähe gewartet hatte, wiederholte fragend: »Einen Pastis, einen Rosé?«

»Ja, einen 51, wenn Sie haben.«

Der Kellner nickte.

»Gibt es wirklich einen Unterschied zwischen Ricard und 51?«

»Sie trinken keinen Pastis, oder?«

»Nein.« Sie schüttelte den Kopf und verzog ein bisschen das Gesicht.

»Sehen Sie.«

»Sie wollen sagen, es ist eine Frage des Geschmacks?«

»Exakt. Ein bisschen so wie die Wahl zwischen Coca-Cola oder Pepsi Cola.«

Sie nickte.

Der Kellner stellte die Getränke und ein kleines Schälchen mit Knabbergebäck und Oliven auf den Tisch und klemmte das Rechnungszettelchen unter den Aschenbecher. »Zum Wohl!«, wünschte er.

Duval füllte das Glas bis oben hin mit Eiswasser auf. Dann hob er das Glas.

»*Santé*«, sagte er.

»*Tchin*«, sagte sie im gleichen Moment.

»Ich finde Ricard ein wenig bitterer, schwerer irgendwie, kann aber auch einfach Gewohnheit sein. Bei uns zu Hause gab es 51, also habe ich mich an 51 gewöhnt. Ich habe zwar gegen das meiste, das mein Vater mochte, rebelliert, aber die Vorliebe für diesen Pastis habe ich beibehalten.«

»Sie wirken gar nicht rebellisch.«

»Ach ...«, Duval winkte ab. Er hatte keine Lust, von seiner Jugend oder von den Querelen mit seinem Vater zu erzählen. »Sind Sie aus Cannes?«, fragte er stattdessen.

»Nein. Eigentlich komme ich aus Bordeaux. Also, dort bin ich geboren. Mein Vater stammte daher und hat dort von Anfang an für den *SudOuest* geschrieben. Nach der Scheidung fing meine Mutter an, in Hotels zu arbeiten. Meine Mutter hat eine Schwäche fürs Mondäne, so war es nur eine Frage der Zeit, bis wir in Biarritz landeten. Sie arbeitete als Zimmermädchen, als Aushilfe in der Küche, alles, was anfiel, Hauptsache, das Ambiente war luxuriös. Ich glaube, im Herzen fühlte sie sich wie Aschenputtel und wartete, während sie in der Küche Fisch ausnahm, heimlich auf den Prinzen. Aber sie hielt es nie lange irgendwo aus. Es ist immer besser dort, wo man gerade nicht ist, verstehen Sie?«

Duval nippte an seinem Pastis, nahm etwas Salzgebäck und nickte schweigend.

»So zogen wir immer weiter, irgendwann waren wir in Cannes und ich hatte das Nomadenleben satt. Ich wollte einmal irgendwo bleiben, Freundinnen haben, die Schule in Ruhe zu Ende machen, verstehen Sie? Und so blieb ich trotzig in Cannes hängen.«

Sie trank einen Schluck Rosé und schüttelte die Haare. Während sie sprach, hatte sie die kleine Papierserviette immer wieder eng zusammengerollt und knickte sie jetzt zusammen. Dann warf sie sie in den Aschenbecher.

»Wo lebt Ihre Mutter heute?«

»Meine Mutter hat die ganze Côte d'Azur abgeklappert, eine Zeit lang in Monaco gelebt und ist jetzt in Menton. Dort wohnt sie schon eine Weile. Sie lebt mit dem Besitzer eines kleinen italienischen Restaurants zusammen, das ist zwar nicht der erhoffte Luxus, aber er ist wirklich in sie verliebt und verwöhnt sie, nennt sie seine Prinzessin ...« Sie sagte das mit einem gewissen Spott.

»Na, dann hat sie den Märchenprinzen doch gefunden.«

»Ja, irgendwie schon. Ich hoffe, sie bleibt bei ihm. Er ist ein Netter.« Fügte sie versöhnlich hinzu. »Jetzt habe ich Ihnen schon wieder so viel aus meinem Leben erzählt, wirklich, ich bin sonst nicht so geschwätzig mit meinem Privatleben, entschuldigen Sie. Aber es ist natürlich Ihre Schuld«, fügte sie dann mit gespielt vorwurfsvollem Gesichtsausdruck hinzu.

»Wie bitte?«

»Na, haben Sie nicht vorhin gesagt, man soll den *flics*, oh Verzeihung, den Polizisten, meine ich, alles erzählen?! Das haben Sie jetzt davon.«

Duval war perplex.

»Keine Angst, ich scherze, Monsieur le Commissaire!«

Duval zog schweigend die Augenbrauen hoch und lächelte leicht. Er sah auf das Meer, hörte die Möwen, die Wellen, das Licht war wundervoll, so viele sanfte Blautöne, die ineinander übergingen. Der Wind jagte die Wolken zu eigenartigen Formationen über den Himmel. Er zwang sich, nicht auf die Uhr zu sehen.

»Sehen Sie den fetten Riesen da mit der knubbeligen Nase? Da!« Sie zeigte in den Himmel. »Jetzt ist er schon ganz dünn, gleich ist er weg, haben Sie ihn gesehen?«

»Ja.« Er war verblüfft, dass er sich so freute, gleichzeitig mit ihr einen Riesen in den Wolken gesehen zu haben.

»Als Kind habe ich mir Geschichten zu den Wolkenbildern ausgedacht«, sagte sie. »Das heißt, eigentlich mache ich das immer noch«, stellte sie fest.

Er musste lachen. Dann sah er doch auf die Uhr. »Jetzt muss ich leider los.« Er zog die Rechnung ein Stück unter dem Aschenbecher hervor, sah kurz darauf und legte dann ein paar Münzen auf den Tisch.

»Danke.«

»Ich bitte Sie, es war mir ein Vergnügen ...«

Sie gingen über den Strand zurück, dorthin, wo Annie Chatel ihre Vespa geparkt hatte.

»Praktisch«, sagte Duval.

»Ja, mit dem Auto ist es innerstädtisch manchmal eine Katastrophe. Vor allem während des Festivals und im Sommer sowieso. Das werden Sie noch merken.«

Duval nickte. »Hatte heute schon das Vergnügen.«

»Ha! Sehen Sie. Ich könnte Ihnen jetzt noch einen Vortrag über die besch... Verkehrspolitik dieser Stadt halten, das ist zurzeit mein Lieblings-Hass-Thema, aber na ja, vielleicht ein anderes Mal. Ich sehe schon, Sie sind gedanklich schon ganz woanders.«

»Ja, das stimmt.« Er konnte nicht aus seiner Haut. »Tut mir leid«, setzte er hinzu.

»Schon gut. Ich versteh's. Ich lasse Sie jetzt auch gehen. Also, *au revoir* und *bon courage* für Ihre Arbeit. Halten Sie mich auf dem Laufenden?«

Er druckste etwas herum. »Jeinja.«

»Gut, dann hätten wir das auch geklärt.« Sie grinste, setzte sich den Helm auf, startete den Motorroller, lächelte ihn noch einmal an, hob die Hand zum Gruß und brauste davon.

5

Duval hatte schlecht geschlafen. Das schien zur Gewohnheit zu werden. Bis zwei Uhr morgens hatte er gegrübelt, vor allem hatte er sich gedanklich mit Madame Marnier herumgeschlagen, die er am Vorabend spät noch aufgesucht hatte. Zunächst war sie hocherfreut, angetan von seinem Versuch, sie zeitnah auf dem Laufenden zu halten, als er jedoch auf den dringenden Verdacht auf sexuellen Missbrauch von Mädchen zu sprechen kam, wurde sie eisig.

Eine so alte Sache ausgraben zu wollen, die Thibaut im Nachhinein diskreditieren würde, wozu sollte das nutzen? Thibaut war tot, sie brauchten jetzt den Täter und keine schmutzigen Geschichten aus seiner Jugend, hatte sie ihn angeherrscht. Wenn er dazu nicht in der Lage sei, dann müsse sie selbst ermitteln. Oder andere Mittel suchen.

Duval fand das alles bizarr. Nature & Life sollte er nicht auf den Zahn fühlen, die Missbrauchsgeschichte sollte er ruhen lassen. Keiner Sache, die in seinem Kopf Alarm schlug, sollte er nachgehen. Er fragte sich, wie er zu einem Täter kommen sollte, wenn er nicht dort recherchieren konnte, wo er es für nötig hielt. Denn dass der Mörder von Thibaut sich eines Tages aus freien Stücken zerknirscht auf dem Kommissariat melden würde, konnte wohl ausgeschlossen werden. Ging es um ihn? Oder um Thibaut? Also, anders gesprochen, wollte man ihn hindern, seinen ersten Fall zu lösen, indem man ihm bewusst Steine in den Weg legte? Und warum? Um den *flic* aus Paris kleinzuhalten, oder um ihn zu einem Handlanger anderer zu machen? Oder durfte er wirklich nicht an Thibaut rühren? Und wenn ja, warum nicht? Oder beides? Er drehte in seinem Kopf alles hin und her und beschloss dann, dass er die kommenden Tage ein bisschen eigenwilliger ermitteln würde. Wenn sie ihm den Fall entziehen wollten, dann sollten sie wenigstens einen Grund dafür haben. Mit diesen Gedanken war er endlich eingeschlafen. Nun lag er wach in seinem Bett und dachte nach. Gut, sagte er dann zu sich selbst. So machen wir das.

Er sprang aus dem Bett. In der Küche stand er vor der leeren Kaffeedose. Mist. Auf einen weiteren ungenießbaren Kaffee in der Bar gegenüber dem Präsidium hatte er keine Lust. Aber welcher Laden hat wohl morgens um halb sieben Uhr geöffnet? Für den kleinen Supermarkt am Platz neben dem Gymnasium war es bestimmt noch zu früh. Vielleicht der kleine Tante-Emma-Laden, dachte er, der auf halber Strecke zum Strand lag. Geschäftchen dieser Art waren, in Paris zumindest, fast rund um die Uhr geöffnet. Ein kleiner Lauf dorthin würde ihm auf jeden Fall guttun.

Er zog seine Jogginghose an, ein Sweatshirt, die Laufschuhe und er steckte einen Schein in die Innentasche der Jogginghose. Dann lief er locker los, durch die Rue du Lac und die langen flachen Treppen der Escalier Continental hinunter. Er mochte den Blick, den man von dort auf das kleine Rondell voller Rosen auf der Place Stanislas hatte. Die Treppe selbst war von Mandelbäumen gesäumt. Der kleine Supermarkt gegenüber dem Gymnasium war natürlich noch geschlossen. Das kleine Bistro, das im Erdgeschoss eines rosafarbenen puppenstubengroßen Häuschens eingerichtet war und beinahe ausschließlich von den Gymnasiasten bevölkert wurde, war ebenfalls noch nicht geöffnet. Also beschloss er, bis zu dem kleinen Lädchen zu laufen, das an der großen Kreuzung am Ende der Schnellstraße lag. Er lief an der Mauer des Gymnasiums entlang, nahm die Brücke über die bereits stark befahrene Schnellstraße und sah schon von Weitem das Haus mit dem kleinen Tante-Emma-Laden einsam am Ende der Schnellstraße liegen. Rechts davon klaffte eine große Baulücke. Man konnte so neben dem Haus einen kleinen Ausschnitt vom Meer sehen. Wie lieblich der Blick auf das Meer war, Duval seufzte, zumindest, wenn man die Schnellstraße und die Baustelle ausblendete. Er lief dann nach rechts, leicht hügelab bis zu dem alten Haus, das wie ein Relikt vergangener Zeiten an der großen Kreuzung stand. *Epicerie Les deux Palmiers* war auf einem hässlichen großen rot-weißen Leuchtreklameschild zu lesen, das quer über dem Eingang hing. Von den zwei Palmen, die dem Laden oder dem Haus den Namen gegeben haben mochten, stand nur noch eine. Im Erdgeschoss war ein altmodischer Lebensmittelladen eingerichtet. Er war nicht erleuchtet, aber die Tür stand offen. Ein kleiner älterer Mann entlud einen Renault Kangoo, der auf dem Bürgersteig geparkt war, und trug gerade eine große Packpapiertüte in den Laden.

»Entschuldigung, guten Morgen, Monsieur ...«

Der kleine Mann drehte sich um und sah ihn überrascht an.

»Guten Morgen. Ich habe noch geschlossen. Ich lade nur aus.«

»Ja, das sehe ich. Aber ehrlich gesagt habe ich keinen Kaffee mehr zu Hause und ich dachte, vielleicht könnte ich bei Ihnen schon ...«, plötzlich kam er sich unendlich dumm und aufdringlich vor. Was interessierte es diesen Mann, ob er Kaffee zu Hause hatte und warum er nicht zum Einkaufen kam. Er stand vermutlich von acht bis acht im Laden, vielleicht noch länger, in aller Herrgottsfrühe machte er selbst seine Einkäufe, nur, damit ihn jetzt zusätzlich jemand um Viertel vor sieben um ein halbes Pfund Kaffee bat.

Der weißhaarige Mann lächelte.

»Ich kenne das, ohne Kaffee kann ich auch nicht arbeiten. Ich habe zwei Sorten, einen italienischen und einen französischen, welchen möchten Sie?«

»Keine Ahnung, ich nehme beide, dann habe ich eine Reserve.« Duval war erleichtert.

»Brauchen Sie noch etwas? Milch? Zucker? Die Zeitung? Oder möchten Sie vielleicht ein Schokocroissant? Oder ein Baguette? Habe ich gerade frisch vom Bäcker geholt ...«, er öffnete die große Packpapiertüte. Ein köstlicher Geruch nach frischen Backwaren strömte heraus.

»O, là, là, wunderbar. Ich nehme ein Schokocroissant, oder, ach was, ich nehme zwei. Ich bräuchte vermutlich noch ein paar andere Dinge, aber das kann ich jetzt nicht alles tragen. Den Kaffee und die Croissants nehme ich.«

»Warten Sie einen Moment.« Der alte Mann packte die zwei Schokocroissants vorsichtig in eine kleine Papiertüte und steckte sie zusammen mit dem Kaffee in eine kleine weiße Plastiktüte.

»Voilà.«

»Ach, danke, Sie wissen gar nicht, wie sehr ...«

Der Mann lächelte. »Schon in Ordnung.«

»Wie viel schulde ich Ihnen?«

»Zweimal Kaffee, zwei Schokocroissants ... macht acht vierzig, aber ehrlich gesagt habe ich die Kasse noch nicht eingerichtet, wenn Sie es nicht passend haben, würde ich Sie bitten, später wiederzukommen.«

»Ach, wissen Sie, ich würde das gern jetzt regeln, wenn ich erst mal im Dienst bin, dann neige ich dazu, alles andere zu vergessen. Was meinen Sie, warum ich keinen Kaffee mehr zu Hause habe? Ich denke tagsüber einfach nicht mehr daran. Und wenn ich daran denke, ist es zu spät oder zu früh zum Einkaufen. Gott sei Dank habe ich Sie erwischt und Sie sind so liebenswert, mir bereits etwas zu verkaufen, obwohl Sie eigentlich noch geschlossen haben.«

»Wissen Sie, das ist der einzige Vorteil, den ich gegenüber den großen Supermärkten habe.« Er zeigte auf einen riesigen Discounter, der sich etwa hundert Meter weiter auf der anderen Straßenseite befand. »Seit der dort ist, habe ich wirklich kaum noch etwas zu tun. Also muss ich mit guter Qualität und persönlichem Service punkten, *n'est-ce pas?*«

Duval überlegte.

»Wissen Sie was? Ich lasse Ihnen zwanzig Euro da, dann habe ich ein kleines Guthaben. Das ist mir lieber so als andersrum. So kann ich vielleicht, wenn ich in Zukunft morgens laufe, auf dem Rückweg etwas bei Ihnen mitnehmen, ohne, dass ich jedes Mal an Geld denken muss. Können wir das machen?«

»Natürlich. Gern. Wenn Sie möchten, ich kann aber auch warten ...«

»Nein, nein, ich möchte Ihnen wirklich nichts schuldig bleiben.«

»Gut. Warten Sie, ich schreibe Ihren Namen in mein Buch.« Er holte ein dickes Schreibheft aus einer Schublade und suchte eine freie Seite. »Wie ist Ihr Name?«

»Duval, Léon Duval. Ich wohne in der Avenue de Grasse ...«

»Kein Problem, Monsieur Duval, Sie haben bei mir jetzt ein Guthaben von elf Euro sechzig. Vielen Dank.«

»Ich danke! Sie haben mir wirklich den Tag gerettet.«

»Keine Ursache, Monsieur Duval, bis demnächst dann also. Ich wünsche Ihnen einen schönen Tag.«

»*Merci,* Monsieur, ich Ihnen auch!«

Duval lief langsam den Hügel wieder hinauf und war zufrieden. Der Tag schien gut zu werden. Und es gab noch nette Menschen. Nicht leicht, sich plötzlich mit einem Discounter vor der Tür wiederzufinden. Und das auf die alten Tage. Denn so jung war der nette Händler auch nicht mehr. Vermutlich hatte er noch ein, zwei Jahre bis zur Rente, in denen er versuchte, beruflich zu überleben. Er nahm sich vor, wirklich gelegentlich dort einzukaufen. Genauso wie er den kleinen Supermarkt neben dem Gymnasium unterstützen wollte, an dem er gerade vorbeilief. Er mochte das junge arabische Paar, das den Laden führte. Ok, Franzosen mit nordafrikanischem Migrationshintergrund, korrigierte er sich. Locker lief er die Stufen der Escalier Continental nach oben. Gut, es war kein wirklicher Lauf gewesen, aber immerhin hatte er sich ein bisschen bewegt. Er freute sich auf sein Frühstück und auf ein paar Takte Brassens.

Brassens sang vom schlechten Ruf, von der *mauvaise reputation,* und Duval fand die Worte, die er mitsummte, heute Morgen erstaunlich passend: *non les brav's gens n'aiment pas que, l'on suive une autre route qu'eux,* wer vom vorgeschriebenen Weg abweicht, macht sich nicht beliebt. Der Held des Liedes wurde wegen seiner Eigensinnigkeit am Ende gehenkt. Duval hoffte, dass es für ihn dann doch nicht so weit kommen würde.

Er würde nämlich versuchen, beide verbotenen Wege zu gehen. Nicht offiziell natürlich. Vielleicht mit Villiers, der nahm anscheinend auch hin und wieder mal verschlungene Pfade, lächelnd und ohne sich allzu sehr um die Regeln zu kümmern. Am Ende war es das Ergebnis, das zählte. Keiner wollte mehr so genau wissen, wie man da hingekommen war.

Die beiden engsten Mitarbeiter von Thibaut hatten ihm gestern tatsächlich bestätigt, dass ihnen, während sie im Tiefflug die Welt filmten, durchaus das eine oder andere vor die Linse geraten war, das nicht für ihre Augen bestimmt gewesen war. Der Film war ein hoch kompliziertes Projekt, das hatte Duval nun verstanden. Allein für die Filmaufnahmen hatten sie fast zwei Jahre gebraucht. Aber noch einmal so viel Zeit war für die Vorbereitung draufgegangen. Thibaut hatte für die gesamte Logistik und für die Genehmigungen bei allen Behörden von immerhin mehr als fünfzig Ländern der Erde einen großen Mitarbeiterstab angeheuert. Zunächst waren bei Weitem nicht alle Länder damit einverstanden, dass man ihr Land überflog. Die Länder, die dem Projekt grundsätzlich positiv gegenüberstanden, forderten aber dennoch gültige Visa aller Beteiligten und lange vorab beantragte Überfluganträge, die in diverse Sprachen übersetzt und mit mehreren Stempeln wichtiger Minister versehen werden mussten. Dann wurden Flugrouten geplant, die eingehalten werden mussten. Das alles kostete nicht nur Zeit und Nerven, sondern verschlang auch eine Menge Geld. Und abgesehen von den Helikoptern, dem Treibstoff, der Technik, den zig Hubschrauberpiloten, den Kameramännern und den anderen bezahlten Mitarbeitern auf der ganzen Welt wollten zusätzlich gern auch alle Grenzposten der Welt, alle Fluglotsen und selbst der Treibstofflieferant im entferntesten Winkel Alaskas von diesem vielversprechenden Projekt im Vorübergehen ein bisschen profitieren.

Hier hatte Duval eingehakt und war auf die Sponsorenfrage gekommen. Bemerkenswert war doch, dass der größte Teil der Produktionskosten eines Films zur Rettung der Natur und insbesondere des Regenwaldes von einem Luxuskonzern mit undurchsichtigen Produktionsbedingungen getragen wurde und ein weiterer, nicht unerheblicher Teil durch die Petro-Oil-Company finanziert worden war. Die Petro-Oil-Company wiederum war doch vor nicht allzu langer Zeit noch in einen großen Umweltskandal verwickelt. Warum machte man mit gerade diesen Sponsoren einen solchen Film? Beiden Mitarbeitern waren diese Fragen sichtlich unangenehm, auch wenn sie die Sponsorenfirmen in den höchsten Tönen lobten. Gerade der Luxuskonzern habe sich durch die Beteiligung an diesem Film öffentlich verpflichtet, seine Produktionsbedingungen zu revidieren. Und bei der POC, wie die Petro-Oil-Company bei ihnen hieß, herrsche nun ein anderer Geist. Der neue Aufsichtsrat hatte sich verpflichtet, sich nachhaltig für den Umweltschutz einzusetzen. Und sie investieren nun auch in sauberes Bio-Öl, ein begrüßenswertes Engagement, man müsse viel mehr davon sprechen, als immer nur die Umweltsünden einer anderen Epoche anzuprangern. Und, nein, es waren keine Bedingungen an das Sponsoring geknüpft. Sie zumindest wussten davon nichts. Das hatte alleine Thibaut ausgehandelt. Natürlich.

Gab es etwas, was sie aus Versehen gefilmt hatten, was so brisant war, dass man Thibaut dafür umbringen musste, wollte Duval nun wissen.

Die beiden Mitarbeiter waren skeptisch. Sie hatten tatsächlich alle viel gesehen. Und man hatte ihnen mehr als einmal unterstellt, eigentlich Spionage zu betreiben. Das fing schon an, wenn die Regierenden gewahr wurden, mit welcher Kamera das Team filmte. Sie hatten eine Cineflex V14, eine Kamera, deren Technik ursprünglich für das Militär zu Aufklärungszwecken entwickelt worden war. Sie sitzt unter der Pilotenkanzel des Hubschraubers, ist in fast alle Richtungen drehbar und hat ein Objektiv, das fast 30 Zentimeter durchmisst. Infolgedessen musste nach Beendigung der Filmaufnahmen natürlich sämtliches Filmmaterial vorgelegt werden. Aber auch ohne dass militärisches Gelände oder Gefängnisse aufgenommen worden waren, fielen die Politiker, die die Bilder betrachteten, buchstäblich aus allen Wolken, wenn sie sahen, wie genau und was man tatsächlich von oben alles sah. Indische Frauen am Brunnen, Senegalesen auf einer riesigen Müllhalde, schmutzige Ölfelder in Nigeria. Die indische Zensur hatte daraufhin fast die Hälfte der Bilder konfisziert, die man in ihrem Land aufgenommen hatte, zu viel Armut war darauf zu sehen. In China wurde der Film komplett verboten. Und selbst die dem Projekt aufgeschlossenen Vereinigten Staaten waren *not amused*, dass sie quasi im Vorüberfliegen unerlaubt industrielle Rindermast gefilmt hatten. In die USA durfte Thibaut vorerst nicht mehr einreisen, aber das brauchte ihn jetzt auch nicht mehr zu kümmern. Aber sie hatten keine unerlaubten Bilder veröffentlicht. Hatte Thibaut vielleicht Bilder zurückgehalten, um ein Druckmittel zu haben? Beiden Männern schien das unwahrscheinlich. Möglich, natürlich, aber unwahrscheinlich. Duval hatte das vage Gefühl, dass einer der beiden noch etwas auf dem Herzen zu haben schien, aber gestern hatte er ihn nicht mehr dazu gebracht, es zu erzählen. Es war seine Schuld. Er ärgerte sich ein wenig. Er war zu ungeduldig gewesen. Er wollte Madame Marnier noch aufgesucht haben und er war gedanklich auch durch Annie Chatel und die mögliche neue Wendung des Falles beansprucht gewesen. Immer schlecht, wenn man dem Menschen, dem man gerade gegenübersitzt, nicht die ganze Aufmerksamkeit schenkt und ihm nicht das Gefühl vermittelt, nur für ihn da zu sein mit aller Zeit der Welt. Diese leisen Wellen von Ungeduld und Unaufmerksamkeit spürt der Befragte sofort und lässt sich davon mittragen. *Tant pis,* er war eben auch nur ein Mensch, sagte sich Duval.

Immer alles 100-prozentig unter Kontrolle zu haben, das gab es nur im Film. Diese amerikanischen Polizeiserien, die allabendlich das Fernsehprogramm bestimmten, zeigten immer nur leistungsfähige Menschen, die niemals müde oder unkonzentriert waren. Manchmal aßen sie etwas, aber nie sah man sie einkaufen, Wäsche waschen, Kinder trösten oder mit ihrem Partner das Wochenende verbringen. Man blendete das normale Leben einfach aus. Als sei ein Polizist niemals Privatperson, immer nur *flic*.

Duval goss sich eine weitere Tasse Kaffee ein, rührte ein Stück Zucker hinein und tunkte das zweite Schokocroissant ein. Wirklich lecker. Brassens sang in der Zwischenzeit fröhlichere Töne von den Jungverliebten, die sich auf den öffentlichen Bänken ganz ungeniert küssten und von den Passanten manch schrägen Blick dafür ernteten. Duval brummte mit vollem Mund und bewegte den Kopf halbwegs im Takt dazu. *Les amoureux qui se bécôtent sur les bancs publics, bancs publics, bancs publics* ... Brassens am Morgen tat ihm einfach gut.

Er würde diesen Marc Picard noch einmal vorladen. Diesmal alleine und er würde in aller Ruhe mit ihm sprechen, nahm er sich vor. Und er wollte trotz allem die Akte Thibaut aus Mont-de-Marsan anfordern. Vielleicht fand er darin irgendeinen Hinweis, einen Namen, der ihn weiterbringen würde. Er verstand nicht, warum sie in Paris so gar nichts gefunden hatten. Er würde noch einmal jemanden in die Wohnung und das Studio schicken. Die Mädchenfotos ließen ihn nicht mehr los. Wenn Sie nur damals schon gewusst hätten, was sie suchten. Die Villa im Luberon sollten sie auch noch einmal genauer unter die Lupe nehmen.

Sein Mobiltelefon klingelte. Es war Villiers.

»Ja?«

»Wo sind Sie, Commissaire?«

Warum wurde man das immer gefragt, wenn man auf dem Mobiltelefon angerufen wurde? Er hasste diese Frage.

»Zu Hause«, sagte er dann.

»Zu Hause?«

»Ja, ich denke nach. Was gibt's?«

»Hier ist eine junge Frau, die jemanden auf dem Dach des Palais gesehen haben will, Sie wissen schon, zu besagter Zeit am Tag X.«

»Tatsächlich?« Duval war elektrisiert. »Und warum fällt ihr das jetzt erst ein?«

»Sie hatte wohl Angst um ihren Job. Sie hatte sich unerlaubt von ihrem Posten wegbewegt und hatte wohl ein Techtelmechtel mit einem der Jungs von der Security.«

»Morgens um halb neun?«

»Das können Sie sie ja selbst fragen. Kommen Sie?«

»Bin schon unterwegs.«

»Commissaire?«

»Ja?«

»Sie ist zuckersüß.«

»Oh, Villiers, reißen Sie sich zusammen, ich hoffe sie hört sie nicht.«

Er eilte zu Fuß zum Polizeipräsidium und hatte tatsächlich daran gedacht, seine Wäsche mitzunehmen, um sie auf halbem Weg in der kleinen Wäscherei abzugeben. Solange er noch niemanden hatte, der gelegentlich bei ihm aufräumte, war das vermutlich die einfachste Möglichkeit, an saubere Wäsche und gebügelte Hemden zu kommen. Er müsste nur daran denken, sie auch wieder abzuholen. Die Öffnungszeiten immerhin waren großzügig bemessen. Man hatte wohl an berufstätige Menschen gedacht.

»Soll ich auch bügeln?«, fragte die kleine blonde Frau, als sie seine Tüte durchsah und seine Wäsche schwungvoll in einen Korb warf.

Duval nickte. »Ja, bitte.«

»Gut, kann ich für heute Abend fertig machen. Ab 18 Uhr. Ich bin bis 20 Uhr hier«, sagte sie und steckte energisch, noch während sie mit ihm sprach, Wäsche aus einem anderen Korb in eine frei gewordene Maschine.

»Danke, ich hoffe, ich schaffe es bis 20 Uhr.«

»Ich gebe Ihnen meine Karte. Rufen Sie an. Ich wohne über dem Laden. Wenn es nicht ganz spät ist, kann ich auch noch einmal runterkommen. Ansonsten kommen Sie morgen früh vorbei.«

»Danke, Sie sind sehr nett.«

»Sie auch.« Sie lächelte charmant.

»Da wäre ich nicht so sicher«, Duval lachte.

»Och«, sagte sie, »ich denke schon.« Sie zwinkerte ihm zu. »Gut, dann bis heute Abend. *Bonne journée.*«

»*Bonne journée.*«

Ein netter *Epicier*, eine reizende Wäscherin und eine junge Frau, die jemanden auf dem Dach des Palais gesehen hatte.

Der Tag fing definitiv gut an. Er pfiff vergnügt ein paar Takte Brassens, während er eilig die letzten Schritte zum Präsidium lief.

In seinem Büro fand Duval eine verweinte junge Frau vor. Sie hatte dunkles, halblanges lockiges Haar, einen hellen Teint, große, erschrocken schauende Augen und einen leichten Schmollmund. Sie war vielleicht zwanzig Jahre alt und Villiers hatte recht, sie war wirklich hübsch. Duval war gleich noch besser gelaunt. Eine Zeugin und so ansehnlich.

»*Bonjour,* Mademoiselle«, sagte er freundlich, setzte sich schwungvoll hinter seinen Schreibtisch und warf den Rechner an. Sie schnüffelte vor sich hin.

Er schob ihr eine Box mit Papiertaschentüchern zu. Sie sah ihn mit großen Augen an und nickte dankend.

»Möchten Sie einen Kaffee?«

»Ja, bitte.«

Duval erhob sich und holte ihr selbst einen Becher Kaffee aus dem Automaten, den er vor sie auf den Tisch stellte.

»Danke.« Sie nahm ihn und trank einen Schluck, roch daran, verzog das Gesicht und stellte ihn dann ab.

»Gut, dann erzählen Sie mal. Warum kommen Sie erst heute?«

Sie begann auf der Stelle zu weinen. Duval seufzte. Ok, keine Vorwürfe, schalt er sich, sei froh, dass sie da ist. »Trinken Sie einen Schluck Kaffee, Mademoiselle«, sagte er dann betont freundlich, »und dann fangen wir mal ganz langsam an.«

Sie nickte und nippte folgsam am Kaffee.

»Sie heißen?«

»Marine Bourdet.«

»Gut, Mademoiselle Bourdet. Wann sind Sie geboren? Wo wohnen Sie?«

Die junge Frau machte halbwegs gefasst ihre Angaben, die Duval direkt in den Rechner tippte.

»Zunächst, als was arbeiten Sie im Palais?«

»Ich bin *hôtesse* oder *placeuse,* also ich überprüfe entweder die Karten der Ankommenden vor den Eingängen zum großen Saal oder ich bin im Saal und schicke die Leute in die richtige Reihe, also so, dass der Saal systematisch gefüllt wird.«

»Gut, und was haben Sie an jenem Vormittag gemacht?«

»Karten kontrolliert.«

»Gut. Und dann?«

»Dann sagte ich, ich müsse aufs Klo und wolle eine rauchen, also ging ich nicht mit den anderen in den Saal, sondern nach oben in den letzten Stock.«

»Warum?«

»Weil ... *huhuuu* ...«, sie fing erneut an zu weinen.

»Ganz ruhig, Mademoiselle. Trinken Sie einen Schluck.«

Sie nahm den Becher in die Hand, roch wieder daran und trank einen winzigen Schluck, dann stellte sie ihn wieder ab. Gefasster sagte sie:

»Weil ich dort eine Verabredung mit Diego hatte.«

»Diego. Das ist Ihr Freund?«

»Ja, nein, ja. Er ist nicht wirklich mein Freund. Noch nicht. Jetzt vermutlich sowieso nicht mehr.« Sie fing wieder an zu weinen.

»Mademoiselle, bitte ...«

»Er wollte nicht, dass ich zur Polizei gehe, weil er sonst seinen Job verliert, wenn rauskommt, dass er nicht an seinem Platz war.«

»Diego macht was?«

»Er ist ... *huhuuuu* ... bei der Security.«

»Aha. Diego wie?«

»Oh nein, Sie dürfen ihn nicht vorladen. Dann bringt er mich um.«

»Was für ein sympathischer Mann.«

»Er ist temperamentvoll. Spanier. Also Halbspanier. Und auch Halbitaliener. Seine Mutter ist Spanierin und sein Vater ...« Sie begann eifrig, sich in den Details der Herkunft ihres Freundes zu verlieren. Duval stoppte sie sofort.

»Mademoiselle Bourdet, eins nach dem anderen. Vergessen wir vorerst den Namen Ihres Freundes. Sie sind also aufs Klo und dann eine rauchen? Oder haben Sie das nur so gesagt und sind direkt nach oben gegangen? Um wie viel Uhr war das?«

»Nein, ich war wirklich auf dem Klo und dann bin ich nach oben gegangen. Das war, nachdem die Türen zu waren. Also kurz nach halb neun etwa.«

»Und was haben Sie dann gemacht?«

»Wir haben uns im letzten Stock getroffen, Diego hat die Tür zum Dach aufgeschlossen und wir haben da oben geraucht und na ja ...«, sie stockte.

»Die Aussicht genossen?!«, versuchte Duval zu ergänzen.

»Jaa, na ja, nicht ganz ... Sie verstehen schon, oder?«

»So in etwa kann ich es mir vorstellen. Und was passierte dann?«

Sie riss die Augen auf. »Muss ich das sagen?«

»Deswegen sind Sie doch hier, oder?« Duval verstand dieses Mädchen nicht.

»Na ja«, stotterte sie dann, »also wir saßen da oben und Diego sagte, dass ich sehr süß bin und ...«

Duval stoppte sie fast erschrocken. »Nein, Mademoiselle, DAS müssen Sie mir nicht alles erzählen. Sie haben doch jemanden gesehen dort oben?«

Sie nickte.

»Na also, das will ich wissen.«

»Ach so. Also ich sah, wie jemand auf uns zulief. Ich sagte zu Diego, ›Diego, da kommt einer‹.«

»Wie spät war es da? Wissen Sie das?«

Sie nickte eifrig. »Es war kurz vor zehn, ich habe immer mal wieder auf die Uhr gesehen, weil ich um Viertel nach zehn wieder am Platz sein wollte.«

»Und dann?«

»Diego hat sich umgedreht, aber der Mann hat uns auch gesehen und sich umgedreht. Er machte die Tür auf und verschwand.«

»Er machte welche Tür auf?«

Sie sah ihn an, als sei er schwer von Begriff. »Na, die Tür, die zum Treppenhaus führt.«

»Aha. Schauen Sie mal, Mademoiselle, wir haben hier einen Plan. Also wir können natürlich auch ins Palais fahren und das direkt überprüfen, aber vielleicht können Sie es schon auf dem Plan erkennen.« Duval blätterte in dem Ordner, den er von Lambert bekommen hatte. »Hier. Schauen Sie. Hier ist der Ausgang zum Dach, Sie haben vermutlich hier gesessen. Er tippte auf eine Stelle auf dem Plan. Wenn Sie von dort ins Innere des Palais sehen, dann sind dort mehrere Türen. Sehen Sie? Hier, hier und hier.«

Marine Bourdet nickte.

»Und Sie meinen, er ist durch diese Tür hier verschwunden?« Duval zeigte auf die Zeichnung.

Sie nahm den Plan an sich und drehte ihn zu sich herum. Sie starrte darauf und überlegte.

»Ich weiß nicht. Ich dachte, er sei zum Treppenhaus gegangen.«

»Sie vermuten also nur, dass er zum Treppenhaus ging?«

»Na, wo soll er denn sonst hingegangen sein?«

»In einen der Räume vielleicht.«

»Ach so?!«

»Sind Sie oder Ihr Freund ihm denn gefolgt?«

»Äh, na ja, also Diego ist aufgestanden und hat ins Treppenhaus geguckt, aber der Mann war wohl schon weg. Dann ist er zurückgekommen.«

Na wunderbar, dachte Duval. Die Sicherheit war dem jungen Mann trotz seines Jobs wohl nicht so wichtig. Was glaubte dieser junge Mann denn, wofür er bezahlt wurde? Um in Ruhe auf dem Dach zu knutschen?

»Gut, lassen wir das. Sie haben aber ganz sicher einen Mann gesehen?«

Sie nickte.

»Wie sah er aus? Würden Sie ihn wiedererkennen?«

»Ein Mann, ja, aber ich weiß nicht, ob ich ihn wiedererkennen würde. Ich war etwas geblendet von der Sonne. Er sah ganz normal aus.«

Normal. Wie schön, dachte Duval. »Wie normal denn?«, fragte er dann: »Normal alt? Normal jung? Normal groß? Klein? Dick, dünn? Schwarz? Weiß?«

Marine Bourdet war verwirrt. »Oh, ich weiß es wirklich nicht, ich habe ihn doch nur so kurz gesehen. Normal eben.«

»Größer als Sie? Größer als Ihr Freund?« Duval sah Villiers vorbeilaufen. »Villiers, kommen Sie doch mal rein.«

»*Oui*, Monsieur le Commissaire?«

»Ich brauche Sie als Beispiel.«

»Aber immer gerne.« Villiers strahlte hocherfreut.

Ich hätte jemand anderen nehmen sollen, dachte Duval. Nun gut, zu spät. Er wandte sich an die junge Frau. »Hier haben wir den normalen Commandant Villiers, er ist relativ jung und relativ groß. Wie groß sind Sie, Villiers?«

»Einssiebenundachtzig.«

»Danke. Sehen Sie. War der Mann etwa so groß wie Villiers?«

Villiers lächelte charmant, während er sich in Positur warf. Ich hätte wirklich jemand anderen nehmen sollen, dachte Duval erneut.

»Nein, viel kleiner«, sagte sie und sah Villiers an. Unter seinem Blick senkte sie die Augen. »Aber wir haben auf dem Dach gesessen.«

»Gut, das heißt, er stand Ihnen nicht direkt gegenüber, aber er war kleiner als Villiers.«

»Und dicker. Also nicht dick, aber nicht so lang und schmal wie er«, sie sah Villiers an, »also nicht wie Sie, meine ich.« Villiers lächelte und sie wurde rot.

»Ist LeBlanc in seinem Büro?«, fragte Duval.

»Ich denke. Soll ich ihn holen?«

»Bitte.«

Eine Minute später standen LeBlanc und Villiers vor dem Commissaire und der jungen Frau. LeBlanc sah ein bisschen ungepflegt aus, sein Hemd war schlecht gebügelt und aus der Hose gerutscht, er hatte übernächtigte Augen und war unrasiert. Duval überlegte, ob seine Frau ihn schon wieder verlassen hatte.

»Sah der Mann, den Sie gesehen haben, etwa so aus? Also von der Größe, der Statur?«

»Ja. Ja, doch.« Die junge Frau starrte den Polizeibeamten an.

»Aha, LeBlanc, dann sagen Sie mir doch mal, was Sie zur Tatzeit gemacht haben?«

»ICH? Monsieur le Commissaire?«

»Nein, war ein Scherz, LeBlanc. Wie groß sind Sie?«

LeBlanc räusperte sich: »Einen Meter, *ähm*, siebenundsechzig.«

»Danke, LeBlanc, Sie können gehen, Villiers, Sie auch. Aber bleiben Sie beide in der Nähe, ich brauche Sie gleich.«

Er wandte sich an Marine Bourdet.

»Also, so ähnlich wie Kollege LeBlanc sah der Mann aus?«

»Ja, aber sein Gesicht habe ich nicht gesehen.«

»Und wie bewegte er sich? Ist Ihnen da etwas aufgefallen? Ist er gerannt?«

»Ich weiß nicht, es ging so schnell.«

»Er war schnell verschwunden?«

»Ja.«

»Hatten Sie den Eindruck, dass er sich auskannte?«

»Ja. Das heißt, ich weiß nicht. Es ging alles so schnell. Ich hatte das Gefühl, er wollte aufs Dach, aber als er uns sah, drehte er sich um und war sofort weg.«

»Trug er etwas bei sich. Haben Sie etwas gesehen?«

»Ich weiß nicht. Vielleicht.« Sie überlegte, dann erschrak sie und riss die Augen noch weiter auf: »Sie meinen die Waffe?«

»Haben Sie eine Waffe gesehen?«

»Ich weiß nicht. Ich glaube nicht, nein.«

»Und Ihr Freund, der bei der Security arbeitet, ist ihm nur bis zur Tür nachgegangen, aber nicht weiter?«

Sie nickte. »Diego meinte, das war vielleicht nur jemand, der auch auf dem Dach rauchen wollte.«

So eine Pfeife, dachte Duval. »Gut, dann würde ich jetzt gerne mit Ihrem Freund sprechen.«

»Muss das sein?«

»Ja, das muss sein, Mademoiselle, Sie verstehen es vielleicht noch nicht richtig, aber wir haben einen Mord aufzuklären.«

»Können Sie das, also ich meine, können Sie das heimlich machen?«

»Heimlich? Sie meinen diskret, ohne dass sein Arbeitgeber etwas erfährt?«

Sie nickte.

»Tja, das weiß ich nicht, das hängt aber auch von ihm ab. Sagen Sie ihm, er soll sich bei uns melden, umgehend. Sonst rufe ich seinen Chef an.«

»NEIN!«

Duval wurde ungeduldig und sagte in strengem Ton: »Aber

sicher, Mademoiselle! Wir haben einen Mord aufzuklären, verstehen Sie, was das heißt? Jemand ist umgebracht worden. Das ist ein Verbrechen. Wir sind im echten Leben. Wir müssen den Täter finden, bevor er vielleicht noch jemanden umbringt. Verstehen Sie das? Und wenn Ihr Freund etwas gesehen hat, muss er uns das sagen!«

Marine Bourdet sah ihn mir großen Augen an: »Aber er hat bestimmt gar nichts gesehen«, beteuerte sie dann, »er saß doch mit dem Rücken zu ihm. Er hat sich erst umgedreht, als ich ihm gesagt habe ›da kommt einer‹.«

»Schauen Sie, Mademoiselle«, Duval versuchte geduldig zu bleiben, »auch wenn Ihr Freund vielleicht einen schlampigen Dienst gemacht hat an diesem Tag, so ist er doch Mitglied der Security. Er könnte in einem Sekundenbruchteil etwas wahrgenommen haben, was Sie nicht gesehen haben. Vielleicht hat er den Mann sogar erkannt? Also sagen Sie ihm, er möge sich mit uns in Verbindung setzen, und zwar sofort, sonst rufe ich seinen Chef an.«

»Dann werden sie ihn feuern und, und ...«, sie fing erneut an zu weinen, »er wird mich umbringen.«

»Nun, vielleicht ist es wirklich besser, wenn er sich einen anderen Job sucht, aber wenn er uns hilft, will ich gern ein Wort bei O'Reilly für ihn einlegen. Sagen Sie mir jetzt seinen Namen?«

»Diego Sanchez-Marinaldi«, sie zögerte »oder nein, Marinaldi-Sanchez.«

»Aha. Danke. Ich glaube übrigens nicht, dass er Sie umbringen wird. Aber wenn Sie solche Angst vor ihm haben, würde ich mir noch einmal überlegen, ob er der richtige Mann für Sie ist, wenn Sie erlauben, dass ich Ihnen das sage ...« Er sah sie ernst an. »Sie sind noch sehr jung. Es gibt noch andere Männer.«

Sie wurde rot und senkte die Augen.

Was rede ich da, sie wird glauben, dass ich sie anmache, dachte Duval ... Er räusperte sich und sagte dann in neutralem Ton und ohne sie direkt anzusehen: »Würden Sie das bitte noch einmal durchlesen und unterschreiben, wenn alles so richtig ist ...«, er reichte ihr das ausgedruckte Protokoll.

Sie las das Protokoll durch, nickte und unterschrieb es.

»Gut, Mademoiselle Bourdet, vielen Dank, und es war richtig, dass Sie gekommen sind. Sie waren uns eine große Hilfe.« Was sagt man nicht alles, um junge Menschen zu motivieren, auf dem rechten Weg zu bleiben.

»Echt?« Sie sah ihn mit ungläubigen Augen an.

»Ja.« Er setzte noch eins drauf. »Sie haben uns ein gutes Stück weitergebracht. Wenn wir den Mord aufklären, dann auch dank Ihrer Hilfe.«

»Echt?«

»Ja, echt, Mademoiselle«. Duval lächelte sie an. Sie war wirklich sehr niedlich.

Sie lächelte. »Ich werde Diego sagen, dass er kommen soll.«

»Tun Sie das, Mademoiselle.«

»Das werde ich.« Sie sah entschlossen aus. »*Au revoir,* Monsieur le Commissaire.«

»*Au revoir,* Mademoiselle.«

»Villiers?«

Der Commandant hatte wohl vor der Tür gewartet und kam sofort.

»War die nicht süß, Commissaire?«

»Sehr süß, aber ein bisschen dumm«, knurrte Duval.

»Och ...«, machte Villiers, »Intelligenz bei Frauen wird oft überbewertet.«

Duval zog amüsiert die Augenbrauen hoch. »Lassen Sie

das nicht Leroc hören. Holen Sie mir mal die anderen, Villiers, bitte.«

Villiers nickte und kurz darauf standen er, LeBlanc, Leroc, Gaspard und Molinard in Duvals Büro.

»Wir haben eine Zeugin ...«

»Eine süße Zeugin«, unterbrach Villiers und schnalzte mit der Zunge.

Die Männer grinsten, Léa Leroc stöhnte und Duval schickte einen strafenden Blick zu Villiers, »... die zum Tatzeitpunkt mit ihrem Freund auf dem Dach des Palais knutschte«, fuhr er fort und sah Villiers dabei streng an, der aber keinen Mucks mehr von sich gab, »und die immerhin mit Gewissheit dort oben einen Mann gesehen hat. Dieser Mann, ein Mann, so viel ist wohl sicher, wollte vermutlich übers Dach verschwinden. Da der Zugang jedoch von unserem turtelnden Pärchen versperrt war, drehte er sich um und ging sehr wahrscheinlich schnurstracks zu dieser Tür«, er tippte wiederum auf den Plan, »und verschwand im Treppenhaus. Ich denke, dieser Mann ist unser Täter. Gesehen haben will die Zeugin einen Mann, der ein bisschen so aussah von Statur und Größe wie Kollege LeBlanc.«

Alle starrten LeBlanc an, dem das sichtlich unangenehm war. Er räusperte sich, streckte sich und sah an sich herunter. Dann steckte er sein Hemd in die Hose und fuhr sich verlegen über sein unrasiertes Kinn.

»Und offenbar kannte der Mann sich aus. Vielleicht erfahren wir bald etwas mehr von dem Freund der jungen Dame, vielleicht auch nicht. Scheint keine Leuchte zu sein. Diego Sanchez heißt er, vielleicht können wir schon mal rauskriegen, wo der junge Mann wohnt?! Rufen Sie gleich O'Reilly von der Security an, so geht's wahrscheinlich am schnellsten. Ich möchte, dass wir uns jetzt konkret auf die Techniker konzentrieren, denn ich glaube, wir finden den Täter dort. Gehen Sie auch noch einmal alle Technikeraussagen durch und versuchen Sie sich zu erinnern, wie die Techniker, die Sie befragt haben, ausgesehen haben. Ganz lange dünne Männer können wir wohl ausschließen, Frauen auch. Wenn ich mal die Kernaussage der Zeugin wiederholen darf, wir suchen einen ›normalen‹ Mann.«

»Super!« Léa Leroc lachte auf.

Duval sah auch sie streng an. »Also bitte, und los. Ich werde ein bisschen telefonieren und gehe dann noch einmal ins Palais. Villiers, vielleicht kommen Sie dann mit?!«

Villiers nickte. Die Mannschaft zog sich aus dem Büro zurück.

»Emilia?«

»*Oui*, Monsieur le Commissaire?«

»Emilia, ich würde gerne Marc Picard, den Mitarbeiter von Thibaut, noch einmal sprechen. Können Sie mir den schnellstmöglich herbestellen?«

»Mache ich sofort, Monsieur le Commissaire.«

»Danke Ihnen.«

Duval lehnte sich in seinem Stuhl zurück und ließ den Clip eines Kugelschreibers schnalzen. Er sah auf die Uhr. Ein bisschen Zeit blieb noch für diesen Vormittag, genug für eine kleine Internetrecherche.

Sie standen im letzten Stock vor dem Notausgang, der zum Dach des Palais führte. Maurice Lambert entriegelte die Tür und öffnete sie weit. Duval trat durch die Tür ins Freie und war für einen Moment überwältigt. Dieses Blau. Der unerwartete Blick auf den wolkenlosen blauen Himmel und das azurblaue Meer mit den weißen Schaumkrönchen auf den Wellen berührte ihn stark. Kein Wunder, dass der junge Mann seine Auserwählte hier treffen wollte. Die Aussicht, die man ihr so zu Füßen legte, machte ein Mädchen vermutlich automatisch verliebt. Die Sonne schien bereits stark und das weiße Dach des Palais des Festivals reflektierte das Licht. Duval war zufrieden, ausnahmsweise hatte er an seine Sonnenbrille gedacht, und nun setzte er sie auch auf. Dann drehte er sich um und blickte durch die Tür ins Innere. Für einen Sekundenbruchteil sah er gar nichts. Er wusste, dass Villiers und Lambert dort standen, aber er sah nur zwei schemenhafte Gestalten. Na, prima, wie viel hatte Marine wirklich gesehen, fragte sich Duval. Dann setzte er sich auf das kleine Sims und sah wieder nach innen. Gut, mit der Sonne von der Seite war er nun weniger geblendet. Aber es war auch schon deutlich später am Tag. Er überlegte, wo in etwa die Sonne um Viertel vor zehn gestanden hatte.

»Monsieur Lambert, ich würde gerne etwas ausprobieren. Darf ich Sie bitten, von dort etwa«, er zeigte auf den Zugang zur Technikbühne des großen Saals, »auf mich zuzukommen, und dann drehen Sie sich irgendwann um und gehen Richtung Treppenhaus. Könnten Sie das machen?«

»Ich, Monsieur le Commissaire?«

»Na ja, wir sind ja nur zu dritt hier oben, einer von Ihnen sollte es tun. Warum nicht Sie?«

Lambert nickte und verschwand folgsam im Hintergrund. Duval versuchte sich vorzustellen, wie ein verliebtes Mädchen ihrem Angebeteten tief in die Augen sah und dabei plötzlich etwas aus den Augenwinkeln wahrnahm. Er drehte den Kopf. Monsieur Lambert war nicht zu sehen. Er war bereits hinter der Treppenhaustür verschwunden, und Duval hatte nicht einmal gesehen, wie er sich dem Ausgang genähert hatte.

»So war es nicht. Ich habe nicht den Hauch einer Gestalt erhaschen können. Können wir das Ganze noch einmal langsamer machen? Und kommen Sie näher an die Tür.«

»Aber ICH sehe Sie bereits von Weitem«, gab Lambert zu bedenken. »Wenn ich über das Dach hätte verschwinden wollen, und ich sehe, dass da Menschen sitzen, wäre ich doch nicht noch näher gekommen. Dann wäre ich gleich zum Treppenhaus gegangen. Oder zum Aufzug.«

»Auch wieder wahr. Lassen Sie uns mal das Treppenhaus ansehen. Gibt es dort eine Möglichkeit, etwas zu verstecken?«

»Eine Waffe meinen Sie?«

»Zum Beispiel.«

»Ich weiß nicht. Es gibt auf dieser Etage ein Oberlicht, aber es ist mit einer großen Schraube verschlossen. Man muss schon sehr groß sein, um dieses Fenster einfach so aufzumachen. Ich zeige es ihnen. Aber zunächst möchte ich hier wieder die Tür verschließen. Kann ich? Oder möchten Sie noch einmal aufs Dach?«

»Nein, nein, machen Sie nur.«

Die drei Männer standen im Treppenhaus unter dem Dachfenster, das wie ein großes Bullauge aussah. Nur Villiers erreichte gerade so die Schraube. Drehen konnte er sie jedoch nicht.

»Gut, ich konstatiere, ohne Hocker oder Tritt kann man es als normal großer Mensch nicht in aller Eile öffnen. Unsere Zeugin hat einen eher kleinen gedrungenen Mann erkannt, oder sagen wir, sie glaubt, einen solchen erkannt zu haben.« Er fing allerdings gerade an, den Wahrheitsgehalt dieser Zeugenaussage zu bezweifeln. »Nun, der Täter ist bereits irritiert, weil sein geplanter Fluchtweg von unserem Pärchen versperrt ist, und ist jetzt vermutlich auf einem alternativen Weg treppab. Ob er wusste, wo er hinlief, oder sich spontan auf dem Weg nach unten entscheidet, was er macht, ist unklar. Aber er wird sich nicht noch mit zusätzlichen Basteleien aufhalten wollen, und dass er ein Klapphockerchen mit sich herumgetragen hat, halte ich für abwegig. Außerdem konnte er ja nicht wissen, dass der turtelnde Securitymann ihm nicht nachlaufen würde. Der Täter wollte sicher nur so schnell wie möglich verschwinden.«

Duval drehte sich im Treppenhaus um seine eigene Achse und betrachtete die leeren weißen Wände. Nichts erregte seine Aufmerksamkeit.

»Lassen Sie uns mal runtergehen«, sagte er dann.

Sie befanden sich vor der Sicherheitstür zur darunterliegenden Etage. Duval hörte dahinter Stimmengewirr, öffnete sie und stand im Flur zwischen Hunderten von Menschen.

»Hier findet gleich eine Pressekonferenz zum neuen Film von Steven Spielberg statt«, erklärte Lambert. »Dort in diesem Saal.« Er zeigte auf einen Saal zur Linken, dessen Doppeltüren gerade von zwei beige gekleideten Hostessen weit geöffnet wurden. Die Menschen strömten schnatternd hinein.

»Erwarten einen auf jeder Etage so viele Menschen?«

»Das kommt darauf an.« Lambert bewegte den Kopf hin und her. »Je nachdem, wie die Säle belegt sind.«

»Was müsste der Täter tun, um ungesehen hier rauszukommen und sich seiner Waffe zu entledigen?«

Lambert sah ihn merkwürdig an. »Wieso fragen Sie mich das?«

»Weil Sie sich hier vermutlich am besten auskennen, Monsieur Lambert. Ich denke, unser Täter hat sich auch gut ausgekannt, und vermutlich kennen nur Sie sich noch besser aus in diesem Gebäude und wissen, was, wann und wo stattfindet.«

Lambert überlegte einen Moment.

»Im fünften und im dritten Stock gibt es zusätzlich zu den vertikalen Treppenhäusern eine Querverbindung. Ich würde aber von hier aus die Treppen bis ganz nach unten gehen. Bis ins Depot.«

»Warum?«

»Um ungesehen zu verschwinden, ist es einfacher, sich ganz unten unter die Leute zu mischen und mit ihnen das Gebäude zu verlassen.«

»Ja, aber stellen Sie sich vor, er trägt noch seine Waffe mit sich herum. Die trägt er durch sämtliche Stockwerke nach unten? Bis ins Depot sind es wie viele Etagen? Neun?« Lambert nickte bestätigend. »Er riskiert hier doch noch viel mehr, gesehen zu werden, und kann sich nirgends verstecken.«

»Ja.« Lambert nickte nachdenklich. »Aber nur, wenn er seine Waffe noch hat. Vielleicht hatte er sie schon nicht mehr?«

»Wo hat er sie dann gelassen?«

Lambert zuckte die Achseln. »Vielleicht hat er sie gar nicht mit aus dem großen Saal genommen?«

»Aber ohne seine Waffe ist der Täter doch sowieso unauffällig und könnte auch im Innern des Palais herumspazieren, ohne bemerkt zu werden. Dann müsste er nicht auffällig-unauffällig übers Dach verschwinden«, mischte sich Villiers jetzt ein.

»Aber dann müsste er später noch einmal zurückkommen, um sie zu holen«, ergänzte Duval.

»Vielleicht ist sie noch da?«

»Meinen Sie?«

Lambert wirkte verwirrt. »Warum fragen Sie mich das alles?«

»Schon gut, Monsieur Lambert, vergessen Sie's. Lassen Sie uns ins Depot gehen, wie Sie vorgeschlagen haben.«

Die Männer gingen die Treppe hinunter. Nur wenige Menschen nutzten dieses Treppenhaus, das in erster Linie dem Evakuierungsfall diente. Die Festivalbesucher nahmen das offizielle Treppenhaus oder den Aufzug. Im fünften Stock kam ihnen ein Securitymann im schwarzen Anzug entgegen, der in sein Funkgerät sprach. Er sah sie prüfend an und machte eine Geste wegen des fehlenden Badges. Duval und Villiers zeigten ihre Dienstausweise, der Securitymann blickte darauf, nickte und setzte seinen Weg nach oben fort, während er weiter in sein Funkgerät sprach.

Duval bat Lambert, den Notausgang zu öffnen. Er ging hinaus und stand auf einer ähnlich kleinen Plattform, wie es sie im obersten Stock gab. Nur der Blick war bereits weniger spektakulär. Wobei – so schlecht war er auch von hier nicht, korrigierte Duval seine Gedanken, nur irgendwie irdischer, weniger Weite, weniger Blau, auch wenn man das Meer noch sah. In erster Linie fiel der Blick auf den Hafen und die Jachten, die dort eng nebeneinanderlagen und nur von den kugeligen Fendern davor bewahrt wurden, sich aneinander zu scheuern. Weiter hinten sah man die Häuser der Altstadt liegen, die sich auf dem Hügel dicht zusammendrängten. Darüber thronte die Festung, von der die französische Flagge flatterte. Überall wuselte es von Menschen. Der Wind wehte ihm den Lärm der Stadt zu.

Links von der Feuertreppe führte ein kleiner, leicht geschwungener Steg zu einem weiteren Gebäude hinter dem Palais, das sich je nach Kongress und Platzbedarf ebenfalls in einen Ausstellungsbereich verwandeln konnte und im Sommer zusätzlich einen begehrten Nachtklub beherbergte.

Während des Festivals befanden sich hier natürlich auch Stände der Aussteller für die Film-Messe.

»Monsieur Lambert ...«, wandte er sich an den Cheftechniker, der gerade aufgeregt in sein Mobiltelefon sprach.

»Ja. Ja, sage ich, Herrgott noch mal. Dann lass' es so, wie es ist. Ich kann's nicht ändern. Ja, ich komme gleich.« Lambert klappte verärgert sein Telefon zu und sah Duval an. »Ich muss jetzt wirklich weitermachen. Brauchen Sie mich noch lange?«

»Nein, sicher nicht mehr lange. Ich weiß es sehr zu schätzen, dass Sie sich die Zeit nehmen. Ein, zwei Fragen noch, bitte. Zunächst: Wie kommt man dorthin?« Er wies auf den Steg.

»Über eines der offiziellen Treppenhäuser, hier gleich links. Der einzige Übergang zwischen diesen beiden Gebäuden übrigens.«

»Commandant Villiers«, Duval wandte sich an seinen jungen Kollegen, der gedanklich etwas abwesend schien.

»Ja, Chef?« Villiers zuckte zusammen.

»Gehen Sie das mal ab, bitte. Achten Sie auf alles – vor allem auf eine Möglichkeit, eine Waffe verschwinden zu lassen. Wir treffen uns später unten.«

»Jawohl, Chef.«

»Und lassen Sie den Chef weg.«

»Jawohl ... äh ... jawohl, Commissaire.«

»Sie wären aber bis ins Depot gegangen?«, nahm Duval die Überlegungen mit Maurice Lambert wieder auf.

Lambert zuckte die Achseln, wirkte aber zusehends gereizt. »Ja, vielleicht. Vielleicht auch nicht. Ich weiß es nicht. Das war meine erste Idee.«

»Gut, Monsieur Lambert, etwas anderes noch. Haben Sie nicht gesagt, Sie wären in der Nacht der Vorpremiere von Thibauts Film dabei gewesen?«

»Eine Vorpremiere ist das nicht, Monsieur le Commissaire. Das ist der Technikabgleich VOR der Premiere, in diesem Fall war die erste Vorstellung um 8.30 Uhr für die Presse sogar die Vorpremiere, weil der Film ganz offiziell erst abends um 23 Uhr gelaufen ist.«

»Meinetwegen, Technikabgleich. Sie waren aber anwesend?«

»*Oui*, Monsieur le Commissaire.«

»Was passiert denn da genau? Wie läuft das ab?«

Lambert seufzte und sah nervös auf das Display seines Mobiltelefons. »Wissen Sie, ich habe wirklich anderes zu tun ...«

»Erklären Sie es mir ganz kurz und einfach«, bat Duval. »Ich verstehe von den technischen Details sowieso nichts. Nur damit ich mir vorstellen kann, was da nachts los ist.«

»Also gut, damit der Film im Palais bei seiner offiziellen Vorstellung läuft wie am Schnürchen, muss er vorher eingepasst werden. Man lässt den Film in der Regel am Vorabend der Premiere einmal durchlaufen und sieht, was nicht ganz perfekt ist. Licht, Ton, das Passerkreuz muss exakt zentriert sein, verstehen Sie?«

»Nicht ganz, die Filme sind doch schon fertig?«

Lambert lächelte leicht: »Ja, natürlich, aber wissen Sie, das ist so, wie wenn Sie Ihre Urlaubsfotos, die Sie auf Ihrem PC schön bearbeitet haben, auf einem anderen Rechner zeigen. Oder davon Papierabzüge machen lassen. Plötzlich stimmen die Farben nicht mehr. Oder, anderes Beispiel, Sie hören Ihre Lieblings-CD auf einer anderen Stereoanlage und mit anderen Boxen. Es klingt plötzlich anders, nicht mehr so vertraut. So ähnlich ist das mit den Filmen auch. Jeder filmt ja mit anderem Material und hat in seinem Studio diese oder jene Technik. Dort ist es perfekt, aber wenn der Film dann auf unserer Anlage läuft, auch wenn es die modernste Technik ist, dann stimmt plötzlich die Helligkeit nicht, Sie finden das Blau zu blass oder das Grün zu rotstichig oder die Musik klingt zu metallisch. Ein Film ist ja ein Zusammenspiel von Licht, Farben, Ton. Das ist natürlich alles nur für den wirklich sichtbar, der den Film gemacht hat. Wir versuchen das in der Regel so einzupassen, dass es insgesamt harmonisch ist. Aber die Filmemacher sind superpenibel mit allem. Manche sind völlig daneben. Besoffen schon allein vom Umstand, in Cannes dabei zu sein. Die sitzen dann im Saal und brüllen alle naselang, dass dies nicht passt oder das nicht. Und wollen, dass man noch zig Sachen verfeinert. Wenn wir auf die hören würden, würden wir nie fertig. Die sehen ja nur ihren eigenen Film, dass wir noch jede Menge andere in der Nacht bearbeiten müssen, ist denen wurscht.«

»Haben Sie das auch für Spielberg gemacht?«

»Für Spielberg?«

»Ja, Steven Spielberg, Sie sagten doch gerade, dass eine Pressekonferenz zu seinem Film stattfindet.«

»Nicht dieses Mal. Aber ich habe das schon ein paarmal mit ihm gemacht, ja.«

»Wie ist Spielberg denn so?«

»Wie er ist?«

»Ja, zum Beispiel bei dem Technikabgleich. Sie sagten doch, die Filmemacher seien eher unangenehm.«

»Nicht Spielberg. Spielberg ist pünktlich, wach, aufmerksam und diszipliniert. Es ist eine Freude, mit ihm zu arbeiten. Er ist sehr professionell und immer freundlich. Steven Spielberg stellt sich jedem Mitarbeiter mit Handschlag vor und sagt: ›Hi, ich bin Steven Spielberg.‹ Unglaublich, oder? Als würde man ihn nicht erkennen.«

Lamberts Mobiltelefon piepte. Er sah auf das Display und fuhr sich nervös durch die Haare.

»Und Thibaut?«

»Thibaut?« Lambert zuckte unmerklich zusammen.

»Wie war Thibaut? Im Unterschied zu Spielberg. Sie haben den Technikabgleich mit ihm gemacht, nicht wahr? Gab es irgendein besonderes Vorkommnis?«

»An was denken Sie?«

»Ach, Monsieur Lambert, ich denke an gar nichts. Ich frage Sie. Gab es etwas Besonderes? Ist Ihnen etwas aufgefallen? War Thibaut gut gelaunt? Gereizt? Hat er mit Ihnen gesprochen?«

Lambert lachte kurz auf. »Ob er mit mir gesprochen hat? Der? Da kennen Sie ihn aber schlecht!«

»Ich kenne ihn gar nicht, Monsieur Lambert. Was ist so belustigend an der Frage?«

»Thibaut kam spät und war ziemlich betrunken. Die Zusammenarbeit war dementsprechend.«

»Wie denn?«

»Nicht besonders ersprießlich.« Lambert sprach nun knapp und sehr konzentriert.

»Und er hat nicht mit Ihnen gesprochen?«

»Nein.«

Es piepste erneut. Monsieur Lambert sah auf sein Mobiltelefon.

»Ich muss jetzt wirklich ...«

»Natürlich, Monsieur Lambert, gehen Sie. Entschuldigen Sie, dass wir Sie so lange aufgehalten haben. Wir sehen uns noch ein bisschen um, wenn Sie erlauben.«

»Jaja. Machen Sie nur. Auf Wiedersehen, Monsieur le Commissaire.«

Duval sah Lambert nachdenklich hinterher.

Dann rief er im Präsidium an.

»Duval hier, Emilia, haben Sie mitbekommen, ob der Securitymann sich gemeldet hat? Nein? Fragen Sie mal rum und rufen mich dann an?«

Kurze Zeit später rief Emilia ihn zurück.

»Commissaire, ja, Mister O'Reilly hat sich gemeldet, er bittet um Ihren Rückruf. Haben Sie seine Nummer? Und Marc Picard habe ich für 14 Uhr bestellt. Dann können Sie in Ruhe noch was essen gehen.«

»Ich weiß nicht, ob das mit dem ›In-Ruhe-was-essen-Gehen‹ realistisch ist, aber danke für Ihre Fürsorge, und ich meinte eigentlich den Freund unserer kleinen Zeugin von heute Morgen. Diego irgendwas.«

»Nein, davon weiß ich nichts, Monsieur le Commissaire. Soll ich Ihnen die Nummer von O'Reilly geben?«

»Ja, bitte.«

Duval wählte die Nummer, die er von seiner Sekretärin erhalten hatte, während er sich durch die Menschenmenge zum Hafen durchschlug. Vor dem Casino, das in einem Seitenflügel des Palais des Festivals integriert war, standen am helllichten Tag bereits schwarze Limousinen. Alles war großräumig abgesperrt. Ein unscheinbares kleines Drehkreuz neben der Zollstelle war die einzige Möglichkeit, zum Kai zu kommen. Menschen drängelten sich davor, und Duval wartete ungeduldig, bis er sich ebenfalls hindurchzwängen konnte. Er lief den Kai entlang, zu den Jachten, die er vom fünften Stock aus gesehen hatte, und suchte von dort mit den Augen die Stelle an dem Gebäude, an der er vor Kurzem gestanden hatte. Es war schwierig, sich zurechtzufinden, das klobige, komplett weiß verkleidete Gebäude des Palais war vieleckig und verschachtelt. Im weitesten Sinne konnte man eine

Fächerform darin erkennen. Im fünften und dritten Stock lagen ausladende Terrassen, die erstaunlich üppig begrünt waren. Dazwischen lagen verspiegelte Fensterfronten. Er suchte die Notausgänge, die von hier jedoch nicht zusehen waren. An jeder der vielen Ecken des Palais führte eine Feuertreppe senkrecht nach unten. Er sah den kleinen Steg, der vom fünften Stock zum dahinterliegenden Gebäude führte. Aufmerksam betrachtete er die Fassade.

»Monsieur O' Reilly? Duval hier. Sie haben angerufen?«

»Hello, Monsieur le Commissaire. Ich wollte Sie informieren, dass ich alle meine Leute durchgecheckt habe. Ich bin auf einen unzuverlässigen Knaben gestoßen, ich kann natürlich nicht mit Sicherheit sagen, dass gerade er die Kontrollen am Eingang vermasselt hat, aber ich denke, ich werde ihn feuern. Unzuverlässigkeit geht in dem Metier gar nicht.«

»Lassen Sie mich raten: ein gewisser Diego?«

»Exakt. Sie kennen ihn? Einschlägig bekannt?«

»Erzähle ich Ihnen gleich. Berichten Sie ruhig weiter.«

»Wie gesagt, Diego Marinaldi-Sanchez. Ein Taugenichts. Also im Securitybereich zumindest. Ich hatte schon Zweifel, als ich ihn eingestellt hatte, aber ich habe mich bequatschen lassen. Hab jemandem einen Gefallen getan, der mir mal einen Gefallen getan hat, Sie kennen das vielleicht. Aber immer, wenn ich ein guter Mensch sein will und jemandem eine Chance gebe, werde ich verarscht. Haben Sie was Konkretes gegen ihn?«

»Ja, nein, nichts Kriminelles, aber er nahm sich wohl am Tag X eine kleine Auszeit während des Dienstes und war just in dem Moment auf dem Dach des Palais, als unser Täter vermutlich ebenfalls dort hinwollte. Wenn Ihr Diego ein bisschen heller gewesen wäre, hätte er aus seinem geschwänzten

Dienst fast noch ein Heldenstück machen können, wenn er nämlich dem Typen nachgelaufen wäre, statt gemütlich in der Sonne neben seiner Freundin sitzen zu bleiben. Ich wollte, dass er sich als Zeuge meldet. Vielleicht hat er ja trotzdem was gesehen. Bislang hat er das nicht getan. Ich dachte, Sie wollten mit mir darüber sprechen.«

»Oh *Fuck*«, O'Reilly fluchte. »DAS wusste ich nicht mal! So ein *fucking idiot*. Wirklich unglaublich. Gut, das war's für ihn. Wissen Sie, ich verstehe das nicht. Die Jungs verdienen ein Schweinegeld während des Festivals. Ich hätte gedacht, sie wären ein bisschen motivierter für ihren Job. Also gut, die meisten sind hoch motiviert. Aber dieser Diego war nur vom Ambiente des Festivals angezogen, hoffte wohl, für einen James-Bond-Film entdeckt zu werden, oder was weiß ich. Der scharwenzelte nur um die Produzenten herum. Und um die Mädels. Ich kann Ihnen da Sachen erzählen ...«

»Ich will's gar nicht wissen. Sie werden sich von ihm trennen?«

»Na, sicher, fristlos, was glauben Sie? Mit solchen Leuten gefährdet man seine ganze Existenz.«

»Können Sie mir seine Kontaktdaten mailen? Ich werde den Knaben vorladen. Ich wollte sogar noch nett und diskret sein, weil seine kleine Freundin mich darum gebeten hat, stellen Sie sich das vor.«

O'Reilly lachte. »Wird gemacht. Welche der Damen war's denn?«

»Oh, gibt es mehrere? So ein Kartenabreißmädchen, Marine heißt sie. Da wird sie aber enttäuscht sein, dass sie nicht die Einzige ist. Die immerhin war heute endlich da, um zu sagen, was sie vor fünf Tagen gesehen oder vor allem nicht gesehen hat.«

»Gut, Monsieur le Commissaire. Ich mache hier weiter. Läuft's gut bei Ihnen? Finden Sie den Täter?«

»Wir arbeiten dran.«

»Dann *good luck!*«

»Danke. Auf Wiedersehen, denken Sie an die Daten von Diego ...«

»Schon dabei. Wiedersehen, Commissaire.«

Duval rief umgehend Emilia an.

»Emilia, schauen Sie gleich mal in meinen Rechner. Da müsste O'Reilly Angaben zu einem gewissen Diego Marinelli-Sanchez geschickt haben. Ja, ich warte. Wie? Marinaldi-Sanchez, na gut, der ist es auf jeden Fall, ja. Bestellen Sie mir den mal ein. Sofort. Ja, danke.«

Duval stand vor den auf Hochglanz polierten Jachten und verwarf seine Idee sofort wieder. Er hatte kurz überlegt, ob einer der Bootsbesitzer vielleicht etwas gesehen haben könnte.

Die Jachten lagen dicht an dicht mit dem Heck zum Kai. Fast alle hatten im offenen Heck eine kleine Terrasse eingerichtet, und auf manch einer dieser Terrassen saßen Menschen, tranken Champagner oder Kaffee und plauderten. Das Ganze wirkte bizarr. Der Luxus der Jachten wurde durch die Enge, in der hier Bootsterrasse neben Bootsterrasse lag, geradezu ad absurdum geführt. Es schien aber niemanden zu stören. Die Bootsbesitzer exhibitionierten sich auf ihren Terrassen unverdrossen, und die Menschen, die am Kai entlangspazierten, starrten die Bootsbesitzer unverhohlen an, sei es, um einen Hauch vom Luxusleben zu erhaschen, sei es, um eventuell eine Society-Persönlichkeit zu erblicken.

Nein, dachte Duval, die Menschen, die auf den Booten draußen sitzen, wollen vor allem selbst gesehen werden. Die,

die vorbeilaufen, starren wiederum nur in die Boote. Einen müßigen Rentner, der sein Kreuzworträtsel auf der Bootsterrasse löst und dabei aufmerksam den Blick schweifen lässt, suche ich hier vergebens.

Er betrachtete erneut die Fassade des Palais und rief dann Villiers an. Er freute sich, ihn endlich mal mit der Frage konfrontieren zu können, die er selbst so hasste.

»Wo sind Sie, Villiers?«

Villiers schien diese Frage jedoch gar nicht zu stören. Wie aus der Pistole geschossen antwortete er: »Auf dem Dach des Gebäudes hinter dem Palais. Hier ist eine richtige Grünanlage mit einem kleinen Ententeich, ich stochere gerade drin herum. Vielleicht müsste das mal jemand richtig machen …«

»Später, Villiers, später. Jetzt gehen Sie erst mal zurück, dahin, wo Sie hergekommen sind. Mir ist da was aufgefallen.«

»Wo sind Sie, Commissaire?«

Man kam um diese Frage nicht herum.

»Am Kai direkt neben dem Palais. Quai Albert Edouard, wenn ich richtig gesehen habe.«

»Gut, ich gehe los.«

Kurz darauf sah Duval eine kleine Gestalt über den Steg gehen. Duval rief ihn erneut an.

»Passen Sie auf, ich habe von hier etwas gesehen, das aussieht wie Lüftungsschächte. Ich kann nicht erklären, warum die mich so interessieren, aber ich hätte gern, dass Sie die mal anschauen. Es geht um einen Raum, ich vermute im vierten Stock, er liegt unter einer dieser vorgebauten Terrassen, warten Sie, ich zähle mal, ja, ich denke, der Raum ist im vierten Stock. Darunter liegt ein Saal mit einer Reihe Fenstern. Diese Lüftungsschächte sind quasi direkt über den

Fenstern, die unter dieser Terrasse liegen, aber es sieht so aus, als gäbe es eine Verbindung mit der Terrasse. Das kommt am ganzen Gebäude nur hier vor. Also, soweit ich das von hier sehen kann. Da sind mehrere lange, rechteckige Kästen, die mit Lamellen verkleidet sind. Einer davon sieht komisch aus, so, als ob eine Lamelle beschädigt ist. Ich dirigiere Sie mal hin. Sie gehen von der Brücke aus nach links, dann ein Stockwerk tiefer. Finden Sie das?«

Kurz darauf rief Villiers zurück.

»Und?«, fragte Duval erwartungsvoll.

»Sie kommen besser her, Commissaire.«

Die Kollegen von der Spurensicherung hatten den Saal geräumt und abgesperrt und jede Menge Menschen standen aufgeregt und diskutierend auf dem Flur herum. Das Gerücht einer Bombenentschärfung machte die Runde und löste kurzzeitig eine Panik aus, die dazu führte, dass die meisten Menschen fluchtartig verschwanden.

Tatsächlich hatten sie keine Bombe im Lüftungsschacht entdeckt, aber ein Taubenpärchen hatte den Weg durch die beschädigten Lamellen gefunden und sich im Inneren des Schachtes auf die Gründung einer Familie vorbereitet. Ihr Nest hatten sie unter anderem mit einem schwarzen Stück Filz gebaut, auf dem eine Taube nun hartnäckig sitzen blieb und aufgeregt gurrte. Und zwischen den Federn, dem Staub und einer dicken Schicht Taubenkot hatte vor Kurzem offensichtlich noch etwas ganz anderes gelegen.

»Zufall«, sagte Duval. Es war nur Zufall, dass er ausgerechnet auf diesen Lüftungsschacht aufmerksam geworden war, und auch nur, weil diese schräg hängende Lamelle eine unordentliche Stelle an der ansonsten akkuraten Gebäudefassade gebildet hatte. Dass der Täter sich im Inneren ausgerechnet diesen Schacht ausgesucht hatte, um seine Waffe zwischenzulagern, war vermutlich ebenso Zufall. Die Klappe fiel einem bei der leichtesten Berührung fast von selbst entgegen und man sah ihr bereits Gebrauchsspuren an. Vermutlich hatte man sie schon häufiger geöffnet, um die Tauben zu vertreiben, die sich jedoch dank der beschädigten Lamellen auf der Außenseite immer wieder dort niederließen. Das große Stück Filz, das die Tauben sich angeeignet hatten, war noch nicht allzu lange in ihrem Besitz. Es hatte vermutlich dazu gedient, die Waffe zu schützen. Als der Täter die Waffe wieder entfernen wollte, sah er sich vermutlich, ähnlich wie die Spurensicherung, im Kampf mit den Tauben, die darauf ihr erstes Ei gelegt hatten und es nun laut gurrend verteidigten. Man konnte sehen, dass jemand zumindest versucht hatte, den Stoff herauszuziehen, Schleifspuren hinterließen eine saubere Strecke zwischen all dem Staub und Kot. Während die Kriminaltechniker den Schacht auf Fingerabdrücke untersuchten, hatten sich Duval und Villiers auf ein schnelles Sandwich am Kiosk niedergelassen. Von wegen in Ruhe essen. Duval wartete auf sein Pan Bagnat und versuchte LeBlanc zu erreichen. Dann Molinard. Vergeblich.

»Wo sind die denn, Herrgott noch mal?«

»Vermutlich im *Pacific*, Monsieur le Commissaire. Es ist Mittagszeit.«

»*Merde*. Ich würde auch gerne mal wieder richtig zu Mittag essen.« Er sah auf die Uhr. »Na gut, ein andermal«, sagte er, denn man hatte ihm sein Pan Bagnat serviert, in das er gierig hineinbiss.

Sein Mobiltelefon klingelte. Mit vollem Mund nahm er das Gespräch an.

»Hm«, nuschelte er.

»Sie haben angerufen, Monsieur le Commissaire?«

»Hm.«

»Monsieur le Commissaire?«

»Ja«, sagte Duval endlich halb erstickt, er hatte zu viel Thunfisch auf einmal geschluckt. »Wo sind Sie, LeBlanc?« Er hörte lautes Stimmengewirr.

»Im *Pacific.*«

»Aha, na dann Guten Appetit.« Duval war ironisch. Aber LeBlanc schien es nicht zu merken.

»Danke, wir sind schon beim Dessert.«

»Wunderbar. Sind Molinard und Gaspard auch da?«

»Jawohl, Monsieur le Commissaire.«

»Gut, hören Sie, und sagen Sie es den anderen beiden auch, ich brauche ein bisschen mehr über diesen leitenden Techniker des Palais. Maurice Lambert. Irgendwas gefällt mir da nicht. Befragen Sie mal seine Kollegen, seine Nachbarn. Versuchen Sie auch seine frühere Frau zu finden. Ich will alles wissen.«

»In Ordnung. Wir trinken nur noch den Kaffee.« LeBlanc klang ganz entspannt.

»Oh, lassen Sie sich ruhig Zeit, LeBlanc, das eilt ja nicht«, ätzte Duval ironisch.

»Geht in Ordnung«, wiederholte LeBlanc ungerührt.

Duval war fassungslos, er wusste nicht, ob LeBlanc ihn gerade auf den Arm nahm oder wirklich die Ironie nicht verstand. »Gut«, sagte er resigniert, »dann esse ich jetzt auch.«

»Guten Appetit, Monsieur le Commissaire«, sagte LeBlanc höflich.

»Hm. Danke.« Duval war noch immer perplex.

»Sie hatten recht. Sind alle im *Pacific*«, sagte er zu Villiers.

»Dachte ich mir schon.«

»Sagen Sie, LeBlanc, ist der immer so?«

»LeBlanc ist völlig ironiefrei«, erklärte Villiers. »Der kriegt das einfach nicht mit. Das ist wie bei Kindern. Ist aber kein schlechter Kerl«, verteidigte er ihn. »Der macht das schon, wenn Sie ihm das gesagt haben. Ich will Sie nicht kritisieren, Commissaire, aber LeBlanc sagen Sie besser direkt, dass er seinen Arsch bewegen soll, anstatt ironische Bemerkungen zu machen, das müssen Sie wissen. Seinen Kaffee würde er aber natürlich trotzdem noch trinken«, setzte er grinsend hinzu.

»Danke, Villiers, ich mag Ihre direkte Art.«

»Sind Sie jetzt auch ironisch?«

»Nein«, Duval seufzte, »gar nicht, sonst hätte ich vermutlich gesagt, ich mag Ihre subtile Art.«

»Ah, ok.« Villiers lachte. »Ja, klar.«

»Morgen versuchen wir auch eine normale Mittagspause im *Pacific* zu machen, ok?«

»Gern.« Villiers nickte erfreut.

»Hören Sie, Villiers, ich wollte Ihnen noch etwas wegen gestern sagen.«

»Wegen der Missbrauchsgeschichte?«

»Ja.«

»Ich habe mich schon gefragt, warum Sie da heute nichts dazu gesagt haben.«

»Weil wir dem offiziell nicht nachgehen.«

»Aha. Inoffiziell aber schon?«

»Sie sind clever, Villiers.«

»Sind Sie schon wieder ironisch?«

»Ja und nein. Sie haben es erfasst. Inoffiziell will ich, sagen wir, aus rein persönlichem Interesse, ein bisschen nachstochern. Ich habe vorhin die Akte angefordert. Hoffe, die ist morgen da. Ich habe auch noch mal jemanden in die Wohnung und das Studio von Thibaut geschickt. Irgendetwas muss da doch zu finden sein. Ich frage mich, warum hinterlässt Thibaut aus heiterem Himmel sein Vermögen dieser Umweltorganisation und den Kayapo? Und wer ist dieser Vidal, der als Treuhänder eingesetzt wird? Ich mache das aber, wie gesagt, aus rein persönlichem Interesse. Offiziell gehe ich anderen Hinweisen nach.«

»Wenn Sie mich brauchen ... ich bin dabei.«

»Danke, Villiers.«

Duvals Mobiltelefon klingelte erneut. Dieses Mal war es Emilia.

»Ihr Monsieur Picard ist da.«

»Schon?« Duval sah auf die Uhr. »Gut, Emilia, wir sind gleich fertig und kommen dann.«

»Einen Kaffee trinken wir aber noch, oder?«, fragte Villiers.

Duval zögerte kurz. »Ja, klar«, sagte er dann. Immerhin war der Kaffee hier besser als im Büro.

»Monsieur Picard, danke, dass Sie noch einmal gekommen sind.«

»Keine Ursache. Kann ich noch irgendwie helfen?«

»Ja, ich denke schon.« Duval entschied sich, direkt auf den Punkt zu kommen. Nicht nur er hatte Zeit gehabt nachzudenken, Marc Picard ebenso. Duval hoffte, dass dessen Impuls, etwas zu erzählen, sich nicht über Nacht verflüchtigt haben möge. »Mir schien, dass Sie gestern noch etwas sagen wollten. Oder täusche ich mich?«

Picard sah ihn verblüfft an. Er schwieg. Dann räusperte er sich. »In der Tat. Aber ich war nicht sicher – es ist schon eine

Weile her und hat vermutlich auch gar nichts damit zu tun, aber ich musste doch wieder daran denken.« Er verstummte einen Moment. »Wissen Sie, vor zwei Jahren gab es mal einen Anschlag auf einen unserer Helikopter. Und eigentlich sollte Thibaut in diesem Hubschrauber mitfliegen, hatte aber kurzfristig den Helikopter getauscht und an seiner Stelle flog Jean-Pierre.«

»Jean-Pierre?«

»Jean-Pierre Delahaye. Der zweite Fotograf nach Thibaut. Oder, jetzt kann man es ja vielleicht sagen, eigentlich der bessere Fotograf. Er war ursprünglich als persönlicher Assistent von Thibaut eingestellt worden und überarbeitete und verbesserte dessen Aufnahmen. Er war phänomenal.« Er hielt inne.

»Phänomenal?«, fragte Duval nach.

»Ja, er war schnell und effizient. Er war gut ausgebildet, ging auch mit modernster Technik spielerisch um, hatte aber nicht nur technisches Gespür, sondern auch *feeling*, und wurde mit der Zeit geradezu unersetzlich für Thibaut. Er beriet ihn und flog auch mit. Begann irgendwann selbst Aufnahmen zu machen, weil Thibaut manchmal stoisch auf einer Einstellung beharrte, die er weniger gut fand. Jean-Pierre war jung, ehrgeizig und man spürte, dass er noch eine große Zukunft vor sich hatte. Allerdings ertrug Thibaut so eine starke Konkurrenz auf Dauer nicht. Anfangs flogen sie immer zusammen, später, als die Stimmung schon ziemlich angespannt war, in zwei Helikoptern. Beide machten ihre Aufnahmen und am Ende wurden die besseren verwendet, aber unter dem Namen von Thibaut veröffentlicht. Das Gerücht ging um, dass es fast ausnahmslos Jean-Pierres Aufnahmen waren. Der sagte nichts, ich vermute, man hatte ihn gut bezahlt, damit er seinen Mund hielt, aber man spürte doch, dass er unzufrieden war. Ich wusste, es war nur eine Frage der Zeit, bis ihre Zusammenarbeit explodierte.« Marc Picard atmete tief aus und sah nachdenklich vor sich hin.

Duval wartete.

»Aber dann explodierte der Helikopter.«

In Duvals Kopf explodierte es auch.

»Wissen Sie, damals dachte ich, dass Thibaut sich seinen Konkurrenten vom Hals geschafft hatte. Thibaut schien zwar wirklich tief getroffen vom Tod Jean-Pierres und stieg eine Zeit lang in keinen Hubschrauber mehr, aber ich hielt es für ein Betroffenheitsspektakel. Er beteuerte seine Unschuld, behauptete dramatisch, es sei ein Anschlag auf ihn gewesen. Ich glaubte ihm kein Wort. Tatsächlich hatten Jean-Pierre und er aus Gründen, die ich nicht kenne, unerwartet die Helikopter getauscht. Also, natürlich hätte es ein Anschlag auf ihn sein können, die Mehrheit glaubte jedoch, dass er den Helikopter irgendwie manipuliert und bewusst kurzfristig gewechselt hatte. Er war also verdächtig, aber natürlich verlief die Untersuchung gegen ihn schnell im Sande. Was wollen Sie, mit einem so machtvollen Schwiegervater im Hintergrund ist das kein Wunder. Und es war mitten im Urwald, die Polizei brauchte Tage, bis sie vor Ort war. Alles verlief, aus europäischer Sicht, extrem langsam und unprofessionell. Ganz offensichtlich warteten sie darauf, dass ihnen jemand einen Umschlag in die Hand drückte, um vielleicht effektiver zu arbeiten oder in eine bestimmte Richtung zu ermitteln. Wissen Sie, damals zogen auch verschiedene marodierende Gruppen revolutionärer Garden durch den Urwald, ich glaube, am Ende hat man es dann ihnen angelastet. Ich hatte meine Zweifel. Aber man sprach einfach nicht mehr darüber. Basta. Und heute frage ich mich, ob das damals nicht tatsächlich schon ein Anschlag auf Thibaut war. Und je länger ich darüber nachdenke, desto mehr neige ich zu dieser Annahme.«

Duval war kurz sprachlos. Das warf ja ein ganz neues Licht auf die Sache.

»Wie haben denn die Angehörigen von Jean-Pierre reagiert? Die haben sich doch bestimmt nicht einfach so abspeisen lassen, oder?«

»Wenn man einem Durchschnittsbürger erklärt, dass sein Kind bei einem tragischen Unglücksfall im Urwald ums Leben gekommen ist, und man ihm noch zusätzlich eine große Summe als Versuch einer Entschädigung anbietet, was meinen Sie, was der macht? Der kommt doch nicht auf die Idee, auf eigene Faust im Urwald zu ermitteln. Erstens wäre er damit überfordert und zweitens, warum denn auch? Es war doch ein Unglücksfall.«

»Natürlich.«

»Thibaut war eine Zeit lang wie ausgewechselt. Sprach mit niemandem. Das war wirklich komisch, denn Sie müssen sich vorstellen, er war jemand, der in Gesellschaft geradezu zwanghaft redete. Immer musste er im Mittelpunkt stehen. Und immer dieses Angeberische ›ich, ich, ich: ich habe, ich kann, ich weiß‹. Plötzlich war er schweigsam und nach innen gekehrt. Ich dachte, er hätte Schuldgefühle. Jetzt denke ich, er hatte vielleicht Angst und traute niemandem mehr von uns.«

»Sie haben dann einfach alle so weitergemacht, als sei nichts gewesen?«

»Ein paar Tage waren wir wie gelähmt, aber was wollen Sie machen, die Expedition abbrechen und nach Hause fliegen? Dafür hatten wir zu viel investiert. Weiterarbeiten war für uns alle die beste Therapie. Es ist erstaunlich, wie schnell man wieder zum Alltag zurückfinden kann. Beschämend vielleicht, aber das Leben geht weiter.«

Duval nickte.

»Wenn wir davon ausgehen, dass es damals schon um Thibaut ging, haben Sie eine Idee, und wenn es nur ganz vage ist, wer dahinterstecken könnte?«

»Ich denke ununterbrochen darüber nach. Ich habe ja damals gar niemanden von uns verdächtigt, ich dachte ja, Thibaut hätte den Hubschrauber selbst präpariert.«

»Und heute?«

»Der Einzige, der unser Team relativ schnell verlassen hat und auch nicht wirklich fest zu uns gehörte, war der zweite Hubschrauberpilot. Wir hatten beide Piloten vor Ort gebucht. Ich will es nicht glauben, dass er seinen Kollegen so einfach mit in die Luft gejagt hat. Aber vielleicht, wenn ihn jemand gut bezahlt hat, machte er so skrupellose kleine Nebenjobs. Er ist meines Wissens der Einzige, der sich wirklich an den Hubschraubern zu schaffen machen konnte, und zwar ohne, dass auch nur irgendjemand Verdacht schöpfte.«

»Sie wissen nicht mehr, wie er hieß, vermute ich.«

»Nein, wirklich nicht, also wir nannten ihn Juanito, aber so heißt dort jeder Zweite.«

Ein Juanito in Brasilien. Na, wunderbar, dachte Duval. Gut, Hubschrauberpiloten gibt es vielleicht nicht unendlich viele, aber wer weiß, ob der nicht schon lange untergetaucht und in das anscheinend lukrativere Auftragskiller-Metier gewechselt war. Wer steckte wirklich hinter diesem Anschlag? Und gab es einen Zusammenhang mit Cannes? Der Täter war ein professioneller Schütze, so viel war sicher. Ein Auftragskiller also? Diesen Gedanken hatte er ganz zu Beginn schon gehabt und dann wieder fallenlassen. Warum aber hatte man Thibaut getötet? Wo war das Motiv?

»Haben Sie eine Idee, warum?«, fragte er Marc Picard.

Picard zuckte mit den Schultern. »Ich weiß es nicht. Gut,

er war manchmal unerträglich, eitel, überheblich. Ein Angeber, ein Besserwisser. Er warf hin und wieder mit Geld um sich. Irgendwie nahm man es ihm aber nicht übel, weil er so gut aussah und dann auch wieder ganz charmant sein konnte. Auf Dauer allerdings wurde die Zusammenarbeit dadurch anstrengend. Aber deshalb bringt man doch niemanden um, oder?«

»Gab es außer dem Fotografen Jean-Pierre noch jemanden im Team, der ein konfliktbeladenes Verhältnis zu Thibaut hatte? Eifersucht wegen einer Frau vielleicht? Gab es eigentlich keine Frauen im Team?«

»Nein, keine Frauen. Nicht mehr. Ich erinnere mich nur an eine Situation mit zwei Frauen, damals gab es tatsächlich viel Eifersuchtsgezicke unter den Frauen, die um Thibaut konkurrierten. Das hat selbst Thibaut, der gern der Hahn im Korb war, irgendwann so genervt, dass er nur noch Männer ins Team aufnahm. Was ihm natürlich gleich den Verdacht der Homosexualität einbrachte.«

»Das war er aber nicht?«

»Manchmal dachte ich, er sei ein verklemmter Schwuler, der sich nicht traute, seine Neigung zu leben. Er gefiel den Schwulen und es gefiel ihm, ihnen zu gefallen. Andererseits war er dann wieder extrem schwulenfeindlich ... das war alles eigenartig.«

»Waren denn Homosexuelle im Team?«

»Nicht, dass ich wüsste. Wenn, dann nicht offen.« Er überlegte, schüttelte schließlich den Kopf. »Nein, ich glaube nicht.«

»Thibaut gefiel also Männern. Frauen auch?«

»Frauen gefiel er sowieso.«

»Gab es vielleicht ein Verhältnis mit der Frau eines Mitarbeiters?«

»Hm … ich weiß es nicht.« Marc Picard schwieg einen Moment. »Wissen Sie, er redete viel darüber. Ich weiß nicht, ob wirklich so viel stattfand. Er war ein Angeber. Ich habe immer die Hälfte von dem, was er erzählte, abgezogen.«

»Worüber redete er viel? Sex, Frauen?«

»Beides, ja. Aber Hunde, die bellen, beißen nicht, *n'est-ce pas*? Ich glaube, es war alles weniger wild.«

Duval, der die Aussage Picards punktuell mitgetippt hatte, schrieb nun eine Zusammenfassung, druckte sie aus und reichte ihm die Seiten zu. Picard las, nickte, »alles richtig«, sagte er dann.

»Gut, unterschreiben Sie bitte noch hier, und dann war es das.« Duval reichte ihm einen Kugelschreiber »Ich bedanke mich, Monsieur Picard, *au revoir*, bleiben Sie noch in Cannes?«

»Keine Ursache. Ja, bis zum Ende des Festivals zumindest. *Au revoir*, Monsieur le Commissaire.«

Kaum hatte Marc Picard das Büro des Commissaire verlassen, hörte Duval jemanden laut fluchen: »Diese *putain salope*, wenn ich die in die Finger kriege!« Er war auf dem ganzen Flur zu hören.

Es klopfte und Emilia steckte den Kopf zur Tür herein. »Monsieur Sanchez ist da, Commissaire. Ich glaube, er hat schlechte Laune.«

»Schicken Sie ihn rein.«

»Ganz ruhig, Monsieur Sanchez, ganz ruhig. Setzen Sie sich.« Duval drückte den aufgebrachten Mann auf den Stuhl. Diego Marinaldi-Sanchez entsprach ganz und gar dem Klischee des Südländers. Ein mittelgroßer Mann mit dunklem Teint, dunklem, gegeltem Haar und einem kleinen spitz zulaufenden Kinnbärtchen. Vermutlich fanden manche Frauen diesen Typ Latin Lover sehr anziehend, dachte Duval, die kleine Marine Bourdet war ihm wohl sofort verfallen. Er trug eine goldgeränderte verspiegelte Sonnenbrille im Haar, eine üppige goldene Kette um den Hals und eine ebensolche Uhr am Handgelenk. Er war noch im schwarzen Anzug des Sicherheitsdienstes.

»Diese kleine *salope*, dieses Miststück ...«

»Ok, Monsieur Sanchez-Marinelli ...«, Duval stockte. Marinelli? Oder Marinaldo? Duval sah auf seine Papiere, *merde*, warum konnte er sich diesen Namen nicht merken?! »Monsieur Sanchez oder Monsieur Marinaldi-Sanchez, wie möchten Sie angesprochen werden?«

»Ist mir scheißegal.«

»Also gut, sagen wir Sanchez, in Ordnung?« Der Mann machte ein fast unmerkliches Zeichen mit den Augen. »Gut, Monsieur Sanchez, fangen wir mal an ...«

Duval fragte die persönlichen Daten ab und kam dann schnell zu besagtem Tag und dem Rendezvous auf dem Dach zu sprechen.

»Hören Sie, ich will von Ihnen vor allem wissen, wen oder was Sie gesehen haben.«

»Gar nichts habe ich gesehen, verdammt noch mal! Deswegen dachte ich ja auch, es ist nicht wichtig. Was soll ich die Polizei damit belabern, dass ich nichts gesehen habe – und damit noch meinen Job riskieren? Und sie hat auch nichts gesehen, diese hysterische Ziege, glauben Sie mir. Vielleicht war da jemand, vielleicht nicht. Dass sie mit ihren Hirngespinsten zur Polizei ging, war nur, um mich reinzureiten, um sich zu rächen, diese kleine Nutte ...«

»Ganz ruhig, Monsieur Sanchez, bitte, wieso sollte sie sich rächen?«

»Aus Eifersucht. So sind sie doch alle.« Diego Sanchez klang verächtlich.

»Warum sollte sie eifersüchtig sein?«

»Weil sie rausgekriegt hat, dass ich nebenbei noch was anderes laufen habe.«

»Eine andere Frau?«

»Eine?« Diego Sanchez grinste. »Ja, na ja, nichts Ernstes. Was wollen Sie. Das passiert eben.«

»Ja klar, verstehe ich ... mit Marine, das ist ernst?« Gute Güte, ich frage hier wie ein strenger Vater, dachte Duval gleichzeitig.

Diego Sanchez lachte auch spöttisch auf. »Ernst? Na klar ist das ernst. Solange es läuft, ist es immer ernst.«

Duval seufzte resigniert. Was ging ihn das an, ob die kleine Marine unglücklich wurde?

»Monsieur Sanchez, wie Sie das mit Ihren Freundinnen regeln, ist Ihre Sache. Zurück zu dem, was mir wichtig ist: Sie haben niemanden gesehen dort oben?«

»Nein, verdammt.«

»Warum sind Sie dann aufgestanden und sind bis zum Treppenhaus gelaufen?«

»Marine wollte, dass ich nachsehe. Also habe ich das gemacht. Ich bin doch Security. Oder war es, *putain de merde.*«

»Ah so. Ich verstehe. Sie waren Security. Aber wenn Marine nicht darauf bestanden hätte, wären Sie nicht gegangen?«

»Warum sollte ich? Ich habe ja nichts gesehen.«

»Sie waren doch Security.«

»Na und? Wenn ich doch nichts gesehen habe.«

»Klar. Sicher. Wieso haben Sie dann gesagt, es sei vielleicht jemand gewesen, der auch auf dem Dach rauchen wolle?«

»Nur so.«

Duval wurde langsam wütend. Was für ein eitler Idiot und

was für eine sinnlose Zeitverschwendung, dachte er bitter. Er zweifelte langsam auch die Aussage der jungen Frau an. Vielleicht war wirklich alles nur erfunden? Und er war auf ihre großen Augen und ihre Tränen hereingefallen. Erfunden, um diesen untreuen Hallodri irgendwie abzustrafen? Und mit solchem Kinderkram musste er seine wertvolle Zeit vergeuden!

»Unterschreiben Sie hier, Monsieur Sanchez, wenn das alles so stimmt, und dann verschwinden Sie.«

—

Duval fuhr sich durch die Locken und überlegte. Er war sicher, dass der Anschlag vor zwei Jahren wirklich Thibaut gegolten hatte. Der Schock, den Anschlag überlebt zu haben, hatte ihn vermutlich dazu gebracht, sein Testament zu ändern und die zu bedenken, die ihm wirklich wichtig waren. Seine Frau gehörte nicht mehr dazu. War das ein Zeichen? Vermutete Thibaut seine Frau hinter dem Anschlag? Oder war es schlicht der Ausdruck ihrer schon jahrelang nicht mehr gelebten Ehe? Und hatte Stéphanie Thibaut ihr Testament auch irgendwann geändert? Er würde jetzt doch gerne noch einmal mit Stéphanie Thibaut sprechen. Und er sollte den Maître noch einmal kontaktieren.

Und Maurice Lambert? Was sollte dieser brave Mann für ein Motiv haben? Vielleicht ist das alles nur ein Missverständnis, weil die kleine Bourdet irgendetwas erfunden hatte und es zufällig eine Personenbeschreibung gab, die auf ihn passte? Und dieser Sanchez? Der war nicht ganz koscher, so viel war sicher. Als Täter kam er nicht infrage, aber vielleicht als Komplize? Und was hatte diese Missbrauchsgeschichte darin zu suchen? Er hatte plötzlich große Zweifel, ob diese uralte

Geschichte, die Annie da ausgegraben hatte, sie im Mordfall Thibaut wirklich weiterbringen würde. Es sei denn … er überlegte noch einen Moment. Dann rief er Léa Leroc zu sich.

»Hören Sie, Leroc, ich möchte, dass Sie dieser Marine Bourdet noch mal auf den Zahn fühlen. Ich will wissen, ob sie das alles nur erfunden hat oder ob sie wirklich jemanden gesehen hat, und vor allem, ob die Personenbeschreibung ihrer Fantasie entsprungen ist. Machen Sie das, und seien Sie ruhig streng. Sie lassen sich vermutlich nicht von ihrem süßen Schnütchen und ihren Tränen beeinflussen. Bei Villiers bin ich da nicht so sicher.« Nicht mal bei mir. Letzteres dachte er nur.

»Wird gemacht.«

»Leroc?«

»Ja?« Die Polizistin drehte sich noch einmal um.

Duval zögerte. Konnte er sie ins Vertrauen ziehen? Vorsichtig sagte er: »Ich bräuchte Sie vielleicht auch in einer anderen Angelegenheit. Ich weiß nicht, ob …«

»Doch, ich weiß.« Léa Leroc sah Duval offen an. »Oder sagen wir, ich kann es mir denken.«

Duval war überrascht. »Ja …?!«

»Ich war gestern Abend da, als Sie angerufen haben. Ich habe gehört, was Villiers veranlasst hat. Wir haben geredet und er hat mich den Zeitungsartikel lesen lassen. Und nachdem Sie heute Morgen nichts mehr dazu gesagt haben, war mir klar, dass man offenbar nicht will, dass Sie in diese Richtung ermitteln.«

Duval sah Léa Leroc prüfend an. Er überlegte kurz. »Gut. Wenn das so ist. Kann ich Sie bitten, etwas Nichtoffizielles zu tun? In dieser Sache, meine ich? Sie sind nicht verpflichtet …«

Léa Leroc nickte. »Ich weiß. Ich mache es aber.«

»Ich hätte gerne, dass Sie diese kleine Maja aufsuchen, zu einem Gespräch. Nehmen Sie vielleicht Eva da Silva mit dazu, aber erklären Sie ihr kurz, was wir vermuten. Oder warten Sie, ich werde sie anrufen und Sie ankündigen. Werde ihr auch sagen, dass sie darüber schweigen muss. Ich will kein Drama. Keine Polizeiaktion, das verstehen Sie, oder? Einfach ein vorsichtiges Gespräch über das, was sie mit Thibaut erlebt hat. Aber seien Sie«, Duval suchte ein Wort »... sanft. Lieber etwas zu wenig als zu viel. Ich will nicht, dass die Kleine irgendwie Angst hat. Wir wissen ja nicht, was sie ...«, Duval stockte, er wollte es sich lieber nicht vorstellen ..., »wir wissen ja nicht, was sie schon alles erlebt hat.«

Léa Leroc nickte mit ernster Miene.

»Und seien Sie bitte diskret. Wir machen das ja nicht offiziell. Noch nicht zumindest. Kann ich auf Sie zählen?«

»Ja.« Sie nickte.

»Danke, Leroc.«

Die Polizistin wandte sich zum Gehen. Da fiel Duval noch etwas ein.

»Warten Sie ... ich will hier gerade noch mal etwas nachlesen ...«

Léa Leroc sah ihn aufmerksam an.

»Da habe ich's.« Duval nickte. »Schauen Sie doch auch ihre Kleidung durch und nehmen Sie ein paar Fasern von ihrem Kleidchen oder von ihrem Höschen. So viel besitzt sie ja nicht, und wenn ich mich recht erinnere, trug sie am Mordtag ein buntes Kleid in Orange- und Rottönen. Dann können wir einen Abgleich machen mit dem Fussel, der an Thibauts Penis gefunden wurde. Orange Baumwollfaser.«

Léa Leroc verzog das Gesicht. »Wird gemacht.«

Duval sah auf die Uhr. Die Zeit, die Zeit. Eigentlich hatte er gehofft, dass der Arbeitsrhythmus in Cannes weniger schnell getaktet war. Aber er hatte auch nicht gedacht, gleich mit so einem Fall konfrontiert zu sein. Er wollte sich zumindest nicht sagen lassen, dass er Däumchen drehte. Er griff zum Hörer.

»Monsieur Erdler ist da, Commissaire.« Es war Emilia, die an seine Tür klopfte.

Duval legte den Hörer wieder auf.

»Schicken Sie ihn rein.«

»*Bonjour,* Monsieur le Commissaire, Sie wollten mich noch einmal sprechen?«

»Ja, *bonjour,* Monsieur Erdler, schön, dass Sie gleich kommen konnten, wie geht's Ihnen?«

»Oh, *ça va,* ich amüsiere mich auf dem Festival, sehe hin und wieder fantastische Filme, sehe viele weniger gute Filme, fachsimple mit anderen Filmemachern und trinke abends Champagner bei irgendwelchen Cocktailempfängen.«

Duval musste sich wieder einen Moment in den langsamen Singsang einhören, mit dem Erdler Französisch sprach.

»Und interessiert sich jemand für Ihren Film?«

»Ach was. Wissen Sie, in Deutschland hat vor Kurzem ein Nachrichtenmagazin über meinen Film berichtet. Das hat hohe Wellen geschlagen. Ich hatte gehofft, dass das hier etwas bewirken könnte. Von wegen. Alles Ignoranten. Es ist natürlich viel interessanter, dass Brad Pitt und Angelina Jolie jetzt Wein anbauen, verstehen Sie? Ich passe thematisch nicht hierher. Zu viel Kritik. Das will hier keiner. Und jetzt, wo Thibaut tot ist, will erst recht keiner mehr was Kritisches veröffentlichen. Na ja, und in Cannes ist sowieso alles immer nur ganz wunderbar und muss glitzern. Ich hätte es wissen können. Wenn ich wieder zu Hause bin, werde ich versuchen, ein Buch zu schreiben. Ein Zweitvertrieb meines Wissens sozusagen. Ich suche noch einen Ghostwriter. Bilder kann ich gut. Text weniger. Aber Sie haben mich sicher nicht hergebeten, um mit mir darüber zu reden, oder?«

»Ja und nein. Ich habe noch so ein paar Fragen. Zunächst interessiert mich, ob Sie etwas von einem Hubschrauberunglück wissen, das sich vor etwa zwei Jahren im Amazonasgebiet ereignet hat?«

»Ein Hubschrauberunglück ...«, Erdler überlegte.

»Ein Fotograf kam dabei ums Leben.«

»Delahaye?!«

Duval nickte.

»Ja, natürlich. Ganz tragisch. Ja, ja, ich erinnere mich, aber ehrlich gesagt nur vage. Es ging nur kurz durch die Presse. Delahaye war der Assistent von Thibaut, ich glaube, es war ein schwerer Verlust für Thibaut. War ein vielversprechender Mann.«

»Erinnern Sie sich an irgendetwas Ungewöhnliches?«

»Na ja, ich erinnere mich, dass Thibaut sehr getroffen wirkte. Ich dachte, es hat ihn wirklich mitgenommen. Aber sonst ...«, Erdler überlegte und zuckte dann mit den Achseln.

»Gut, was anderes, Monsieur Erdler, können Sie mir etwas zu Thibauts Ehe- oder Familiensituation erzählen? Sie kannten ihn doch ganz gut.«

»Ich? Na ja, was heißt gut. Wir hatten die gleiche Interessen-Schnittmenge und sind uns daher oft begegnet. Warum fragen Sie Stéphanie Thibaut nicht selbst?«

»Das tun wir. Aber ich frage auch Sie. War das Ihrer Ansicht nach eine glückliche Ehe?«

»Oh Gott. Ich glaube nicht. Thibaut kam schon lange nicht mehr mit ihr irgendwohin. Stéphanie Thibaut ist sehr versnobt und irgendwie frustriert. Nicht so spaßig, denke ich. Vielleicht war sie früher anders. Ich habe mal ein Foto von ihr von früher in der Presse gesehen, da hatte sie Jeans an, trug lange offene Haare und wirkte sehr ... nun, wir sagen ›alternativ‹. Ich glaube, im Französischen sagen Sie *baba cool*.«

»*Baba cool*?! Hippiemäßig wollen Sie sagen?«

»Ja.«

»Aha. Ja, ich habe davon gehört. Hatte Thibaut Frauengeschichten?«, setzte Duval nach.

»Hm. Es gab Gerüchte. Und er redete viel über Sex, manchmal auch sehr vulgär. Aber das tun wir ja alle, ab einer gewissen Promillegrenze, oder? Also, Entschuldigung, Sie vielleicht nicht ... ich auch nicht, also ...«, Erdler verhaspelte sich. Es war ihm unangenehm.

Duval winkte ab.

»Was für Gerüchte?« Duval war jetzt sehr hellhörig.

»Na ja, er fand es wohl toll mit exotischen Frauen.«

»Welche Art Exotik? Schwarz? Asiatisch?«

»Nee, nicht asiatisch. Das Natürliche ... wie sage ich das, ohne in dumme Klischees zu verfallen?! Das Ursprüngliche mit eher wenig zivilisierten Frauen, also zivilisiert im westlich-kulturellen Sinn, verstehen Sie mich nicht falsch. Ich will nicht sagen, dass sie unzivilisiert sind ...«

»Es ist schwierig, sich heute korrekt auszudrücken, ohne dass man des Rassismus verdächtigt wird, oder?«

»Ja.« Erdler nickte. »Dabei ist es mir ein Anliegen, nicht überheblich oder gar rassistisch zu sein. Aber es wird noch einen Moment dauern, bis wir das intellektuell und sprachlich verinnerlicht haben. Wir sehen nie von Mensch zu Mensch, wir schauen meistens von oben herab mit unserem angeblich richtigen Blick.«

»Hm.« Duval brummte etwas, was wie Zustimmung klingen konnte. Dann fragte er: »Hatte er etwas mit den Kayapo-Frauen zum Beispiel?«

Erdler räusperte sich und suchte eine andere Stellung auf seinem Stuhl. Das Thema schien ihm unangenehm. Er sagte lange nichts.

»Er hatte also etwas mit den Kayapo-Frauen.«

»Ähm, das Gerücht geht um, ja.«

»Ein Gerücht?«

»Hm. Hören Sie, er ist tot. Ich will ihm nicht nachträglich noch eins reinwürgen. Nicht so. Verstehen Sie? Wie gesagt, Thibaut machte gern große Sprüche, vor allem, wenn er viel getrunken hatte, aber ob da was dahinter war, weiß ich nicht.«

»Was war das für ein Gerücht?«

»Dass er sich rund um den Globus vögelte. Aber wissen Sie, ich war nicht dabei, da müssen Sie die Leute aus seinem Team fragen, die wissen da vielleicht mehr. Gesehen habe ich nie etwas. Aber wir sind uns auch immer nur punktuell zu irgendwelchen Events begegnet. Da wimmelt es zwar oft von exotischen Prostituierten, aber mir ist nie etwas aufgefallen. Aber gut, ich bleibe selten bis zum frühen Morgen bei all diesen Partys und er war wahrscheinlich vorsichtig. Sein Schwiegervater ist ziemlich einflussreich, mit dem wollte er es sich vermutlich nicht verscherzen.« Er überlegte. »Eigentlich habe ich ihn meistens nur mit Kindern im Schlepptau gesehen.«

»Mit Kindern?« Duval horchte auf.

»Ja, vielleicht ist das auch der Knackpunkt mit Stéphanie. Sie hatten keine Kinder. Ich dachte, Thibaut ist eigentlich ein verhinderter Vater. Ich fand das rührend, dass dieser protzige Sex-Angeber doch so eine weiche und kinderliebe Seite hatte.

Immer schlief ein kleines Mädchen auf seinem Schoß. Sehr süß.«

»Gut, Monsieur Erdler, danke. Kennen Sie eigentlich Arnaud Vidal von Nature & Life?«

»Natürlich. Ist einer der Anwälte. Mit allen Wassern gewaschen. Einer meiner besten Gegner.«

»Aha. Würden Sie ihm Geld anvertrauen?«

»Ich? Niemals. Aber das wird auch nicht vorkommen, ich habe ja keins.« Er lachte.

»Können Sie sich vorstellen, dass man ihm Geld anvertraut, wenn einem eine Sache viel bedeutet?«

»Sie sprechen in Rätseln, Monsieur le Commissaire. Vidal ist ein gerissener Hund. Ich könnte mir vorstellen, dass man ihn wählt, wenn man in einen schwierigen Fall verwickelt ist. Da können Sie ihm vertrauen, dass er den Fall gewinnt. Wird natürlich teuer. Der macht nichts, ohne dass er selbst dabei nicht auch ordentlich absahnt. Vertrauen im altmodischen Sinne würde ich ihm aber nicht.«

»Gut, dann danke ich Ihnen.«

»Das war's?«

»Für den Moment schon. Sie bleiben noch in Cannes?«

»Bis zum Ende des Festivals.«

Duval spielte mit seinem Kugelschreiber und sinnierte vor sich hin. Ein paarmal ließ er den Clip schnalzen. Was hatte Erdler gesagt? Thibaut sei ein verhinderter Vater? Ein weicher und kinderlieber Typ? Sah Erdler es nicht richtig, oder er selbst? Vielleicht war Thibaut wirklich einfach nur sehr kinderlieb. Wenn er selbst keine haben konnte? Warum auch nicht? Wie viel Nähe war normal mit einem Kind?

»Commissaire!«, rief Emilia, »ich habe hier ein Gespräch für Sie. Ein gewisser Monsieur Vidal. Nehmen Sie es an?«

Na, der kommt ja wie gerufen, dachte Duval.

»Sicher stellen Sie ihn durch, bitte.«

»Commissaire Duval?«

»Ja.«

»Vidal hier, Arnaud Vidal. Ich bin einer der Anwälte von Nature & Life.«

»*Bonjour,* Monsieur Vidal, ich wollte Sie auch schon anrufen.«

»Tatsächlich? Warum?«

»Kommen wir doch erst einmal zu Ihrem Anliegen. Was kann ich für Sie tun?«

»Man hat mir gesagt, dass Sie für die Ermittlungen im Mordfall Serge Thibaut zuständig sind. Ist das richtig?«

»Korrekt.«

»Gut. Hören Sie, Monsieur le Commissaire, ich vertrete die Interessen von Nature & Life. Sie wissen es vielleicht, mein Klient ist ein angesehener Verein, fast eine Art Global Player, wenn ich das sagen darf. Mein Klient ist weltweit die einzige ernst zu nehmende Umweltschutzorganisation, die wirklich Einfluss nehmen kann und gleichzeitig von der Industrie ernst genommen wird. Die Weltöffentlichkeit hat ein positives Image von Nature & Life. Es ist wichtig, dass dieses Image erhalten bleibt, verstehen Sie?«

»Hm«, machte Duval.

»Nun, uns ist zu Ohren gekommen, dass Sie sich für eine alte Geschichte aus dem Leben von Serge Thibaut interessieren. Der Name Thibaut ist ja unmittelbar mit Nature & Life verbunden. Thibaut war und ist quasi ein Botschafter für Nature & Life. Sie werden verstehen, dass mein Klient nicht möchte, dass der Name unseres Vereins jetzt mit irgendwelchen Schmutzgeschichten in Zusammenhang gebracht wird.«

»Ich kann das sehr gut verstehen, Monsieur Vidal, aber Sie

werden auch verstehen, dass ich im Rahmen meiner Ermittlungen leider nicht darauf Rücksicht nehmen kann, wer alles irgendetwas möchte oder nicht möchte. Und wissen Sie, ein Mord ist immer eine schmutzige Angelegenheit. Ich suche den Mörder von Serge Thibaut, dazu muss ich leider im Schmutz wühlen.«

»Nun, Monsieur le Commissaire, Sie werden verstehen, dass meinem Klienten die Diskretion sehr wichtig ist.«

»Nun«, entgegnete Duval im gleichen Tonfall, »vielleicht hätte Ihr Klient von vornherein in der Wahl seines Botschafters vorsichtiger sein sollen?«

»Sehr wichtig, Monsieur le Commissaire«, wiederholte Vidal eindringlich.

»Ich habe das zur Kenntnis genommen, Monsieur Vidal, darf ich Sie jetzt im Gegenzug etwas fragen?«

»Natürlich, Commissaire.«

»Kannten Sie Serge Thibaut gut?«

»Wir arbeiteten für die gleiche Organisation, wenn auch auf anderen Ebenen, aber das schafft natürlich gewisse Verbindungen.«

»Sie kannten Thibaut doch schon früher, oder? Sie haben, bevor Sie zu Nature & Life kamen, für Thibauts Schwiegervater gearbeitet, ist das richtig?«

»Sie sind gut informiert, sehe ich. Ja, das ist richtig. Warum ist das für Sie von Belang?«

»Ich versuche nur, alles zu sehen, Monsieur Vidal. Sie waren also nicht befreundet mit Serge Thibaut?«

»Wir mochten uns und hatten einen freundlichen Umgang, aber Freundschaft – das ist ein großes Wort, Commissaire. Sagen wir, es gab gewisse Berührungspunkte.«

»Berührungspunkte. Aha. Was berührte sich denn da so?«, fragte Duval ironisch-naiv.

»Nun«, sagte der Anwalt förmlich, »ich habe ihm hin und wieder in rechtlichen Angelegenheiten geholfen, zeitnah und unkompliziert.«

»Und vor allem, ohne seinen Schwiegervater davon in Kenntnis zu setzen, vermute ich.«

»Diskretion ist wichtig in meinem Metier, Commissaire.«

»Da war er Ihnen sicher sehr dankbar. Ich vermute, Sie schreiben keine Rechnungen für unkomplizierte, diskrete Hilfe unter Freunden?«

»Nun ... er hat mich im Gegenzug immer mal zu besonderen Film-Events eingeladen, zu denen ich sonst keinen Zugang gehabt hätte.«

»Wie schön für Sie.«

»Sie sagen es.«

Duval schwieg.

»Haben Sie weitere Fragen, Monsieur le Commissaire?«

»Im Moment nicht, Monsieur Vidal, ich melde mich gegebenenfalls bei Ihnen.«

»Immer gerne.«

»Danke, Monsieur Vidal, *au revoir.*«

»*Au revoir*, Commissaire.«

Jetzt aber, dachte Duval, und nahm den Hörer ab, bevor sein Telefon wieder klingeln konnte. Er wählte die Nummer von Maître Dubonnet. Dessen Sekretärin verband ihn umgehend. »Monsieur le Commissaire, was kann ich für Sie tun?«, meldete sich etwas kurzatmig der Notar.

»*Bonjour,* Maître, geht es Ihnen gut? Tut mir leid, dass ich Sie störe.«

»Keine Ursache, Commissaire, keine Ursache. Also ...?«

»Ja, ich glaube, ich weiß, aus welchem Grund, Thibaut sein Testament geändert hat.«

»Aha. Wissen Sie, für mich ist das ohne Belang …«

»Sie wussten von dem Anschlag auf Thibaut vor zwei Jahren?«

»Ein Anschlag?«

»Sie haben nichts davon gehört?«

Duval schien, als zögere der Maître kurz. »Nein«, hörte er ihn dann sagen. »Das ist das erste Mal, dass ich davon höre. Was ist passiert?«

»Ein Helikopter ist explodiert – mitten im Urwald – und riss einen anderen Fotografen und den Hubschrauberpiloten in den Tod. Es war vorgesehen, dass Thibaut in diesem Hubschrauber sitzen sollte.«

»Aha.«

»Sie wussten nichts davon?«

»Nein.«

Schon wieder schien Duval, als käme das Nein leicht verzögert.

»Und danach änderte Thibaut sein Testament. Ich finde, das ist eine logische Konsequenz, finden Sie nicht?«

»Ach, wissen Sie …«, der Maître klang skeptisch.

»Deswegen rufe ich Sie aber nicht an, Maître.«

»Nein?«

»Nein, ich wollte vielmehr wissen, ob Stéphanie Thibaut ihrerseits ihr Testament geändert hat.«

»Monsieur le Commissaire, dazu bin ich aber nicht auskunftsbefugt. Sie hatten nur die richterliche Anweisung für die Testamentsangelegenheiten von Serge Thibaut.«

»Maître, ich bitte Sie. Ich bekomme die richterliche Anweisung dafür in zwei Minuten. Ob Sie mir jetzt oder etwas später Auskunft geben müssen, ändert doch nichts, oder?«

Maître Dubonnet schnaufte.

»Also?«

»Stéphanie hat ihr Testament schon vor langer Zeit geändert, Commissaire. Das ist bestimmt schon fünfzehn Jahre her.«

»Aha. Und wen bedenkt sie in ihrem Testament? Können Sie sich daran erinnern?«

»Nun, Sie haben Glück, es erschien mir so ungewöhnlich, dass ich mich daran erinnere, auch ohne noch einmal Einblick genommen zu haben. Sie möchte eine Versteigerung ihres Eigentums, also der Autos, der Jacht, Schmuck, Möbel, Deko und so weiter, vornehmen lassen. Ein Teil des Erlöses soll jede Menge gemeinnützige Vereine unterstützen – darunter Tierschutzvereine, einen Hundefriedhof, mehrere Kinderheime weltweit. Ein großer Teil soll dafür verwendet werden, aus dem Haus im Luberon eine Art therapeutische Kunstschule für Kinder zu machen.«

»Eine therapeutische Kunstschule?«

»Ja, eine Art Schule oder sagen wir besser Sanatorium für traumatisierte Kinder. Die Kinder sollen sich angeleitet durch Kunsttherapeuten im Malen, Töpfern oder mit Musik ausdrücken können. Finanziell benachteiligte Kinder sollen dort kostenlos aufgenommen werden. Ich fand das anfangs eine, verzeihen Sie, vollkommen weltfremde Idee, aber Stéphanie hält daran fest. Sie hat alles schon bis ins Kleinste geplant.«

»Unglaublich.« Duval schwieg einen Moment. »Aber warum macht sie das nicht schon zu Lebzeiten? Solch ein Projekt wäre doch eine echte Herausforderung«, fragte er dann.

»Aber keine, die die Zustimmung ihres Vaters finden würde.«

»Aha.«

»Möglich, dass sie es nach dem Tod ihres Vaters in Angriff nimmt, aber sie wollte sicher sein, dass dieses Projekt auch ohne sie ins Leben gerufen würde.«

»Und wird Serge Thibaut bedacht?«

»Nein. Nichts. Keinen Pfennig.«

»Glauben Sie, dass er davon wusste?«

»Das entzieht sich meiner Kenntnis.«

»Ich danke Ihnen, Maître.«

»Hilft Ihnen das weiter?«

»Ich glaube schon.«

»Dann ...«

»Danke und *au revoir*, Maître.«

»*Au revoir*, Commissaire.«

Kinderheime, Hundefriedhöfe und ein Kindersanatorium. Das war das Allerletzte, womit er gerechnet hatte. Er hatte eine Menge glamouröser Stiftungen vermutet, Museen vielleicht. Aber nein, Tiere und Kinder. Traumatisierte Kinder.

»Monsieur le Commissaire?« Léa Leroc klopfte an den Türrahmen.

»Ah, Leroc, Sie sind schon da! Schön. Kommen Sie rein. Machen Sie die Tür zu. Schießen Sie los.«

»Was wollen Sie zuerst wissen?«

»Bourdet.«

»Gut. Ich habe sie ziemlich in die Zange genommen und ihr gesagt, dass ihre Tränendrüsenmasche bei mir nicht läuft. Sie heulte natürlich trotzdem, ich glaube, sie kann nicht anders, aber sie schwört beim Leben ihrer Großmutter, dass sie da oben einen Mann gesehen hat. Dass sie ihrem Typen eins reinwürgen wollte, ist aber auch sicher.«

»Gut. Hoffen wir, dass die Großmutter noch lebt. Und Maja?« Es wurde ihm ganz klamm, als er den Namen des Mädchens aussprach.

Léa Lerocs Blick verdüsterte sich. Duval merkte, wie sie sich zusammenriss, um einen sachlichen Bericht zu geben.

»Ich war mit einer Freundin dort. Sie ist Psychologin«, erklärte sie, »ich dachte, das könnte hilfreich sein. Sie weiß, dass es inoffiziell ist, sie wird nichts sagen und ich vertraue ihr.« Sie sah Duval an.

Eine Psychologin. Offensichtlich ging heute nichts mehr ohne. Duval zuckte leicht mit den Achseln. Was sollte er sagen. Es war sowieso zu spät.

»Meine Freundin wollte, dass Maja ein Bild malt, das hat sie auch gemacht, aber Maja kann nicht gegenständlich malen. Sie kritzelte nur so rum. Meine Freundin hatte ein paar Spielsachen dabei. Verschiedene Stofftiere, Puppen. Die Barbie-Puppen-Familie, Ken, Barbie und so weiter. Kennen Sie die?«

Duval nickte. Ja, kannte er. Lilly hatte ein halbes Dutzend dieser langbeinigen Puppen und sie kämmte deren langes zunehmend verfilztes Haar stundenlang mit kleinen Puppenbürsten und zog sie am Tag wohl hundertmal an und aus. Er verstand nicht, dass sein kleines siebenjähriges Mädchen, das sanft wie ein unschuldiger Engel noch mit einem abgegriffenen Schmusepüppchen schlief, so verrückt nach diesen Puppen mit hervorstehendem Busen und dümmlichem Lächeln sein konnte.

»Nun ja, wir haben ›lieb haben‹ gespielt.« Sie stockte.

»Und?« Er befürchtete Schlimmstes.

»Sie kennt alles. Und sie hat ein unglaubliches Vokabular.

Vor allem sehr vulgär. Sie weiß nur nicht, dass es vulgär ist. Sie war sehr stolz und strahlte, als sie alle Worte aufzählte. Nur mir wurde schlecht, als sie immerzu lächelnd ›ficken, ficken‹ wiederholte.«

Duval stöhnte und verbarg kurz sein Gesicht in seinen Händen.

»Gut, wir haben kein Drama gemacht. Soll sie das sagen oder nicht. Ich hoffe mal, sie ist in ihrem Dorf bald wieder in einer schützenden Umgebung und nicht von französisch sprechenden Männern umgeben, die das ausnutzen. Sie ist schnell zu Diensten, scheint mir, er hat sie schon gut abgerichtet, dieser ...«, sie schluckte herunter, was sie sagen wollte. Sie räusperte sich. »Es war wohl eine fatale Mischung aus schmusiger Zärtlichkeit und grobem Sex. Ich hoffe, sie kriegt das irgendwie bewältigt.«

Duval atmetet tief und sah Léa Leroc ernst an. »Danke. War nicht leicht für Sie?«

»Nein.« Sie hatte Tränen in den Augen. »Dieses Schwein. Männer sind solche Dreckschweine.«

»Nicht alle.« Duval fühlte sich unbehaglich.

»Nein, vermutlich nicht. Aber es gibt so viele ...« Sie sprach nicht weiter.

»Pädophilie ist eine Krankheit, Leroc, auch wenn ich selbst Schwierigkeiten habe, das zu akzeptieren.«

»Ja, das hat mir meine Freundin auch versucht zu erklären. Ich kann das nicht aushalten. Ich habe das Gefühl, dass dieser Kerl nur ... ich meine, ich finde das pervers ... ich will mir auch nicht vorstellen ...« Sie brachte keinen der Sätze zu Ende.

»Wissen Sie, ich bin auch gespalten. Ich habe eine kleine Tochter«, Duval stockte, »aber manches kann man vermutlich nicht verstehen, wenn man nicht selbst betroffen ist. Und Sie wissen doch, auch die Täter haben eine Geschichte.«

»*Phff*«, Léa Leroc machte ein verächtliches Geräusch.

»Politisch korrektes Verhalten hört ja nicht bei irgendwelchen Randgruppen auf«, konnte Duval sich nicht verkneifen zu sagen. Randgruppe Straftäter, dachte er ironisch.

Gleichzeitig dachte er an das bis zum Erbrechen bemühte Klischee »ich hatte eine schwere Kindheit«, das er auch so satthatte. Dennoch galt es, auch die Täter vorurteilsfrei anzuhören. Aber es war nicht leicht, vorurteilsfrei zu sein, wenn es um misshandelte oder missbrauchte Kinder ging.

Beide schwiegen für einen Moment.

»Glauben Sie, man hat ihn deswegen umgebracht?«

»Ich weiß es nicht.« Duval, der die ganze Zeit mit seinem Kugelschreiber herumgespielt hatte, legte ihn nun ab.

»Und Eva da Silva?«, fragte er dann.

»Tolle Frau. Ganz toll. Ruhig, kein Drama, keine Tiraden. Sie hatte Tränen in den Augen, aber sie hat die Kleine ganz pragmatisch mit in die Küche genommen und sie haben Schokoladenpudding gekocht und zusammen gesungen.« Léa Leroc schluchzte auf.

Duval schob ihr die Box mit den Papiertaschentüchern zu. Er räusperte sich. »Tut mir leid, aber haben Sie zufällig an die Fasern des Kleidchens gedacht?«

Léa Leroc nickte, holte mehrere kleine Plastiktütchen aus ihrer Umhängetasche und schob sie Duval zu.

Duval nahm sie schweigend an sich. Welchem Kriminaltechniker würde er das geben können, ohne dass es Kreise zog?

»Isabelle Bermont«, sagte Léa Leroc, die genau wusste, was der Commissaire dachte.

Duval sah sie ernst an. »Glauben Sie mir, Leroc, ich weiß

das sehr zu schätzen.« Sie sah ihm in die Augen und nickte leicht.

»Gut, gehen Sie nach Hause, Léa. Unternehmen Sie was Nettes. Haben Sie jemanden ...?!«

»Ja. Keine Sorge. Danke.«

Duval stand schweigend am Fenster und sah nach draußen. Als sich die Tür hinter Léa Leroc geschlossen hatte, brüllte er los und trat gleichzeitig voller Wucht gegen seinen Schreibtisch. Danach fühlte er sich etwas besser. Er wartete, ob jemand kam, aber niemand schien von seinem Ausbruch Notiz genommen zu haben. Vielleicht war auch einfach niemand mehr da. Er holte sich einen Becher gekühltes Wasser aus dem Wasserspender, der auf dem Flur stand, und trank es in einem Zug aus.

Dann entschloss er sich, den Bericht für die Ermittlungsrichterin zu schreiben und per E-Mail zu senden. Er wollte sie morgen früh weder sehen noch hören. Der Bericht enthielt natürlich nur die offiziellen Ermittlungen und war relativ kurz. Danach schaltete er den Rechner ab. Schluss für heute. Vielleicht könnte er noch eine Runde am Strand drehen. Ein bisschen Luft würde ihm guttun. Er nahm seine Jacke und zog die Tür zum Büro zu. Er war sowieso der Letzte auf der ganzen Etage.

Duval drängte sich durch die Menschenmenge in der Rue d'Antibes und ging Richtung Hafen. Am Quai Saint Pierre spazierte er auf der Seite der Jachten und dachte, dass er jetzt auch aussähe wie einer der flanierenden Touristen, die neugierige Blicke in das Innere der Boote warfen.

An der äußersten Spitze des Kais verließ er die Straße und ging die paar Schritte hinunter zum Strand. Hier wurde es endlich etwas ruhiger. Die kleinen niedrigen Pavillons der Restaurants waren geöffnet. Von dort strahlte bereits Licht auf den Strand. Überall saßen Menschen auf den kleinen Terrassen, man hörte Gelächter, Gläserklirren, Musik.

Als wären alle immer nur in den Ferien, dachte Duval. Er lief bis zu dem Restaurant, in dem er mit Annie gewesen war. Schon von Weitem sah er, dass noch ein Tisch auf der Terrasse frei war.

Der Kellner erkannte ihn wieder. »Sie erwarten sicher noch jemanden?«, vermutete er lächelnd.

»Nein.« Duval schüttelte den Kopf.

Der Kellner sah ihn bedauernd an und wies dann auf den einzigen freien Tisch auf der Terrasse: »Entweder hier oder ansonsten drinnen, wenn es Ihnen zu kühl sein sollte …«

»Draußen,« entschied er.

»Nehmen Sie einen Apéro?«, fragte der Kellner und reichte ihm die Speisekarte.

»Einen 51 bitte.«

Der Kellner brachte ihm den Pastis und stellte wie beim letzten Mal ein Schälchen Salzgebäck dazu. Dann zündete er ihm ein Windlicht an und stellte es auf seinen Tisch. Wie gemacht für ein romantisches Abendessen, dachte Duval und blickte übers Meer bis zum Esterelgebirge. Die Wellen schlugen leicht an den Strand. Um ihn herum saßen heiter gestimmte Menschen und tranken und lachten. Paare, Gruppen, niemand saß oder aß hier allein. Er fühlte sich dennoch wohl. Wenn die Pariser Kollegen mich so sehen könnten, würden sie sich das Maul zerreißen, dachte Duval.

Er bestellte einen Grillspieß mit Fisch, Jakobsmuscheln und Scampi und wählte dazu einen Weißwein. Während er darauf wartete, drehte und wendete er in seinem Kopf alles, was er heute erfahren hatte. Wie passte das alles zusammen?

Später streifte er die Fischstücke und die Jakobsmuscheln vom Holzspieß. Während er angestrengt daran arbeitete, einer Garnele mit Messer und Gabel formvollendet den rötlichen Panzer abzustreifen, fiel sein Blick auf eine junge Frau am Nebentisch. Sie hatte ebenfalls ein Schalentier in Arbeit, aber anders als er nahm sie es in die Hand, brach ihm kurzerhand den Kopf ab und schälte es in Nullkommanichts mit den Fingern aus dem Panzer. Dann steckte sie es in den Mund und legte das abgebissene Schwanzende auf den Teller. Sie leckte sich kurz die Finger ab, bevor sie zur Serviette griff. Duval betrachtete sie amüsiert. Als sie es bemerkte, wurde sie rot und lächelte verlegen. Dann sah sie ihn erneut an und sprach kurz mit ihrem Begleiter, der sich nun ebenfalls umdrehte und ihn neugierig musterte. Schließlich schüttelte er den Kopf und sprach leise auf sie ein.

»*Bon soir*«, sagte Duval höflich. »Verzeihen Sie, wenn ich Sie so angestarrt habe, ich wollte Sie nicht in Verlegenheit bringen.«

»Verzeihen Sie, wenn wir Sie anstarren«, gab der junge Mann zurück. »Sie sind Schauspieler, oder? Meine Freundin glaubt, Sie seien Hugh Jackman.«

Duval schüttelte den Kopf. Er hatte keine Ahnung, für wen sie ihn hielten.

»Siehst du«, sagte der junge Mann zu seiner Freundin, »er ist es nicht. Hugh Jackman ist nicht so ein rötlicher Typ, habe ich dir gleich gesagt, außerdem ist er noch nicht so alt.«

Na, vielen Dank auch, dachte Duval.

»Ich habe Sie aber schon mal gesehen, in der Zeitung oder irgendwo. Sie sind doch Schauspieler, oder? Sie sind bestimmt wegen des Filmfestivals da?«

Duval schüttelte den Kopf, vermutlich hatten sie sein Bild in der Zeitung gesehen, aber er hatte keine Lust zu erklären, dass er *flic* war. »Nein, ich fühle mich zwar geehrt, aber Sie verwechseln mich.«

»Dann entschuldigen Sie bitte, dass wir Sie belästigt haben.«

»Keine Ursache.« Duval lächelte freundlich. »Sind SIE wegen des Filmfestivals da?«

»Ja!«, beide strahlten. »Es ist großartig! Wissen Sie, wir sind aus Rouen. Wir haben extra freigenommen, um dabei zu sein. Es ist fantastisch!«

»Aus Rouen? Sie sind von der Normandie bis hierhergefahren für das Filmfestival?«

»Ja. Das war ein Traum. Und jetzt sind wir hier und genießen einfach alles. Aber heute Abend hatten wir keine Lust, im Gedränge zu stehen«, erklärte der junge Mann.

»Schauen Sie mal, ich habe Fotos von gestern Abend«, sagte die junge Frau und hielt ihm ihr Mobiltelefon hin. Duval sah ein paar verwischte Aufnahmen von Menschen, die er nicht erkannte, auf roten Stufen. Er nickte höflich. »Cannes ist unglaublich, oder?« Sie strahlte ihn an.

»Ja.« Er klang etwas lahm.

»Finden Sie nicht?« Sie betrachtete ihn erstaunt.

»Doch, doch.« Er war gerührt von ihrer Begeisterung. »Ich bin nur ein bisschen müde heute Abend, ich hatte einen anstrengenden Tag. Ich freue mich aber, dass es Ihnen hier so gefällt«, fügte er noch hinzu.

»Sie LEBEN hier?«

Duval nickte.

»WAHNSINN! Was haben Sie für ein Glück!« Das junge Paar sah ihn erneut an, als wäre er ein Star.

»Na ja«, antwortete er und schluckte dann hinunter, was er

noch sagen wollte. Sie würden es vermutlich sowieso nicht verstehen. »Die Côte d'Azur ist tatsächlich unglaublich schön«, sagte er dann lächelnd. »Und es gibt wundervolle Momente, da bin ich hier auch ganz glücklich. Eben zum Beispiel.«

Er war vermutlich trotzdem zu spröde für das begeisterungsfähige Pärchen. Sie sahen ihn leicht verständnislos an, nickten ihm zu und dann wandte sich jeder wieder seinem Essen zu, das darüber kalt geworden war. Duval spießte eine Jakobsmuschel auf. Wer war dieser Kerl, für den sie ihn gehalten hatten? Er musste das mal recherchieren.

Nachdem er das letzte Reiskorn aufgepickt hatte, war er satt und zufrieden. Es war allerdings kühl geworden und der Wind wurde zunehmend stärker. Er leerte den letzten Schluck seines Weißweins und beschloss, den *café* im Inneren des Restaurants zu trinken. Er würde auch noch einen Calvados nehmen. Vielleicht wärmte ihn das wieder ein bisschen auf.

Er stand auf und nickte dem jungen Paar zum Abschied freundlich zu. »*Au revoir* und genießen Sie Ihre Zeit hier!«

»Danke, machen wir ganz bestimmt. Sie auch!«

Duval lachte und nickte. »Ich will's versuchen.«

Er bestellte einen *café arrosé* und trank ihn in kleinen Schlucken am Tresen, während er auf das Meer blickte. Die Jachten, die vor Cannes lagen, sahen festlich erleuchtet aus. Lichter blinkten auch von der kleinen Insel Sainte Marguerite und die Straßenbeleuchtung zog sich entlang der Küste Richtung Theoule wie bunte Lichterketten. Dahinter sah er die Umrisse des Esterelgebirges. »Ist ein schöner Abend«, sagte der Kellner, der hinter dem Tresen Gläser spülte.

Duval nickte. »Ja, ein schöner Abend und ein wundervoller Ort.«

»Das sowieso«, antwortete der Kellner sehr überzeugt.

Duval lächelte, nahm den letzten Schluck seines alkoholisierten *cafés*, zahlte und ging zu Fuß nach Hause. Er wählte den Weg durch die verwinkelte Altstadt. Obwohl sehr touristisch, mochte er die enge und steile Rue du Suquet, in der sämtliche Restaurants winzige Holzterrassen, manchmal nur für einen oder zwei kleine Tische, auf die abschüssige Straße gebaut hatten. Das Filmfestival galt als Auftakt der Saison. Zu Recht, denn fast alle Tische waren von munter plaudernden Festivaliers besetzt, wie Duval an den Badges sehen konnte, die die Menschen geradezu wie eine Auszeichnung um den Hals trugen. Die *rabatteurs*, die vor den Restaurants standen und stets mehr oder weniger charmant versuchten, Gäste in die Restaurants zu locken, wirkten daher recht entspannt. Sie grüßten ihn professionell, aber niemand redete auf ihn ein. Duval ging inmitten des abendlichen Trubels bergauf und kam am oberen Ende der Altstadt heraus. Kaum hatte er das enge Sträßchen verlassen, wurde es ruhiger. Auf der Brücke, die über die Schnellstraße führte, wehte ihn ein kühler Wind an. Er fröstelte. Die Wirkung des wärmenden *café arrosé* schien nachzulassen. Vielleicht war er auch einfach nur müde.

6

Duval suchte in der Post auf seinem Schreibtisch, ob die Akte aus Mont-de-Marsan sich darunter befand. Nichts. Auch kein Brief vom dortigen Landgericht. Er fuhr den Rechner hoch und suchte im E-Mail-Eingang nach einer betreffenden Antwort. Er hatte gestern gleich morgens angerufen und auch das geforderte zusätzliche Internetformular ausgefüllt. Nichts. Eine alte Akte aus dem Archiv zu holen und in die Post zu geben, kann nicht so lange dauern. Es sei denn, man wollte sich bewusst Zeit lassen. Die Post allerdings war oft unzuverlässig. Duval musste noch einmal anrufen, schließlich war es dringend.

Es gab keine Akte. Nicht verschwunden, das würde die Gerichtsangestellte mit Sicherheit ausschließen wollen, aber die Akte war einfach nicht an ihrem Platz. Die Gerichtsangestellte versicherte ihm, dass sie überall gesucht hätte. Sogar auf den Schreibtischen der Richter und des Staatsanwalts. Manchmal holten sie eine Akte aus dem Archiv, ohne einen entsprechenden Vermerk zu hinterlassen. Alles ohne Erfolg. Es komme auch vor, dass einer der Herren Material mit nach Hause nähme, um es dort in Ruhe zu studieren. Sie taucht bestimmt eines Tages wieder auf, versuchte sie den fluchenden Duval zu beruhigen. Aber in der Zwischenzeit ... *desolée,* sie sei untröstlich. Duval sah sie förmlich vor sich, wie sie mit den Achseln zuckte.

Es gefiel ihm nicht. Duval trommelte mit den Fingern auf dem Schreibtisch und rief dann eine Nummer in Paris an.

»Duval hier. Was ist bei euch rausgekommen? … Wie ›nichts‹? Was soll das heißen?«

Duval hörte eine Weile stumm zu. »Verstehe«, sagte er dann. »Verstehe. Hm. Na gut. Ja, verstehe ich. Danke dir dennoch.«

Er legte auf. Er verstand gar nichts, oder doch so viel, dass irgendjemand zwischenzeitlich gründlich aufgeräumt hatte.

Und warum klingelte jetzt schon wieder sein Telefon? Duval seufzte, er kannte die Nummer auf dem Display nicht, nahm aber nach dem ersten Klingeln das Gespräch an.

»*Bonjour,* Monsieur le Commissaire, hier spricht Charles Bizartin. Hätten Sie einen Moment Zeit für mich?«

»*Bonjour,* Monsieur Bizartin. Sie sind der Vater von Stéphanie Thibaut, *n'est-ce pas?* Selbstverständlich habe ich Zeit für Sie. Was kann ich für Sie tun?« Duval war gespannt.

»Ich sehe, Sie sind informiert. Ich möchte Ihnen gerne etwas erzählen.«

»Gerne, Monsieur Bizartin. Wie geht es Ihrer Tochter?«

»Sehen Sie, Sie kommen sofort auf den Grund meines Anrufes zu sprechen. Ich denke, Sie werden verstehen, was ich Ihnen erzählen möchte. Stéphanie sagte mir bereits, dass Sie ein verständiger Mann seien.«

Jetzt wurde Duval misstrauisch.

»Worum geht's, Monsieur Bizartin?«, fragte er jetzt direkt.

»Um Stéphanie, Monsieur le Commissaire. Es geht ihr nicht gut.«

»Das tut mir leid, zu hören. Der Verlust ihres Mannes ist natürlich schmerzlich. Und einen geliebten Menschen so brutal zu verlieren, kein Wunder …« Duval versuchte sich in höflicher Konversation.

»Sie haben zwei Kinder, Monsieur le Commissaire, wenn ich recht informiert bin?!«

»Ja, ich verstehe nicht ganz …«, Duval war plötzlich sehr aufmerksam.

»Stéphanie ist mein einziges Kind. Ihr Wohlergehen liegt mir am Herzen. Nun, Sie haben selbst Kinder, Sie werden das verstehen. Lassen Sie mich Ihnen ein wenig aus dem Leben von Stéphanie erzählen, Monsieur le Commissaire.«

Duval stöhnte innerlich auf. Wollte dieser alte Herr ihm tatsächlich Kindergeschichten seiner Tochter erzählen? Und wenn ja, was wollte er damit erreichen? Laut sagte er: »Gerne, Monsieur Bizartin. Erzählen Sie.«

»Danke, Monsieur le Commissaire. Ich sehe schon, Stéphanie hatte recht. Sie sind verständig und höflich und ich weiß es zu schätzen, dass Sie mir etwas Zeit gewähren und mir zuhören wollen. Es ist wichtig, dass man noch gewisse Werte achtet. Auch Umgangsformen gehen heute mehr und mehr verloren.«

Duval fragte sich, ob er diesen Eindruck bei Stéphanie Thibaut hinterlassen hatte, weil er zweimal die Andeutung eines Handkusses gemacht hatte. Allerdings machte ihn dieser langatmige Einstieg über die guten Manieren zunehmend nervös.

»Stéphanie ist unser einziges Kind. Ich persönlich habe mir immer auch einen Sohn gewünscht, aber es wurde uns nicht gewährt. Also haben wir alle unsere Hoffnungen in Stéphanie gesetzt. Stéphanie war ein fröhliches Kind. Fröhlich und begabt. Und sehr anmutig. Wir haben ihr die beste Erziehung angedeihen lassen. Sie war in einem hervorragenden Internat in der Schweiz. Sie spricht mehrere Sprachen fließend und sie hätte eine fantastische Karriere machen können. Sie hatte zumindest ein Jurastudium begonnen. Aber dann geriet sie unter den Einfluss von zweifelhaften jungen Menschen und begann, das Studium zu vernachlässigen. Sie begann auch, sich selbst zu vernachlässigen, kleidete sich in Lumpen, rauchte, trank, sie verkehrte in sogenannten Künstlerkneipen und Jazzkellern und hatte völlig abstruse Ideen im Kopf. Ich habe meine Tochter zu diesem Zeitpunkt nicht wiedererkannt. Eine Zeit lang sahen meine Frau und ich diesem Treiben zu, aber es wollte kein Ende nehmen. Also habe ich ihr den monatlichen Scheck gestrichen. Ich dachte, das brächte sie zur Vernunft. Sie war wütend und lebte weiter wie bisher, nur ließ sie die Rechnungen für ihre nächtlichen Feiern dann an mich senden. Es war skandalös. Ich war daher höchst erfreut, als sie uns mitteilte, dass sie gedenke, sich zu verheiraten. Ich dachte, sie hätte sich gefangen. Aber natürlich hatte sie eine Wahl getroffen, die nur kompromittierend sein konnte. Wenn Sie diesen abgerissenen Mann gesehen hätten, lange Haare, ungepflegt, ohne Tischmanieren.«

»Sie sprechen von Serge Thibaut, Monsieur Bizartin?«

»Sie vermuten richtig. Es handelte sich um Serge Thibaut. Er war der Erwählte. Ein erfolgloser Fotograf, mit einem gewissen Charme, der sich vor allem gern selbst reden hörte. Stéphanie lag ihm zu Füßen, ich habe nicht verstanden, was sie an ihm fand. Aber es war er und kein anderer. Nun, wir haben dann eine standesgemäße Hochzeit ausgerichtet und ich habe meinen Schwiegersohn, denn das war er ja nun, in die entsprechenden Kreise eingeführt. Er hatte Charme, das muss man sagen. Und er profitierte geschickt von den Kontakten, die ich ihm vermittelte. Alles fügte sich zum Besten. Und dann kam dieser unselige Prozess.«

»Der Prozess in Mont-de-Marsan?« Duval, der bei der langsamen Erzählung von Charles Bizartin begonnen hatte abzuschweifen, war plötzlich hellwach.

»Richtig. Sie verstehen natürlich, dass wir, nachdem es uns gelungen ist, diesen Prozess, so gut es damals ging, aus den Medien zu halten, heute kein Interesse daran haben, dass er erneut ausgegraben wird?!«

»Deshalb ist die Akte verschwunden?«

»Oh, die Akte ist verschwunden? Na, so etwas. Aber darüber weiß ich nichts, Monsieur le Commissaire. Ich möchte nur verhindern, dass dieser Prozess von vor dreißig Jahren und all die damit verbundenen Hässlichkeiten heute wieder an die Öffentlichkeit gezerrt werden. Wozu das alles? Serge ist tot. Lassen wir ihn ruhen. Wissen Sie, Stéphanie hat seitdem genug gelitten.«

»Monsieur Bizartin, Sie behindern eine polizeiliche Ermittlung, weil Sie nicht wollen, dass Ihre Tochter leidet?«

»Nein, Monsieur le Commissaire, da verstehen Sie mich falsch. Aber natürlich ist das schmerzhaft für Stéphanie, und ich möchte ihr all das ersparen. Sie hat schon so viel durchgemacht.«

Duval hatte keine Lust, die Leiden von Stéphanie Thibaut zu erfragen, und schwieg.

Charles Bizartin sprach ungeachtet dessen trotzdem weiter.

»Stéphanie kann keine Kinder bekommen, Monsieur le Commissaire. Wissen Sie, was das für eine Familiendynastie bedeutet, keine Nachkommen zu haben?«

Na, das sind wirklich Probleme, dachte Duval, während er halbherzig sagte: »Nun ja, ich kann es mir vorstellen.«

»Das können Sie nicht, Monsieur le Commissaire. Das können Sie nicht ermessen.«

»Möglich, dass ich es nicht kann.« Duval gab sich nun weniger Mühe, den höflichen Zuhörer zu spielen.

»Stéphanie und Serge waren zum damaligen Zeitpunkt des Prozesses im Begriff, ein Kind zu adoptieren. Die Adoptionsbehörde hat nach diesem unseligen Prozess den Antrag gestoppt und dies wurde nie revidiert. Stéphanie bekam nie die Möglichkeit, ein eigenes Kind in den Armen zu halten.«

Duval raufte sich gedanklich die Haare. Dieser Alte ist so pathetisch, dachte er genervt. Als ob es nichts Schlimmeres gäbe.

»Meinen Sie nicht, dass dies angesichts der Neigungen von Serge Thibaut die einzig richtige Entscheidung gewesen ist?«

»Diese Neigungen, wie Sie das nennen, Monsieur le Commissaire, wurden nie bewiesen. Ich erinnere Sie, dass Thibaut freigesprochen wurde. Und Sie wissen das auch, will mir scheinen, *n'est-ce pas?* Können Sie sich vorstellen, wie sehr Stéphanie unter alldem gelitten hat? Sie hat sich nie wirklich davon erholt. Sie wurde magersüchtig, depressiv. Aus dem fröhlichen, begabten Mädchen wurde eine verbitterte Frau. Sie haben Stéphanie kennengelernt. So war sie nicht immer.«

Wissen Sie, wie sehr mich Ihre privaten Geschichten ankotzen, mit denen Sie die Ermittlungen behindern, hätte Duval gerne gesagt, aber er wusste immer noch nicht, worauf Charles Bizartin hinauswollte, und riss sich zusammen.

»Sie hätte sich von Thibaut trennen können – mit einem anderen Mann hätte sie vielleicht ein neues Glück finden können, mit oder ohne Adoption, oder?«, sagte er stattdessen.

»Ich sehe, Sie sind ein modern denkender Mann, Monsieur le Commissaire, aber in unserer Familie gelten andere

Werte. Eine vor Gott geschlossene Ehe kann nicht vom Menschen getrennt werden.«

Auch das noch. So ein pathetisch-religiöser Mist, dachte Duval. Obwohl selbst kirchlich verheiratet, hatte er nie verstanden, wie man sich diesen unerbittlichen katholischen Regeln unterwerfen konnte. Warum musste man sich quälen und zusammenbleiben, wenn man sich nicht mehr ertrug? Auch seine Mutter hatte mit ihrer Scheidung brav gewartet, bis ihr Vater gestorben war. Sie hätte nicht gewagt, ihm das zu Lebzeiten anzutun. Und ihre Geschwister haben diese Scheidung bis heute nicht akzeptiert. Oh, diese bornierten bourgeoisen Familien, in denen der äußere Schein so wichtig war, dass dafür alles unter den Teppich gekehrt wurde und man niemals offen miteinander sprach. Duval schüttelte den Kopf.

»Monsieur Bizartin, Sie sprechen mir vom Glück Ihrer Tochter und beharren gleichzeitig auf überkommene Regeln, die Ihre Tochter in einer unglücklichen Ehe festhalten?«

»Sie haben recht, Monsieur le Commissaire, Sie haben vollkommen recht. Vielleicht hätte ich in all den Jahren nicht so streng sein dürfen. Ich mache mir da heute selbst die größten Vorwürfe. Ich sagte ihr damals, du wolltest ihn, jetzt hast du ihn. Also komm mir nicht eines Tages mit Klagen. Sie hat auch nie geklagt, sie hat Haltung bewahrt, aber ich sah doch, wie unglücklich sie war. Sie hat ihn einfach nicht mehr ertragen. Ich habe das gespürt. Und ich selbst habe ihn schon lange nicht mehr ertragen.«

Duval horchte auf. »Sie haben ihn einfach nicht mehr ertragen?«

Charles Bizartin schwieg.

»Was ist Ihrer Meinung nach vor zwei Jahren im Regenwald passiert, Monsieur Bizartin?«

»Ich weiß nicht, wovon Sie sprechen, Monsieur le Commissaire.«

»Der Hubschrauber von Thibaut ist damals explodiert. Sie erinnern sich doch sicher? Ihr Schwiegersohn glaubte, dass man ihm nach dem Leben trachtete.«

»Ach, diese unglückliche Geschichte ... ja doch, natürlich, ich erinnere mich. Ein Fotograf kam dabei ums Leben.«

»Und ein Hubschrauberpilot«, ergänzte Duval.

»Ja, ja, sehr unschöne Geschichte.«

»Das ist alles, was Ihnen dazu einfällt?«

»Ich weiß nicht, worauf Sie hinauswollen, Monsieur le Commissaire?«

»Sie haben nicht vielleicht ein wenig nachgeholfen, um sich und Ihre Tochter von Serge Thibaut, den Sie beide einfach nicht mehr ertrugen, mithilfe eines tragischen Unfalls, zu befreien?«

»Das sind infame Unterstellungen, Commissaire, die ich entschieden zurückweise. Wenn ich mich recht erinnere, hatte man damals eine Gruppe selbst ernannter Revolutionäre dafür verantwortlich gemacht, denen diese Filmarbeiten in ihrem Territorium vermutlich nicht gefielen. Wie gefährlich es dort ist, mit all den marodierenden Gruppen, die vor nichts zurückschrecken, weiß man ja.«

»Natürlich. Sie sagen es, ›man hat diese Gruppe dafür verantwortlich gemacht‹.«

Charles Bizartin schwieg.

»Ich glaube, jemand hat damals schon versucht, Thibaut aus dem Weg zu räumen. Und jetzt, zwei Jahre später, ist es dann gelungen.«

»Monsieur le Commissaire, Sie verrennen sich da in etwas. Glauben Sie mir, weder Stéphanie noch ich haben mit dem Mord an Serge etwas zu tun.«

Duval schwieg.

»Nun, wie gesagt«, nahm Charles Bizartin die Konversation ungerührt wieder auf, »ich versuche nur, weiteren Kummer von Stéphanie fernzuhalten. Verstehen Sie? Lassen Sie diese alten Sachen ruhen, bitte.«

»Verzeihen Sie, Monsieur Bizartin, aber haben wir nicht gerade von moralischen Werten gesprochen? Wissen Sie, ich habe in meiner Arbeit auch moralische Werte. Unverzeihlich und ungesetzlich finde ich, dass eine Ermittlung aufgrund Ihrer persönlichen Machenschaften nicht korrekt geführt werden kann. Sie lassen Akten über Serge Thibaut verschwinden, damit angeblich Ihre Tochter geschützt wird? Die wiederum geschützt werden muss, weil sie Ihre Tochter ist und weil Sie persönlich Serge Thibaut protegiert haben? Weil Ihr Name nicht in Zusammenhang mit schmutzigen Taten stehen soll, darf über Thibaut nichts Negatives berichtet werden?«

»Ich freue mich, Monsieur le Commissaire, in Ihnen auf einen Mann mit moralischen Werten gestoßen zu sein. Aber glauben Sie mir, mit dem Verschwinden der Akten habe ich nichts zu tun. Und wissen Sie, ich bin alt. Um mich geht es schon gleich gar nicht mehr. Ich möchte wirklich meiner Tochter nicht noch mehr Kummer machen ...«

Was für ein Geschwafel, dachte Duval, er hatte keine Lust mehr, sich noch weitere Ausführungen anzuhören, und versuchte seinen Gesprächspartner zu unterbrechen.

»Monsieur Bizartin ...«

»Hören Sie, Monsieur le Commissaire«, Charles Bizartins Ton hatte sich plötzlich verändert. »Ich sage es Ihnen deutlich: Lassen Sie Thibaut ruhen, er ist tot. Und er wurde ermordet. Auch wenn er vielleicht im Laufe seines Lebens Dinge gemacht hat, die anzweifelbar waren, es ist vorbei.

Nicht er sollte heute vor Gericht stehen, sondern sein Mörder.«

Duval wurde wütend. Was nahm sich dieser bourgeoise alte Kerl eigentlich heraus? Und während sich in seinem Kopf schwarze Zorneswolken verdichteten, hörte er die folgenden Sätze von Charles Bizartin nur noch halb. Er zuckte zusammen. Wie bitte?

»... durchaus etwas für Sie tun.«

Hatte Bizartin ihm gerade ein unredliches Angebot gemacht? Eine Hand wäscht die andere? *Quid pro quo?*

»Denken Sie darüber nach, Monsieur le Commissaire. Ich bin zwar ein alter Mann, aber ich habe noch ein paar gute alte Freunde.«

Tatsächlich. Duval blieb sprachlos.

»Monsieur Bizartin, ich bitte Sie um nichts, und ich mache meinen Job so, wie ich ihn für richtig halte«, sagte er dann kühl.

»Wunderbar, Monsieur le Commissaire. Das ist gut. Wir brauchen Menschen wie Sie. Ich lasse Sie jetzt auch weiter ›Ihren Job machen‹, wie Sie sagen. War mir eine Ehre, Monsieur le Commissaire.«

Duval blieb noch lange mit dem Hörer in der Hand sitzen.

Irgendwann stand er auf und blickte aus dem Fenster auf die wie immer verstopfte Kreuzung. Der Himmel war heute grau, es war diesig und bewölkt. Das Wetter hier kommt immer aus Italien, hatte Emilia ihm neulich erzählt. Er sah nach Osten. Dort war der Himmel fast schwarz. Wenn es stimmte, was Emilia sagte, dann würde es vermutlich bald regnen, und nicht zu knapp. Er ging auf den Flur und zögerte vor dem Kaffeeautomaten. Dann entschied er sich für einen Becher Wasser aus dem Wasserspender. In allen Büros wurde gearbeitet, Telefone klingelten, er hörte Stimmen und das Klackern der Computertastaturen. War er hier wirklich richtig, fragte er sich.

Sein Telefon klingelte erneut.

Es war sein oberster Chef. Auch das noch.

»Wo sind Sie, Duval?«

Diese Frage! »Ich sitze an meinem Schreibtisch, Monsieur le Directeur, Sie rufen mich auf dem Festnetztelefon an.« Letzteres sagte er dann doch nicht.

»Kommen Sie in mein Büro. Sofort.« Der Direktor klang eisig.

»Jawohl, Monsieur le Directeur.«

Duval nahm zwei Stufen auf einmal. Der Ton des Direktors hatte nicht verheißungsvoll geklungen.

Die Sekretärin sah ihn ernst an und machte ihm ein Zeichen, dass er direkt in das Büro gehen solle, dessen Tür offen stand.

»Machen Sie die Tür zu, Duval.«

Duval schloss gehorsam die Tür.

Der Direktor bot ihm nicht mal an sich zu setzen, sondern redete sofort los.

»Darf man fragen, was Sie sich von der Suche nach Uralt-Akten versprechen? Ich bekam soeben einen Anruf vom Staatsanwalt. Sie haben im Landgericht Mont-de-Marsan gewisse Akten angefordert. Ich weiß nicht, wozu das nötig sein sollte?«

»Monsieur le Directeur, wir ermitteln in einem Mordfall. Wir gehen allen Spuren nach, daran ist nichts Ungewöhnliches, oder?«

»Lassen Sie das ruhen, Commissaire, konzentrieren Sie sich auf die Fakten und kommen Sie alsbald zu einem befriedigenden Ergebnis. Wir suchen den Mörder von Thibaut. Nichts anderes. Verstehen wir uns?«

Duval mochte es gar nicht, wenn von höherer Instanz in seine Ermittlungen eingegriffen wurde. Er wagte zu insistieren.

»Natürlich, Monsieur le Directeur, aber Sie werden verstehen ...«

»Hören Sie, Duval, nicht ich, Sie haben es noch nicht richtig verstanden. Ich sage Ihnen, es gibt da keinen Zusammenhang. Ebenso wenig wie mit Ihren Verschwörungstheorien, was diese Umweltorganisation angeht. Es gibt da nichts zu sehen. Für mich zumindest nicht. Und ich an Ihrer Stelle würde das genauso sehen.«

Der Direktor schob einige Akten zusammen. Duval stand noch immer im Raum. Der Direktor sah von seinem Schreibtisch auf. »Das ist alles, Duval, Sie können gehen.«

Wütend ging Duval zurück in sein Büro.

»Ich will nicht gestört werden«, bellte er über den Flur und schloss hörbar die Tür.

Es klopfte.

»Nicht jetzt!«

»Monsieur le Commissaire!«, Villiers stand bereits im Büro.

»Villiers, was gibt's?«, knurrte Duval.

»Sie werden Ihre schlechte Laune gleich vergessen, Monsieur le Commissaire, schauen Sie mal«, er wedelte mit Papier herum.

»Zeigen Sie schon her.«

Duval warf einen Blick darauf. »Sind Sie wahnsinnig, Villiers? Wie kommen Sie denn da dran? Das ist unzulässig, das wissen Sie? Was immer da drin steht, ich kann das nicht verwenden.«

»Oh, Commissaire, locker bleiben, es geht nur um die

Information. Sie müssen ja nicht rumerzählen, woher sie kommt.«

»Ich werd' mich hüten.«

»Hier.« Villiers tippte auf eine Stelle.

»Oh!«

»Das zeigt zumindest, dass er gelogen hat, und damit hat er ein Motiv.«

»Ich würde Sie gern loben, aber das ist illegal, was wir hier machen. Und ich will lieber gar nicht wissen, wie Sie da drangekommen sind.«

»Ich hatte mal kurz was mit einer Kleinen von der Sozialversicherung. Sie mag mich noch.«

»Ich habe das nicht gehört, Villiers.«

»Wissen Sie, LeBlanc telefoniert immer noch die Einwohnermeldeämter ab. Ich dachte, es muss schneller gehen.«

»Ich weiß nicht, wovon Sie reden, Villiers.«

»Schon gut.« Villiers grinste.

»*Bonjour,* Monsieur Lambert, setzen Sie sich bitte. Möchten Sie einen Kaffee? Ein Glas Wasser?«

»Ja, bitte.« Monsieur Lambert wirkte angespannt.

»Kaffee oder Wasser?«

»Wasser.«

Duval ließ frisches Wasser aus dem blubbernden Wasserspender in einen Plastikbecher laufen. Er stellte ihn vor Lambert auf den Tisch, der dankend nickte und einen Schluck daraus trank.

»Wissen Sie, warum ich Sie hergebeten habe?«

»Nein.« Monsieur Lambert schüttelte entschieden den Kopf.

»Ich habe Sie hergebeten, weil ich ein paar Sachen überprüfen möchte. Es gibt da ein paar Ungereimtheiten.« Duval sah Maurice Lambert ernst an. Lambert wirkte angespannt und knetete seine Hände. Als er sah, dass Duval ihn dabei beobachtete, nahm er die Hände vom Tisch.

Duval blätterte in Lamberts Protokoll. »Nun, Sie haben meinen Kollegen angegeben, dass Sie in Toulouse geboren sind. Sie sind 59 Jahre alt und derzeit wohnhaft in Mandelieu, in der Rue du Four, so weit richtig?«

Lambert nickte.

»Sie leben allein, sind seit mehr als zwanzig Jahren geschieden, haben keinerlei Kontakt mehr zu Ihrer früheren Frau. Sie wissen auch nicht, wo sie lebt. Keine Kinder. Seit mehr als fünfzehn Jahren arbeiteten Sie schon als fest angestellter Filmtechniker für das Kongresszentrum. Vorher haben Sie in Paris für die FIF gearbeitet.«

»Korrekt?«

Lambert nickte.

»Nein, Monsieur Lambert, ganz stimmt es nicht, *n'est-ce pas?*«

Maurice Lambert begann, unruhig auf seinem Stuhl herumzurutschen.

»Es stimmt nicht, dass Sie keine Kinder haben, Monsieur Lambert.«

Maurice Lambert wurde blass und bekam gleichzeitig einen roten Fleck am Hals.

»Sie haben eine Tochter«, sagte Duval ruhig. »Sandrine.«

Lambert atmete schwer. Dann sagte er fast unhörbar: »Ja, Sandrine.«

»Erzählen Sie mir von Sandrine, Monsieur Lambert.«

»Sandrine.« Lamberts Stimme schien zu brechen. »Sandrine, Sandrine.« Er begann leise zu weinen.

Duval zog aus der Schublade die Box mit den Papiertaschentüchern und schob sie vorsichtig Richtung Lambert.

»Was ist passiert mit Sandrine?«

»Ach, ach, ach …«, Lambert stöhnte gequält.

»Trinken Sie einen Schluck Wasser, Monsieur Lambert, möchten Sie vielleicht doch einen Kaffee?«

Lambert trank folgsam etwas Wasser und schüttelte den Kopf. »Nein, keinen Kaffee.« Leise sagte er dann: »Sie ist tot! Mein Kind ist tot. Das ist passiert.« Dann schwieg er.

Duval schwieg ebenfalls und wartete.

»Ich *hatte* eine Tochter. Sandrine. Mein Kind. Mein geliebtes kleines Mädchen. Sandy …«, der Mann schluchzte erneut auf. »Es ist meine Schuld. Es ist alles meine Schuld. Ich hätte Sandy nicht in dieses Ferienlager schicken sollen. Aber ich dachte, es würde ihr guttun, unter anderen Kindern zu sein. Zu spielen, Kind zu sein, etwas anderes zu sehen und zu hören als die Tiraden zu Hause. Meine Frau und ich haben uns zu dem Zeitpunkt nur gestritten, verstehen Sie?«

Duval nickte. Ja, er kannte das.

»Und ich wollte Sandy auch aus den Fängen meiner Frau befreien. Sie klammerte sich an das Kind, überschüttete sie mit Zärtlichkeiten und heulte ihr vor, wie gemein ich sei. Ich fand, dass sie Sandy benutzte. Sie legte sie zwischen uns ins Bett, als Schutzschild, damit ich sie nicht mehr anfasste. Sandy war völlig verstört. Sie hatte Angst einzuschlafen, als könne ihrer Mutter etwas passieren, wenn sie nicht aufpasste. Sie bekam Ekzeme und riss sich die Haare aus. Ich konnte das nicht mehr mit ansehen und als die Sommerferien kamen, habe ich Nägel mit Köpfen gemacht und sie ans Meer geschickt. Ihre Mutter heulte, Sandy heulte, aber ich dachte, es wäre gut, die beiden zu trennen. Für Sandy, verstehen Sie?«

Duval nickte, sagte aber nichts. Er wollte den Redefluss des Mannes nicht unterbrechen, der auch sofort weitersprach.

»Ich fand es inzestuös, was meine Frau mit ihr machte. Dieses ständige Geschmuse. Zusammen in der Badewanne. Irgendetwas gefiel mir daran nicht. Ich dachte, das Ferienlager würde Sandy guttun. Abstand schaffen. Ich wollte, dass sie mit anderen Kindern rumrennt, lacht und schwimmt. Ein bisschen normales Kinderleben hat. Und dann hat dieser Drecksack sie angefasst. Immer und immer wieder.«

»Wer hat sie angefasst, Monsieur Lambert?«

Maurice Lambert sah Duval fassungslos an.

»Thibaut. Dieser Drecksack. Das wissen Sie doch?!«

Duval nickte. »Erzählen Sie weiter«.

»Ich hätte ihn noch während des Prozesses erschießen sollen.« Lamberts Stimme klang hasserfüllt. »Ich erinnere mich, dass es in Deutschland damals ein paar Jahre zuvor einen Riesenrummel gegeben hatte, als eine Mutter im Gerichtssaal den Vergewaltiger ihrer Tochter erschossen hat. Weil sie es nicht ertragen hatte, dass der Typ ihre kleine Tochter als Schlampe hingestellt hat. Bachmann hieß sie, glaube ich. Sie hat es richtig gemacht.«

Bachmeier, dachte Duval, Marianne Bachmeier, 1981. Es war ein Fallbeispiel in seiner Ausbildung gewesen. Duval erinnerte sich auch an die Affäre Constantin, die vor etwa fünfzehn Jahren durch die Medien gegangen war. Damals hatte ein braver Mann, bislang ohne Fehl und Tadel, Philippe Constantin, Rentner, im Gerichtssaal den Vergewaltiger und Mörder seiner fünfjährigen Enkelin mit vier Schüssen kaltblütig getötet. Dieser Fall hatte in Frankreich endgültig zu verschärften Sicherheitskontrollen bei Gerichtsprozessen geführt.

»Dieser widerliche Drecksack hat ausgesagt, dass Sandrine

ihn verführt hätte. Dass sie sich in sein Bett gelegt hätte und angefangen hätte, an seinen Genitalien herumzuspielen. Sie war zehn, meine Kleine. Zehn. Können Sie sich das vorstellen? Haben Sie Kinder, Monsieur le Commissaire?«

Duval nickte. »Ich habe eine kleine Tochter und einen Sohn.«

»Dann können Sie vielleicht verstehen, was in mir vorging. Er war so ein Drecksack. So ein Haufen Scheiße. Und er sagte so unglaublich dreckige Sachen über meine Kleine. Achtzehn war sie bei dem Prozess. Sie sah ein bisschen verrucht aus, ein bisschen punkig mit wirren Haaren, viel schwarzem Kajal und zerrissener Hose. Und trotzdem sah man, dass sie schön war. Sie war so schön. Auch als sie klein war. Wunderschön. Aber sie war einfach verloren. Wie verloren, habe ich nicht begriffen. Und das ist alles seine Schuld. Er hat sie dazu gemacht. Ich habe ja lange nicht gewusst, was mit ihr los war. Sie kam verändert aus den Ferien zurück, war abweisend und schweigsam. Aber sie hatte auch vorher nie viel mit mir geredet. Immer nur mit ihrer Mutter. Ich dachte, sie habe es mir übel genommen, dass ich sie von ihrer Mutter getrennt hatte. Viel später, da hatte sie Albträume. Sie schrie immer nur ›Nein, nein, nein‹ und wimmerte dann. Wenn sie aufwachte, konnte sie sich an nichts erinnern, sagte sie zumindest. Ich sah sie ja nur an zwei Wochenenden im Monat, ich weiß nicht, wie es ihr sonst ging. Meine Frau sprach sowieso nicht mehr mit mir. Wir waren da schon geschieden. Als Teenager wurde sie immer dünner, sie aß nicht mehr, rauchte viel und hatte komische Freunde. Meine Frau stritt sich deswegen mit ihr herum, auch weil sie kaum noch zur Schule ging. Mir machte das auch Sorgen, aber ich wollte so tun, als sei ich der coole Vater, der sie versteht. Sie lebte dann auch eine Zeit lang bei mir. Ich gebe zu, ich war stolz, dass sie zu mir kam, ich dachte, ich habe es richtig gemacht. Und ich dachte, sie fängt sich wieder, man muss ihr vertrauen. Es ist nur eine Phase. Aber die Phase wurde immer länger. In die Schule ging sie da schon nicht mehr, etwas anderes machte sie aber auch nicht. Ihre Mutter sagte natürlich, es sei alles meine Schuld.«

Duval kam das alles irgendwie bekannt vor. Er seufzte unhörbar. Maurice Lambert redete und redete. Alles, was er seit Jahren in sich aufgestaut hatte, brach sich nun Bahn.

»Irgendwann fand ich ihr Tagebuch. Es lag so provokant auf dem Küchentisch, dass ich dachte, ich solle es lesen. Es war wohl auch so gemeint. Dann verstand ich alles. Sie können sich nicht vorstellen, wie es in mir aussah. Ich wollte sie in den Arm nehmen, mein kleines Mädchen, aber sie sperrte sich. Stieß mich weg, schrie mich an, ich solle sie nicht anfassen. Es hat mich so verletzt. Ich wollte ihr doch helfen. Ich war doch ihr Vater. Aber für sie war ich nur ein weiterer Mann, ein Dreckskerl.«

Lambert verstummte einen Moment.

Duval sah ihn an und schwieg.

»Also habe ich sie zu einer Therapeutin geschickt, dachte, sie müsse das mit einer Frau besprechen. Sie hat mir nie etwas erzählt. Ich weiß nur, was ich in ihrem Tagebuch gelesen habe. Und dann habe ich Sandrine zu dem Prozess gedrängt, dachte, es würde ihr helfen, die Sache zu verarbeiten. Heute weiß ich, dass es zu früh war. Aber damals dachte ich, es wäre gut für sie. Aber es hat alles nur schlimmer gemacht. Vor allem hat ihr niemand geglaubt. Das müssen Sie sich mal vorstellen. Es hieß, wir wollten nur Geld erpressen. Thibaut hatte sich gerade reich verheiratet und fing an bekannt zu werden. Die haben einfach Thibaut geglaubt. Er sagte aus, sie hätte ihn verführt! Können Sie sich das vorstellen? Ein zehnjähriges Mädchen? Und die glauben das alle!«

Monsieur Lambert machte eine Pause und sah Duval an. »Können Sie sich das vorstellen?«, wiederholte er kopfschüttelnd.

Duval sagte nichts. Aber er sah den Mann ernst und voller Mitgefühl an.

»Und alle haben sie als Nutte hingestellt. Der Richter, die Anwälte, die meisten Geschworenen: alles Männer. Wenn Sie diese Blicke gesehen hätten. Danach war sie völlig fertig. Ganz Mont-de-Marsan zeigte mit dem Finger auf sie. Dieses miefige kleine Drecksnest. Das hat sie nicht ausgehalten. Sie floh nach Paris, wo keiner sie kannte, und lebte auf der Straße oder schlief in irgendwelchen Abbruchhäusern. Sie fing an zu fixen, vorher hatte sie nur geraucht, auch Hasch natürlich, und sie hatte ab und zu Abstürze mit Alkohol. Aber in Paris gab es härtere Sachen und sie war sofort drauf. Und um den Stoff zu bezahlen, begann sie sich zu prostituieren. Es war furchtbar. Ich habe mir einen Job in Paris gesucht, um in ihrer Nähe zu sein. Jeden Tag war ich am Bahnhof, gab ihr Geld, damit sie aufhörte, auf den Strich zu gehen. Habe versucht, sie zum Entzug in Privatkliniken unterzubringen. Aber sie wollte nicht. Brach alle Therapien immer wieder ab. Sie versackte immer mehr. Tief drinnen war sie zerstört.«

Der Mann schluchzte bitterlich. Duval schob sanft die Box mit den Papiertaschentüchern in seine Richtung.

»Es ist alles meine Schuld. Wenn ich dem Dreckskerl damals gleich ein Loch in den Kopf geschossen hätte, wäre sie vielleicht noch am Leben. Aber sie hatte niemanden, der sie beschützt hat, als sie es gebraucht hätte, niemanden. Ich habe sie auch nicht beschützt. Ich habe sie allein gelassen. Jeden Tag denke ich an sie, jeden verdammten langen Tag.

Ich stehe morgens auf, ich gehe arbeiten, ich esse, ich schlafe, aber mein Leben ist leer. Und dann steht dieser Dreckskerl, dieses Schwein, dieses verdammte Arschloch eines Tages vor mir. Als ich hörte, dass Thibaut in Cannes sein würde, habe ich mich selbst eingeteilt, bei seinem Film als zuständiger Techniker dabei zu sein. Dabei mache ich so etwas eigentlich gar nicht mehr. Ich war auch am Vorabend der Projektion für den Technikabgleich dabei. Das ganze Team hat auf den Herrn gewartet. Stundenlang. Diese Arschlöcher kümmern sich am Ende einen Scheiß. Als er kam, war er besoffen und widerlich. Er glaubte, er sei ein Gott und wir seien seine Untergebenen. Der Technikabgleich ging ihm am Arsch vorbei. Und dann fängt er an, zotige Storys zu erzählen. Wie sehr die Indianerfrauen auf Sex mit Weißen stehen. Wie geil es abgeht mit diesen Naturfrauen, die keine Tabus kennen. Dass schon die kleinen Mädchen richtige Sexluder sind, die einem perfekt einen blasen können. Und so weiter. Und dann fängt er an, von seiner Geliebten zu erzählen. Und ich begreife, dass er von einem Kind spricht. Er benutzt ein kleines Mädchen. Ich wäre fast von der Bühne gefallen, mir wurde heiß vor Zorn, vor Wut. Ich dachte, ich werde ohnmächtig. Und er quatscht und redet und geilt sich auf. Da wusste ich, dass ich ihn tot sehen wollte.« Lambert nickte, als er das sagte.

Duval hörte stumm zu.

»In dieser Nacht bin ich nach Hause gegangen und habe mein Gewehr geladen. Ich war früher ein guter Jäger, wissen Sie? Als Sandy noch klein war, war ich während der Jagdsaison ständig draußen. Heute gehe ich auch manchmal noch auf die Jagd, oder sagen wir, ich gehe in den Wald. Wenn man ein Gewehr bei sich hat, sagt man, man gehe zur Jagd. Aber ich schieße nicht mehr. Mein Gewehr ist normalerweise nicht mal geladen. Sandys Tod hat mich komplett geheilt von diesem Drang, auf unschuldige Tiere zu schießen. Ich sah ein Foto von ihr in der Zeitung, wie sie mit verdrehten Augen neben der Toilette des Bahnhofsklos liegt. Zu Tode gefixt hat sie sich.« Lambert sah den Commissaire vorwurfsvoll an.

Duval nickte mit ernstem Gesichtsausdruck.

»Und irgendein Scheißwichser von Fotograf hat draufgehalten und ein geiles Foto gemacht. Von meinem Kind. Können Sie sich das vorstellen, wenn Sie morgens die Zeitung aufschlagen und Ihr Kind so sehen? Das Bild werde ich nicht mehr los. Sie lag da wie ein totes Reh. Sie war so zart. ›Schneewittchen‹ haben sie sie in der Szene genannt. Schneewittchen, weil sie ihre Haare so schwarz färbte, und ihre Haut war so weiß und sie war so schön. Seitdem kann ich nicht mehr auf Tiere schießen. Nicht mal mehr auf die Wildschweine, die bis in den Garten kommen und mir die Kartoffeln umwühlen. Jedes Mal, wenn ich ein totes Tier sehe, sehe ich mein Kind. Aber ich bin gerne im Wald. Es beruhigt mich, tröstet mich irgendwie. Und ich nehme mein Gewehr mit, damit man mir keine blöden Fragen stellt. Ein Mann geht auf die Jagd. Punktum.«

»Und dann konnten Sie doch schießen?«

»Aber ja. Als ich diesen Kerl so dreckig sprechen hörte, da wusste ich, ich werde ihn erschießen.«

Monsieur Lambert atmete tief ein und ebenso lange aus und lehnte sich erstmals zurück an die Stuhllehne. Während der ganzen Zeit, in der er atemlos erzählte, hatte er vorne auf der Stuhlkante gesessen. Duval schwieg. Lambert trank den Becher mit Wasser leer. Duval stand auf und holte ihm einen neuen vollen Becher.

Erst nach einer Weile wiederholte er die Worte Lamberts.

»Da wussten Sie, dass Sie ihn erschießen wollten? Vorher nicht?«

»Nein. Ehrlich gesagt, ich weiß nicht, was ich mir eigentlich gedacht hatte. Ich wollte ihn sehen. Vielleicht wollte ich ihm die Meinung sagen. Ich hatte mir wirklich gar nichts überlegt. Blöd eigentlich. Ich dachte, das ergibt sich.« Er lachte. »Hat es ja dann auch.« Er lachte wieder.

»Sie haben aber ein Kleinkalibergewehr gewählt.«

»Ja, natürlich. Ein Jagdgewehr hätte ja viel zu viel angerichtet.« Lambert sah ihn fragend an.

»Sie wollten, sagen wir, keinen Kollateralschaden?«

»Genau. Ich wollte ihn ja doch möglichst unbemerkt und allein abknallen und nicht noch zwei oder drei Umsitzende mitnehmen und überall Blut und Hirnmasse hinspritzen. Außerdem hatte ich einen Schalldämpfer für das Kleinkalibergewehr.«

»Wie konnten Sie das Gewehr denn reinbringen in das Palais? Mit all der Security?«

»Ach, wissen Sie, wir transportieren ja jeden Tag technische Geräte, Kabelrollen, Kameras, Stative und Objektive rein und raus, der Sicherheitsdienst hätte viel zu schauen, wenn er jedes Mal jedes Teil prüfen wollte. Die prüfen die Badges und schauen ein bisschen in die Kisten. Außerdem kennen einen die Jungs von der Security nach ein paar Tagen und sind vertrauensvoller. Und ich bin der technische Leiter, das wissen die Jungs ja auch, verstehen Sie? Ich hatte eine große Kiste mit viel Material, darunter lag das Gewehr. Mit der Kiste bin ich im Aufzug bis in den letzten Stock gefahren und habe das Gewehr dort oben deponiert. Am Eingang zur Technik. Direkt über der Tür. Also im Saal, innen über der Tür, meine ich, da ist so ein kleines Bord. Dahinter lag es. Es war ganz einfach. Später wollte ich es sofort in einen der

Kamine oben auf dem Dach versenken. Auf Nimmerwiedersehen. Dass dieses Pärchen da oben knutschte, das hatte ich nicht erwartet. Ich war so in Gedanken, ich habe gar nichts gesehen, so bin ich fast in sie hineingelaufen, ich Trottel. Ich war nicht sicher, ob mich das Mädchen erkannt hatte, gesehen hatte sie mich wohl. Stattdessen hat mich der schmierige Typ von der Security erkannt. Er sah mich die Treppe runterrennen. Er hat später versucht mich zu erpressen, als er begriffen hat, um was es ging.«

»Er hat Sie erpresst? Sanchez?«

»Er hat es versucht, ja, aber ich habe ihm gesagt, er kann mich mal. Hab ihm gesagt, er kann ruhig zur Polizei gehen. Mir ist das jetzt egal. Das Schwein hat seine Kugel abgekriegt. Ich habe eigentlich die ganze Zeit schon darauf gewartet, dass Sie mich vorladen.«

»Erzählen Sie weiter, bitte, Monsieur Lambert, Sie sind die Treppe runtergerannt?«

»Ja, anfangs dachte ich, dass mir dieser Sicherheitsmann auf den Fersen war. Ich konnte es gar nicht fassen, dass der nicht kam. Aber ich musste natürlich trotzdem kurzfristig umdisponieren. Ich lief also bis zu dem Raum, den Sie ja nun auch kennen. Ich wusste, dass er wegen eines Wasserschadens gesperrt war, außerdem war dort diese Lüftungsklappe locker und es stand eine Trittleiter darin. Bingo. Das Gewehr habe ich dort in den Lüftungsschacht geschoben. Die Spuren haben Sie ja gefunden. Dann lief ich aber doch die Treppen runter bis ins Depot und machte mich auffällig zu schaffen, sodass man mich dort sah.

Das Gewehr habe ich zwei Nächte später rausgeholt und mich mit dem Taubenpärchen rumgeschlagen. Die waren wirklich aufgeregt und gurrten verzweifelt, als ich an dem Filzlappen zog.« Er lachte auf und schüttelte den Kopf. »Ich habe dann gesehen, dass schon ein Ei darauf lag, und ihnen den Lappen gelassen. Das Gewehr habe ich dann wieder in einer Materialkiste nach Hause zurücktransportiert. Raus ist ja sowieso kein Problem. Ganz einfach.«

Monsieur Lambert machte eine Pause. Er hatte jetzt mehrere rote Flecken am Hals und im Gesicht. Er trank einen großen Schluck Wasser.

»Und da oben auf der Technikbühne konnten Sie sich rechtzeitig einrichten und den passenden Moment abwarten? Und keiner hat Sie gefragt, warum Sie da oben rumturnen?«

»Ja. Also, ich meine, nein. Keiner. Es hat mich niemand gesehen. So früh ist da oben auch niemand. Und wenn schon?! Ich bin technischer Leiter. Wie Sie schon gleich gut erkannt haben, Monsieur le Commissaire, wir Techniker dürfen während des Festivals überall sein. Und ich erst recht. Aber ich tat so, als hätte ich eine Meldung aus dem Depot bekommen, und sagte den Kollegen, ich ginge dort hin. In Wirklichkeit ging ich nach oben. Wenn mich jemand gefragt hätte, hätte ich gesagt, ich müsse noch schnell etwas an den Scheinwerfern regeln.«

»Es hat Sie aber keiner gefragt?«

»Nein. Wissen Sie, ich arbeite hier seit mehr als fünfzehn Jahren, ich mache meinen Job gut und verantwortungsvoll, da können Sie jeden fragen. Und wie gesagt, ich bin der Chef hier. Man fragt einen Vorgesetzten nicht so einfach, was er macht. Ich war schon da oben, als das Publikum in den Saal kam, ich habe genau gesehen, wo Thibaut sich hinsetzte. Er hielt Hof mit seinen Indianern. Lächerlich, dieser Affe.« Lambert schüttelte den Kopf, als er sich daran erinnerte. »Und dann sah ich das kleine Mädchen neben ihm. Ich war nur wütend, dieses Schwein, dachte ich. Als das Licht ausging, sah ich, dass sie auf seinem Schoß saß. Das hat mich völlig durcheinandergebracht. Ich konnte ja nicht auf ihn schießen, wenn er die Kleine auf dem Schoß hatte.«

»Wie konnten Sie das denn sehen, im Dunkeln?«

»Na ja, so ganz dunkel ist es ja nicht. Der Saal wird ja durch den Film erhellt. Das Licht wechselt natürlich, aber es ist doch immer wieder ausreichend hell. Und ich war ein passionierter Jäger, Monsieur le Commissaire, ich habe immer noch Augen wie ein Luchs. Außerdem habe ich gutes Material und ein exzellentes, lichtempfindliches Zielfernrohr.«

»Und damit konnten Sie ihn sehen?«

»Aber sicher.«

»Und er hatte die Kleine auf dem Schoß?«

»Ja. Und er fingerte an ihr herum, dieses Schwein. Ich war völlig fertig, ich zitterte. Ich schwitze und musste mich hinsetzen. Ich dachte, ich kann es nicht machen, wenn die Kleine da ist. Und gleichzeitig wollte ich sie von diesem Schwein befreien.«

»Und dann?«

»Irgendwann krabbelte sie auf den Sitz neben ihm, da habe ich ihn ins Visier genommen. Ich war ganz ruhig. Es war wie früher auf der Jagd. Ich war hoch konzentriert. Ich wusste, dass in seinem Film ab der 72. Minute ein Gewitter losgeht. Als im Film der Donner krachte, habe ich abgedrückt.«

Epilog

Danach ging alles sehr schnell. Man hatte zunächst das Gewehr sichergestellt. Es befand sich in Lamberts Wohnung und konnte eindeutig als Tatwaffe identifiziert werden. Madame Marnier hatte sich hochzufrieden persönlich nach Cannes bemüht, um einen Haftbefehl auszuschreiben, und Monsieur Lambert wurde umgehend festgenommen. Er wirkte erleichtert. Gelöst. Es war zu Ende. »Ich kann mich endlich wieder im Spiegel ansehen«, hatte er noch gesagt. Seit dreißig Jahren hatte er eine Schuld mit sich herumgeschleppt, die nicht wirklich seine war, und jetzt, wo er sich durch einen Mord tatsächlich schuldig gemacht hatte, fühlte er sich frei. Er hatte seine Tochter gerächt. Jetzt konnte er Ruhe finden. Sein Leben hat für ihn so noch einen Sinn bekommen. Was jetzt noch kommen mochte, war ihm egal.

Eine Pressekonferenz wurde angesetzt. Gerade rechtzeitig zum Ende des Filmfestivals hatte man diesen spektakulären Fall gelöst. Der Polizeidirektor lobte geradezu hymnisch seinen neuen Super-*flic* und die hervorragende Zusammenarbeit aller. Die Presse feierte mit. Aber nur kurz, denn schon war die feierliche Zeremonie der Verleihung der Goldenen Palme von Cannes wichtiger. Alles starrte wieder gebannt auf die mit rotem Teppich ausgelegten Stufen. Welcher Film würde dieses Jahr gekürt werden? Wer war der beste Schauspieler, der beste Kameramann? Thibauts Tod stand bereits unter »ferner liefen«, auch wenn man ihn hastig mit der Verleihung einer Ehrenpalme für sein Engagement und sein Lebenswerk in die Zeremonie integriert hatte. Mit keinem Wort wurde der Missbrauch erwähnt. Der Mörder war geständig und offiziell ein nervlich zerrütteter und von krankhafter Eifersucht zerfressener Mann. Thibauts Weste war weiß wie Schnee. Ein Märtyrer, und er konnte fortan ein noch besserer Botschafter für Nature & Life sein. Jemand hatte der Presse geflüstert, dass Thibauts Millionen den Kayapo zukommen würden. Und so stand es auch am nächsten Tag groß in allen Zeitungen. Duval fragte sich, wer sich mit dieser Information an die Presse ein Taschengeld verdient hatte, und schüttelte sich, als er die Artikel las. Was für eine verlogene Geschichte. Aber der Fall war abgeschlossen. Aus. Vorbei. Es gab nichts hinzuzufügen.

Annie Chatel jedoch war wütend. Während der Pressekonferenz hatte man sie mit ihren unbequemen Fragen abgewürgt, sie hatte versucht, Duval direkt anzusprechen, aber er war stumm geblieben.

»Mir sind die Hände gebunden«, hatte er hinterher versucht, ihr sein Verhalten zu erklären. »Offiziell durfte ich nicht mal in diese Richtung ermitteln.«

Aber sie wollte es nicht gelten lassen. Sie wollte, dass die Wahrheit ans Licht käme.

»Ich dachte, Sie seien anders. Aber entweder sind Sie feige oder Sie sind genauso korrupt wie die anderen. Was haben Sie bekommen für Ihr Schweigen?«, zischte sie ihn an. »Hat man Ihnen einen prallen Umschlag zugeschoben, oder ist schon ein kleiner Karrieresprung in Aussicht?«

Er war verletzt von ihren Vorwürfe und Unterstellungen

und blieb stumm. Zutiefst enttäuscht war sie auf ihrer roten Vespa davongerauscht. Es nagte in ihm, denn in seinem tiefsten Inneren wusste er, dass sie recht hatte.

Duval hatte endlich Zeit gefunden, ein paar Dinge einzukaufen, seine Klassiker: Nudeln, Eier, drei kleine Dosen mit Erbsen, einige Flaschen Rosé, luftgetrocknete Salami, ein frisches Baguette und ein großes, gut abgehangenes Steak. Er hatte auch daran gedacht, die Wäsche von der Wäscherei abzuholen, und er legte die gebügelten Hemden in den Schrank. Während Brassens sang, schraubte Duval die Handtuchstange in seinem Badezimmer an. *Il n'y a pas d'amour heureux* klang es laut klagend durchs Haus. Recht hatte er. Es gibt keine glückliche Liebe und mit einer Journalistin schon gar nicht. Er sollte sie sich aus dem Kopf schlagen.

Und immer wieder musste er an Maurice Lambert denken, diesen kleinen Mann, der nach so vielen Jahren seine Tochter gerächt hatte. Als Polizist konnte er nicht für Selbstjustiz sein. Aber als Vater konnte er den Impuls des Mannes verstehen, denjenigen zu töten, der in seinen Augen das Leben seiner Tochter und sein eigenes zerstört hatte. Aber war das eine Lösung?

»Hélène?«

»Ach, Léon.« Sie klang frostig. »Na, ist dir wieder eingefallen, dass du eine Familie hast?«

»Ach, Hélène, ich …«, Duval stockte.

»Entschuldige, Léon. Ich wollte das nicht sagen. Was ist los?« Sie klang immer noch reserviert.

»Ich möchte, dass du herkommst, Hélène, komm her mit den Kindern, bitte.«

»Léon! Was ist denn jetzt los? Bist du verrückt geworden?«

»Nein, ich meine es ernst. Wir müssen den Kindern Geborgenheit geben, ein funktionierendes Elternhaus.«

»Léon!« Hélène atmete schwer. »Hör auf! Du machst mich wahnsinnig. Du weißt, dass es nicht mehr geht. Das war MEINE Rede, die ganze Zeit. ICH wollte ein funktionierendes Ganzes für die Kinder. ICH wollte, dass wir es mit einer Familientherapie probieren, aber DU hast dich gesperrt, wenn ich dich erinnern darf. Jetzt kann ich nicht mehr. Es hat nicht funktioniert als Familie. Die Kinder sind viel ruhiger, seitdem wir die Trennung durchhaben, weil ich ruhiger bin. Mit zwei streitenden Eltern finden Kinder auch keine Geborgenheit.«

»Ich will nicht mehr streiten, Hélène.«

»Léon! Du machst mich fertig. Du wolltest doch weg, und jetzt, wo du endlich weg bist, willst du, dass wir kommen? Hast du eine Ahnung, was du den Kindern und mir damit antust? Immer dieses Hin und Her? So wie neulich. Zack, du bist da, schläfst mit mir und verschwindest auf Nimmerwiedersehen. Ich kann das nicht mehr.«

»*Eh oh,* stop! ›Ich habe mit dir geschlafen‹ – was soll das denn, Hélène? Ich glaube, das war gegenseitig, oder? Ich habe kein ›Nein‹ gehört. Und auch keines empfunden von deiner Seite. Oder?«

»Ach, vergiss es, ich will darüber nicht reden. Aber ich will das einfach nicht mehr. Alles immer nur, wenn es dir in den Kram passt. Und danach Funkstille.«

»Ich habe gearbeitet, Hélène. Wie verrückt. Hast du immer noch nicht verstanden, wie ich arbeite? Und jetzt hab ich diesen dreckigen Fall abgeschlossen, und das Erste, was ich mache, ist: dich anrufen. Also, bitte!«

Hélène schwieg.

»Hélène, bitte.«

»Ja, entschuldige, Léon. Natürlich weiß ich, dass du arbeitest. Ich habe dich sogar im Fernsehen gesehen, war ja gestern in allen Medien. Du sahst gut aus.«

»Ist das alles, was du davon behalten hast?«

»Nein, aber ich habe dabei an deine Mutter gedacht. Sie wird enttäuscht sein. Du hast wieder nichts gesagt. Aber immerhin sahst du gut aus.« Hélène lachte.

»Danke«, sagte Duval ironisch. »Das ist ja auch das Wichtigste.«

»Für deine Mutter schon.«

»Kann schon sein. Das medienwirksame Geschwafel lasse ich immer gern andere machen, das weißt du doch.«

»Ja, weiß ich. Um was ging es denn wirklich?«

»Sex und Geld.« Duval seufzte. »Wie immer.«

»War er nun schwul?«

»Nein. Lass uns aufhören, darüber zu reden, Hélène, es war stellenweise widerlich. Ich musste viel an euch denken, auch wenn du das nicht glauben willst. Und ich will, dass wir es noch einmal versuchen, bitte.«

»Léon, wirklich, dieser Fall hat dich mitgenommen. Ich erkenne dich nicht wieder. Aber wir sind hier zu Hause. Die Kinder gehen hier in die Schule, verstehst du das? Und ich habe hier meine Freunde, Zaza, meine Mutter, die mir auch mal die Kinder abnehmen können. Und ich habe gerade einen kleinen Job gefunden, ich habe es dir noch nicht gesagt. Du hast mich nicht mal gefragt, was für einen Termin ich hatte, an dem Tag, an dem du hier warst. Ich habe davon gesprochen. Erinnerst du dich?«

»Hm«, brummelte Duval. Natürlich erinnerte er sich nicht.

»Du erinnerst dich nicht mal! Ach, Léon.«

»Was wirst du machen?«

»Ich werde in einer kleinen Galerie arbeiten. Eine Art Kooperative; mehrerer Künstler haben sich hier im Viertel zusammengeschlossen. Mixed-Media-Artists.«

»Eine Galerie? Was für Artists? Und die Kinder?«

»Die Kinder sind in der Schule, Léon. Ich arbeite nur vier Tage die Woche. Mittwochs habe ich frei. Mixed Media heißt, die Künstler machen unterschiedliche Sachen. Foto, Gemälde, Schmuck, Mode, Skulpturen. So in etwa. Nun, vielleicht können wir in den Ferien zu dir kommen, eine Woche oder zwei. Aber danach fahren wir wieder nach Hause. Das ist möglicherweise eine Variante, die funktionieren könnte.«

»Gut, Hélène. Machen wir so. Danke.«

»Keine Ursache.« Jetzt war sie ironisch. Sie lachte.

»Hélène?«

»Ja?«

»Pass gut auf die beiden auf, ja?«

»Aber ja. *Salut,* Léon.«

»*Salut,* Hélène.«

Duval wachte in aller Frühe auf und sah auf sein Handy. Nicht mal sechs Uhr. Er ließ sich noch einmal in die Kissen zurücksinken und hörte dem Vogelgezwitscher zu. Die Sonne blitzte hell durch die Ritzen der Fensterläden. Heute würde er endlich am Strand laufen. Dann griff er erneut nach dem Handy. Er hatte eine SMS. Von Annie Chatel. Sein Herz klopfte stark. »*Nice Matin,* Seite drei«, mehr nicht. Kein privates Wort. Es ärgerte ihn, dass er enttäuscht war. In seinem Kopf ratterte es. Was hatte sie gemacht? Er sprang aus dem Bett. Wo könnte er am schnellsten ein Exemplar der Zeitung bekommen? Er zog seine Jogginghose an, ein T-Shirt, die

Laufschuhe und lief los zu dem kleinen Supermarkt an der Place Stanislas. Die Luft war klar, der Himmel wolkenlos. Es würde ein schöner Tag werden.

Natürlich war der Supermarkt noch nicht geöffnet. Er war ein Idiot. Sollte er es bei dem kleinen *Epicier* versuchen? Er entschied sich dagegen und beschloss, direkt zum nächsten Zeitungskiosk zu laufen. Er spurtete bergab, wählte den Weg durch die Altstadt und lief dann locker durch die kleinen, sich windenden Gassen bis zum Marché Forville. Atemlos stand er vor dem Kiosk.

»*Nice Matin*?«

»Tut mir leid. Schon aus.«

»Aus? Sie meinen ausverkauft?«

»Ja.«

»Um kurz nach sechs?«

Der Kioskbesitzer nickte nur. Irgendetwas stimmte nicht. Er entschied sich, parallel zur Schnellstraße zum Büro zu laufen. Das war der kürzeste Weg. Er brauchte keine fünf Minuten. Der diensthabende Beamte zog die Augenbrauen hoch, als er Duval im Joggingoutfit sah. Duval grinste, »bräuch dringend ein paar Unterlagen«, rief er ihm japsend zu und gab den Türcode ein. Er lief die Treppe nach oben, zwei Stufen auf einmal nehmend. Im Postfach, das normalerweise von Emilia geleert wurde, lagen nur die Zeitungen. Für die Post war es noch zu früh. Er wühlte sich durch die Zeitungen, Le Monde, Nouvel Observateur, Figaro … endlich: *Nice Matin*! Er schlug hastig die Seite 3 auf und prallte zurück: »Die hässliche Seite des guten Herrn Thibaut«. Ein halbseitiger Artikel, in dem Annie Chatel alles über die Hintergründe des Mordes an Thibaut verbreitete und am Schluss eine Menge verstörender Fragen aufwarf. Duval blieb sprachlos. Dann machte er eine Kopie des Artikels und nahm sie an sich. Die Zeitung legte er zurück ins Postfach. Er lief nun bedeutend langsamer nach Hause. Dort duschte er und trank seinen Kaffee, während er den Artikel noch einmal genau las. Das wird sie den Kopf kosten, dachte er. Gleichzeitig hatte er Hochachtung vor ihrem Mut. Sie ließ sich nicht den Mund verbieten.

Als er am Montag wieder ins Büro kam, erwartete er einen gewissen Aufruhr, aber alles blieb still. Die Samstagsausgabe des *Nice Matin* war nirgendwo mehr aufzutreiben.

»Emilia, ich habe hier alle möglichen Zeitungen vom Samstag, ein paar Sonntagsausgaben, auch alle von heute, aber nicht den *Nice Matin* vom Samstag ...?! Haben Sie ihn gesehen?«

»Ich habe Ihnen alles auf den Tisch gelegt, was im Fach war.«

»*Nice Matin* auch?«

»Ich dachte ...«, sie überlegte kurz, »ich bin nicht sicher ... tut mir leid, ich habe einfach den ganzen Schwung genommen und auf Ihren Tisch gelegt.«

»Aha.«

Er fragte die Kollegen, erhielt jedoch nur Kopfschütteln. Niemand hatte die Zeitung an sich genommen. Vermisst hatte sie offenbar aber auch niemand. Eine Zeitung mit einem unliebsamen Artikel verschwindet. Er blätterte die Montagszeitung durch, in der Hoffnung auf eine und wenn noch so abwegige Erklärung für diesen seltsamen Vorfall zu stoßen. Fehlanzeige. Das Verschwinden einer Zeitung hatte nicht stattgefunden. Am Ende zweifelte man noch an seinem eigenen Verstand.

Er rief Annie Chatel an. Das hätte er vielleicht schon früher tun sollen. Der Anrufbeantworter sprang sofort an: »Guten

Tag. Ich bin momentan nicht erreichbar. Bitte hinterlassen Sie Ihren Namen und Ihre Telefonnummer, ich rufe Sie sobald wie möglich zurück.«

Er hinterließ keine Nachricht. Schickte stattdessen kurz darauf eine SMS. »Melden Sie sich, bitte!«

Keine Antwort. Nachmittags entschloss er sich, ganz offiziell die Redaktion des *Nice Matin* anzurufen, meldete sich als Commissaire Duval und bat darum, mit Frau Chatel verbunden zu werden.

»Sie ist heute nicht im Haus«, sagte die Empfangssekretärin.

»Wann ist sie wieder zu erreichen?«

»Das kann ich Ihnen nicht sagen. Ich habe nur die Information, dass sie heute nicht im Haus ist.«

»Bitte hinterlassen Sie ihr doch eine Nachricht, dass Sie mich schnellstmöglich anruft, es ist dringend.« Er hinterließ seine Dienstnummer, um der Sache einen offiziellen Anstrich zu geben.

»Geht in Ordnung, Monsieur le Commissaire.«

Duval probierte noch mehrfach, sie auf dem Mobiltelefon zu erreichen, aber Annie Chatel meldete sich nicht. Auch nicht am nächsten Tag. Duval suchte im Telefonbuch nach ihrer Adresse und fuhr dann in die Rue de Liège. Ihr Name stand ganz oben auf dem Klingelschild. Sechster Stock. Er klingelte. Es tat sich nichts. Er wartete vor der Haustür und überlegte. Eine ältere Dame, die einen Einkaufstrolley hinter sich herzog, öffnete von innen die Glastür.

»Suchen Sie jemanden?«

»Ja, ich suche Mademoiselle Chatel, sie wohnt im sechsten Stock. Kennen Sie sie?«

»Aber ja, sie ist meine Nachbarin.« Die alte Dame lächelte.

»Nettes Mädchen, sie arbeitet viel zu viel, aber jetzt hat sie ja Urlaub.«

»Urlaub?«

»Ja, sie ist weggefahren. Sie sagte, sie führe ein paar Tage in die Berge, um sich auszuruhen.«

»Wissen Sie, wo sie hingefahren ist? Wann kommt sie wieder?«

»Nach Valberg. Da fährt sie immer hin. Aber wann sie zurückkommt, kann ich Ihnen nicht sagen.«

»Nach Valberg?!«

»Ja, das ist ein Ferienort in den Bergen, im Winter eine Skistation, glaube ich. Was wollen Sie denn von ihr? Ist etwas passiert?«

»Nein, Madame, gar nichts, ich habe mir nur ein bisschen Sorgen gemacht, weil sie so plötzlich verschwunden ist. Aber wenn sie in Urlaub ist … dann ist ja alles in Ordnung. Danke, Madame, vielen Dank. Einen schönen Tag noch.«

»Valberg« gab er in den Routenplaner seines Mobiltelefons ein. Valberg-Guillaumes, Valberg-Agence Immobilière, Valberg-Golfclub hatte der Routenplaner zur Auswahl. Er entschied sich für den Golfklub. Hundertsechs Kilometer, eine Stunde und 43 Minuten. Er starrte auf das Display. Dann klappte er sein Telefon zu. Lass gut sein, Duval.

Abends klingelte sein Handy.

»Léon?«

»Annie? Sind Sie das? Wo sind Sie? Was ist passiert? Geht's Ihnen gut?«

»O, là, là, immer mit der Ruhe.« Sie lachte leise.

Herrgott, warum war er denn so aufgeregt? Er kam sich wie ein Idiot vor.

»Ich bin in den Bergen. Ich werde wohl auch hierbleiben. Die Redaktion von *Nice Matin* meinte, sie könnte gut jemanden gebrauchen, der über das Lokalgeschehen des hintersten Hinterlandes schreibt.«

»Man hat Sie gefeuert?«

»Nicht direkt. Sagen wir so, man hat mir eine gewisse Veränderung vorgeschlagen.«

»Was ist passiert?«

»Na ja, ich hatte den Moment ausgenutzt, als mein Chefredakteur für ein paar Stunden abwesend war und mich bat, ihn zu vertreten. Das habe ich so gut gemacht, wie ich konnte.«

»Ja?«

»Nun, ich habe kurzerhand einen halbseitigen Artikel über den Abbau der Telefonzellen gegen meinen Artikel ausgetauscht. Ich fand, er war einfach wichtiger.«

»Ich habe Ihren Artikel gelesen.«

»Schön, dann sind Sie vermutlich einer von Zweien, die ihn gelesen haben.« Sie klang zynisch. »In der Druckerei hat jemand routinemäßig die Zeitung durchgesehen und natürlich sofort meinen Boss alarmiert. Die Produktion war durch, aber man hat versucht, die Auslieferung zu stoppen. Ein Teil war aber schon raus. Und dann hat ein ominöser Kunde die gesamte Auflage aufgekauft.«

»Na, ich kann mir denken, wer das war«, brummelte Duval und dachte an sein Telefonat mit Stéphanie Thibauts Vater. »Und jetzt sind Sie strafversetzt, sitzen auf einem Berg und schreiben den Rest Ihres Lebens über die Jahreshauptversammlung des örtlichen Kaninchenzuchtvereins und hundertste Geburtstage?«

Sie lachte. »So in etwa.«

»War es das wert, Annie? Ist die Wahrheit es wert, dass man sich offenen Auges an den Rand des Prekariats begibt?«

»Na ja, so weit sind wir noch nicht. Ich schreibe schon wöchentlich ein paar Zeilen. Mein Vater hat sein Leben lang so gearbeitet. Und was die Wahrheit betrifft, ja, ich finde, das war es wert.«

»Sie sind mutig, Annie. Sie sind eine echte Journalistin. Aber Sie können doch jetzt nicht da oben in den Bergen versauern. Anderswo würde man sich um Sie reißen. Leute mit Mut ...«

»Ach, das glauben Sie. Überall an den verantwortlichen Stellen sitzt heute jemand, der aufpasst, dass man dies nicht sagt oder das nicht schreibt. Die Presse ist nicht mehr frei, alles wird immer nur schöngeredet, um nicht zu sagen zensiert, und das mit allen Mitteln, wie Sie vermutlich gemerkt haben. Ich hab's satt. Ich habe die letzten Jahre so hektisch und viel gearbeitet, und wozu das alles? Ein bisschen Bergluft und langsameres Tempo kann ich im Moment sogar ganz gut vertragen. Und die Leute hier oben sind ehrlich und direkt. Das tut mir gut.«

Duval wusste nichts zu sagen.

»Léon?«

»Ja?«

»Es tut mir leid, was ich Ihnen neulich unterstellt habe. Ich weiß, dass nichts davon stimmt. Aber ich war so enttäuscht und ...«

»Schon in Ordnung.« Duval unterbrach sie. »Im Grunde haben Sie ja recht.«

»Vielleicht haben Sie Lust, mich mal zu besuchen? Es ist ruhig hier. Und so schön. Das Haus ist eigentlich ein Ferienhaus, jetzt habe ich es ganzjährig gemietet.«

Duval blieb stumm.

»Léon?«

»Ich denk' darüber nach.«

»Tun Sie das.«

»Annie?«

»Ja?«

»Mir kommt da eine Idee. Sie wissen doch, wer Roman Erdler ist?«

»Natürlich.«

»Ich habe erfahren, dass Erdler einen anderen Weg sucht, um sein Wissen zu veröffentlichen, er würde gern ein Buch daraus machen, in der Hoffnung, die einstweilige Verfügung seines Films zu umgehen. Er sucht einen mutigen Menschen, der dieses Projekt mit ihm verwirklicht, jemanden, der schreiben kann. Wäre das was für Sie?«

»Oh nein, gerade habe ich mich an den Gedanken gewöhnt, in meiner unendlichen freien Zeit einen Gemüsegarten anzulegen, und da kommen Sie mir mit so etwas. NATÜRLICH will ich das machen! Geben Sie ihm meine Telefonnummer. Ist er noch in Frankreich?«

»Das weiß ich nicht, aber ich kann ihm Ihre Nummer geben.«

»Super. Danke, Léon. Sehen Sie, es geht immer weiter. Ich finde das unglaublich.«

»Freuen Sie sich nicht zu früh. Ob das wirklich ein lukrativer Job ist, wage ich zu bezweifeln.«

»Ach, darum geht es doch nicht. Also nicht in erster Linie, oder?«

»Nein.«

»Sehen Sie. Sonst wären Sie doch auch Anwalt geworden und nicht *flic*.«

»Vielleicht. Ich rede vor allem nicht genug, um ein guter

Anwalt zu sein, und ich weiß nicht, ob ich es ertrüge, ständig diese Krawattenhalunken rauszuhauen. Lambert hingegen ...«, Duval machte eine Pause.

»Wir müssen ihm einen guten Anwalt besorgen.«

»Ich habe schon drüber nachgedacht. Erinnern Sie sich an die Affäre Constantin? Ist etwa 15 Jahre her.«

»Der Großvater, der seine Enkelin gerächt hat?«

»Genau. Und trotz des kaltblütigen Mordes hatte er die Sympathie der Öffentlichkeit und der Geschworenen auf seiner Seite und ist nur zu einer kurzen Haftstrafe verurteilt worden.«

»Ja, aber der Täter war kein Prominenter und die ganze widerwärtige Wahrheit lag offen auf dem Tisch.«

»Das kriegen wir schon hin. Auf jeden Fall sollten wir herausfinden, wer damals der Verteidiger war, und dafür sorgen, dass Ihr Artikel zu gegebener Zeit seinen Weg zu ihm und dann hoffentlich in die Prozessakten findet, *n'est-ce pas?*«

»Regt sich da am Ende das schlechte Gewissen?« Annie Chatels Stimme klang nicht ironisch, eher erfreut. »Ich werde Ihnen gern helfen, wenn ich kann. Und ich werde darüber schreiben. Wenn auch sicher nicht für den *Nice Matin.*«

Sie schwiegen beide für einen Moment.

»Léon?«

»Ja?«

»Ganz im Ernst. Ich würd' mich freuen, wenn Sie kämen.«

»Mal sehen.«

»Gut, bis bald also?«

»Hm.«

Sie schwieg.

»Na gut, dann ... bis irgendwann.«

»Ja, bis ... irgendwann. *Au revoir.*«

Duval nahm eine Flasche Rosé aus dem Kühlschrank, holte den Korkenzieher aus der Schublade und drehte ihn langsam in den Korken. Mit einem leisen *plopp* zog er ihn heraus. Er schenkte sich ein Glas ein und trank einen Schluck. Auf einem Brettchen schnitt er sich ein paar Scheiben der luftgetrockneten Salami ab und steckte sich eine Scheibe direkt in den Mund. Dann nahm er etwas Brot, balancierte Brettchen und Weinglas in der linken Hand, während er mit der rechten die Flasche mitnahm, und trug alles ins Wohnzimmer. Er stellte es auf dem niedrigen Couchtisch ab. Dann legte er Brassens in den CD-Spieler und drehte den Lautstärkeregler hoch. Duval ließ sich in den Sessel fallen. *Les sabots d'Hélène …* sang Brassens, und Duval dachte an Hélène, er dachte an Lilly, an Matteo, und ob er es wollte oder nicht, er dachte an Annie Chatel.

Tatort Cannes

Christine Cazon. Intrigen an der Côte d'Azur. Der zweite Fall für Kommissar Duval. Taschenbuch. Verfügbar auch als eBook

Christine Cazon. Stürmische Cote d´Azur. Der dritte Fall für Kommissar Duval. Taschenbuch. Verfügbar auch als eBook

In seinem zweiten Fall erwartet Kommissar Duval ein unentwirrbares Netz aus Neid, Gewalt und Intrigen, das ihm einige Einblicke in die gefährliche Verstrickung von Politik und Unterwelt in Cannes gewährt.

Ein Sturmtief liegt über der Küste, als im Inselhafen von Sainte Marguerite auf einer Jacht ein Matrose tot aufgefunden wird. Kommissar Léon Duval macht sich sofort an die Arbeit, doch kurz darauf wird der Fährverkehr eingestellt und der Kommissar bleibt als Einziger auf der Insel zurück.

Leseproben und mehr unter www.kiwi-verlag.de

KiWi